二見文庫

口づけは情事のあとで

リンゼイ・サンズ／上條ひろみ＝訳

THE HIGHLANDER TAKES A BRIDE
by
Lynsay Sands

口づけは情事のあとで

登　場　人　物　紹　介

サイ・ブキャナン	スコットランドの令嬢
グリア・マクダネル	マクダネルの現領主
フェネラ・マクダネル	マクダネルの前領主アレンの未亡人。サイのいとこ
アルピン	グリアの従者
オーレイ・ブキャナン	サイの長兄
ドゥーガル・ブキャナン	サイの二番目の兄
ニルス・ブキャナン	サイの三番目の兄
コンラン・ブキャナン	サイの四番目の兄
ジョーディー・ブキャナン	サイの五番目の兄
ローリー・ブキャナン	サイの六番目の兄
アリック・ブキャナン	サイの弟
アレン・マクダネル	マクダネルの前領主。フェネラの四番目の夫
ティルダ・マクダネル	アレンの母親
ヘイミッシュ・ケネディ	フェネラの最初の夫
コーネル・マッキヴァー	フェネラの二番目の夫
ゴードン・マッキヴァー	フェネラの三番目の夫。コーネルのおい
ジョーン・シンクレア	サイの親友
エディス・ドラモンド…	サイの親友。アレンのいとこ
ミュアライン・カーマイケル	サイの親友
モントローズ・ダンヴリース	ミュアラインの兄。カーマイケルの領主

プロローグ

サイがスカートをたくしあげてしゃがもうとしたとき、それが聞こえた。断末魔の叫びのような、男性の短く鋭い叫び声が。うなじにさむけが走り、スカートをおろして体を起こすと、耳を澄ました。初めは何も聞こえなかった。走る足音も、争う物音も、事態が把握《はあく》できるような音は何も。やがて、甲高い悲痛な叫び声がしたかと思うと、泣きじゃくる声に変わった。

サイは悪態をつきながら腰の鞘《さや》から剣を抜き、痛ましい泣き声をたよりに、森のなかを進みはじめた。声に聞き覚えがあったので、だれが泣いているのかはわかっていた。昨夜も、フレイザー城滞在中に与えられていた部屋の隣から、同じすすり泣きが聞こえたからだ。婚礼の祝宴のあとにおこなわれた床入りの儀のために、新郎新婦が運びこまれた寝室から。

サイはその考えを頭から振り払って、自分の向かっている場所にもっと注意を向けた。すると、木の枝がしなって顔を打った。一行が野営のために選んだ場所は美しい空き地だったが、サイは用を足すためにそこからかなり遠く離れた場所にいた。距離をとるのはいつもの癖だった。用を足している最中に、兄弟たちのひとりに見つかって決まりの悪い思いをさせられたり、びっくりさせられたくなかったら、野営地から遠く離れる必要があることを学んでいた。それだけ兄弟たちは、過去に何度もそういういたずらをしてきたのだ。

もちろん、一度や二度は仕返しもした。男ばかり七人もいる兄弟たちのなかで育った唯一の女の子であるサイは、身を守る方法を早くから学んだ。そうしなければ、しょっちゅうママのもとに走っては兄弟たちのことを告げ口する、めそめそ泣いてばかりの女の子になっていただろうが、そんなのはサイらしくなかった。十六歳になった今、やられたら同じだけやり返すサイは、兄弟たち全員から愛と尊敬を勝ち得ていた。

もの思いから覚めたのは、せまい空き地に足を踏み入れたときだった。美しい空き地で、背の高い荘厳な木々に囲まれ、地面では紫色の花が絨毯《じゅうたん》を作っていたが、サイが思わず息をのんだのは、そこが絵のように美しい場所だからではなかった。うつ伏せになった夫へイミッシュの横で泣きじゃくる、いとこのフェネラを見たからだ。くしゃくしゃの黒っぽい髪が丸い顔にかかり、ドレスは乱れて破れ、血のついたナイフを手にしていた。

「フェネラ？」ようやく衝撃から脱したサイは、まえに進みながらささやき声で言った。「何があったの？」

一瞬だれだかわからなかったらしく、いとこは顔を上げてサイを見たあと、さらに激しく泣きじゃくり、首を振りながらまたうつむいた。

サイは眉をひそめ、剣を鞘に収めると、しゃがんでヘイミッシュを調べた。胸にまるく大きな血の跡があり、そのまんなかに穴がある。息もしていないようだ。サイは口もとがこわばるのを感じながら、いとこのほうを向き、抵抗しないその両手からそっとナイフを取った。ためらったあと、それを脇に放り、フェネラの両肩をつかんでそっと揺すった。「何があったの？」

山賊に襲われたとか、そのたぐいの話を聞くことになるのだろうと思っていた。だが、フェネラはみじめな様子で洟《はな》をすすると、こう叫んだ。「わたし、彼を殺してしまった」

「うそでしょ」サイはそうつぶやくと、フェネラを放して体を起こし、途方に暮れて空き地を見わたした。

「殺すつもりはなかったのよ」フェネラはしゃくりあげた。「もう暴行をされたくなかったの」

サイは眉をひそめて彼女を振り返った。「暴行？　あなたたちは結婚してるのよ、フェネラ。ヘイミッシュはあなたの夫でしょう。彼は──」

「夜じゅうわたしを傷つけ、辱《はずかし》めた、残酷で心ないろくでなしよ」フェネラは激しい口調で言い返した。「ようやく解放されたときには、擦り傷と裂け傷で月の障《さわ》りのときよりもひどく出血していたわ」死んだ夫に視線を移して静かに言う。「それだけでも充分にひどいけど、それだけならまだ耐えられた。耐えたと思う」彼女は胸のまえで腕を組み、うつむいてささやくように言った。「でも彼はわたしをうつ伏せにして、不自然なやり方でわたしを犯したの。さらに苦痛をともなうやり方でね」ふたたび顔を上げ、恐怖を訴えるように目を見開きながら付け加えた。「そして彼はそれをまたやろうとしたのよ、この森のなかで、獣のように」また倒れた男のほうに顔を向けると、悲しそうに言った。「わたしはされたくなかった。とにかく耐えられなかった。だから彼の腰帯の短剣が手に触れたとき——何も考えずに、わたしは……」つらそうにうめき、再度頭をたれる。「それをつかんで——」

フェネラはそこまで言うとみじめに首を振り、サイは地面の上の男を見やった。フェネラの話はほんとうだろう。昨夜サイの寝室まで聞こえてきたあの声のことがあるので、信じないわけにはいかなかった。あのときサイは疲れて少し気分が悪かった。いとこの婚礼の祝宴のあとで、兄のローリーに挑発されて飲み比べをしたのだ。サイはエールもウイスキーもあまり好きではなく、兄もそれを知っていた。だが、勝負を拒否することもできなかった。「逃げるのか？」とか、「まあ、どっちみち勝ち目はないからな、おまえのような小娘には」などと言われればなおさらだ。どちらも昨夜、妹を酔いつぶれさせたらおもしろいだろうと考えた兄が言ったことだった。

飲み比べに負けたのは兄だった。サイは座ったまま体を揺らしていたが、ローリーがベンチからずり落ちてテーブルの下に伸びたときも、まだちゃんと座っていた。みんなから歓声と祝福のことばを浴びながら立ちあがり、自分もつぶれてしまうまえに部屋にたどり着こうと、よろよろとテーブルから離れたことはぼんやりと覚えている。だが、階段をのぼりきったときの記憶はもっとはっきりしていた。笑い声と話し声と音楽がかすかなどよめきにしか聞こえなくなった階段の上で、女性の叫び声が聞こえてきて、サイは足を止めた。眉をひそめ、女性を助けるつもりで、音のしたほうに向かってよろめきながら廊下を進んだ。その扉に近づくにつれ足取りは重くなり、到着すると完全に止まった。酔って朦朧《もうろう》とした頭でさえ、新婚夫婦の部屋だとわかった。

のどからせりあがってこようとする酒を飲みくだしながら、サイはどうすればいいかわからずに立ち尽くした。最初の床入りは痛みをともなうこともあると聞いているが、扉の向こうから聞こえてくる叫びはいかにもつらそうだ。こんなに痛がるものなのだろうか？　床入りの儀というより、ヘイミッシュがかわいそうないとこを殺そうとしているように聞こえた。何も問題はないかたしかめようと、手をあげて扉をノックしかけたとき、突然叫び声がやんだ。

「よし」ヘイミッシュが満足げに息を切らしながらうなるように言った。扉越しのせいでくぐもって聞こえる。さらに衣擦れの音がつづいた。「これでおれたちはまぎれもない夫婦だ。おまえはおれのものだ」

フェネラが洟《はな》をすすりながら同意らしきことをつぶやいたので、サイはため息をついて扉に背を向け、そのまま自分の部屋に向かった。そうできることをうれしく思った。そのころには廊下がぐるぐるまわっていたので、もしフェネラが助けを必要としていたとしても、たいして役には立たなかっただろうから。

それでも、よろよろと部屋にはいりながら思った。フェネラの悲鳴から判断すると、床入りというものは、話に聞いていたよりもっとずっとつらいものにちがいないので、若い娘にはちゃんとそう伝えるべきだと。そうすれば、娘たちは結婚や床入りにあまり期待しなくなるだろう。

ベッドに倒れこんだとき、遠くからまた悲鳴が聞こえてきた。起きあがろうともがいてみたものの、すでに意識が遠のきはじめ、闇の力強い手でやわらかなベッドに引きこまれつつあった。

目が覚めてまず思い出したのがこの二度目の叫び声だったので、翌朝朝食のために階下におりたとき、いとこが生きて元気でいるのを見て、これ以上ないくらいほっとした。フェネラは蒼《あお》ざめて口数が少なかったが、サイが心配して大丈夫かと尋ねると、頬を赤くしてうなずき、うつむいた。そのときコンランに呼ばれたので、フェネラを置いて兄弟たちが座っている場所に向かうことになった。どっちにしろ、いとこのためにできることはあまりなかっただろうが。今やフェネラはヘイミッシュの妻であり、彼の馬や城や剣同様、彼のものなのだから。この世では女の権利などないに等しいのだ。

そう思ってぎゅっと口を閉じ、サイは同情をこめていとこを見つめ、ささやいた。「殺人は死罪よ」

「わかってる」フェネラはかたわらに倒れている男にどんよりした目を向け、疲れたように肩をすくめた。「でも、かまわないわ。ゆうべこの男にされたことをまたされるぐらいなら、死んだほうがましよ」

サイは唇をかんでヘイミッシュを見つめた。昨夜聞いた悲鳴が頭のなかに響きわたる。結婚式に出席したのは今回が初めてだったが、破瓜《はか》がつねにあんな悲鳴をあげるほど苦痛をともなうわけではないはずだ。破瓜で出血することは知っていたが、フェネラの説明は度を越していた。うつ伏せにされて不自然な体勢で奪われたことについては、いとこの言いたいことを正しく理解していた。なんといっても七人の兄弟たちのなかで育ってきたのだ。兄弟たちはサイをまごつかせたり苦しめたいがため、話すべきではないことを話すのを大いに楽しんできた。フェネラが話してくれたのは、ジョーディーが〝肛門《リャ》性交〟と呼んでいたものだろう。ジョーディーによれば、それは体を切断されるか、絞首刑か、火あぶりの刑による恐ろしい死をもって罰せられる罪だという。

つまるところ、フェネラは教会に代わって夫に罰を与えたのだ。体の切断や火あぶりよりも温情のある最期という罰を。縛り首と比べてもまだましかもしれない。たしかなことは言えないが。

ため息をつき、いとこのほうに向き直ると、彼女のまえにもう一度ひざまずいた。「ヘイミッシュにされたことを神父さまに話せば――」

「いやよ！」フェネラはぎょっとして叫んだ。「そんなことだれにも話せないわ。絶対に」

「わたしには話したじゃない」サイはやさしく思い出させた。「もしかしたら――」

「やめて、サイ。お願い」フェネラはサイの両手をつかみ、必死ににぎりしめた。「わたしを殺して。おとなしくあなたの手にかかるわ。のどを切り裂いて。そして、こう言うのよ。死体に覆いかぶさっているわたしを見つけ、武器の取り合いになって、殺してしまったと」

「ああ、フェネラ」サイは悲しげに言うと、彼女を抱き寄せた。「そんなことできないわ」

「しなきゃだめよ」彼女はドレスのまえをつかんで泣いた。「ヘイミッシュの兄弟は彼と同じくらい冷酷なの。このまま罰を与えずにいるわけがないわ。どのみちわたしを殺すわよ。少なくともあなたに殺されるなら、死ぬまえに拷問にかけられたりしないでしょ。お願いよ、サイ」

サイはしばらくじっとしたまま考えをめぐらした。フェネラが自分に殺してほしいと思うのはわかるが、そんなことできるわけがなかった。彼女は空き地に視線をめぐらすと、フェネラを放して体を起こした。「もっといい考えがあるわ」

「だめよ。いいからわたしを殺して、サイ。お願い」フェネラはそう叫ぶと、サイを追うために立ちあがろうともがいたが、サイが立ち止まってかがみ、空き地の縁の地面から大きな木の枝を拾いあげると、急に動きを止めた。枝は百八十センチ以上あり、一方の端は男の腕ほど太く、もう一方の端は彼女の手首ほど細い。「何をしているの？　火を熾《おこ》している場合じゃないのよ」

サイはフェネラに向き直り、深く息をついてから言った。「あなたたちはこの空き地に来たとき、ふたりの男に襲われたの。粗末な身なりの山賊で、ひとりは背が高くやせていて、もうひとりは背が低く太っていた」

「襲われた？」近づいてくるサイをまえにあとずさりしながら、フェネラは眉をひそめてきき返した。

「そうよ。あなたもヘイミッシュも。あなたはそれ以外のことをほとんど覚えていないの」

サイはそう言って木の枝を振りあげた。

「わかったわ」フェネラは蒼くなってささやいた。

サイはいとこの目に突然浮かんだ恐怖にひるむまいとしながら、間に合わせの武器を振りおろして、フェネラの側頭部を殴った。彼女が横に転がって、地面にうつ伏せに倒れている夫に重なるようにして倒れるのを見届けると、サイは木の枝を落とし、空き地の縁に戻って悲鳴をあげはじめた。

1

「美しい男の子ね、ジョーン」腕のなかの赤ん坊をのぞきこんでサイはつぶやいた。顔をあげて友だちににっこりと笑いかけながらつづける。「いい仕事をしたじゃない。キャムは大よろこびでしょう」

「ええ。わたしたちふたりともね」ジョーンはにっこりしながら言った。やがてその笑みをゆがませて言い添える。「小さなバーナードに妹をつくってあげたらどうかしら、とわたしが言ったときは、あの人、あまりうれしそうじゃなかったけど」

「なんですって?」サイは驚いて笑いながらきき返した。夫婦は子供をみごもったときから、ジョーンが出産で命を落とすのではないかと戦々恐々としていたのだ。それ以前に、いま彼女が抱いているこの大切な赤子がさずからないように、思いつくことはすべて試していた。だが今、ジョーンはゆがんだ笑みをサイに向けて肩をすくめた。

「それほどひどくなかったわよ。なんの問題もなく乗り越えたんだから、いいじゃない?」

サイはおもしろがって首を振った。やがて、城壁からトランペットの音が聞こえてきたので、鎧戸《よろいど》を開けた窓のほうを見た。

「お客さんみたいね」ジョーンがつぶやいた。

「きっとエディスよ」サイを追って窓のほうに移動しながら、ミュアラインが言った。

「そうね」サイは窓の外を見てつぶやいた。自分やミュアラインといっしょにエディスが出産に立ち会わなかったので、サイはいささか驚いていた。前回彼女たちがここを訪れたときは、その予定だったはずだ。一年以上まえに出会って以来、四人は仲のいい友だちになっており、それは四人が出会った状況を考えれば奇妙なことだった。サイとエディスとミュアラインは、キャンベル・シンクレアの母親が息子を再婚させようとして、城に招いた一ダースを越える女性たちのなかの三人だったのだ。キャンベルの母は孫をほしがっていたが、最初の妻が出産で命を落としてから、キャンベルは再婚にまったく興味を示さなかった。母親はこのままでは埒《らち》が明かないと思い、見つけられるかぎりの婚約していない娘を片っ端からシンクレア城に招待して、そのなかのひとりが息子を再婚する気にさせることを期待した。その意図については息子に話さず、驚かせようと思って計画を立てたのだが、驚いたのは母親のほうだった。キャンベルはジョーンを連れて城に戻ってきて、結婚したと告げたからだ。ほかの娘たちのなかには、手に入れようとしていた男性を横取りされて、ジョーンを憎む者たちもいた。だがサイとエディスとミュアラインは、ジョーンの親友になった。

「いいえ。エディスではないわ」ジョーンがきっぱりと言って、サイの注意を現在の会話に引き戻した。

「どうして？　キャムは彼女を招かなかったの？」今はまだかなり城から遠いところにいる旅の一行をよく見ようと、目をすがめながらサイは尋ねた。この距離からでは、一行はただの点にしか見えなかった。

「彼はエディスのことが好きじゃないの？」サイに抱かれたままの赤ん坊に指を差し出してつかませながら、ミュアラインがきいた。

「いいえ、あなたたちのことは、三人とも気に入ってるわよ」ジョーンはふたりに言った。

「もちろんエディスも招いたわ。でも、来るのが遅くなって、昨夜遅く、わたしたちが休んだあとで到着したの」

「エディスはもう来ているの？」サイとミュアラインは驚いてジョーンを振り返りながら、同時に言った。

ジョーンはにっこり微笑んだ。「ええ。夜中にお腹がすいたと騒ぐそこのおちびさんに起こされたとき、キャムから聞いたの」

「それなら、今どこにいるの？」サイが眉をひそめて尋ねる。

「それに、どうして遅くなったの？」とミュアライン。

「今はまだ寝てるわ。さっきも言ったように、遅くに到着したから」ジョーンは言った。

「もうすぐ起きると思うけど、遅くなった理由というのは――」そこで扉をたたく音がして、彼女はことばを切った。「どうぞ」

すぐに扉が開き、エディスがせかせかとはいってきた。興奮に頬を染め、蒼白い顔にうれしそうな笑みを浮かべながら、ベッドに飛んできてジョーンを抱きしめる。「おはよう！ 寝坊しちゃってごめんなさいね。朝食におりてきたら、あなたは起きてるってキャムに聞いて、あなたと赤ちゃんに会いにきたの」彼女は体を起こすと、期待するように片方の眉を上げた。「それで、昨日の夜キャムがさんざん自慢していたすばらしい赤ちゃんというのはどちら？」

ジョーンに指し示されて、エディスは窓辺のふたりの女性に視線を向けた。エディスは目を見開き、よろこびの笑みを浮かべながら、ふたりのもとに走っていた。「ああ！ サイ！ ミュアライン。あなたたちに会えてほんとにうれしいわ」

まずミュアラインを抱きしめ、サイのほうを向くと、その腕に抱えられたおくるみを見て動きを止めた。結局、横から半ば抱きつきながら、赤ん坊をのぞきこむことになった。

「まあ」両手を伸ばして小さな手を取ると、エディスはため息まじりに言った。「完璧な子ね」

「だっこしたい？」サイがきく。

「ええ、したいわ」エディスは熱心に言い、サイの腕からすばやく赤ん坊を抱き取った。曲げた腕でおくるみを抱え、笑顔で赤ん坊を見おろしたあと、ジョーンのほうを見て言った。

「出産に立ち会えなくてほんとうにごめんなさいね。わたしは立ち会いたかったのよ。マクダネルの領主のことがなかったら、間に合っていたのに」

サイは片方の眉を上げて尋ねた。「彼が何をしたせいで、ここに来る旅が遅れたの?」

エディスは顔をしかめた。「亡くなったのよ」

「まあ」ミュアラインはあいまいな口調で言った。どうしてマクダネルの領主の死がエディスの到着を遅らせることになったのか、考えているらしい。

「マクダネルの領主だったアレンは母方のいとこなの」エディスはそう言ってため息をついた。「でも、今まで二、三度しか会ったことはないと思うから、普通なら彼が死んでも知らせすら届かなかったはずだけど、わたしたちはそのときたまたまマクダネルに滞在していたのよ」

まわりの女性たちの驚いた表情に気づいて、エディスはバーナードを抱いたままベッドに向かうと、縁に腰かけて説明した。「ここに来る途中、休ませてもらうためにマクダネルに立ち寄ったの。ひと晩泊めてもらったら、翌朝すぐに出発して旅をつづけるつもりだったんだけど、アレンが死んだという知らせに起こされて……」彼女は力なく肩をすくめた。「それはお気の毒にとだけ言って、馬で旅をつづけるわけにはいかないでしょう?」

「たしかにそうね」ジョーンはなぐさめるように彼女の腕を軽くたたき、理解していることを伝えた。「どうして彼は亡くなったの、エディス? ご高齢だったの?」

「いいえ」エディスは暗い声で言った。「アレンはわたしより四つ歳上なだけよ」

それを聞いたサイは驚いて眉を上げた。エディスは自分と同じ二十歳だ。つまりアレンは二十四歳ということになる。まちがいなく老人ではない。「じゃあ何があったの？」

「溺死したの」エディスは首を振って言った。「彼は朝食のまえに湖で泳ぐのが好きだったらしいんだけど、ある朝……」彼女は力なく肩をすくめた。「溺れてしまったの。理由はわからない。とても泳ぎが達者な人だったのに、その朝は……」

彼女は顔をしかめてから、説明をつづけた。「領主夫人が朝食に現れる時間になってもアレンが戻ってこないから、彼の側近は心配になったんだと思う。アレンは毎朝夫人と食卓をともにすることにしていたんだけど、彼はまだ戻っていなかった。わたしが食卓についたとき、レディ・マクダネルは夫の所在を尋ねていたわ。どうして彼はまだ来ていないのか、彼を待たずに朝食をとっていいのかわからずに。アレンの側近は、彼がまだ泳いでいるか、使いの者にたしかめに行かせた。すると使いの者は、領主の遺体を馬に乗せて戻ってきたの」

彼女はため息をついた。「ほんとに悲惨だったわ。ティルダおばさまとアレンの奥方はとても動揺していた」悲しげに肩をすくめる。「それでさっきも言ったように、さっさと馬に乗って出発するわけにいかなくなったのよ」

「ええ、さすがにそれは無理ね」ジョーンが理解を示して言った。

「葬儀まで残るべきだと思ったの。それだと遅れるにしてもせいぜい数日か一週間でしょ。

でもティルダおばさまが――まあ、彼はひとり息子だったしね。村の教会に二週間、彼を安置するべきだと主張したの。村人たちや友人たちがきちんとお別れできるように」

「二週間？」サイは驚いて言った。「うわ、やだ、埋葬されるころには天にも届くほどにおっていたはずよ」

「それが、埋葬はされなかったの」エディスが言った。「一族の地下納体堂に運ばれたのよ。においもしなかったわ」そこでいったんことばを止め、ささやくように言った。「防腐処理をしたから」

「なんですって？」ミュアラインがぎょっとしてきいた。「そんなの、教会がいい顔をしないはずよ。異教徒の風習だもの」

「そうだけど、お金を出せば許されるのよ」サイが冷ややかに言った。

エディスはうなずいた。「おばはそのための特別許可をもらったの」

「ふうん」サイがつぶやいた。「それであなたは葬儀のために残ったの？」

「ええ」エディスは顔をしかめた。「そうしたくはなかったけどね。レディ・マクダネルは悲嘆にくれていたけど、ティルダおばさまはもっとひどかった。アレンは泳ぎが得意だった、どうしてこんなことになったのかわからない、と言いつづけていたわ。そのうち、そう言いながらレディ・マクダネルのほうを見るようになった。葬儀がおこなわれるころには、アレンの妻につらくあたるようになり、耳を傾けてくれる人にはだれかれかまわず、レディ・マクダネルのこれまでの夫たちも不自然な死を迎えていることを教えていたわ」

「みんな不自然な死だったの？」ミュアラインが興味を引かれてきき、サイはその表情を見てにんまりとしかけた。この娘の頰を色づかせるには、おもしろいうわさ話がいちばんのようだ。

「そうらしいわ」エディスは言った。「まえのご主人だったマッキヴァーの領主は、結婚して一カ月後に、馬上から投げ出されて亡くなったんですって。首を折ってね」

「まあ」ミュアラインとジョーンが同時に言った。

「ふたりの夫が事故で亡くなったわけね」サイは冷ややかに言った。「どうもあやしいわ」

「ええ」エディスは同意するようにつぶやいた。「でも、四年のあいだに四人の夫が死んだと言ったら、もっとあやしいでしょ」

「なんですって？」ミュアラインが驚いてきいた。「ほんとなの？」

「ええ。四回結婚して、そのたびに未亡人になっているの」

「あとのふたりの夫はどうやって亡くなったの？」興味を引かれてサイが尋ねた。おもしろい殺人ミステリーほどいい暇つぶしはない。

「マッキヴァーの領主のまえは彼のおじで、コーネル・マッキヴァー。彼は新婚初夜のベッドで亡くなったの。でも高齢だった」エディスは急いで付け加えた。「若い花嫁の性的興奮についていけなかったらしいわ」

「あら」ジョーンとミュアラインはおもしろがって言った。

「それで、最初の夫は？」サイが尋ねる。

「ケネディの領主よ。婚礼の翌日に殺されたの。婚礼がおこなわれた花嫁の実家の城からケネディの要塞に戻る途中、山賊に襲われてね」

サイは硬直した。「レディ・マクダネルって、レディ・フェネラ・フレイザーのことじゃない？」

「そうそう」エディスはほっとしたように言うと、気まずそうに微笑んで打ち明けた。「あなたたちに事情を話しはじめたものの、どうしても彼女のファーストネームが出てこなかったのよね。そうだったわ、フェネラよ」彼女はうなずいたあと、顔をしかめて言った。「でも、夫殺しと呼ばれはじめてるわ。まったく謂《いわ》れのないことなのに」そしてきっぱりと付け加えた。「夫が山賊に殺されたとき、彼女もいっしょにいてけがをしたんだから。夫の死体のそばで、血まみれで意識を失っていたそうよ。二番目の夫について言えば、マッキヴァーの老領主はかなり歳上だったから、若い花嫁との初夜で張り切りすぎて死んだにちがいないと言われているし」

「若いほうのマッキヴァーの領主は？」ミュアラインが尋ねる。「事故ではないという疑いはあったの？」

「もちろんあったわ。でも、王さまが人をやって調査させた結果、事故にすぎないと判断されたの。領主が馬で出かけたとき、レディ・フェネラは大広間で彼の母とおばをもてなしていて、馬が彼を乗せずに戻ってきたという知らせがはいったときも、三人の女性はまだそこにいたから。レディ・フェネラ自身、騎馬捜索隊に同行したのよ。夫が乗って帰れるようにと、自分の馬に彼の馬をつないでね。もちろん、夫は馬に乗って帰れなかった。見つかったとき、彼は死んでいたから。首の骨を折って」

「でも……」ジョーンが眉をひそめて指摘した。「わたしが馬に振り落とされたときは、事故じゃなかったわ。鞍《くら》に針が仕込んであって、馬の背に刺さるようになっていたから、わたしは振り落とされたのよ」

「そうだけど、鞍に体重をかけた瞬間、あなたの馬は逆上して、すごい勢いで森のなかを駆け抜けたんでしょ」エディスが指摘した。「だれに聞いても、マッキヴァーの領主は中庭で騎乗すると、とくに問題もなく出ていったという話よ。彼が馬に振り落とされたのは、かなり森の奥にはいってからなの。あなたのときみたいに、鞍に針が仕込まれていたら、そうはならないでしょう」

「ええ、それもそうね」ジョーンはゆっくりと同意すると、肩をすくめてサイのほうを見た。何か言おうとして口を開けたが、途中でやめて不意に眉を上げた。「大丈夫、サイ？　なんだかあなた……」友人の様子をどう表現すればわからなかったらしく、口ごもった。

無理もないわ、とサイは思った。自分でもどんな気持ちなのかわからなかったからだ。胃のなかでさまざまな感情がうごめき、からまっているようだった。その胸が悪くなるようないやな感じから引き出せるものといえば、不安、恐怖、心配ぐらいだろう。のどにからまる苦いものを飲みこんで、無理に笑顔を作ったものの、みじめに失敗したサイは、首を振って白状した。「フェネラはわたしのいとこなの」

「ほんと？」エディスは興味を引かれてきき返すと、にっこりした。「わたしのいとことあなたのいとこが結婚していたということは、わたしたち親戚同士ね」

「彼女がマクダネルの領主と結婚してたこと、あなたは知ってたの？」ミュアラインは眉をひそめてきいた。

「いいえ」サイは認めたあと、ため息をついた。「実は、ケネディとの結婚のあと、再婚したことも知らなかった」

「マッキヴァーの領主との結婚も？」ミュアラインがびっくりしてきく。

サイは首を振った。「最初の結婚式には出席したわ。実を言うと、そのあとみんなでいっしょに帰ったの。ブキャナンはケネディの領地へ向かう途中にあるから。結婚式の翌朝、わたしたちはいっしょに出発した」

「ケネディの領主が殺されたとき、あなたもその場にいたの？」ミュアラインが息を弾ませながら尋ねた。

サイは黙ってうなずいた。

「でも、最初の結婚式に出席したなら、つぎのにも招待されたはずでしょ?」エディスが言った。

「それが、されなかったのよ」サイは打ち明けた。そして、眉をひそめて考えこんでから付け加えた。「ほんとは招待されていたのかも。でも、フェネラの最初の結婚のあとすぐに母が亡くなったし、長兄のオーレイは――今は領主だけど――盛大なお祝い事が好きじゃないの。欠席を伝える手紙と結婚祝いだけ送って、結婚式のことはわたしたちに言わずにいたのかもしれない」

「おそらくそういうことでしょうね」エディスはため息をついて言った。

サイはうなずいたが、頭のなかはあの空き地に戻っていた。死んだヘイミッシュ・ケネディが横たわり、〝彼を殺してしまった〟といとこが告白したあの場所に。

「もうっ」

ミュアラインが発した悪態に驚いて、サイは彼女のほうを見た。悪態をつくような娘ではないからだ。彼女が開いた鎧戸のそばにいるのを見て、サイは外から聞こえてくる音に気づいた。十頭以上はいそうな馬の足音に加えて、大声で交わされるあいさつ。なんだろうと思い、歩いていってミュアラインの横に立つと、騒々しい光景をいっしょに見おろした。馬は十頭どころか三十頭以上はおり、ジョーンの夫のキャムが、馬から降りようとしている男性にあいさつしていた。その物腰から判断するかぎり、キャムはその男性が好きではないようだ。これほど大勢の随行とともにやってきた訪問者となると、不安にもなる。

「あれはどこの旗かしら」サイは眉をひそめて言った。

「ダンヴリースの旗よ」ミュアラインが陰気に言った。

「あなたのお兄さまの？」驚いて彼女を見やりながら、サイが尋ねる。

「種ちがいの兄よ」軽蔑を隠そうともしない声で、ミュアラインが訂正した。サイは驚かなかった。ミュアラインとはかなり親しくなっていたので、彼女が父親のちがう兄をひどく嫌っていることは知っていた。

「どうしてモントローズがここにいるの？」もうわかっている答えを恐れながら、サイは静かに尋ねた。

「お父さまが亡くなったんだわ」ミュアラインはとぎれがちな声で言った。震える息を吐き、首を振って目を閉じる。「もうずっと具合がよくなかったんだけど、持ち直したようだったの。きっとよくなると思ってたのよ。でなきゃお父さまを置いてここには来なかったわ」

「ちがうかもしれないわよ」ミュアラインの言うとおりなのだろうと思いながらも、サイは言った。唇をかみ、ぎこちなく相手に腕をまわして支える。そうするのが正しいように思えた。ミュアラインがどれほど父親を愛しているか知っていたからだ。

「階下《した》に行って、どちらなのかたしかめたほうがよさそうね」少ししてミュアラインは言った。

「わたしも行くわ」サイが静かに申し出た。

「ありがとう」ミュアラインはささやき、サイと腕をからませると、扉に向かった。

グリア・マクダネルは遠い蹄《ひづめ》の音を聞いてため息をつき、しぶしぶ目を開けた。彼が寝そべっている空き地を取り囲む、木々の葉の緑の枠のなかに見える空はまだ明るく薄い青で、頭上にはふわふわの雲が浮かび、ゆっくりと流れていた。近づいてくる馬が到着するまでに、どれくらい時間がかかるだろうかと思った。そしてため息をつき、頭を上げて、股間で上下しているブロンドの頭を見おろした。

「もうやめたほうがいいよ、ミリー。お客が来るようだ」

ブロンドの侍女は彼の体の大好きな部分から口を離し、膨れっ面を向けた。「まだはじめたばっかりなのに」

「ああ、わかってる。わかってるさ」彼はそっけなく言うと、上体を起こして分身をプレード（スコットランド高地地方の男性が身につける格子柄の布）のなかにしまった。「でもだれかが来るんだ。それまでにおまえが身支度を整える時間は充分にある」

いらいらと舌打ちしながら、侍女は立ちあがり、ドレスの胸もとを引きあげて、彼が苦労してあらわにした豊満な乳房を隠しにかかった。彼女がひもに苦戦しはじめると、グリアも立ちあがって手伝った。作業を終えてほんの数秒後、従者のアルピンがポニーに乗って空き地に現れ、ポニーは身を震わせながら突然止まった。

「領主さま」少年はポニーから体を投げ出さんばかりに勢いこんで叫んだ。

グリアは片手を伸ばして少年を支え、おとなしく待った。新入りの若い従者にとっては何もかもが一大事なので、少年が興奮していてもつられてはいけないことをグリアは早々に学んでいた。

「レディ・フェネラがあなたをさがしてこいって」少年は出し抜けに言った。「どこにいるかわからないから」

「そりゃわからないだろうさ」グリアはそっけなく言った。いとこの葬儀に間に合うようにと、マクダネルに着いたのはほんの一週間まえだ。だが、前領主の未亡人が迷惑な人物だということはすぐに明らかになった。しくしく、めそめそ泣いては、ふさぎこんだ様子で、悲劇の幽霊のように城のなかをうろつくばかりなのだ。そしてたいてい泣きごとを聞いてくれる相手をほしがった。おばのティルダはいい人で、息子を殺したのは嫁だと言ってあからさまに責めることはなかったが、どちらにつくべきかわかるまで人びとは距離を置いていたので、この一週間で未亡人に話しかけたのはグリアだけだった。彼女はたちまち彼を自分の味方とみなし、新しい家をさがす哀れな飢えた子犬か何かのように、彼を追いかけまわすようになった。実のところ、グリアが侍女のミリーを見つけて自分の馬に引っぱりあげ、こっそり城を抜け出したのはそのせいだった。ちょっと息抜きがしたかったのだ。

侍女に目を移すと、乳首がまだ立っており、着ているドレスのやわらかい生地を押しあげているのがわかった。見られていると知って、彼女は片手で腹部をなであげて生地の上からまるい乳房をつかみ、唇をなめた。その動作でまだ硬直しているグリアの男性自身がブレードの下で脈打ち、彼は侍女の腕をつかんでアルピンと馬から遠ざけようとしながら、肩越しに言った。「見つからなかったと彼女に伝えろ」

「でも、お客さんたちは？」

グリアは歩みを止めて目を閉じ、ため息をついた。客か。もちろん今は客もいる。国民の半数にも思える人びとは、二週間も居座ってマクダネルの蓄えを食いつぶしかけたあとも、まだ退散していなかった。遅れてやってきて葬儀には出席しなかったくせに、せめて食事と寝る場所を用意しろと要求する居残り組もいる。新領主として、グリアは彼らを迎え、もてなすことを期待されていた。

ミリーの小さな手に男性自身をにぎられ、ぱっと目を開けて見おろすと侍女は横向きに立ち、アルピンからは見えない位置でプレードの下に右手を入れていた。硬直したものをにぎった手が上下に動き、グリアはうめいた。

「客にも見つからなかったと言え」グリアはどなるように繰り返した。侍女は彼の腕に乳房を押しつけながら、手を上下に動かしつづけている。

「でも――」

「行け！」ミリーにいじられているせいで思わず尻をびくりとさせながら、グリアはどなった。そして、もっとおだやかな声を出すよう心がけながら付け加えた。「おれもすぐに行く」

アルピンは精一杯気取ってため息をついた。だがすぐに衣擦れの音がつづいたので、どうやらまたポニーに乗ったらしい。やがて速歩《トロット》で空き地から出ていくパカパカという音がした。

ミリーはすぐに草の上に膝をつくと、プレードの下に頭をつっこんで、熱心に愛撫《あいぶ》していたものを口にふくんだ。侍女が両手で彼の尻をつかみ、激しく口を動かしはじめると、グリアはうめき、プレードの上から侍女の頭をつかんでバランスをとった。

くそっ、この女の腕前はそうとうなものだぞ、とぼんやり思い、やがて考えるのもやめて、快感に身をまかせた。しばらくして、彼は声をあげながら達し、侍女ののどの奥に精を放った。

「今のは何？」

ミュアラインの不安そうな問いかけに、サイは首を振って馬を止めた。旅の一行の全員が同様にしている。ミュアラインの兄に随行する兵士たちは、みな馬を止めて用心深く周囲の森をうかがい、苦しげな叫び声のもとをさがした。

「マクダネルの領主の幽霊がこの森を歩きまわっているわけじゃないわよね？」ミュアラインが心配そうにきき、サイは驚いて彼女を見た。

「まさか。そんなわけないでしょ。ばかなこと言わないでよ、ミュアライン」まったく、これから滞在することになる城のまわりに幽霊や化け物がいるのではと心配すること以外にも、この子は難問が山積みなのに。

もし滞在することになればだけど。サイは心のなかで苦々しく付け加えた。招待されたわけではないし、実際フェネラはわたしが来ることを知らないのだ。だが、ミュアラインの兄のモントローズ・ダンヴリースがシンクレアに来たのは、やはりミュアラインに父親が亡くなったことを知らせ、イングランドに連れ帰るためだったと知ると、サイは途中にあるマクダネルの城まで同行してもいいかと尋ねていた。そのことばが口から出たときは自分でも驚いた。

だが、モントローズがそのたのみをあっさり聞き入れたときはもっと驚いた。彼は愚かで自分勝手で放縦な男だ。自分の得にならないことはほとんど何もしない。おおかたサイがエスコートに感謝して、彼に身をまかせることでも期待したのだろう。それについては、兄弟たちに教わったわざで、すぐに思いちがいを正してやった――男にとっていちばん痛い場所に膝蹴りをお見舞いしたのだ。それ以来、彼はサイに話しかけてこない。

「マクダネルの領主の死は事故だったと思う?」一行がまた進みはじめると、ミュアラインは小声できいた。

「わからない」サイはうんざりしながら言った。それはこの旅のあいだじゅう彼女につきまとっている疑問だった。

「あなたのいとこの夫は、だれかに殺されたのかもしれないと思う？」

サイは驚いてミュアラインのほうを見た。「なんですって？」

「だって、フェネラは四年のあいだに四人もの夫を失っているんでしょ。国王もこれまでの三人については彼女が殺したとは思っていないみたいだけど、これで四人目よ。だれかほかの人が殺しているのかもしれないわ。フェネラを自分のものにしたいと思っている嫉妬深い崇拝者がいて、その人が彼女の夫を殺しているとか」

一行とともに進みながら、サイは考えてみた。そうだったらいいのにと思いそうになった。だって、もしそうでないとしたら……。

国王の使者たちは、フェネラは無実だと判断したのだろう。それは理解できた。若いほうのマッキヴァー領主が落馬して首を折ったとき、フェネラはひとりではなかった。彼の家族といっしょだった。これは完璧なアリバイだ。老マッキヴァーのほうは、かなりの高齢だったので、自分よりはるかに若く美しい花嫁との床入りで、興奮して死んでもおかしくなかった。だが、サイは国王の使者たちが知らないことを知っていた。フェネラがまちがいなく最初の夫を殺したことを。そのせいで、残りの夫たちの死についても疑惑を覚えていた。老若のマッキヴァーの領主それぞれの死、そしてマクダネルの領主の死は、フェネラと何か関係があるのか、自分でたしかめる必要があった。もし関係があるなら、あの日自分がいとこを救ったせいで、三人の男性を犠牲にしてしまったのかもしれないからだ。救わなかったら、おそらく今も生きていたはずの男性たちを。サイの手には彼らの血がついているのだ。

そんな思いに鬱々《うつうつ》とし、口もとを引き締めながら、モントローズの馬のあとから森を出て、城門につづく土の小道を進んだ。答えは得られるだろうが、そのあとどうすればいいのかわからなかった。自分に何ができるのかも。もしいとこが夫たちを殺していたのなら、それをやめさせるためにできることはあるだろうか？　それにはまず、ケネディ領主の死に関わったことを認めなければならない。サイがヘイミッシュ・ケネディを殺したわけではないが、殺人を隠匿するために力を貸したのだから。この罪により、自分はどんな罰を受けることになるのだろう？

サイがその疑問のせいで不機嫌に黙りこんでいるうちに、一行は城の正面階段の下に到着し、馬から降りた。召使いが一行を迎え、階段をのぼって玄関をはいるよう誘導しながら、苦々しげな表情で説明した。領主が見つからないので、レディ・マクダネルを呼びにやりました、まもなく来られると思います、と。謝罪めいた説明が終わろうかというころ、かすかな衣擦れの音と、パタパタという足音がして、階段をおりてくる年配の女性が一行の注意を引いた。アレン・マクダネルの母親だろう、とサイはまだ魅力的なその女性を見やりながら思った。いとこでないのはたしかだ。

「ロード・ダンヴリース」ティルダ・マクダネルは悲しげに微笑みながら、大広間を横切って彼らを出迎えた。「またお会いできてうれしゅうございますわ。妹さんは見つかったのですね?」

「はい。おかげさまで」モントローズは言った。いつもの横柄で無礼な、がなるような声とちがって、彼の声はここぞとばかりに静かで威厳があった。彼は向きを変え、ミュアラインを示しながら付け加えた。「妹のレディ・ミュアライン・カーマイケルです。カーマイケルの氏族《クラン》の」

「ああ、あなたが」レディ・マクダネルはミュアラインの手を取り、両手でそっとにぎって言った。「お父さまがご逝去されたとうかがって残念です。スコットランドはたてつづけにふたりの善良な人間を失ったのですね」

「はい」父の死を知って以来、だれかが父のことを言うたびにわきあがる涙で目をうるませながら、ミュアラインはつぶやいた。

レディ・マクダネルはいっときミュアラインを抱いたあと、うしろにさがり、目から涙を追いやりながら、歓迎の笑みを浮かべてサイたちのほうを向いた。「そしてこちらはもうひとりの妹さんかしら——」

「いえ、ちがいます」モントローズは暗い残忍な笑みを浮かべてさえぎった。サイがその意味を理解したのは、彼がこう言い添えたあとだった。「こちらはレディ・サイ・ブキャナン、われわれが帰宅途中にふたたびこちらに立ち寄ったのは彼女のためなのです。レディ・フェネラのいとこにして親しい友人である彼女は、いとこに会ってなぐさめたいと、わたしに随行を懇願されまして」

随行を懇願したというくだりで、サイの口もとがこわばった。懇願したことなど生まれてから一度もないし、だいたい、帰宅途中にサイをマクダネルまで送ることはできないかときいたのはミュアラインなのに。だが、レディ・マクダネルの笑みが凍りついたことに気づくと、モントローズに対するいらだちは忘れ去られた。つぎの瞬間、老婦人の笑みはすっかり消えた。屋根の庇《ひさし》からすべった氷が地面に激突して砕けるように。

蒼白い顔と冷たい目で、レディ・マクダネルはぎこちなくサイにうなずいた。「あなたのいとこは自分の部屋にいるわ。階段をのぼって左側の三番目の扉よ」

サイは彼女にお悔やみを言いたくてためらっていたが、言っても迷惑のようだった。自分はもうお呼びではなく、この女性のいるところでは歓迎されないのだ。モントローズがそれをひどく楽しんでいるのに気づいて、サイはむっとした。

サイはモントローズを無視して、レディ・マクダネルに小さな声で「ありがとうございます」と言うと、大広間を横切って階段に向かった。

階段をのぼるあいだはだれとも出会わなかった。レディ・マクダネルにフェネラの部屋だと教えられた扉のまえまで来ると、立ち止まって耳を澄ましたが、なかからは何も聞こえてこない。背筋を伸ばして鋭いノックをし、小さな声が「どうぞ」と言うのを聞いてから、扉を開けて部屋のなかにはいった。

マクダネルの領主と花嫁が眠っていたはずの主寝室でないことはひと目でわかった。フェネラは早くももっとせまい部屋に移されたようだ。だが、ちょっとせますぎるのではないだろうか。ちっぽけな部屋には、シングルベッド一台と隅に硬木の椅子がやっと置けるだけの広さしかなかった。暖炉もないので、冬にはとんでもなく冷えそうな部屋だ。

サイが察するところ、フェネラのためにこの部屋を選んだのはアレンの母親で、フェネラはそれに反論しなかったのだろう。ということは、フェネラのここでの地位は、今やあやういものになっているのだ。もう領主の妻ではないのだし、一族における地位を約束してくれる世継ぎも産んでいないのだから。アレンの母のほうがフェネラより権力があるというわけだ。

「サイ?」

当惑したような、ほとんど期待するようなささやきを聞いて、ベッドの上の女性に目を向けたサイは、驚いて眉を上げた。サイが覚えている五年まえの、愛らしくてふっくらした、バラ色の顔ではなかった。結婚式の翌朝の、蒼白い丸顔でもなかった。そこにいたのは、ガリガリにやせ、顔には血の気がなく、最近泣いてばかりいるせいで、目を赤くした女性だった。

「ああ、サイ!」フェネラはベッドからおりると、サイに腕をまわしてきつく抱きついた。

「ああ、ありがたいわ。知っている顔が見られて。すごくあなたに会いたかった。わたしはどうすればいいの？　夫は死んでしまった。アレンをとても愛していたのに。彼となら今度こそ幸せに暮らしていけると思っていたのに。こんなふうにわたしを残して、どうして死ぬことができたのかしら？　わたしは罰を受けているのよね？　神はヘイミッシュのことでわたしを罰しているんだわ。わたしが――」

サイはいとこの口をふさいで黙らせた。油断なく扉のほうに目を向けながら、心のなかでフェネラの言ったことを復唱し、彼女がどれくらい明かしてしまったかをたしかめた……そして、だれかに聞かれただろうかと考えた。

フェネラを放し、唇のまえで指を立てると、すべるようにすばやく扉に戻り、わずかに開けた。急いで左右に目をやり、廊下にだれもいないことを確認すると、ほっとして小さく音をたてて息を吐き、ゆっくりとまた扉を閉めた。

2

「なんてこった」馬で城門を抜け、中庭に馬や男たちが集っているのを見たグリアはつぶやいた。見たところ三十人から四十人の兵士がいた。それもイングランド兵士だ。憎き侵略軍のようだと思ったが、彼らが掲げる旗に気づくと、いやそうに顔をしかめた。モントローズ・ダンヴリースが戻ってきたらしい。おそらく妹を連れて帰る途中なのだろう。あわよくばマクダネルでもう一泊して、おれの食料を食べ、客用寝室で眠ろうという魂胆だな。今回は一泊ですめばいいが、とグリアは思った。あの男が好きではないのだ。

門をはいったところで馬を止め、ミリーの腰に腕をまわして抱きあげると、馬からすべり降りさせた。

「裏にまわって城にはいれ」彼は指示した。「あそこにいる男たちにあいさつをする。おまえは見られないほうがいいだろう」

ミリーはすばやくうなずき、城壁に沿って進みながら隠れ場所の厩《うまや》に向かった。グリアは侍女が無事に建物の向こうに消えるのを見届けてから、背筋を伸ばして馬を進めた。大きく広がった馬と人の集団の後部に迫ろうとしたとき、集団の前方でアルピンと厩番頭がひとりのイングランド人と話しているのに気づいた。だが、グリアの片腕のボウイの姿はなかった。

「アルピン」グリアはどなった。

従者は顔をめぐらし、ほっとした笑みを見せると、馬から降りる主人のもとに急行した。

「いったいなんだってこのイングランド兵たちは、うちの中庭でくっちゃべっているんだ？それに、ボウイはどこだ？」

「ボウイはあなたのおばさんとダンヴリース卿といっしょになかにいるよ。この人たちはダンヴリース卿の兵士なんだ」アルピンは言った。そして、多少のいらだちを見せながら付け加えた。「城にお客さんが向かってるとあなたに話そうとしたんだ。城壁の見張り兵がまだ遠くにいる彼らを見つけて、レディ・フェネラにあなたをさがしにいかされたとき、彼らのことも伝えるように言われたんだよ……でもあなたはそうさせてくれなかった」

グリアはいつものように目上の人に対する口のきき方を少年に思い出させてやろうかと思ったが、今はそんなことにかかずらっているときではないと判断した。もっと重要な問題がある。「レディ・マクダネルはあのいまいましい男にまた泊まっていけと勧めているなんて言うなよ」

「わかった、じゃあ言わないよ」アルピンは肩をすくめたあと、いくぶん満足げに付け加えた。「でも彼女は勧めたんだ。あなたがぼくといっしょに城に戻ってくれていたら、避けられたかもしれないけどね。それなのにあなたは、傭兵《ようへい》だったときみたいにミリーのスカートをまくりあげてるんだから。今じゃ領主さまだっていうのに」

「言いすぎだぞ、小僧」グリアはどなった。「いつか悔やむ日が来る」

アルピンはまったく気にしていないようだった。肩をすくめただけで、厩のほうに戻っていこうとしたので、グリアは少年の襟首をつかんで引き戻した。「馬の世話に手を尽くせと厩番頭に伝えろ。それからボウイに、できるだけ多くの兵士をうちの者たちがいる兵舎に収容させるんだ。残りは城のなかにはいってもらえ。前回同様、大広間で休んでもらおう。だが、警備兵は多めに配置するようボウイに言っておけよ。ダンヴリースは信用できない」

「うん」アルピンはさもいやそうに言った。「あいつは汚らしいげす野郎だ」

グリアは驚いて少年をにらんだ。「どこでそんな口のきき方を覚えた？」

「あなたから」アルピンはそっけなく言うと向きを変え、今はグリアにもその姿が見える、厩番頭とボウイのいるほうに戻っていった。

首を振りながら、グリアは自分で世話をしようと馬を引いて厩に向かった。厩番頭はグリアの馬の世話がなくても、イングランド兵の馬たちを休ませる場所を見つけるので大忙しだろう。それに、もう一度ダンヴリースに会うのは気が進まなかった。それどころか、夜までずっと森のなかにいればよかったと思っていた。あるいは、もっと早く戻って、ダンヴリースと兵士たちが到着するまえに、城門を閉じてしまえばよかったと。

「ごめんなさい」フェネラはささやき声で言った。最初の涙が目にわきあがり、みじめに両手をよじりながら首を振る。「わたし、ちゃんとものが考えられなくて。アレンが死んでからずっとこんな調子なの。ほんとうにすばらしい男性《ひと》だったのよ、サイ。きっとあなたも気に入ったと思う。とても親切で、おだやかで、気遣いのできる人だった。わたしのためにと毎日召使いに花を切らせて、わたしの部屋に飾ってくれたの」

フェネラは部屋の一方の壁際に並ぶ、枯れて干からびた花々を示した。ここに移されたとき、主寝室から持ってきたのだろう、とサイは推測した。

「それに、とても高価な布地や美しい宝石を買ってくれた」フェネラはサイに向き直ってつづけた。「でもいちばんうれしかったのは、とてもやさしかったこと。新婚初夜にわたしが怖がっているのを察して、無理やり夫婦の契りを交わすことはせずに、わたしをなだめ、大丈夫だ、今後も夫の権利を行使してわたしを困らせたりしないと言ってくれたの。もし望むなら、そういった義務から完全に解放すると。でも、子供がほしくなったら、そう言ってくれさえすれば、なんであれそのために必要なことをしようと」

涙は今や目からあふれ、流れが頬を伝っていた。「スコットランドとイングランドをすべてあわせても、アレンほどやさしくていい人なんているはずないわ。でもその彼も、もういない」最後のことばは哀れな長い叫びとなり、フェネラはサイに抱きついて、また心がつぶれるほど泣きじゃくりはじめた。

サイは一瞬立ち尽くしたが、やがて両手を上げていとこの背中をぎこちなくさすった。フェネラには完全に度肝を抜かれたみたいだった。サイがここに来たのは、いとこが夫を殺さずにはいられない、病んだ女になってしまったのではと疑ったからだ。だが、ここにいるのは、たいそう愛していたらしい夫の死を、心から悼《いた》んでいるように見える女性だった。これほどの愁嘆場を演じられる名女優はどこにもいないだろう、とサイは思った。

サイはそこに立ったままフェネラの背中をさすっていたが、むせび泣きが小さなため息とすすり泣きにまで収まると、ベッドの縁にいっしょに座らせて両手を取った。

「何があったの?」彼女は静かに尋ねた。「つい最近まであなたが再婚したことも知らなかったのよ。それも、ケネディのあと三度も結婚して、その全員が死んだなんて。どういうこと?」

フェネラは縁の赤くなった目をしばたたいた。「知らなかったですって? どの結婚式のときもあなたに招待状を出したのよ」

「ほんとに?」サイはそうきき返して眉をひそめ、どうせ招待状を受け取ったオーレイが、サイや弟たちには知らせずに、欠席の返事を出したというところだろう、と思った。ブキャナンに戻ったら、そのことについて兄と話をしなければならない。兄が公式行事を苦手としているのはわかるが、だからといってサイも出席したくないと思っていることにはならないのだから。祝宴や婚礼はオーレイに負けず劣らずサイも嫌いだが、それでもいとこが結婚すると知るのはよろこばしいことだ……再婚、再々婚であっても。

「オーレイね」フェネラは不意にそう言ってため息をついた。彼女の思考もサイと同じ道をたどったらしい。「彼が出席しないのは予想がついたけど、結婚のことまであなたたちに伝えずにすませるとは予想してなかったわ。まだ傷跡のせいで人前に出たがらないの？」

「ええ」サイは静かに認めた。オーレイはいつも明るく陽気な少年で、やがて女たちが放っておかないような勇敢で眉目秀麗《びもくしゅうれい》な戦士に成長した……戦《いくさ》で父親を失うまでは。心も体も傷ついて戦場をあとにしたオーレイの美しい顔の半分は、彼の命を奪いかけた剣戦による傷を負っていた。傷は癒えたが、明るくてくったくのない人柄が戻ることはなく、もうもとの兄に戻らないのではとサイは心配するようになっていた。その心配ごとを頭から振り払い、サイはフェネラの両手をにぎりしめた。「話して。ヘイミッシュのあと、マッキヴァーの領主と結婚したそうね。どうしてそうなったの？」

「国王のせいよ」フェネラは悲しげに言った。「マッキヴァーのご老体は国王の友人で、わたしを妻にと望んだので、未亡人になって六カ月後に国王から結婚を命じられたの」彼女はさもいやそうに顔をしかめて言った。「ヘイミッシュにあんなことをされたあとでまた結婚なんかしたくなかったけど、選択肢はなかったのよ。あのときはせいぜい、マッキヴァーが高齢のせいで夫の権利を行使できないことを願うしかなかった」

「できなかったの？」サイは彼女の顔をじっと見ながら尋ねた。

フェネラは顔をしかめた。「挑戦はしたわ。しばらくわたしの上ではあはあぜいぜい言いながら、なんとかやりとげようとしたけど、そのうちため息をついてわたしから離れ、眠ってしまった。とにかく彼は眠っていると思って、わたしも眠ったの。何かがおかしいと気づいたのは朝になってからだった。彼は冷たく蒼ざめていて、わたしは死体と寝ていたことに気づいたの」

サイは〝おえっ〟と言わないように唇をかんだ。つぎに何をきこうかと考えていると、フェネラはつづけた。

「それで国王は、わたしが今度はマッキヴァーの甥《おい》と結婚するべきだと判断した。わたしのような若くて美しい娘が、夫もなしに色あせていくのは惜しいと言ってね。でも実際は、婚礼の祝宴のあいだ、その甥がずっとわたしをいやらしい目つきで見ていたから、国王がそれに気づいて、城や領地とともにわたしもさげわたすことにしたんだと思う」彼女は苦々しげに言った。

「国王も結婚式に出席されたの？」サイは話題を変えようとしてきいた。

「どちらの結婚式にも出席されたわ。マッキヴァーはずっと国王を支援してきたから、国王はその関係を絶ちたくなかったのよ」彼女は陰気に言った。

「それで今度は若いマッキヴァーと結婚したわけね」サイが先を促す。

「そう」

フェネラが先をつづけないので、サイはせかした。「彼は夫としてどうだったの？　親切だった？」

フェネラはため息をつき、悲しげに肩をすくめた。「まともだったわ。少なくとも若くて健康で、おじさんみたいに臭くはなかった。でも、アレンとはまるでちがった。夫の権利を行使したのよ」彼女は悲しそうに言うと、顔を上げて告白した。「ヘイミッシュ以来、わたし、怖いの。夫婦生活が怖かった。マッキヴァーのご老体は気づいてなかったみたいだけど、怖くてたまらなかったから、ただじっと横になって、痛みと辱めがはじまるのを待ってたの。なんだかやけに手際が悪いから驚いたわ。そのうえ……」どう表現したらいいかわからずに、困ったように肩をすくめ、結局こう言った。「ぐにゃぐにゃで」頬を真っ赤に染めながら、フェネラはもごもごとつづけた。「でも、若いマッキヴァーはそんな問題を抱えていなかった。最初はおだやかにゆっくりとだったけど、夫の権利を行使したわ。そして彼はアレンとはまるでちがった」

「さっきもそう言ったわね」サイが静かにつぶやく。

「ええ、だってほんとうなんだもの。ゴードン・マッキヴァーはそれなりに親切だったけど、アレンのように思いやりもなければやさしくもなかった。しかも重度の馬好きだった。いつも自分の種馬に乗って出かけていたわ。彼があのばかな動物から落ちて首を折ったときも、わたしは驚かなかった。さして悲しみもしなかったわ」彼女はいくぶん申し訳なさそうに告白した。「少なくとも、最初はね。でも、国王が調査のために人を送りこんできたときに気づいたの。彼の死にわたしが関わっていると思われているって……」

「国王はほんとうにそう思っていたわけじゃないと思うわ」サイは急いで言った。「あとでだれにも疑問を持たれないように、確認のためだったのよ」

「ええ、おそらくね」フェネラは疑わしそうに言うと、肩をすくめた。「とにかく、わたしはまた未亡人になり、マッキヴァーに留め置かれた。ゴードンは世継ぎを残さずに死んだから、国王はわたしが子を宿しているかたしかめるために待ったのよ。でも、月のものが来て、まちがいなく子は宿していませんと告げると、国王は領主の称号と領地をゴードンのいとこだかまたいとこにさげわたしたの」

「それで、国王はあなたとアレンの結婚を手配したの？」サイはきいた。

フェネラは首を振った。「最初はちがった。わたしはしばらく生家のフレイザーに帰ることを許された。わたしの三人の夫がみんな死んだことは、いずれ忘れられるだろうと国王は思ったみたい」彼女は顔をしかめて言った。「そして、わたしを妻にほしいとアレンに言われた父は、ふたつ返事でわたしを手放したの」

彼女はため息をつき、サイの手から自分の手を引き抜いて、ベッドの上の毛皮をもてあそんだ。「最初はすごく腹が立った。もう絶対結婚なんかしたくなかったから」彼女は悲しげに言った。「アレンのことも、彼がどんな人かも知らなかったし、結婚式には母に引きずられていったようなものよ。そうしたら彼は……これ以上ないほどすばらしい人だった」彼女はおだやかに微笑み、あらたな涙が目にわきあがった。「でも今は彼も死んでしまった。そしてみんながわたしのせいだと思っている。わたしは湖の近くになんかいなかったのに。だって泳げないんだもの。それはあなたも知ってるでしょ、サイ。湖に近づいたりするもんですか。それにわたしは彼を愛していたんだから、殺すわけがないわ。わたしがあんなことをしたから、神さまは罰をお与えになったのね。ヘイミッシュを殺した罰として、わたしから奪うためにアレンをお与えになったんだわ」

「シーッ」いらいらと扉のほうをうかがいながら、サイは注意した。この調子だと、いとこは自分を殺人罪で絞首刑にしかねない。立ちあがって、フェネラの足をベッドに上げさせると、サイは言った。「さあ、少し休んだら？　話はあとでもできるわ」

フェネラは洟をすすってうなずき、ベッドの上でまるくなったが、サイが体を起こして離れようとすると、その手をつかんだ。動揺して熱を帯びた目をしている。「目が覚めたとき、ここにいてくれるわよね？　わたしをひとりにしないわよね？」

サイはためらった。もうフェネラが夫を殺したわけではないとわかったのだから、ここに残るよりはうちに帰ったほうがいいに決まっている。だが、それをフェネラに言うことはできない。フェネラは今、どうしても見知った顔を必要としているのだ。それに、しばらく残って彼女を見張らないと、ヘイミッシュのことをほかのだれかにぶちまけてしまうかもしれない。フェネラには自分が必要だろう。

「ええ。あなたが目覚めるころには階下《した》にいるわ。マクダネルを離れることはないから」サイははっきりと請け合った。

「ありがとう、サイ。わたしが必要としているとき、あなたはいつもそばにいてくれたわ」フェネラはかすれた声で言った。

サイはただうなずくと、彼女の手から逃れて扉に向かいながらつぶやいた。「ぐっすり眠るのよ」

「もちろん、われわれは朝には失礼します。サイも連れていくかどうかは、そちらしだいです。あなたが帰ってほしいとおっしゃるなら、彼女をブキャナンまで送るのはたいした手間ではありませんからね、レディ・マクダネル。そう道をはずれることもありませんし、ミュアラインを迎えにいく途中と、この帰り道でも、ご親切にも泊めていただいたわけですから、それぐらいはさせていただきます」

モントローズ・ダンヴリースのことばを聞いて、グリアは思わずぐるりと目をまわしそうになった。グリアの知るかぎり、この男は行きも帰りもティルダにろくに知らせないままやってきて、兵士たちとともにここに滞在したくせに。ダンヴリースは北に向かう途中で立ち寄り、旅の途中でアレンの死の報を聞いたので、同じく身内を失った者として、なんとしてでも足を止めてお悔やみを言いたい、と訴えたのだった。

もちろん、ティルダは心を打たれ、カーマイケルの領主の死に同情した。悲しみは仲間を求めるというわけだ。だが、夫人が退くと、モントローズ・ダンヴリースは酔っぱらって、継父のことなど少しも愛していないばかりか、恨みと憤り以外の感情を持っていないことを明らかにした。それはおおむね、領主がカーマイケルとその財産のすべてを彼に残さなかったせいだと思われた。領主の称号と城と領地は、カーマイケルの血を引く者、スコットランド人のものになったのだ。

想像してみろ、とグリアは冷ややかに考えた。この貪欲でなんでも手に入れたがるイングランド人は、称号や領民などどうでもよくて、自分が得ることになる富にしか興味がないのだ。カーマイケルの領主もそれを知っていたにちがいない。

「あら、彼女がとどまるべきか否かを決めるのはわたしでなくてよ。今はグリアがここの領主なんですから」ティルダは静かに言った。

グリアはそれを聞いて身をこわばらせた。おばが実際に彼のことに言及したのはこれが初めてだった。彼の到着以来、おばはずっと荘園の女主人としてふるまい、まだマクダネルを管理しているかのように、あらゆることを決めてきた。そして――アルピンを大いに怒らせたことに――グリアはそんな彼女を好きなようにさせていた。なぜそれほどアルピンが怒るのかわからなかったし、その疑問についても、彼女が今になって指揮権をゆずる気になったことがなぜこんなに気になるのかについても、実際に口にすることさえできなかったが、驚いているのが自分だけでないことはわかった。ダンヴリースの顔つきから判断するに、領主の称号と領地が今やグリアのものであることを知らなかったようだ。彼のろうばいぶりを見て、なぜかグリアは微笑みたくなった。

視界の隅に動くものを感じ、階段のほうを見ると、ひとりの女性がおりてくるところだった。小柄な曲線美の体にダークグリーンのドレスをまとったその女性は、足で踏むのではなく、浮かびながら階段をおりているように見えた。ハート形の顔を縁取るようにおろした、自然のままの黒っぽい巻き毛に視線を走らせ、弓形の唇とあざやかな緑色の目に気づくと、グリアは息が止まるのがわかった。

女性は、グリアが若いころベッドに横になり、毛皮の下で自身をもてあそびながら想像した、幻の恋人にそっくりだった。その恋人が自分にまたがったところを想像した記憶がよみがえる。彼女が恍惚《こうこつ》として頭をのけぞらせると、長い髪が肩にこぼれて乳房が半ば隠れ、一度二度と突きあげるたびにその乳房が弾み、三度目に突きあげたところで興奮が先走ってしまったものだった。若かったので、想像上の行為だというのにあっけなく果ててしまった。幸いなことに、今ではだいぶましになっている。少なくともグリアはそう思いたかった。だが、夢の女性が階段をおりきって広間を横切り、こちらに向かいはじめるのを見ると、少年時代の夢のなかの女性が相手のときよりも、実際に肉体を持つこの女性を相手にしたときのほうがもっとずっとうまくやれるとはかぎらない気がしてきた。

「レディ・サイがいらしたわ」

おばに告げられて、グリアは目をすがめた。つまり彼女が、フェネラの親戚で、モントローズ・ダンヴリースが帰路の途中でここに立ち寄る言い訳に利用した女性なのだ。そして自分は、彼女を泊めるべきか行かせるべきか、決めなければならない。

「滞在してもらいましょう」グリアはどなるように言うと、いきなり立ちあがってテーブルをあとにした。

「グリア？　どこに行くの？」おばが驚いて尋ねた。彼に見捨てられて少し傷ついたようでもあったが、グリアは速度をゆるめなかった。ゆるめることができなかった。プレードの下の丸太は、今やミリーに森のなかでいじられたときよりも大きくなっていたからだ。あの女性を見ただけでこの状態なのに、実際に話をしたらどうなるのだろうと思うと体が震えた。立ち去らなければならない……そして、プレードを突きあげている獣の世話をしなければ。きっとミリーが手伝ってくれるだろう。目を閉じて背後から彼女を奪えば、レディ・サイに突き入れているのだと思うことができる。

そう考えただけで彼のものはさらに硬くなり、皮膚が痛いほど引き伸ばされて、睾丸《こうがん》が不快なほど縮んだ。まずいな、とグリアは急いで城の外に出ながら思った。もしかしたら彼女の滞在を拒否するべきだったのかもしれない。なんといっても彼女は貴婦人《レディ》で、快楽を得るために利用したら送り返せる、商売女や世のミリーたちのような人物ではないのだ。

ミリーといえば、と思いながら顔をしかめたとき、突然本人が目のまえに現れた。両手を腰に当て、胸を突き出して、好色そうな笑みを浮かべている。

「だんなさま」彼女はそうささやいて近づいてくると、ブレードのまえをまさぐっていきり立ったものを見つけ出し、信じられないというように目を見開いた。「あらまあ、だれかさんはあたしの世話が必要なようですね」

彼女は体を起こし、キスしようとつま先立ちになったが、気づくとグリアは身を引いていた。さっき別れたあと侍女はタマネギを食べたらしく、ひどく息が臭かった。それに顔も汚れていた。あごと頬と額に黒い汚れがついている。髪もとても清潔とはいえず、レディ・サイのように頬のまわりにやわらかくたれるのではなく、だらりと肩にかかっていた。唯一よかったのは、その外見の組み合わせがグリアの体に鎮静効果をもたらしていることだった。火にくべられそうだった丸太は今や大きさが半分になり、なおも縮んでいた。

「どうしたんです？」ミリーが眉をひそめてきいた。

「なんでもない」彼はそう言って安心させると、体から彼女の手をそっとはずした。「しなければならないことがあるだけだ。あとで話そう」

グリアは侍女の肩をたたき、馬を連れてこようと厩に向かった。湖に浸かれば、熱くなった血も完全に冷めるだろう。ミリーと同じくらい汚れているなら、体がきれいになるという利点もある。傭兵として何年ものあいだ土ぼこりの道を歩き、泥だらけの空き地で眠り、同じくらい汚れた尻軽女や商売女たちのスカートをまくりあげてきたグリアは、汚いのに慣れていた。だが事情は変わった。もう食べ物と寝る場所を確保するために剣を振るわなくてもいいのだ。今では領主で、城もベッドも風呂もある。これからは風呂を使い、ベッドで眠り、本来の領主らしくふるまうべきなのだろう。そうすれば、求婚とやらをして、レディ・サイのようにかわいらしく繊細なレディの妻《めと》を娶ることができるかもしれない。

「ああ、もう!」髪に猛然とブラシをかけながら、サイはつぶやいた。朝は苦手だ。寝起きにかんしゃくを起こしがちなのは、髪との愛憎相半ばする関係のせいもあった。実のところ、その髪との関係は〝憎〟が大半で、〝愛〟の余地はほんの少ししかない。正直、兄弟たちから司祭にいたるあらゆる人にショックを与え、ぞっとさせることになるのでなければ、よろこんで切り落としていただろう。まあ、兄弟たちは気にしないかもしれない――オーレイがサイと同じ理由でかんしゃくを起こしていなくても、兄弟たちのほとんどは何年もまえに髪をそり落としていただろうから。サイと兄弟たちは全員、まったく手に負えない毛髪を母から受け継いでいた――今のようにブラシでもつれを取ったとたんにまたもつれるような、量が多くて、扱いにくくて、もじゃもじゃの髪を。

いらいらとため息をつき、あきらめてブラシを部屋の向こうに放った。ブラシは壁に当たり、音をたてて床に落ちたが、サイはそれを無視してすばやくドレスのひもを結びはじめた。ほんとうならこういうことは侍女にやってもらうべきだし、そう遠くない昔にはサイにも侍女がいたのだが、去年シンクレアから戻ってすぐ、かつてサイの乳母だった侍女が病気で亡くなった。オーレイは代わりの侍女を手配せず、サイも兄にたのまなかった。その侍女を昔から知っていて、愛していたので、取り替えがきかないということもあったが、ことあるごとに侍女に悩まされたり、ブラシを持って追いかけられたり、顔を洗え、風呂にはいれとせっつかれたり、〝後生ですからレディでいる努力だけでもなさいまし〟と言われることがなくなって、ほっとしたせいでもあった。

サイは立派なレディではなかった。かといって世にもひどいレディというわけでもなかった。必要とあらばレディらしく話すことも、歩くこともできるが、中身はレディではなかったのだ。彼女を男の子のように扱う七人の兄弟たちとともに育ち、これまでずっと自由を謳《おう》歌《か》してきたので、公の場ではそれを捨ててレディらしくふるまわなければならないのが、どうにも気に入らなかった。だから、宴会や祝宴に招かれても行かずにすむなら、それに越したことはなかった。実際、フェネラの最初の婚礼は、サイが出席した最後の公式行事だったが、兄弟たちと興じた飲み比べのせいで、やっかいごとに巻きこまれたのだ。ブキャナンに帰る道々、レディにふさわしいふるまいについて、母は娘に説教をつづけた。

サイはひもを結び終えてため息をついた。あれは母が死ぬまえにしてくれた最後のお説教だった。母は娘に、飲み比べには参加すべきではない、兄弟たちと品のない冗談を言い合うべきではない、兄のオーレイが鍛冶屋に金を払って妹のために作らせたあの〝まがまがしい〟剣を身につけるべきではない、と説いた。

そんなことを思っていると、その特注の剣が衣類のあいだに収められている、ベッドの足もとの衣装箱に視線が向いた。母の死以来、それを身に帯びたことはないが、今はどうしたらいいだろう。サイは馬で湖まで行きたいと思っていた。ひとりで行くなら護身のために剣を持っていくべきかもしれない。とくに、モントローズ・ダンヴリースがまだここにいるのだから。もしあの男がひとりでいるサイを見つけたら、股間蹴りを見事に決めてひざまずかせた彼女をこらしめようとするかもしれない。どうやら彼女がミュアラインの友だちだという事実は、彼にとって少しも問題ではないようだから。あの男は豚だ。ミュアラインがこれからイングランドで、あのくそ野郎と暮らさなければならないことだけが気がかりだった。カーマイケルの領主が遺言書のなかで、娘のためになんらかの対策をたてなかったことも理解できなかった。持参金も、何も残さなかったなんて。領地と称号をどこかのいとこに残し、娘を種ちがいの兄の手にゆだねるなんて。

ほんとうにひどいことだわ、とサイは暗い気持ちで思った。ミュアラインは父親を崇拝していたのだから。彼女は父親を心から愛していたし、その逝去を体じゅうで悼んでいた。自分が死ぬころにはすでに嫁ぎ、充分世話をされているだろうと、遺言で娘への配慮をしてくれなかった父親に腹を立てもしなかった。

サイは首を振りながら衣装箱に向かい、ふたを開けて剣と、やはりこれも鍛冶屋が作ってくれた革製の鞘を取り出した。城から出るまでは、できるだけスカートのひだのなかに隠しておこう。

階下に行くと、大広間は眠っている人びとでいっぱいだった。しのび足で彼らのなかを歩いて玄関扉に向かいながら、ほとんどがダンヴリースの兵士たちだと気づいた。外に出ると、太陽が地平線から顔を出しはじめたところだった。サイは早起きしたのだ。昨夜はよく眠れなかった。実際、昨日ここに着いてからは、うまくいかないことだらけだった。サイがテーブルにたどり着きもしないうちに、マクダネルの新領主は立ちあがって大広間から出ていってしまったし、父親の死を知って以来つづけている控えめな話し方でミュアラインが話しかけてくれたものの、レディ・マクダネルはあてつけがましく黙っているし、モントローズは得意げな笑みと好色そうな笑みを交互に浮かべていた。フェネラはといえば、そばにいてくれとサイに懇願したあとは、姿さえ見せていない。

食事が終わり、いとこの様子を見に階上に逃げられると思うと、サイはほっとした。サイとダンヴリースの一行が到着する直前に、フェネラとレディ・マクダネルがことばを交わしていたのを知ったのはそのときだった。それは罵倒の応酬だったらしく、レディ・マクダネルは息子が死んだのはフェネラのせいだと言って、あからさまに彼女を責めた。そのためフェネラは階下におりるのを拒み、無期限に部屋にこもることになったのだ。

滞在に同意するまえにフェネラがこのことを話してくれなかったので、サイはいらだちを覚えた。フェネラが部屋に閉じこもっているなら、わたしがここにとどまる必要はないのでは？　だが、思いきってそのことを切り出そうとすると、フェネラは愛するアレンの死を思ってまたもやサイの肩にすがって泣きじゃくりはじめ、神さまは最初の夫を殺した罰を与えられたと言ったのだ。

同情心は持ち合わせているが、サイはヒステリーを起こしたり、だれかれかまわず泣きついたりしない。むしろ感情をおもてに出さずに耐えるタイプなので、フェネラをどう扱えばいいのかわからなかった。そもそも、いとこはアレンと結婚してまだ数週間なのだ。それぐらいではたいして親密になっていなかっただろうに、夫の死をこれほど悲しむものだろうか？　ほんとうにアレンが恋しくて泣いているというより、このことが自分の人生にどう影響するかのほうが気になっているのではないか。四人もの夫を葬ったのだから、どんな男性でも、彼女と結婚することの危険性について二度――あるいは十度――は考え直すだろう。もう結婚はできないかもしれない。つまりこれからずっとこのマクダネルで、マクダネル家の人びとにたよって生きていくということだ――昨夜サイに不機嫌そうに語ったように、実家に戻れないのなら。アレンとともに去っていく娘に父親はこう告げたのだ。次の夫が死んでもおまえを実家に迎えるつもりはない、せいぜい夫に長生きしてもらうんだな、と。

おじが本気でそう言ったのか、娘の夫たちが死んでいくことに不審を抱きはじめていたのか、サイにはわからなかったが、フェネラは父親が本気でそう言ったのだと思っていた。アレンの母親は彼女を毛嫌いして、息子の死に嫁が関わっているのではないかと疑っているし、新しい領主は――フェネラによると――始終留守にしているので、ここに残ることは彼女にとって快適ではないに決まっていた。

それがわかっていたので、サイはいとこをなぐさめるために何を言えばいいのかわからず、ようやく彼女から離れて、レディ・マクダネルが用意してくれた自分の寝室に行くことを許されるとほっとした。昨夜自分が眠った、ぜいたくな家具が置かれた広い部屋を用意してくれた女性に感謝するべきなのか、せまくてとても快適とはいえない部屋をあてがわれているフェネラのために怒るべきなのか、わからなかった。そのためサイは、いとこのことばを思い返しながら、夜じゅう輾転反側《てんてんはんそく》したのだった。

城の人びとは眠っていたが、厩番頭は起きて、帰路につくモントローズたちの馬の準備をしていた。何か用事かと近づいてきた彼に手を振って仕事に戻らせ、サイは自分の牝馬《ひんば》に鞍を付けると、厩の外に歩かせてから騎乗した。

正しい方角を指し示してくれた門番と短くことばを交わしたあと、サイはすぐにアレンが溺れた湖につづく道を見つけた。空き地を見つけて馬を止め、騎乗したまま水の広がりを眺めわたし、その場の美しさを堪能する。アレンが朝にはたいていここで泳ぐことを好んでいたのはよく理解できた。うららかな美しい場所だった。

恋人との逢い引きにもぴったりな場所だわ、とぼんやり思いながら、昇る太陽が水面を光で染めていくのを眺めた。すると突然、湖面に黒くてまるいものが現れた。それはゆっくりと浮きあがり、何やら邪悪そうな獣の、毛に覆われた頭と肩があらわになった。スコットランドにこんなものがいるなんて聞いたことがない。サイは心臓をどきどきさせて目を見開き、剣に手を伸ばした。

3

獣がどんどん近づいてきて、水がしたたる、見たこともないほど美しい胸があらわになると、サイは小さくため息をつき、剣を鞘のなかに戻した。

水から上がった両手が顔から毛をかき上げるのを見て、髪の毛を体毛と勘ちがいしていたのだと気づいた。濡《ぬ》れた毛束がまだ顔に貼り付いていて不快だったのか、また頭まで水にもぐり、水を利用してじゃまな髪を払う。ふたたび体を起こしたときは、髪はうしろに流れ、顔や肩にはかからずに背中に沿ってたれていた。

マクダネルの新しい領主だ。もう濡れた髪が顔に貼り付いていないので、サイはすぐにわかった。見ていると、彼はまえに進みつづけ、じりじりと水位が下がるにつれ、胸がさらにあらわになり、つぎに腹部が、そして――

「そこに座ってぼけっとおれを見ているつもりか？」

そうきかれてサイは目をしばたたき、彼の顔に無理やり視線を戻した。男性は歩くのをやめて、おもしろがるように彼女を見ていた。両手は水のなかに消え、水面下で腰に当てられている。鞍の上でもじもじしながら、サイは無関心に見えることを願って肩をすくめた。

「わたしには兄弟が七人いるの。男性の裸を見るのは初めてじゃないわ」

それはほんとうだ、とサイは自分に言い聞かせた。だが、正直なところ、兄弟たちが相手のときは、いま水面下にあるものを見ることに興味を覚えたりしなかった。それに、兄弟たちの裸の胸を見て作り笑いをする、彼女の大嫌いなあの女たちのように、息をのんだりもしなかった。

「おれはきみの兄弟ではない」彼は冷ややかに言った。「レディなら背中を向けるものだ」

「わたしはレディじゃないもの」サイは何も考えずに返事をしてしまい、自分のことばを聞いて舌打ちをしながら馬から降りると、湖に背を向けた。だが、そのままの姿勢でいるのは拷問に近かった。背後で水を撥《は》ねかしながら動く音が聞こえていたからだ。振り返って、湖からすっかり出た男性のこの上なくすばらしい姿をこっそり見たくてたまらなかった。

「そんなのレディらしくないわ」サイは小声で自分に言い聞かせた。頭のなかの母はひどくがっかりするだろう。それはたしかだ。

「何がレディらしくないのかな？」

すぐ背後から愉快そうに尋ねられ、サイは身をこわばらせた。反射的に振り向きかけたが、頭のなかの母の声に止められた。サイはため息をつき、どうでもいい様子に見えるよう願いながら肩をすくめると、告白した。「わたしがよ。母にいつもそう言われていたの」声におかしみと皮肉をにじませながらつづける。「大勢の兄弟のなかで育ったから、求められるほどにはレディらしくなれなかったのよ。母は一生懸命わたしを抑えようとしたけど、父と兄弟たちはちっとも協力しなかったから、結局……」彼女はまた肩をすくめた。「母は負け戦《いくさ》を戦っていたというわけ」

「おれには充分レディらしく見えるが」

声はまた遠ざかっており、布のこすれる音が聞こえた。おそらく地面にはプレードが敷いてあり、今はそのそばにしゃがんで、身につける準備をするためにひだをたたんでいるのだろう。サイは決めこみ、昇る朝日を広い背中に反射させながら、彼がそうするところを頭のなかに描いた。首を振って頭からその想像を消し、咳払《せきばら》いをして言った。「わたしが戦士のように悪態をつくのを聞いたら、そうは言わないと思うわ」

「悪態？」その指摘に驚いたような声で、彼はきき返した。

サイは顔をしかめたがうなずいた。「ええ。兄弟たちのせいで身についてしまった悪い癖なの。とんでもなく汚い悪態をわたしに教えたのよ」

突然くすくす笑いが聞こえて、また振り返りそうになったが、今度も踏みとどまった。挑戦的にあごを上げて言い添える。「馬にまたがって乗れるように、ドレスの下にイングランドのブレー（中世の男子が着用した長ズボン）も穿《は》いているの。そんなことをするレディはいないわ」

「イングランドのブレーだって？」今度はむしろ困惑したような声だ。

　サイはうなずき、ドレスをつかんで膝のあたりまで持ちあげ、穿いているブレーの下のほうを見せた。

「どこからそんなことを思いついたんだ？」彼はショックを受けたかのように尋ねた。

「母の考えなの」サイはドレスの裾をもとどおりにしながら言った。「初めは馬にまたがって乗りまわしたり、兄弟たちと木や岩に登るのをやめさせようとしたけれど、うまくいかなかったから、わたしのためにブレーを作ってくれたの」

「きみの母上は賢い女性のようだ」彼はまだおもしろがっているような声で言った。

「ええ、そのとおりよ」サイは悲しげに言った。「子供のころ、わたしはいつも恐れていた。荒っぽいふるまいのせいで、母をひどくがっかりさせるんじゃないかと。でも、ある日父がわたしを座らせて、母も若いころはやはりじゃじゃ馬だったと話してくれたの。わたしが生まれる直前まで、ドレスの下にブレーを穿いて、戦士のように剣を振るっていたと。おまえがこうなったのは自然なことだと父は言った。それならなぜ母はこんなに躍起になってわたしをレディにしようとするのかと尋ねると、そういう女をよろこんで妻にしようという父のような男はめったにいないから、母は心配しているのだと言われた。たいていの領主はレディを望んでいるから、母は自分の荒っぽさを封印して、わたしをだれもが望むはずのレディにするべく教育しようとしたのよ」

　話を終えるとサイは黙りこみ、どうして自分はこの人にこんなことまで話しているのだろうと思った。彼は赤の他人も同然だ。それなのに、親友であるミュアラインやジョーンやエディスにさえ話していないことを告白している。

「この剣は?」

耳もとでささやくように発せられたことばに、サイは体を固くした。いま彼はすぐ背後にいて、胸の熱で彼女の背中を温め、手は腰の、鞘にはいった剣のすぐ上に当てられていた。

「ええと——」かすれ声になってしまったので、サイはいったんことばを切ってから言い直した。「何年もまえ、いちばん上の兄のオーレイが、わたしの誕生日に鍛冶屋に作らせたの」と告白したあと、にっこりして付け加える。「わたしに剣を取られたと文句を言う弟たちにうんざりしたんですって」

男性がくすっと笑い、息が後頭部にかかった。距離の近さに動揺したサイは、その場から離れて向きを変え、充分距離をおいて彼を見ないようにしながら、湖岸に向かって歩いた。

「湖の底は泥? それともすべりやすい石?」黒い湖面を眺めて、彼女は不意に尋ねた。

「小石まじりの泥だ」彼は答えた。声がまた近づいてくる。「すべることはまずない」

「急に深くなるの? それとも徐々に?」

「体験したかぎりでは、急に深くなるところはない」そう答えたあと、彼は尋ねた。「ここで泳ぐつもりなのか?」

サイはその可能性について考えた。そのために質問したわけではなかったが、服を脱いで冷たい水に身をまかせるという考えにはそそられた。

「それとも、アレンが溺れたのは事故か、あるいは殺されたのかを調べようとしているのかな?」

そうきかれて、サイは動揺した。「フェネラがアレンを溺れさせたのではないことはわかってるわ」

「おれもだ」

サイは驚いて目をしばたたき、首をかしげた。「ほんとに?」

「ああ。遺体に傷跡はなかった。頭を殴られたとか、そういうことではなさそうだし、フェネラには夫を押さえつけるほどの力もない。それに、それが起こったとき、彼女は城にいた。アレンはここに来るまえに、妻のために風呂を用意しろと命じた。召使いたちが数人がかりで浴槽と湯を運びあげ、また運び出さなければならず、全員が彼女は部屋にいたと断言している。そのあとは大広間のテーブルにいたという証言も同じくらいたくさんある。彼女に殺せたわけがない」

サイは小さく安堵《あんど》の息を吐いた。フェネラがアレンを殺していないのはまちがいないと言ったし、自分にも同じことをずっと言い聞かせてはいたが、恥ずかしながらどこかでまだ疑っていたらしい。すべてはヘイミッシュの件のせいだった。空き地で両手を夫の血で染めたフェネラの姿が何度も思い出された。もちろん、ヘイミッシュとアレンのあいだのふたりの夫たちの死も、いい材料ではなかった。

「つまり、アレンの死は悲劇的な事故だと思っているの？」彼女は真剣に尋ねた。

「そうは言ってない」マクダネルは静かに言い、サイは目を見開いて彼を見つめた。

「事故だったとは思わないの？」

「フェネラが人を雇ってやらせることもできたはずだ」彼はまじめに指摘した。

サイはすぐに首を振りはじめた。最初の夫から初夜に乱暴されたせいで、フェネラはまともでなくなり、夫殺しを繰り返す異常者になってしまったという考え方もあるが、人を雇うというのはひどく冷血で用意周到だ。「それはないわ。彼女は心からアレンを愛していたと思う」

「ほんとうか？」彼は興味深げに尋ね、すぐにつづけた。「彼女はおれにもそう言ったが、それ以外に何が言える？」

「本心から言ったんだと思うわ」彼女は毅然《きぜん》として言った。

「どうしてそう思うんだ？」彼が尋ねる。

サイは何を言うべきか、とっさに考えた。この人にはすでにいくつか秘密を話してしまっている。なぜか彼は信用できた。理由はわからなかったが。おそらく兄弟たちを思い出させるからだろう。それでも、湖のほうに目を向けてから言った。「フェネラの最初の夫は初夜に彼女をとても荒っぽく扱ったの。それで彼女は夫婦生活を恐れるようになった。アレンはそれを感じ取ったらしくて、とても親切だったそうよ。初夜にもそのあとの夜にも、夫婦の契りを強要しなかったんですって。彼女が望まないかぎり手を触れないから、怖がる必要はないと言って」

「夫の権利を行使しなかったのか？」マクダネルはぎょっとしてきいた。「信じられないな。フェネラは魅力的な女性なのに」

サイは彼のほうを向いてきっぱりと言った。「権利を行使しなかったというフェネラのことばを信じるわ。彼にすごく感謝していたから、うそとは思えない」

彼は眉をひそめて首を振った。「跡継ぎはどうする？　彼女は次代の領主を産みたいはずだ」

サイは肩をすくめた。「いずれ子供がほしくなったら、なんであれそのために必要なことをしようと言ったそうよ。おそらく結婚に慣れて彼を信頼するようになるまで、時間を与えてくれていたのよ」

マクダネルはそれを聞いて不満そうな声をあげた。納得していないらしい。

サイはため息をついた。「わたしは彼女を信じるわ。フェネラは彼がそういう人だから愛していた。それはたしかよ」

「彼女と寝ないから愛していたのか？」彼がいぶかしげにきいた。

サイはうなずいた。「親切で思いやりがあるところも愛していたわ。花好きな彼女のために花を摘んで活《い》け、夫婦の寝室に飾るよう、召使いに言ってくれたんですって。彼女がお風呂にはいりたいと言えば、彼女まかせにするのではなく、すぐに召使いに命じてくれた。ドレス用の高価な布地や、美しい宝石も買ってくれた。彼女の嫌いなものはけっして作らないよう、コックに命じてくれた」彼女は肩をすくめた。「彼はなんだか——」

「いい人すぎてほんとうとは思えない」マクダネルはけわしい顔で言った。「そんなに思いやりのある男はいないよ。それじゃまるで女——」

「何？」彼が不意にことばを切り、これ以上は言うまいという顔をしたので、サイはきき返した。

マクダネルはためらい、やがて首を振った。「なんでもない」

サイは眉をひそめた。明らかに何か思いついたようだが、こちらは秘密を話すほど彼を信用しているのに、彼はなんであれ思いついたことを話すほどには、こちらを信用していないらしい。

「その豚追い棒は使えるのか？」彼は唐突に尋ねた。

サイは目をぱちくりさせたあと、指し示された腰の剣を見おろした。すぐに唇をへの字にして、鞘から剣を抜き、彼に見せる。「立派な剣よ」

「短いな」彼は剣を受け取って刃に指をすべらせ、切れ味を調べながら、からかうように言った。指に細い血の線ができ、彼は眉を上げた。どうやら驚いたらしい。

「わたしは小柄だもの」彼女はぴしゃりと言うと、彼が差し出した剣をひったくるように取った。「わたしに合わせて作られているの」

「そうか。だが、ちゃんと使えるのか？　きみたちレディがつけたがる首飾りのような、ただのきれいな飾りなんじゃないのか？」彼はあざけるように言った。

サイは目を細めて相手を見た。「あなたが自分の剣を持ってきているなら、わたしの見事な剣さばきを見せてあげるわよ」

「ほう」彼はしばし考えてから、湖岸の大きな岩のところまで、重そうな剣を取りにいった。だが、戦うためにそれを掲げることもなく、ただ微笑んでこう言った。「朝食のあと、ここで会おう。そのときに見せてくれ」

「なぜ今じゃないの？」彼女はきいた。血がたぎり、今すぐ戦う準備はできていた。

「もう朝食のために戻らないと変に思われるからさ」ふたりの何メートルか左手にある木につながれた馬に乗るため、歩きながら彼は言った。

サイは大きな黒い馬をびっくりして見つめた。馬は木々が落とす影のなかにとけこみ、あまりにも静かに立っているので、そこにいることに気づかなかったのだ。

「それに、腹が減った」彼はふざけたように言うと、馬を彼女のほうに向けた。首をかしげて問いかける。「馬には自分で乗れるかい？　それともおれの手伝いが必要かな？」

サイは尊大な男をにらみつけ、剣をすばやくかちりと鞘に戻すと、自分の馬のところに行って、ひらりと鞍にまたがった。

「ブレーが見えているぞ」彼がからかう。牝馬にまたがったとき、スカートがずりあがって、ブレーの膝から下の部分がのぞいていた。

「あなたのあそこも見えてるわよ」サイは愛想よくそう返すと、あわてて股間を見おろしているマクダネルを残し、馬を急がせて空き地をあとにした。もちろん見えているというのはうそで、大事なところはちゃんとプレードに隠れていたが、分身があらわになっていると思った彼の顔つきを見られたのは大きな収穫だった。

冗談に気づいた彼の盛大な笑い声が、木立の向こうから聞こえてきた。つづいて、彼女を追って馬を疾走させる太鼓のような蹄の音が。サイは即座に襲歩《ギャロップ》まで速度を上げた。なんとしてでも彼より先に城に着いてやろうと思ったが、もちろんそれは不可能だった。彼女の馬はいい馬だが、彼の馬はとてつもなく巨大だ。あの馬の脚なら、サイの馬の二倍の速さで走れるだろう。あの種馬と並べば、彼女の牝馬などポニーのように見えてしまうのではないかと思った。たいていの馬がそうだわ、と暗い気分になっていると、視界の隅に動きを感じた。見ると、彼に追いつかれているばかりか、追い抜かれようとしていた。

そうはさせまいと、サイは牝馬にもっとスピードを上げさせたくなったが、代わりに手綱をゆるめた。どうせこの競走には勝てないのだから、そのためにわざわざ馬を痛めつけることはない。駆足《キャンター》まで速度を落とし、彼に追い越されるにまかせた。だが、彼が馬の速度を落とし、後退して彼女の横に並んだので驚いた。

「乗馬がうまいな」彼は褒めた。

「ええ」彼女は賛辞を受け入れた。「剣も強いわよ。朝食後には、わたしに挑んだことを後悔するでしょうね。わたしが圧勝するから」

「せいぜいがんばるんだな。楽しみにしているよ」彼がにやりとして言った。そうすると信じられないほど魅力的に見えた。

サイは彼をにらみつけたあと、無視することにしてすぐに顔をまえに向けた。

「ダンスは好きかい？」いきなり彼が尋ねた。

「いいえ」彼女は簡潔に答えたが、なぜこんなばかげた質問をするのだろうと思った。

「カナリアのように歌うのか？」

「首が折れてるカナリアみたいにね」彼女は答えた。

「縫い物はできる？」

「一度兄のためにしてあげたことがあるわ。剣のけいこで彼に斬りつけてしまったから、そうするのが当然だと思って」彼女はオオカミのような笑みを浮かべながら告げた。縫い物ができるのは事実だった。とくに嫌いなわけでもない。縫い物は気持ちが落ちつく行為で、室内に閉じこめられて何もすることがない、寒い冬の暇つぶしにはもってこいだった。

「きみは……」

「領主さま」サイは冷たくさえぎった。

「なんだ？」

「わたしの勝ちよ」彼女は宣言し、速度をあげてギャロップで跳ね上げ橋をわたり、門を抜けて先に中庭にはいった。馬を厩に向けると、背後からまた爆笑する声が聞こえてきて、その声を聞きながらサイは思わず微笑んでいた。だが、厩に着くと、厩番頭が近づいてきたので、気をそらされた。

サイが馬からすべるように降りると、厩番頭はにこやかに微笑みながら手綱を受け取った。

「城のなかにはいって朝食をおとりください。馬の世話はあたしがしますんで」

サイはためらったが、振り向くとマクダネルがキャンターで中庭にはいってくるところだったので、うなずいてありがとうとつぶやき、きびきびとした足取りで中庭を横切りはじめた。早く城のなかにはいり、彼より先に食卓につきたい一心で。だが、六歩しか進まないうちに、突然ウエストをつかまれ、馬上に引きあげられた。ぎょっとして悲鳴をあげ、首をめぐらすとマクダネルがいたので驚いた。彼が向きを変えて追ってきたことにも気づいていなかった。

「城の玄関まで勝者に付き添わせてくれ」彼はサイを膝の上に座らせると、耳もとで調子よく言った。

サイは降ろせとどなりたかったが、人の多い中庭で注意を引きたくなかったので、なんとかこらえた。黙ってじっと座りながら、乳房のすぐ下を締めつけている彼の腕が気になってしかたがなかった。馬に揺られるたびに、感じやすい乳房の下側が腕の上部にこすれるからだ。背中に当たる胸の熱さがたまらなく意識され、清潔な男性のにおいにすっぽり包まれているような気がした。そしてようやく気づいた。お尻に当たっている硬いものが、さらに大きく硬くなっていることに。

「領主さま?」彼女は愛らしく呼びかけた。

「なんだ?」彼は耳もとで低くうなるように言った。唇がやわらかな肌をこすり、背中を震えが這《は》いのぼってきて、彼女をさいなむ。

「あなた、ちょっと楽しみすぎじゃないの」とサイは訴えた。「それとも、わたしはあなたの剣の上に座っているのかしら」

彼はくすっと笑い、その息がまた彼女の耳にかかった。「おれが湖から上がったとき、うしろを向かされてお宝を見そこねたから、むくれているんだな」

さっき彼にぽかんと見とれていたことを思い出して、サイは赤くなったが、首を振るだけにして、きつい口調で言った。「そう思っていればいいわ」

「いや、ほんとうのことだよ」彼はそう言うと、階段の下で馬を止め、彼女を馬から抱きおろした。そのとき、手を離すふりをして乳房の下側にさっと手をすべらせたので、サイはその行為のせいで体を走り抜けた感覚に息をのんだ。膝に力がはいらなくなってぐらぐらしてしまい、階段をのぼろうとしてよろけた。なんとか体重を支えると、急いで階段をのぼり、大広間に逃げこんでほっとした。

マクダネルはなんとも不可解な効果をもたらす人物だ。サイは湖から上がってくる彼を見て楽しみ、ほかのだれにも話していないことを彼に話した。それなのに、彼がそばに来るたびに、この奇妙な感覚がわきあがり、体が熱くなって、混乱のあまり彼をこぶしで殴りたくなってしまうのだ。いや、もちろん、ほんとうに殴りたいわけではないが、なんだかやけに好戦的な気分になるのだった。まるでわけがわからない。

「サイ！」

広間を見まわすと、人でいっぱいだったので驚いた。ほとんどの人たちがテーブルについて朝食をとっていたが、何人かの召使いたちは忙しく立ち働き、高座のテーブルではミュアラインが立ちあがって、こちらに手を振っていた。

「よかった」ミュアラインはやってきたサイに抱きついて、ため息をつきながら言った。「あなたが朝食に現れるまえに出発することになるんじゃないかと、心配していたところだったのよ」眉をひそめてつづけながら、友人を解放した。

「寝過ごしたわけじゃないの。よく眠れなかったから、日の出とともに起き出して、馬で出かけることにしたのよ」サイは友人の隣の空席に腰をおろして打ち明けた。そして、眉をひそめて尋ねた。「じゃあ、食べたら出発するの？」

「ええ。モントローズが早く出発したがってるの。この先は長い旅になるし」ミュアラインは苦々しそうに付け加えた。

サイは心配そうに友人のやつれた顔を見た。ミュアラインは兄とイングランドで暮らすのがいやでたまらないのだ。無理もない、と思った。サイはモントローズが大嫌いで、彼がミュアラインの生活をみじめなものにするだろうということは、今からでもわかった。冷酷で心ないくそ野郎だということは、父親が亡くなったとき、葬儀に出席できるよう妹に知らせなかったことで、すでに彼自身が証明ずみだ。

自分の兄弟たちなら想像もできないことだった。そんなことをされたら、実の兄弟とはいえ剣を振るっていただろう。そもそも彼らならそんなことは考えもしないはずだ。だが、ブキャナン兄弟は善良な男たちだ。サイの知るかぎり、モントローズはちがう。

「わたしがここを発つときまで残ったら？」サイは不意に言った。

ミュアラインは驚いて彼女を見た。「なんですって？」

「だって、レディ・マクダネルはわたしのことが嫌いみたいだけど、あなたのことはかなり好きみたいなんだもの。あなたが残ってあいだにはいってくれたら……」そこまで言って、サイは口もとをゆがめた。どうつづければいいのかわからなかった。いつまで滞在することになるのか見当もつかないのだ。フェネラに行かないでくれとたのみこまれて、わかったと言ってしまったが――サイは突然テーブルに目を走らせてフェネラをさがした。食事のときぐらい部屋から出るようになっただろうと思ったのだ。だが、彼女の姿はなかった。

「いとこをさがしているなら、自分の部屋で食事をとっていると思う」ミュアラインが静かに言い、さらにつぎのように付け加えた。「ここにおりてくるとき、食べ物ののったお盆を持って、侍女がフェネラの部屋にはいっていくのを見たから。彼女の部屋なのかどうかは知らないけど、ほかの人たちはみんなここにいるから、きっとまちがいないわ」

「そう」サイはつぶやいた。自分がいればフェネラがおりてくるだろうと思うのは、期待しすぎだったようだ。だが、フェネラがずっと部屋にこもっているなら、どうしてわたしをここにとどまらせたいのだろう？　まさか、一日じゅういっしょに部屋にいてほしいと思っているわけじゃないわよね？　そんなの耐えられない。

「残ることを提案してくれてありがとう」ミュアラインがいきなりそう言って、サイは考えごとから気をそらされた。「でも、モントローズと出発したほうがいいと思う」彼女は引きつった笑みを浮かべて言った。「あとからわたしを迎えに護衛を送り出してくれるとも思えないし」

「わたしの兄弟なら、あなたのために護衛を手配してくれるわ」サイは真剣に言った。

「ええ、そうでしょうね」ミュアラインは悲しげに微笑んだあと、こう指摘した。「でも、ここはあなたのうちじゃないのよ、サイ。わたしに残るよう勧めることはできないわ」

「そうだったわね」サイはつぶやき、いつの間にか自分のまえに出されていたらしい食事を見おろした。ここの召使いはすばやく静かに行動するようだ。

「それに、レディ・マクダネルはあなたを嫌ってなんかいないわ。ゆうべ彼女と話したら、あなたのことをなんて思いやりがあって親切な人なのかしらと言ってたわよ」

「思いやりがあって親切？」サイは驚いてきき返した。

「だってほんとうにそうだもの」ミュアラインはきっぱりと言った。「ジョーンのいるシンクレア城での滞在を切りあげて、レディ・フェネラが大丈夫かたしかめに来るなんて。それも、彼女が一度だけでなく、三度も再婚していたことだって知らなかったのに。思いやりがあって親切だわ」と彼女は言い張ったあと、こう付け加えた。「レディ・マクダネルにもそう言ったのよ」

サイはそれを聞いて顔をしかめた。

「これからはもっと温かい目で見てもらえると思うわ」

「まあ、それはありがたいけど」サイはいくぶんおもしろがりながら言った。すると、扉が開いたので、さっとそちらを向いた。マクダネルの領主がはいってきたのを見ても、驚かなかった。だが、こちらに歩いてくる彼を見て、自分の体のなかで起こった、小さな嵐のような反応には驚いた。ブキャナンの大広間を兄弟たちと駆けまわって、いろいろな遊びをしていたときのようだ。あちらからこちらへとすごい勢いで走ったり、跳んだり、転げまわったりして、嵐のように部屋にあるさまざまなものにぶつかったり跳ね飛ばしたりしたあと、大声で叫ぶコックや召使いたちに追いかけられながら、また走り出ていったものだ。いまサイはあのときの大広間そのもので、体内のすべての液体が兄弟たちによってかきまわされているようだった。

「マクダネルのご領主はほんとうに美男子ね」横でミュアラインが突然言った。

サイはうめくような声をあげただけで、彼に体が反応してしまうのを抑えようとしながら、うつむいて食事を見おろした。

「彼のファーストネームを知ってる?」ミュアラインが興味津々で尋ねる。

サイは首を振った。まったく知らなかった。

「グリアだ」

耳もとでささやかれて、サイは身をこわばらせた。ゆっくりと顔を上げ、振り返って見ると、彼が真うしろに立っていた。

「リア?」とぼけたふりをしながら、彼女は言った。「男の子につけるにはめずらしい名前ね」

「あら、あなた」レディ・マクダネルのおもしろがっているような声がして、見ると本人が厨房《ちゅうぼう》につづく扉からテーブルに向かってくるところだった。「ちがいますよ。彼の名前はグリア。リアじゃなくてグリアよ」

「そうですか」サイはすまなそうな笑みを浮かべた。ほんとうに聞きまちがえたかのように、無邪気にまつ毛をぱたぱたさせることさえしながら。「そのほうがずっといいですね」

「ええ、そうね」レディ・マクダネルは楽しげに同意した。

背中から熱が消えるのを感じてサイが振り向くと、グリアはテーブル沿いに歩いて、中央にある椅子のほうに向かっていた。いらだたしいことに、彼はサイがわざと名前をまちがえたことに腹を立てているというよりおもしろがっている様子だ。ほんとうに、その満足げな笑顔を見ていると、無性に殴りたくなった……これはなんなのだろう。サイは彼に対する自分の反応がどうしても理解できなかった。

「サイ？」

「ん？」サイはミュアラインを見た。

「ここにいるあいだは充分気をつけたほうがいいと思う」ミュアラインは静かに言った。

「気をつけるって、何に？」サイは驚いて尋ねた。

ためらったあと、ミュアラインは打ち明けた。「マクダネルのご領主があなたのうしろに立ったとき、腕にすごく妙な感覚が走ったの。あなたたちのあいだに何か熱いものが飛び交っているみたいだった。ここにいるあいだ、彼とふたりきりにならないように充分注意したほうがいいわ」

「あら」サイは手を振って友人の懸念を打ち消した。「わたしなら大丈夫よ」

ミュアラインはもっと何か言いたそうだったが、テーブルのずっと向こうでモントローズが立ちあがったので、口をつぐんでサイの向こうを見た。唇からため息がもれたが、なんとかサイに笑顔を向ける。「もう出発するみたい」

「そう」ミュアラインが立つとサイも立ちあがり、友人のあとからテーブルに沿って大広間を歩いた。城の玄関を目指して半分ほど進んだところで、サイは思わず言った。「ミュアライン、何か困ったことになったり、助けが必要になったら、ためらわずにブキャナンのわたしのところに手紙を寄越すか、直接来てちょうだいね。いつでも歓迎するわ」

「ありがとう」そう言うと、ミュアラインはサイを抱きしめた。「あなたはいい友だちだわ、サイ。あなたにも同じことを言わせて。困ったことになったり助けが必要なときは、わたしの扉はいつでもあなたに開かれているから」

サイは短く抱擁を返し、笑顔でうしろに下がって、彼女を送り出した。大広間の外に足を踏み出すと、中庭が馬でいっぱいになっていたので驚いた。彼女が城に戻ってきたとき、厩番頭はさぞや忙しかったのだろう。馬の世話を自分でせずに彼にまかせたことで、申し訳ない気分になった。

「馬に乗りなさい、ミュアライン。一日じゅうこうしているわけにはいかないんだぞ」モントローズが自分の鞍にまたがりながら、かみつくように言った。

硬い笑みを浮かべたが、ミュアラインは言われたとおり馬に乗った。

サイは彼女が騎乗するのを見守ると、そばに行って牝馬の鼻面をなでながら言った。

「ジョーンの薬が効いているみたいね、ミュアライン。ジョーンの赤ちゃんが生まれてから、一度も気を失っていない気がする」

「ええ」ミュアラインは心からの笑みを見せた。「ジョーンにお礼の手紙を書くわ」

サイはうなずき、うしろに下がった。「安全な旅を」

「安全な滞在を」ミュアラインは心からそう言うと、馬の向きを変え、兵士たちのあとから中庭を出ていく兄につづいた。

「彼女のことが心配なのか」

ミュアラインのこわばった背中から視線をそらし、隣にやってきて足を止めたグリアを見た。今あらためて気づいたが、彼はとても体が大きかった。それに比べると自分はとても小さくてきゃしゃな気がした。大男ぞろいの兄弟たちといるときは、そんな気分にならないのに。

サイは向きを変えて、中庭を出ていく最後の兵士たちを見送ると、まじめくさってうなずいた。「彼女のお父さまは遺言書で娘のために何も残さなかったの。持参金すらね。もう兄にたよるしかないのに、あの男には愛情のかけらもないときてる」

「彼女の父親はバハン・カーマイケルではないのか？」グリアが尋ねる。

「そうよ」サイは彼が顔をしかめているのに気づいた。

グリアは首を振った。「彼は娘を文無しにして、モントローズ・ダンヴリースのような種ちがいの兄をたよらせるような人物ではなかったはずだ」

「彼を知っていたの？」彼女は驚いて尋ねた。

「一、二度彼のために働いたことがある」彼は認めた。

それを聞いてサイは眉を上げた。「何をして働いたの？」

「アレンが死んで領主の地位を継ぐまでは傭兵をしていたんだ」グリアは恥じることなく明かした。「カーマイケルの領主には一、二度雇われたことがある。彼が好きだったよ」彼はさらに言った。「ミュアラインに何も残されなかったのなら、だれかが彼女をだましたんだろう」

サイはそれを聞いて眉をひそめ、だれもいなくなった跳ね橋を振り返りながら、ミュアラインに手紙を書いてグリアの言ったことを伝えるべきだろうかと考えた。持参金はないとうそぶいて、その金を賭けですってしまうモントローズを見逃すわけにはいかない。ミュアラインから聞いた話によると、モントローズは自身の父親から相続した遺産のほとんどを賭けごとで失ったらしい。残っているのはダンヴリースの城と土地だけで、彼女の知るかぎりその土地は農夫たちに貸し出されていた。

やっぱり手紙を書こう。サイはそう決意し、階段をのぼって城のなかに戻ろうと向きを変えた。まだ朝食をとっていないし、そのあとフェネラの様子を見てから、グリアと剣を交えるために湖に戻らなければならないのだ。

4

サイは空き地で馬から降り、新鮮な空気を深く吸いこんでから、満足げな小さなため息にして吐いた。グリアより先に着いたようだ。フェネラの様子を見にいこうと階段をのぼっていたときは、予想もできなかったが。いとこは亡くなったアレンを思って泣いたりうめいたりして、何時間も放してくれないだろうと思われた……それでも、サイはそうしたことのためにとどまり、悲嘆にくれるいとこをできるかぎりなぐさめるつもりでいた。

幸い、階段をのぼりきったところでフェネラの侍女に会い、いとこは入浴中と聞いたので、それならばじゃまをしたくないと侍女に告げた。そして、自分が様子を見にきたこと、入浴がすんでからまた来ることをフェネラに伝えてくれとたのんだ。それから急いで自分の部屋に戻ってドレスを着替えると、ほとんど一段抜かしで階下に戻り、厩に行って馬を引き出し、湖に向かったのだった。

さっと剣を抜き、何度か素振りをして筋肉をほぐした。グリアを長く待つことになるとは思わなかった。厩に行くために通りかかったとき、彼は兵士たちといっしょに訓練場にいたし、そのとき彼女を見たはずだからだ。きりのいいところで訓練をやめて彼女を追ってくるだろう。朝食のあとで剣を合わせようと言いだしたのは彼のほうなのだから。

サイはまた剣を振るって、剣が空気を切る鋭い音を楽しんだあと、湖のほうを見て、湖岸に近づいていたことに気づいた。とても美しい場所で、だれかがここで死んだとは信じられなかった。それがフェネラの夫だということも。そのことに考えが至ると、彼はどんな外見をしていたのだろうと思った。グリアに似ていたのだろうか？ 背が高くて、強くて、とてもたくましかったのだろうか？ サイはいつしか、日焼けした肌を流れ落ちる水とともに湖から上がってきた、古代の神か何かのように美しかったグリアの姿を思い出していた。

いいえ、神ではないわ、と今は思う。彼の肌は完璧でも、傷がないわけでもなかった。胸や腕にはいくつもの傷跡があった。おそらく背中にもあるだろう。領主の座を引き継ぐ以前は傭兵をしていたというのも信じられなくはない。それでも彼は美しかった。サイが思うに、傷によって彼の魅力は削がれるというより増していた。

「戦うより泳ぐほうがいいなら、待っているよ」

そのことばにぎょっとして振り向くと、グリアがそこにいただけでなく、馬を降りて空き地をこちらに向かってくるところだったので驚いた。どうやってわたしに気づかれずに到着して馬から降りることができたのだろう？ その疑問がぱっと心に浮かんだが、答えはもうわかっていた。自分が心ここにあらずの状態で空き地にいたからだ。しばらく頭をからっぽにして、心のなかで彼の裸の胸をいやらしい目つきで眺めていたからだ。なんとも気を散らされる悪魔だ。

「泳ぐのはまた今度でいいわ」彼女はあごを上げて言った。彼が近づいてきたので、目を合わせるにはそうしなければならなかった。さもないと胸に向かって話すことになってしまう。

「残念だな。きみがブレーとドレスを脱いで、水にはいるのを眺めて楽しもうと思ったのに」彼はにやりとして言った。

サイはそのことばに目をぱちくりさせた。彼の熱い視線を浴びながら服を脱ぎ、見られていることによるほてりを冷たい水で鎮めるという考えに、乳首が硬くなる。自分の体の反応にいらいらして顔をしかめ、サイは首を振った。「夢のなかでお願いするわ」

「ああ。夢のなかではすでにそうしているし、それ以上のこともしている」彼は認め、彼女の頬に差した赤味を見てまたにやりとした。

サイはそれにどう返答すればいいかわからなかったので、グリアがまじめな顔に戻ってうしろに下がり、自分の剣を鞘から抜いたときにはほっとした。だが彼は剣を掲げず、片方の眉を上げて尋ねた。「その恰好《かっこう》で戦うのか?」

サイは自分のドレスを見おろして、やはり片方の眉を上げた。「あなたと戦うために裸になれと?」

「ドレスだけだ。下にブレーを穿いているんだろう」彼は指摘した。

「ええ」彼女は言った。「でも、ブレーではダッキーを隠せないわ」

「ダッキー？」彼が怪訝《けげん》そうにきき返す。

「いちばん下の弟がわたしの胸をそう呼ぶのよ」彼女は楽しそうに説明した。問題のものに目を落とした彼の頬が、不意に赤くなるのを見るのはおもしろかった。

「ダッキーが丸出しでも、おれは気にしないぞ」グリアはうなるような声で言った。

サイはその意見に鼻を鳴らした。「そうでしょうね」と冷ややかに言うと、剣を鞘に戻し、腰を折って足のあいだからドレスの裾をつかむ。そして裾を引っぱりながら体を起こし、剣をさげている腰の帯にたくしこんだ。見栄えがよくないのはわかっているが、こうすれば戦うあいだスカートがじゃまにならないし、ブレーを穿いているので脚はつつましく隠しておける。

満足してもう一度剣を鞘から抜き、彼と対面した。「さあ、いいわよ。わたしの圧勝でしょうけど」

「おいおい、娘さん」彼はゆるやかに微笑んで言った。「おれは剣で食べていたんだぞ。ぼろ負けするのはきみのほうだ」

「やってみればわかるわ」サイはおびえることなく言うと、彼に向かって剣を振るった。

グリアは剣を合わせつつも、その攻撃に驚いて目を見開いた。つぎの攻撃も難なくかわしてから言った。「木刀を使ったほうがいいかもしれないな。きみが傷つくのを見たくない」

「自分が傷つくのが怖いんでしょう」彼女はまた剣を振るいながら言った。剣を合わせて付け加える。「でもその心配はいらないわ。剣の扱い方は心得ているし、これはただのお遊びだもの。けがをさせたりしない」

「それを聞いて安心したよ」グリアは愉快そうに言うと、二、三度、剣で攻めこみ、サイが阻止する側にまわった。彼女は楽々とそれをかわすと、また剣を振りかぶった。すると突然スカートが落ちてきて脚にからまった。

サイはぎょっとして、コントロールを失った剣がグリアに当たらないように、よろめきながらあとずさりした。バランスを維持しようともがくうち、一瞬片足に冷たい水がかかり、驚いて声をあげながら、うしろ向きに湖のなかに倒れた。尻もちをつき、背中から水中に沈んで、頭と胸まで水をかぶる。びっくりして叫んだために水を飲みこんでしまい、すぐに体を起こして、少なくとも頭と首は水面から出るように座った。

サイは水よりたくさんの悪態を吐きながら、少しのあいだもがいた。両手を振り動かして激しく剣で水をたたき、また水中に倒れないようにバランスを維持する。やがて、波に押し流され、岸から遠ざかりそうになりながら、かたわらの濡れた泥のなかに剣を突き刺し、それにつかまって膝立ちになった。

そのまま剣を片手に持ち替え、もう片方の手で顔から髪を払いのけ、けわしい目つきであたりを見まわすと、何メートルかうしろにグリアが立っていた。ぽかんと口を開け、鶏の卵ほど大きな目をして。

「何よ？」彼をにらみながらどなった。「助けてくれるの、くれないの？」

グリアは急いで口を閉じると、腹立たしいほどの笑みを見せた。「どうしようかな。もうやみくもに剣を振りまわすのはすんだのか？」

「剣なら泥のなかに埋まっているのが見えるでしょ」彼女は頭にきてわめいた。

「ああ。そんないい武器なのに、ひどい扱い方だ」すぐさま彼が言った。

「城に戻ったら洗って研《と》ぐわよ」眉をひそめて剣の柄を見やりながら、サイは暗い声で言った。たしかに、地面に突き刺すというのは、このように見事な剣でするべきことではないが、必死だったのだ。そして、今もその状態は変わらない。ドレスは重く、その下のブレーがさらに重さを上乗せしていた。それを別にしても、周囲に押し寄せる波が、引いていくついでに湖の沖へと彼女を連れていこうとしていた。

「刃を清めて研ぐ正しい方法を知っているのか？」グリアが興味深げに尋ねた。

サイはそれに答えず、首を振っただけで、水のなかで立ちあがろうとした。それは思うよりずっとむずかしかった。やわらかい泥に足を取られるし、ドレスはどうしようもなくじゃまだった。だが、彼女はすぐにまっすぐ立つと、剣を泥から引き抜いた。剣を鞘に戻したと思ったら、すぐそばにグリアがいて、その腕に抱きかかえられた。

「歩けるわ」サイを抱いたまま岸から上がる彼に、彼女はいらいらと言った。

「そうは見えなかったが」グリアは愉快そうに言った。乾いた地面に彼女をおろし、うしろに下がってまじまじと見たあと、彼女と目を合わせて片方の眉を上げた。「おれの勝ちということになるかな」

「ちがうわ」サイはすぐに反論した。「ドレスがほどけて足を取られただけよ」

「きみが足を取られるように、たくしこまれていたドレスをおれが引っぱったんだよ」彼は恥ずかしげもなく言い返した。あっけにとられたサイに見つめられ、肩をすくめる。「戦《いくさ》ではなんでもありさ、かわいい人《ラブ》。使える手は使わないとね」

サイは兄弟たちでさえ顔を赤らめたであろうののしりことばを立てつづけに吐いた。もっとも、それも兄弟たちに教えられたものだったが。

だがグリアはさらににっこり微笑んだだけで、首を振ってつぶやいた。「きみのその口の悪さ」

「それがどうしたっていうのよ?」サイは彼をにらみながらどなった。

「好きだな」それはあまりにも小声だったので、もう少しで聞き逃すところだった。

サイは困惑して彼を見つめた。体が濡れて寒かったが、なぜかグリアのことばと表情のせいで温かな震えが走り、彼だけが引き起こすあのおかしな感覚に気づいた。欲求不満と攻撃的な行動のせいで最高潮に達した、奇妙な飢餓感と欲望だ。サイはそれに抗《あらが》わず、彼に手を伸ばした。

グリアは目を見開いて自分も手を伸ばした。すると、突然足首のうしろに足をかけられ、両手で押されて、地面に仰向けに倒れることになり、ぎょっとして悪態をついた。そこまでは彼女の思惑どおりだった。だが、グリアは押されたときすでにサイの両腕をつかんでおり、倒れるときは彼女も道連れにした。

サイは驚きの声をあげてグリアの胸の上に倒れこんだ。体を押しあげて彼をにらもうとすると、濡れた髪がたれてきて、顔のまわりで黒いカーテンのようになった。そしてそのまま彼を見つめた。ずるをして彼女の足もとをすくい、湖にはまらせたグリアを、こぶしとことばでぶちのめし、責めるべきなのに。あるいは、泥のなかに横たわる彼を置いて起きあがり、さっさと馬で城に帰るべきなのに。そうはせずに、寝そべったまま彼の美しい黒い目を見つめ、上半身を半ば起こして下半身をぴったり彼にくっつけ、服を通して熱い体を感じているなんて。

グリアは一瞬見つめ返したが、すぐに視線を落とし、ドレスの襟ぐりにそっと指をすべらせたので、サイはぎょっとした。

「寒いだろう」彼はうなるように言った。

「ええ」とサイは答えたが、息が詰まったような声になってしまって驚いた。

「おれが温めてやろう」

「お願いするわ」そうつぶやくと、彼の手が上がってきて後頭部をつかまれ、顔を引き寄せられた。重ねられた彼の唇は温かくてやわらかかったが、力強くもあった。初めて彼に触れられて、サイは息を止めた。唇の合わせ目を舌でさぐられると、ぎょっとして声が出たため思わず口を開けてしまい、その隙間からたちまち彼の舌がはいってきて、その奥を探検しようとしたので息をのんだ。

これはサイにとって未知の領域だ。彼女は、威張り屋で騒がしく、どこに行くにもついてくる七人の兄弟たちとともに育った。これまで彼女にキスしようとした男性はひとりもいなかった。どぎまぎして、どう応えればいいのかわからない。突然そうしたくなったかのように、舌を吸うべきなのだろうか？　それとも、こちらも彼の口に舌をつっこむべき？　サイは皆目見当がつかず、腕が震えだすまで、彼の上で自分の体重を支えるしかなかった。

グリアは急に唇を離して彼女ごと向きを変え、彼女を仰向けにさせて自分は横向きになった。だがキスを再開したわけではなかった。代わりに、彼女の体に目を走らせた。彼の顔を見ていたサイは、濡れたドレスの生地の上から片方の乳首をつままれ、驚いて下を見た。

生地は古いものだった。だからこれに着替えたのだ。戦いで破れてもいいように。だが、着古したために生地が薄くなっていて、濡れるとかなり透けることがわかった。生地越しにくすんだバラ色の乳首が見えているのだから。サイが恥ずかしいと感じる間もなく、グリアは頭を寄せて乳首を口にふくんだ。

サイは大きく息を吸いこみ、感じやすい突起を包む熱に応えて背中をそらせた。生地の上から乳首を吸われはじめると、うめき、漠然と押しやるつもりで彼の頭をつかんだ。だが、押しやる代わりに、髪に指をからめて引き寄せ、催促していた。彼が愛撫をやめて顔を上げると落胆の声をあげさえしたが、キスが再開されるとほっとして両腕で彼に抱きついた。

また舌がはいってきて、サイはそれを吸った。どうしても抵抗できなかった。グリアは気にしていないようだ。少なくとも、キスをやめはしなかった。それどころか、顔を傾けて舌を出し入れするうちに、キスはもっと激しく、暴力的なほどになった。サイはキスですっかり消耗してしまったので、彼の手がドレスの襟もとで忙しく動いているのに気づきもしなかった。彼がキスを解き、ふたたび胸もとに顔を寄せるまでは。今回ふたりのあいだに布地はなかった。

駆け抜ける興奮の波にサイは叫び声をあげ、彼の頭を抱きしめると同時に、脚に熱を感じてぎゅっと閉じた。彼の手が脚に置かれ、お尻をつかむのがわかったが、かまっていられなかった。やがて彼は乳房から口を離し、また口づけをしながら片手を脚のあいだに差し入れたので、サイは唇を奪われながら悲鳴をあげた。脚を閉じて彼の指をはさみこみながらも、手の動きに合わせてお尻を動かす。すると例の奇妙な欲望と飢餓感と欲求不満が体のなかで大嵐のように高まり、彼女はまたもや攻撃的な気分になった。

いきなりグリアをつかむと、押し倒してすばやくまたがり、つぎに何をすればいいかわからずに、ただ彼を見おろした。まちがいなく彼を殴りたくはないし、実際に殴りはしないだろうと思ったが、代わりに何をするべきなのかいっこうにわからなかった。それで、もつれた髪を肩にたらし、はだけたドレスから乳房をのぞかせながら、彼の上にただ座っていた。

グリアはしばらく彼女の顔つきを慎重に観察したあと、ゆがんだ笑みを見せた。「降参だ。好きにしてくれ」

サイは迷った。威厳を取り戻してドレスで体を覆い、馬に乗って城に戻るべきなのはわかっていたが、そうしたくなかった。これまで彼がしてくれていたことをもっとしてほしかった。男女のあいだにこういうことが起こりうるとは知るよしもなかった。そしてサイは内気な若い娘というわけではなかった。ほしいものはなんでも七人の兄弟たちと戦って手に入れてきたのだ。彼女は今、グリアがほしかった。

彼の両手は彼女の脚に置かれていた。サイはその手をつかんで乳房に当てた。「どうすればいいか教えて」

グリアの目つきが陰り、乳房に当てた手に一瞬力がこもったが、やがて大きく息をついて首を振りはじめた。

「お願い」サイは急いで言った。「あなたはわたしを感じさせてくれる——だから……」彼女はいらいらと首を振って繰り返した。「どうすればいいか教えてほしいの」

グリアはためらったが、やわらかな球体をにぎり、もみ、乳首をつまんだりして、乳房を愛撫しはじめた。

サイはうめき、頭をすっかりのけぞらせて、ひたすらその感覚を楽しんだ。そうしながら、まったく無意識のうちに腰を動かし、繊細な花芯を硬くなった彼のものに衣服越しにこすりつけていた。グリアはさらに愛撫をつづけたあと、不意にまた体勢を変え、彼女を仰向けにした。今度は彼が上になり、脚を開かせてそのあいだに収まった。

　グリアは乳房を離して彼女の両側に手をつき、自分の体重の大半を支えながら口づけをした。舌を差し入れながら腰を動かし、胸と胸がこすれるようにして、痛いほど乳首をうずかせ、硬くなったもので彼女の脚のあいだにある敏感な場所を繰り返しこすった。

　えもいわれぬ刺激を受けてサイの体はこわばり、想像するしかない悦楽の果てへと全力で向かっていた。と、突然体のなかでダムが決壊したようになり、日照りで乾いた森を襲う山火事のように、快感と絶頂が彼女を襲った。のぼりつめたサイが声をあげ、体をけいれんさせ、脚でグリアの腰を締めつけるあいだ、グリアは自身を彼女にこすりつけつづけた。やがて彼も体をこわばらせてけいれんし、男性特有のあの雄叫びをあげると、鳥たちが甲高い鳴き声とともに木々から飛び立った。

　グリアは寝返りを打って草の上に仰向けになり、サイを胸の上に引きあげた。彼女は満ちたりた猫のように、満足げにのどを鳴らしかねない様子で、彼のあごの下に頭を寄せてそこに収まった。グリアは思わず微笑み、片手でものうげに彼女の背中をなでながら、たったいま起こった驚くべき出来事について、息をひそめて考えた。これほどすごい快感は経験したことがなかった。さらに驚くべきなのは、ふたりともまだ服を着たままなのに絶頂に達したこと、実際に挿入して体をつなげることなく、若造のように彼女の上で果ててしまったことだった。

服なしで彼女と交わるのはどんな感じだろう？

グリアはその問いの答えをなんとしても知りたかった。もしサイがレディでなければ、その答えを求めて、今すぐ彼女のブレーをおろしてスカートを頭の上までめくっていただろう。サイは眠そうにもごもごと言ったあと、彼の上で少し向きを変えたので、むき出しの乳房の片方があらわになった。グリアはこらえきれずに手を伸ばし、乳首をそっと指でたどった。サイはうめいて背中をそらし、愛撫された乳首は大きく硬くなり、彼の股間もたちまちこわばった。なんと感じやすい女性なのだろう。

足を払われてふたりいっしょに地面に倒れこんだとき、グリアは意表をつかれたが、なぜかその動作が彼をわれに返らせた。相手はレディなのだから、軽く扱うべきではないと思い出させた。彼女とともに立ちあがり、行儀よくするつもりだった。サイが彼の両手を乳房に導き、すでにはちきれそうなほどいきり立ったものの上に体をすべらせて、彼を揺さぶりはじめるまでは。あのとき、彼にそこでやめるだけの強さはなかった。だが、処女を奪うべきではないという分別はあった。本人が認めようと認めまいとサイはレディだし、それは血筋だけのことではない。戦士のように悪態をつくかもしれないし——実際彼はそれを楽しんだ——ブレーと剣を身につけているかもしれないが、それでも彼女は赤ん坊のように無垢《むく》だ。積極的で感じやすく、これ以上ないほど情熱的ではあるが、キスをしたのも今日が初めてなのはたしかだった。おそらく、自分が何をしているのかもわからなかったのだろう。学ぶのはやたらと速かったが。

「ああ、グリア」サイはうめくように言って、さらに身を寄せてきた。気づくとグリアの手は背中から下に向かい、尻の肉をつかんだりもんだりしながら、彼女の股間を自分の腰に押しつけていた。サイの反応に気をよくしたグリアは、耐えきれずに親指と人差し指で乳首をつまみ、やさしく転がした。

サイはあえぎ、もだえ、片脚を彼の脚の上に投げ出して、本能的に彼の腰に花芯をこすりつけているが、まだ夢うつつなのはたしかだ。彼女の脚がまた動き、男性自身の上をすべっていくのを感じて、グリアは思わずうめき声をあげそうになった。自分がまた硬くなっているのを知ってうろたえる。彼女の上に覆いかぶさりたい気持ちと戦いつつ、なんとかまだ両手で体重を支えていた。さっきはなんとかこらえたことを、今はしたくてたまらなかった。ブレーをおろして、熱く濡れているにちがいない場所へ自身をすっかりうずめるのには、なんの苦労もないだろう。おそらくサイはそれを許すだけでなく、夢中で求めるだろうが、彼女はレディなのだから、草の上で交わるというわけにはいかない……彼女自身が楽しもうと、そうでなかろうと。

グリアは正道を行くことに決め、サイの下からそっと抜け出して立ちあがった。彼がいなくなると、彼女が眠ったまま不機嫌そうにうなったので、かすかに笑みを浮かべる。だが、ブレードの濡れた部分が腿に当たり、このささやかな冒険がブレードに残した跡を目にすると、その笑みは消えた。なんの汚れかは疑いようもなく、それは彼女のドレスの前側にもついていた。サイのほうを見やってそれに気づいたグリアは顔をしかめた。体をこすりつけたときにブレードが持ちあがってしまったらしく、絶頂のほとばしりがふたりにかかってしまったのだ。

あれはものすごい快感だった、とあらためて思いながら、かがんでサイを腕に抱き、立ちあがった。こんな状態で城に戻るわけにはいかない。そんなことをすれば、ふたりが何をしていたか、みんなに知られてしまうだろう。サイが責められるのは見たくない。グリアには彼女のために考えていることがあり、彼女の評判をおとしめることはそこにふくまれていなかった。

サイが彼の首に顔を押しつけて幸せそうにため息をつき、その息が温かくのどに当たると、グリアはまた微笑んでいた。こんなふうに顔をこすりつけるなんて、この女性《ひと》はやわらかなかわいい子猫のようだ、と思いながら湖のなかにはいっていく。やがてかわいい子猫は、爪を立てた子猫に変わった。冷たい水に浸されて悲鳴をあげながら目覚めた彼女が、自由になろうともがきはじめたからだ。

「大丈夫だよ」グリアは沖へと歩きつづけながら、なだめるように言った。「どうしてもこうする必要があって――」彼のことばは苦痛の叫びでとぎれた。首と肩に爪を立てられ、思わずサイを抱く力をゆるめる。それで彼女が水のなかに落ちることになるとは考えず、ただ痛みから逃れたい一心で。だがサイは水のなかに落ちるつもりなどなく、石のように湖に落ちるどころかそれを避けようとして、彼の脚と腰に両足を引っかけ、頭と首に爪をめりこませて、彼をはしごのように使いながらはい上がろうとした。

グリアはしばしサイと格闘した。彼女から離れようとして、そしてそのあとは、ともに水にもぐるためにただまえに進もうとして。だが、思うような効果は得られなかった。なぜならサイは彼から離れて水面に向かうのではなく、彼を水面下に押しやりながらその体をよじのぼって、上を目指したからだ。とうとうグリアは湖の底にうつ伏せに沈み、彼女はその尻の上に立っていた。振り落とされた彼女がまた水面下にもぐってしまうことも気にせず、膝をついて上昇しようとしたとき、突然尻からおりた彼女の手が髪にからまり、引っぱりあげられるのがわかった。

「何してるのよ？　溺れ死ぬつもり？」彼の頭を水面から引っぱりあげながら、サイはどなった。

グリアは飲んだ水を吐き出して、髪から彼女の手を引き離した。足は湖底についており、水は胸の高さまでしかなかった。向きを変えてサイをにらんだ。「ちがう。溺れ死のうとしていたのはきみのほうだ」

「わたしが?」彼女は信じられないとばかりに金切り声をあげた。「乾いた地面の上でまるくなっていたと思ったら、突然氷のように冷たい水のなかにつっこまれたのよ。自分から水にはいっていったのはわたしじゃない。あなたよ」まだ顔をしかめている彼に目をすがめる。「アレンを溺死させたのもあなたなの? 彼を心地よい眠りに誘い、湖に放りこんで溺れさせたの?」

「まさか。きみと今したようなことをおれがアレンとするはずないだろう」彼は冷ややかに指摘したが、かんしゃくは収まってきていた。おそらく冷たい水と、ずっと思っていたとおり、この女性が猫に——今はびしょ濡れの猫に——そっくりだということのせいだろう。グリアはゆがんだ笑みを浮かべて説明した。「ふたりで絶頂に達したとき、おれは自分ときみの服を汚してしまったんだ。そんな状態で城に戻ることはできないから、さっと水に浸かって洗い流すのがいちばんだと思ったのさ」

サイの顔にとまどいを見て、何を言われているのかわからないらしいということがわかった。やがて彼女は顔をしかめて言った。「もう、つぎはまえもって教えてよね。何が起こっているのかわからなかったわ」

グリアはうむとだけ言うと、彼女の腕をつかんで岸に向かいはじめた。濡れた服を引っぱりおろしながら水から上がるのは、彼が手を貸さないとひと苦労だろうとわかっていたので、膝までの深さになると、彼女を抱きあげた。そして、重さによろめいた。くそっ、女性の服というやつは濡れると死ぬほど重いな、とバランスを取り戻してからけわしい顔で思った。

グリアに馬に乗せてもらうと、サイは「ありがとう」と言ったが、感謝しているというより腹を立てているように聞こえたことに、グリアは気づかずにいられなかった。

彼は首を振りながら、何も言わずに自分の馬のもとに行った。

5

「どこに行っていたのよ？」

サイはフェネラの金切り声にたじろいだが、意を決して彼女の寝室の扉を閉めると、冷静に答えた。「今朝様子を見にきたら、あなたは入浴中だったから、馬で短い散歩に出かけたのよ」

「短いですって？」フェネラはびっくりしてきき返した。「何時間も出かけていたじゃないの」

「そんなに長くはなかったわ」自信はなかったものの、サイは弱々しく言い返した。一瞬だったような気もするし、一生ぶんもの時間だったような気もした。サイが経験したのは人生を変えるようなことであり、もっとグリアと剣の手合わせをするために湖に戻るのが待ちきれなかった。彼もその気ならだけれど、と思って急に顔をくもらせる。彼は湖でまた会うことについて何も言っていなかった。

「乗馬は楽しかった？」フェネラがため息まじりに尋ねる。

「ええ」サイは笑みを浮かべて答えた。グリアに馬乗りになり、乳房を愛撫されながら、腰を動かして彼に体をこすりつけたことを思い出しながら。ほんとうに楽しい乗馬だった。どちらかといえば、仰向けにされて彼が上になり、激しく体を押しつけられるほうが好きだったが。

「濡れたの？」

その質問に、サイは目をしばたたいた。たしかに濡れたが、フェネラが言っているのは、興奮したときに感じた脚のあいだの湿り気のことではないだろう。それに、湖に浸かったこともいとこには話していなかった。

「今朝はくもっていて、雨が降りそうだったでしょ」フェネラは説明した。「どうなの？馬に乗っているあいだ雨に降られた？」

「そういうことね。いいえ」サイは無理やり笑みを浮かべたあと、片方の眉を上げた。「今日は何をしたい？」

「何も」フェネラは悲しげに言うと、ベッドの端に座りこんだ。

サイは唇をかんだ。フェネラのまえに行って立ち、やさしく言う。「この部屋から出て、外の空気を吸うべきだと思わない？」

「いいえ」フェネラは洟をすすりながら言った。

また泣きじゃくられるのを恐れて、サイはフェネラの手をつかむと、扉まで引っぱっていった。「わたしはそうしたいの。この部屋に閉じこもっていたら病気になっちゃうわよ。ちょっと散歩でもしたら気分もよくなるわ。ほんのちょっとだけでいいから」フェネラが反論しようとしたので、サイはさらに言った。「中庭に行って日光を浴びるのよ。そうすれば、あなたがいないあいだに、侍女が部屋の空気を入れ替えられるでしょう」

「でも、歩きたくないのよ」フェネラは手を引こうとしながら文句を言った。

サイは口を固く結び、いとこを引っぱって、大広間につづく階段をおりはじめた。「この先ずっとあの部屋で寝込んでいるわけにはいかないのよ、フェネラ。あなたはまだ若いし、死んだのはあなたじゃないんだから」

「でも、わたしの夫は死んだわ」階段をおりきると、フェネラは叫んだ。そして、サイから引き戻した手で顔を覆うと、泣きだした。

「まったく、もう」どうすればいいかわからずに、サイはつぶやいた。こんな状況に直面するのは初めてかもしれない。兄弟たちはただ突っ立って、こちらが胸を痛めるほど泣きじゃくるようなタイプではなかったし、ジョーンとミュアラインはこのところいろいろな試練や悲しみに見舞われたが、どちらもそんなことはしなかった。父親の死を知ったときでさえ、ミュアラインは背筋を伸ばしてまっすぐ立ち、静かに頬を伝う涙を拭って、「荷造りをしないと」と言ったのだ。そして、あごを上げ、胸を張って歩いていった。つらいのは傍目にもわかったが、彼女が取り乱すことはなかった。悲しみをじっとこらえていたのだ。フェネラももう少しそれを見習ってくれたらいいのに、と思わずにいられなかった。

ため息をついて、いとこのほうに寄り、ぎこちなく背中をたたいて言った。「あなたの侍女を呼んできましょうか?」

返事を待たずに厨房に急いだ。侍女はおそらくそこにいるはずだ。いなくても、どこをさがせばいいか知っている者がいるだろう。

見つけるには少し時間がかかった。フェネラの侍女は、女主人を元気づけたくて、庭に出て花を摘んでいたのだ。サイは侍女が花を運び入れるのを手伝ったあと、大広間に連れていったところで、急に足を止めた。フェネラはまだそこにいたが、グリアの腕のなかで泣いていたのだ。

サイは目を細くしてふたりを見た。持っていた花をにぎりつぶし、指にとげが刺さってようやく自分のしていることに気づいた。花を持つ手から力を抜いて、胸を張って大広間を横切り、ふたりのもとに向かった。

「ソーチャを見つけたわ」ふたりのところに着くと、重々しい声で言った。「見て、彼女、あなたのために花を摘んでいたのよ」

フェネラは振り返ることができる程度にグリアから離れ、ふたりの女性が持っている花を見ると、ふたたび泣きだし、嘆き悲しみながらグリアにしなだれかかった。グリアはというと、近づいてくる騎馬をまえにした鹿のようだった。体を硬くして首を赤らめ、城に戻ってから身につけた、せっかくの清潔な乾いたブレードを汚しながら泣きじゃくる女性を、ぞっとした様子で見おろしている。向きを変えてサイを目にした彼は、問いかけるように眉を上げて言った。「おれはどうすればいい？」

彼の腕のなかにいるフェネラを最初に見たとき感じた怒りが、不意に消えていくのがわかり、サイはにんまりと笑って肩をすくめた。

グリアは助けてくれない彼女をにらむと、フェネラを抱きあげて階段をのぼりながらつぶやいた。「行こう、ソーチャがきみをベッドに入れてくれるよ」

サイはにっこりしたが、向きを変えてソーチャが持っている花の上に自分が持っていた花を置き、階段から離れてあとずさった。泣いてばかりいる女と、あの部屋に一日じゅう閉じこめられるつもりはなかった。

「きゃっ！」

何かやわらかいものを踏んだと思ったら、背後からぎょっとしたような声がした。振り向くと、すぐにレディ・マクダネルの足だとわかった。彼女はそこに立って弱々しく微笑みながら、足を上げてつま先をさすっていた。

「まあ、申し訳ありません、奥さま」サイはもごもご言い、女性の腕をつかんで体を支えた。「自分の進む先を見ていなかったものですから」

「わたしもよ」レディ・マクダネルは、唇を軽くゆがめて認めた。痛めたつま先をさするのをあきらめ、体を起こして小さなため息をつくと、サイから階段の上に消えていく三人へと視線を移した。すぐに怒りで顔がくもり、気をそらす必要があると思ったサイはこう言った。「階上《うえ》に行かれるところだったのですか?」

レディ・マクダネルは一瞬無表情に彼女を見たあと、うなずいた。「ええ。縫い物を手伝ってくれる侍女をさがしにいこうと思って」

「わたしがお手伝いします」サイは申し出た。「縫い物はそれほど得意ではありませんけど、まっすぐ縫うことならできますし」

「あら、やさしいのね」レディ・マクダネルはサイに微笑みかけた。「少し時間を割いてもかまわないとおっしゃるなら、手伝っていただきたいわ」

サイはすぐにうなずいて、彼女のあとから暖炉のそばの椅子に向かった。笑みさえ浮かべていた。いつもなら縫い物と聞いてこんな顔はしない。だが今は、むしろありがたいくらいだった。フェネラが泣くだけ泣いて少し落ちつくまで、彼女を避ける言い訳になるからだ。フェネラにたのまれてここにいることにしたものの、一日じゅう泣いているいとこの背中をさすって「ほら、ほら」などと言ったりするのは、サイがほんとうにしたいことではなかった。いとこの涙が涸《か》れるまで待って、それからなぐさめや気晴らしを提供しよう。それまでは縫い物でも魅力的な暇つぶしに思えた。

幸い、レディ・マクダネルがしようとしている縫い物は、簡単なものだった。サイが不得意とする凝ったステッチなどは必要なく、まっすぐ縫うことだけが要求された。最初ふたりは黙って作業をしていたが、サイは気まずいと思わなかった。会話がはじまったのは、グリアが階下に戻ってきて、城の外に出ていく途中で一瞬彼女をにらんだときだった。

「あらあら、グリアはあなたに腹を立てているようね」レディ・マクダネルはそのことをおもしろがっているようだ。サイは唇をかみ、微笑んで認めた。

「ええ、そのようですね。泣いているフェネラをさっきわたしが押しつけたからでしょう」

「そう」レディ・マクダネルはけわしい顔で言った。「彼女を階上《うえ》に運ぶグリアを目にしたわ。あの人、また彼の肩を借りて泣いていたのね?」

サイはうなずいたが、縫っている靴下に目を落として小声で言った。「泣くことしかしないんだから」

「そうなのよ、ほんとうにうんざりするわ」とレディ・マクダネルが言ったので、サイは驚いて彼女を見た。歳上の女性は微笑みながら告げた。「わたしは耳がとてもいいのよ」

「まあ」サイはごくりとつばをのみこみ、弱々しい笑みを浮かべてうなずいた。

少ししてからレディ・マクダネルが言った。「あなたはあまりいとこのことが心配じゃないみたいね」

サイは両手のなかの靴下をじっと見てから、ため息をついた。「実は、心配なのかそうじゃないのかわからなくて。彼女のことはほとんど知らないんです」

レディ・マクダネルはそれを聞いて眉を上げた。サイは力強くうなずいた。

「子供のころ、彼女の母親が病気になったとき、一週間か二週間いっしょにすごしました。そして十六歳のとき、彼女の結婚式に出席しました。でも、その二度だけで……」彼女は肩をすくめた。「彼女のそばですごすのは、これでまだ三度目なんです」

「なるほど」レディ・マクダネルは考えこむように言った。そして尋ねた。「子供のころの彼女はどんな子だったの？」

「当時もいつも泣いていました」サイは顔をしかめて言った。そして公正を期するために付け加えた。「でもそれは、おそらくわたしのせいです」

「どうして？」レディ・マクダネルは興味を引かれたらしくさらに尋ねた。

「子供のころ、わたしはいつも兄弟たちと遊んでいました。それで、フェネラがやってきたとき、わたしは〝やった、新しい遊び相手が来た〟と思って、彼女も顔を泥で汚し、腰に毛皮を巻き、木に登って枝からぶらさがり、戦の雄叫びをしたがるだろうと期待しました」

「顔に泥を塗る？」

「はい、兄弟たちとわたしはブリトン人の戦士になって遊ぶのが好きだったのですが、青い絵の具は持っていなかったので、泥で代用したんです」

「ああ、なるほど」レディ・マクダネルは椅子に寄りかかり、にやにやしながらうなずいた。

「それはおもしろそうね」

「はい」サイは笑って請け合ったが、愉快そうな表情はたちまち消え、ため息をついた。「でも、フェネラはいやがりました。彼女は小さなレディでした。わたしはその気になれば卑劣なブリトン人になれましたが、彼女は拒否しました。それどころか、わたしは彼女を誘拐して痛めつける卑劣なブリトン人戦士で、兄弟たちは異教徒の汚《けが》れた手から彼女を救い出す勇敢な護衛にされてしまいました」

「あなたには七人のご兄弟がいるんじゃなかった？」レディ・マクダネルは眉をひそめてきいた。

「はい」

「あら、それじゃ勝ち目はないわね」彼女はそっけなく言った。「ブリトン人戦士ひとりに対して体の大きい男の子たちが七人なんて」

「でも、わたしは勝ちました」サイは残忍な笑みを浮かべて彼女に告げた。

「まさか！」レディ・マクダネルはぎょっとして言った。

サイはうなずいた。「わたしを実際に傷つけると、兄や弟はきびしい罰を受けましたが、わたしが彼らにけがをさせた場合はお咎《とが》めなしだったんです。幼い女の子にできることなんて、たかが知れているでしょう？」彼女は無邪気さを装って尋ねた。「だから、兄や弟がわたしを傷つけることなくつかまえて動きを封じようとしているあいだ、わたしは彼らの髪を引っぱったり、思いきり殴ったり蹴ったりし放題でした……それで、七人全員に圧勝したんです」

レディ・マクダネルは信じられない様子で目を見開いたかと思うと、笑いだした。サイはおもしろがってもらえたことに気をよくして、さらに言った。「自分の護衛が負けてしまって、フェネラはひどく腹を立てました」

「でしょうね、彼女の様子が目に浮かぶわ」彼女は冷ややかに言った。

「泣きだしたフェネラにいらいらしたわたしが、彼女を木に縛り付けて、昼食のあいだずっと放っておいたときはとくに」

「まあ、なんてこと」レディ・マクダネルは敬服の声をあげた。「あなたのことが気に入ったわ、サイ・ブキャナン」

「それはありがとうございます」サイは意外なよろこびを覚えて言った。「あなたはとても公正な方だわ」

ふたりは一瞬微笑み合った。やがてレディ・マクダネルはまた繕い物を手に取った。

「じゃあ、フェネラはうまくいかないことがあると、いつも泣いてばかりいたのね」

サイは驚いて顔を上げたが、言われてみればそうだった。フェネラは子供のころから、うまくいかないことがあるたびに泣いていた。城に到着早々、フェネラは持ってきた人形でサイと遊びたがった。だがサイは興味を示さず、いつものように兄たちと走りまわるほうを選んだ。するとフェネラは泣いた。

母はサイを脇に連れていき、親切にしたいなら、人形で遊びなさいと言った。人形でなんか遊びたくないと口答えすると、まずはフェネラと人形で遊び、つぎの日に好きな遊びにつきあわせればいい、と母は主張した。そこでサイはがまんして人形遊びをしたが、つぎの日フェネラは兄弟たちとかくれんぼをすることを拒否し、サイが肩をすくめて兄たちと遊びにいってしまうと、わっと泣きだした。どっちにしろこの日は自分の好きなことをする日だったので、フェネラが加わろうと加わるまいと気にしなかった。

フェネラは泣きながら母のところに行き、サイはまた人形で遊ばされるのではないかと思ったが、母はもともとの規則に従った。サイがかくれんぼをしたければ、フェネラはそれに加わるか、母といっしょに一日座っているかだ。フェネラはその日、サイの母と座っていることを選び、つぎの二日間もそうしたが、三日目にはようやく彼らと遊ぶためにおもてに出てきた。それがブリトン人ごっこをして、フェネラを木に縛り付けて放置した日だった。フェネラがまた泣きながら母のところに行って告げ口したので、つぎの日サイは人形遊びをすることで償った。

こうしてフェネラのブキャナン滞在は終わった。彼女は思いどおりにならなければ泣き、泣けばたいてい思いどおりになった。サイの母親と兄弟たちが相手のときは。サイは泣き虫ではなかったので、兄弟たちは泣いている女の子の扱いに慣れていなかったし、フェネラを泣き止ませることができるならなんでもした。だが泣き虫でないサイは、大量の涙をわずらわしく思い、長い滞在のあいだできるだけ彼女を避けていた。フェネラの父親が娘を迎えにきたときは、大いにほっとしたものだ。

だが、フェネラとヘイミッシュ・ケネディの結婚式に家族で出席したときは、彼女を非難する気持ちはまったくなかった。フェネラのほうも、もう恨みは持っていないようだった。ふたりは結婚式まえのわずかな時間を仲よくすごした。だがサイは、優美でしとやかな女性に成長したフェネラのそばで、なぜか落ちつかず、何かが足りないと感じていた。今もそれはつづいているようだ。

サイは眉をひそめてレディ・マクダネルを見やりながら尋ねた。「ほんとうにフェネラがあなたの息子さんを殺したと思っているのですか?」

「ええ」レディ・マクダネルはきつい表情ですぐに言った。ついでその顔に葛藤がよぎり、彼女は認めた。「というか、わからない。気になることはあるけど……」彼女はサイを見て尋ねた。「彼女にそんなことができると思う?」

サイはうつむいて縫い物を見た。フェネラにそれができることはわかっていた。最初の夫を殺しているのだから。でもあれはまったく異なる状況のもと、手ひどく虐待されたあとに起こったことだ。アレンはヘイミッシュ・ケネディとはまるでちがう、とフェネラは言った。それどころか、フェネラの話によると、アレンは彼女にとって完璧な夫だった。

顔を上げて言った。「状況が許せばだれにでも殺すことは可能でしょうが、フェネラは心からあなたの息子さんを愛していたと言っています。とてもやさしくて、思いやりがある人だったと」

レディ・マクダネルは短い笑い声をあげて首を振った。「あの子は彼女をひとりで寝かせるほどやさしくて、彼女がよろこぶようなことをしろと召使いに命令するほど思いやりがあったわ。そうすれば、自分でしなくてすむし、好きなことを自由につづけられるから」

「彼が夫の権利を主張しなかったことをご存じなんですか？」サイは驚いてきいた。

「ええ」レディ・マクダネルはゆがんだ笑みを浮かべて言うと、まじめな顔になった。「息子はわたしにうそをつきません。何年かまえに、自分は男性といっしょにいるほうが好きだと打ち明けられたの」

「男性はたいてい男性同士でいるほうが好きなんじゃありません？」サイは冷静にきいた。

「ベッドではちがうわ」レディ・マクダネルは声を落として言った。

サイは目を見開いて相手を見た。「アレンは……」

レディ・マクダネルは悲しげにうなずいた。「アレンはいい息子だった。頭がよくて、屈強で、すばらしい戦士であり領主だった。わたしにはいつもやさしくて愛情深かった。つねに自分に期待されていることをしてきたわ。ただひとつ、あっち方面のことをのぞいてはね。あの子もできることならしていたでしょう。でもどうしてもできなかった」

「息子さんがそれを話したんですか？」サイは信じられずにきいた。

「言ったでしょ、あの子はずっとわたしに正直だったって」レディ・マクダネルはそう言って小さくため息をつくと、首を振った。「わたしに理解してもらいたかったんでしょう。自分でも不本意だと思っていたのよ。危険で困難な人生だもの。教会はそれを不自然だとみなし、あの子のような男は火あぶりにされるか、体を切断されたあとで縛り首になる」彼女は指摘した。

「ええ」サイはつぶやいた。教会は男色者にとても手きびしい。彼女は眉をひそめて首を振った。「それならなぜ彼は……」どう言えばいいかわからず、ことばを切る。

「なぜ女性の相手を選ばなかったのか？」レディ・マクダネルは静かに言った。サイがうなずくと、彼女は出し抜けに言った。「わたしは魚が大嫌いなの」

いきなり話題が変わったので、サイは混乱して目をぱちくりさせたが、すぐに言った。

「わたしも好きではありません。つらい思いをして食事に魚を食べるくらいなら、まったく食べないほうがましです。牛肉とか鶏肉とか、その手のもののほうが好きなので」

「ええ、わたしもよ」レディ・マクダネルは認め、そして尋ねた。「でも、どうして魚が嫌いなの？　ある日食卓について、嫌いになることにしようと決めたの？」

「いいえ」サイはその指摘に笑って言った。「魚に悪意は持っていません。味がだめなだけです。あまりにも……魚くさくて」と困惑気味に言う。

レディ・マクダネルはうなずいた。「わたしも同じよ。アレンはそうやってわたしに説明したの。ある日突然、女性よりも男性のほうが好きだと決めたわけじゃない。女性は好みじゃないというだけ。騎士見習いの修行中に仲間の若者がその城の侍女のことを話しはじめたとき、自分はちがうんだと気づいたそうよ。若者は侍女の大きな胸に夢中で、これまで見たなかで最高の胸だと言い、異論はあるかとアレンにきいた。アレンはその侍女を見たけれど、それほどすばらしいとも、ほかの若者たちがしきりに言うほどのものとも思わなかった。それどころか、どこがいいのかわからなかったそうよ。でも騎士見習いの若者のなかには魅力的と思える者がいた」

「まあ」サイは小声で言った。

「そっち方面に行きたくはなかった、とあの子は言った。ほかの男性たちのようだったら、人生はもっとずっと楽なものになるのだから。それで女性を好きになろうとしたけど、どうしてもうまくいかなかった」レディ・マクダネルの顔つきはひどく悲しげだった。彼女は小さな声で言った。「あの子はとても苦しんだ。恥じ、ろうばいし、自分は出来損ないの息子だと思いこんだ。でも、義務を果たして結婚し、望みどおり孫を抱かせてやるとわたしに言ってくれたの」

「まあ」サイは弱々しく繰り返した。

「そして、さっそく花嫁さがしに取りかかった」レディ・マクダネルは静かにつづけた。「花嫁選びは充分に注意しなければならないとわたしは助言した。たいていの花嫁は定期的に夫の権利を行使してもらいたがるものだし、夫に興味を持たれなければ侮辱されたと思ってしまう。そこで、夫に興味を持たれなくても傷つかない娘をさがすことにした」

「フェネラですね」サイは気づいて言った。

「そう」レディ・マクダネルはまじめな顔で言った。「アレンの許婚《いいなずけ》はまだ子供だったころに死んでしまったのだけれど、同じ境遇の女性は驚くほどたくさんいた。息子は花嫁候補として大勢のそういう娘たちに会ったけれど、どの娘もあまりにも積極的で、すぐに赤ん坊がほしい、たくさんほしいと言った。そんなときフェネラと出会ったの。触れられるとひるみ、目も合わせようとしない彼女のことを、アレンはもっとよく知ろうとした」口をぎゅっと閉じてから言う。「ヘイミッシュ・ケネディが生きていたころ、彼の寝室での変わった趣味と残酷さについてのうわさがあった。フェネラとの結婚式の翌朝、廊下に掲げられたシーツが血だらけだったことについても、多くの人たちが仰天しながら話題にしていたわ」

件《くだん》のシーツのことを思い出し、サイはごくりとつばをのみこんでうなずいた。あのときはこちらまで怖くなった。致命的な一発を食らい、ベッドで血を流した人のシーツのように見えた。結婚式の翌朝は、フェネラも顔色がひどく悪かった。

「フェネラは夫と寝ることを恐れているから、夫婦生活が少ないと言って夫を困らせることはないだろう、とアレンは思った」レディ・マクダネルは悲しげにつづけた。「それですぐに彼女と結婚し、ここに連れてきたの」

サイは手のなかの繕い物を忘れ、椅子に背中を預けた。「フェネラなら、夫の権利を行使しないのはやさしいからだと思ってくれる」彼女はゆがんだ笑みを浮かべて言った。「アレンは正しかったわ。フェネラは最初の結婚以来、夫婦の床を恐れていました。ほんとうにどちらにとってもぴったりの相手だったんですね」

「ええ」レディ・マクダネルも言った。

サイは首をかしげて尋ねた。「それなのにあなたは彼女が息子さんを殺したのではないかと疑っている。なぜです？」

「だいたいにおいて、フェネラに問題はなかったわ。でも、ときどきあの目つきをするのよ。生気のない、冷たくて、からっぽの目つきを」嫁が息子を殺したと思う理由を自分自身に理解させようとするように、レディ・マクダネルはゆっくりと言った。「それに羽毛のこともあるわ」

サイは困惑を隠さなかった。「羽毛？」

レディ・マクダネルは繕い物をおろし、遠くを眺めながら説明した。「老マッキヴァーは年配で、わたしの夫が生きていたころは親友だったから、わたしは彼とフェネラの婚礼に出席していたの。彼がベッドで遺体となって発見された朝にも、わたしはまだ残っていた。フェネラは……」眉をひそめて首を振る。「そう、いつものように泣いていた。それで、わたしとほかの女性たち数人は、そこに残って葬儀のために遺体を清めようと申し出たのよ」

サイはうなずいただけで、相手がつづけるのを待った。

「遺体を清めていたとき」彼女はゆっくりと言った。「顔を拭っていたわたしは、彼の目が充血していることに気づいた」

「はあ」サイはそれが何を意味するのかわからなかった。

レディ・マクダネルはそれに気づいたらしく、説明した。「わたしが産んだ子はアレンだけじゃないのよ。あの子のまえに三人の息子を産んでいて、三人とも一歳になるまえに死んでしまった。みんな眠っているあいだにね。わたしは自分のせいだと思った。弱い子を産んでしまったからだと。でも、アレンがまだほんとうに小さい、生後数カ月のころ、夜中に目覚めたわたしは不意にあの子のことが心配になって、様子を見にいった。そして、枕であの子を窒息させようとしている乳母を見つけたの。ほかの息子たちにも同じことをしたと彼女は告白したわ」

「お気の毒に」この女性がこれまで経験してきた悲劇にぞっとして、サイは心から言った。

彼女はこれで四人の息子を失ったことになるのだ。

「ありがとう」レディ・マクダネルは重々しく言った。「それでね、死んだ三人の息子たちの目も充血していたの。乳母がやったことを知ってからは、あれは窒息させられたせいなのではないかと思うようになった」

「そして、マッキヴァーの老領主の目も充血していた」サイはゆっくりと言った。

レディ・マクダネルはうなずいた。「もちろん、それは証拠にならないわ。マッキヴァーのご領主はお年を召していたし、よく目が充血したり涙目になったりしていたから」

「そうですか」サイはまたうなずいた。

「でも、口のなかにあったガチョウの羽毛のこともあるわ。舌の裏に引っかかっていたの」レディ・マクダネルはけわしい顔で付け加えた。

「フェネラがガチョウで彼を窒息させたと思っているんですか？」サイが自信のない様子で尋ねると、レディ・マクダネルは驚いて笑った。

「ちがうわよ。老マッキヴァーは裕福だったから、いい夢を見られるようにと、ガチョウの羽毛と薬草を詰めた枕とマットレスを使っていたの」彼女は説明した。

「まあ」サイは顔をしかめてから言った。「うちの枕に詰められているのは羊毛とぼろ切れですけど」

「そう」レディ・マクダネルは微笑んで言った。

「では、フェネラが枕で彼を窒息させて、その羽毛がどういうわけか……」

「息をしようとあえいだときに吸いこまれた」レディ・マクダネルは静かに言った。「いま思えばその可能性はあった。でもあのときは、フェネラとの営みで奮闘したせいで夜具から羽毛が出てきてしまい、それを吸いこんだのだろうと思ったの」彼女は顔をしかめて首を振った。「でも、老マッキヴァーはご高齢だったたし、彼女はそれほど待つことなく未亡人になっていたはずよ。どうしてわざわざ危険を冒してまで彼を殺すの？　それに、老マッキヴァーは彼女の二番目の夫で、最初の夫は山賊に殺され、彼女もその山賊に殴られている」

サイは唇をかんで黙りこんだ。

「老マッキヴァーの甥が彼女と結婚して、ひどく急に亡くなったときでさえ、彼女が両マッキヴァーを殺したとは思わなかった。だって、若いマッキヴァーはひとりで馬で出かけ、彼女は夫の母親やおばといっしょにお城にいたんだもの。彼女にできたはずがなかった」

「そうですね」サイはつぶやいたが、ジョーンの馬を暴れさせて彼女を振り落とすことになった、ハットピンのことを思い出していた。

「でもわたし自身の息子も亡くなった今、四年で四人の夫が死んだことになる。どんな女性だってこれほどの悪運に見舞われることはありえないわ」レディ・マクダネルは首を振ってため息をついた。「わたしは息子を失ったことで、責める相手をさがしているだけなのかもしれない。夫婦生活を恐れるフェネラにとって、アレンは理想的な結婚相手だったのにね。彼女は領主夫人であり、マクダネルを束ねるレディとして、富と地位と申し分のない称号を手に入れた。でも夫が死ねば、新領主のグリアの温情にすがるしかない」

サイは何も言わなかった。少ししてレディ・マクダネルはつぶやいた。「でも考えずにはいられないの。〝死んだ夫が四人……〟ってね。子供のころ父がよくしてくれた、サソリとカエルのお話を思い出すわ」

「サソリとカエル？」サイは興味を覚えてきき返した。

「そう」彼女はかすかに微笑んだ。「父は若いころ外国を旅したことがあって、お話をたくさん知っていたの。わたしは父の足もとや膝の上に座って、兄弟たちといっしょに父のお話を聞くのが好きだった。父のお気に入りは、川をわたりたがっているサソリのお話だった。もちろんサソリは泳げない——サソリというのは大きな甲虫のような生き物で、それに刺された人は死ぬのよ」サイが困惑しているのに気づいて、レディ・マクダネルは説明した。

「なるほど」サイは顔をしかめて言った。虫のたぐいはあまり好きではない。

「とにかく、サソリは泳げないので、通りかかったカエルに、向こう岸まで運んでくれとたのんだの。当然カエルは断った。サソリは自分を刺すだろうからと。でもサソリは、もちろんそんなことはしない、そんなことをしたらどちらも溺れてしまう、と言った。そこでカエルはサソリを背中にのせ、向こう岸へと泳ぎはじめた」

「向こう岸に着いたとたん、サソリはカエルを刺して殺すんですね」サイが嫌悪感を覚えながら推測する。

「いいえ」レディ・マクダネルは辛抱強く言った。「半分しか行かないうちに刺したの」

「なんですって？」サイは不満の声をあげた。「なんてひどい生き物なの。どうしてそんなことをするんですか？」

「わたしもまったく同じ質問をしたわ」彼女は微笑んで言った。「父によると、カエルもそう質問したんですって。どうしてわたしを刺すんです？　そんなことをしたらどちらも死んでしまうのに。一緒に溺れながらカエルはそう言ったの」

「サソリはなんと答えたんです？」サイは興味津々できいた。

「そういう性分だから、と」

　サイはぽかんと彼女を見つめた。

「だからわたしは思うの」レディ・マクダネルは悲しそうに言った。「四回結婚して、四人の夫が死んだ。もしかしたら、夫婦の営みをひどく恐れることになったあの初夜が、ほかにもフェネラに影響を与えているのかもしれない。あの夜のせいで考え方がゆがみ、夫を殺さずにはいられなくなったのかもしれないと。サソリがカエルを刺さずにはいられなかったように」

　サイはゆっくりと息を吐くと、椅子に沈みこんだ。

「でも、さっきも言ったように、わたしはかわいい息子を失ったことで、責めるべき相手をさがしているだけなのかもしれない。彼女が最初の夫を殺していないことはわかっているし、三人目の夫を殺せたとは思えないし」レディ・マクダネルは首を振って縫い物を脇に置いた。「なんだか疲れたわ。夕食まえに階上《うえ》に行って横になります」彼女はサイに微笑みかけて付け加えた。「ひとりで縫い物をつづけることはないわよ。ご自分の馬で出かけるか、中庭を散歩してはどう？　新鮮な空気のほうが、わたしのおしゃべりよりもあなたにいい影響を与えるでしょうから」

「たぶんそうします」サイはもごもごと言い、作業をしていた繕い物を脇に置いた。立ちあがりながら、遠ざかるレディ・マクダネルに「ゆっくり休んでください」と言った。そして立ったまま、レディ・マクダネルが大広間を横切り、階段をのぼるのを見守った。彼女の姿が見えなくなったあとも、サイはそのままそこに立って階段のほうを見ていた。

フェネラの様子を見にいくべきなのはわかっていたが、そうしたくなかった。それどころか、いま聞いたことすべてを頭に入れてじっくり考える機会を持つまでは、そばに行くのは、あまりいい考えではないような気がした。ため息をついてようやく向きを変えると、大広間を出て厩に向かった。

6

「おーい!」

　グリアは訓練の相手を身振りで止め、剣をおろすと、呼びかけてきたアルピンのほうを向いた。少年が指し示す厩のほうを見ると、サイがそのなかに消えていくところだった。先ほど城から出てきたとき、彼女から目を離すなと少年に指示しておいたのだ。少年は言われたとおりのことをした。

　ゆっくりと口もとに笑みを浮かべながら、グリアは第一側近をさがしてあたりを見まわした。ボウイはアルピンの叫びを聞いていたのだろう。背の高い金髪の男はすでに主人のほうを見ており、合図を受けると急いでやってきた。

「なんでしょう、領主さま?」グリアのまえまで来て尋ねる。

「兵士たちの監督をつづけてくれ。おれはレディ・ブキャナンと話がある」

「わかりました、領主さま」ボウイがうなずいて兵士たちのほうを見ると、みんな何事かと思って動きを止めていた。ボウイは顔をしかめて、彼らに訓練をつづけろと指示を出しはじめ、グリアは満足げにうなずいてそこを離れることにした。ボウイはアレンの腹心の部下だった男で、マクダネルの残りのすべてとともども、グリアに引き継がれた。アレンの選択眼はたしかだったようで、聡明で屈強なボウイはいい仕事をした。新しい領主の役割を担《にな》うにあたって必要なことをグリアに教え、計り知れないほど貴重な存在であることを証明していた。

領主の役割か、と思うとため息が出たが、グリアは首を振って、いとこのことや自分の新しい地位にまつわる思いを頭から振り払った。対処しなければならないことはほかにもある。なかでも今いちばん重要なのは、レディ・ブキャナンのことだ。

厩に足を踏み入れると、彼女はひとりだった。厩番頭の姿はどこにも見当たらず、サイは自分の馬のいる馬房で、なだめるように馬に話しかけながら鞍をつけていた。それを見たグリアの唇から満足げなうめきがもれた。彼女は馬の世話の仕方を知っており、自分で世話することに抵抗はないらしい。いいことだ。レディの多くはただ突っ立って、両手をにぎり合わせながら、厩番頭か馬番の若者が来るのをいらいらと待って、代わりにやってもらうだろうから。

「おばの裁縫教室は終わったようだな」グリアは歩いていって彼女のいる馬房の柵に両腕をかけてもたれ、ぼそっと言った。

サイは驚いて振り向き、彼をにらみつけた。「お裁縫を習っていたわけではないわ。手伝っていたのよ」

「手伝うって、どうやって？　裁縫はできないときみは言っていたはずだが」彼はおもしろがって思い出させた。

「裁縫はできるかときかれたから、兄に切り傷を負わせたあとで傷口を縫ったと言ったのよ。お裁縫ができないとは言ってないわ」

「ほう」グリアはにやりとし、馬房の扉を開けてなかにはいった。「どこに行くのかな？」

「遠乗りに出かけようと思って」彼女は言った。

「ひとりで？」彼は眉をひそめて尋ねた。

サイは肩をすくめた。「剣があるわ」

「おれのに乗るといい」そう言うと、彼女がぎょっとしてこちらを見たので、グリアは自分が何を言ったかに気づいて舌打ちした。「おれの馬にいっしょに乗るといい、という意味で言ったんだ。おれも遠乗りに同行しよう」彼女に乗られてもかまわないし、こっちが彼女に乗るのもやぶさかでないが、彼が言おうとしていたのはそういうことではなかった。今のはつい口がすべっただけだ。

サイは黙って鞍をつけ終えると、馬から離れて彼に近づいた。ずいぶんと近くまで。頬にうっすらと散るそばかすが見え、彼を見あげる彼女の息があごに感じられるほどに。

「それもいいかもしれないわね」彼女はかすれ声でささやいた。「さっき乗ったときは楽しかったから」

それを聞いて、髪の毛のなかに隠れるほどグリアの眉が上がった。今は馬のことを言っているのではないとはっきりわかる。この娘は彼の愛撫とキスを楽しんだと認めたのだ――もちろん、楽しんだことはわかっていたが。よろこびを知ったときの彼女は静かとは言えなかった。だが、経験上、レディはそういうことをあからさまに認めたりしないものだ。たいてい頬を染め、まつ毛をぱたぱたさせて、不自然なくすくす笑いを……。

サイはほかの女性たちとはまったくちがうのだ、とグリアは自分に思い出させた。彼女のそういうところが好きだった。とても。

グリアは微笑みながら彼女の首に手をまわし、後頭部を支えると、軽く触れるだけのつもりで顔を寄せて口づけた。だが、すぐにサイが両腕を腰にまわしてきてさらに密着し、口を開いてキスに応えたので、彼は当初の予定を忘れて少し荒々しくなった。突然頭と股間に血が流れこんだことも、あまり助けにはならなかった。サイが奔放に反応しただけで、彼の意志は砕け散った。

サイが彼の口のなかにため息をもらし、さらにきつく抱きついて、乳房をぴったりと押しつけてきたとき、グリアは自分たちがどこにいるのかも忘れて、彼女のドレスの胸もとを引きさげていた。ふたりのあいだでつぶれている、やわらかなまるい乳房を目で見て感じたかった。グリアが唇を離すとサイは不満のうめき声をあげたが、ドレスを脱がせやすいように上半身を引き離されると、早くすませようともどかしげに作業を手伝った。ドレスを引っぱって両肩からおろし、自分で胸をさらすことまでした。

「おお」グリアはうなり、両手で乳房を包んでそっともんだ。「ああ」

「キスして」とサイは求め、片手を彼の髪にうずめて、頭を引きおろした。

グリアが要求に負け、うなりながら片脚を軽く上げると、サイはキスしながら本能的に片脚を彼の脚のあいだにすべりこませて腿の上に乗り、よろこびを追い求めた。彼女の脚が彼の張りつめたものをこすり、彼の腿が彼女の花芯をこすり、ふたりともうめき声をあげた。

プレードが引っぱられるのに気づいたグリアは、キスをやめて下を向き、彼女がやっていることを見た。彼女はあえぎながら言った。「わたしもあなたを感じたい」

グリアはあとずさりしてプレードを取り去れるだけの隙間を作ろうとしたが、彼女の馬にぶつかり、かすかないななきを聞いて足を止めた。驚いて目をしばたたく。ここがどこだかすっかり忘れていた。そうした記憶もないのに、いつの間にか彼女を馬房の扉に追いつめ、自分は馬に背を向けていた。

また引っぱられるのを感じ、見ると彼女がプレードを肩で留めているピンをはずそうとしていたので、グリアはあわててそのせっかちな指に手をかけた。「ここではだめだ」

「どうして？」彼女は理解できずに眉をひそめた。「わたしはしたい——何をしているの？」

グリアはしかめ面の彼女ににやりとして、ドレスを肩の上に引き戻し、胴着のひもを締めはじめた。「厩番頭がいつ戻ってくるかわからないからね」

「えっ？　ああ」

その表情を見て、彼女も自分たちがどこにいるのか忘れていたのだとわかり、そのことがひどくグリアをよろこばせた。少なくとも、互いに刺激し合ったことで影響を受けていたのは彼だけではなかったのだ。

「それなら、いっしょに遠乗りに出かけましょう」彼に代わって胴着のひもを締めながら、サイがささやいた。

グリアはそそられたが、首を振った。いま彼女といっしょに出かけたら、最初の空き地に着いたとき、彼が乗ることになるのは馬ではないだろう。「やらなければならない仕事がある」

彼女の目が細くなった。「どんな仕事？　ついさっき、わたしを遠乗りに誘ったのはあなたなのよ」

「そうだが、あまりいい考えではなかった」彼はやさしく言った。

サイはのどの奥でうなりながらひもを締め終えると、両手を腰に当てた。「あなたを殴ってやりたいわ、領主さま。ほんとうに」

「きみがしたいのは殴ることじゃないだろう」グリアは静かに言った。彼女が欲求不満なのはわかっていた。彼自身まさにその状態だった。幸い彼は、訓練場で兵士たち相手にそれを発散させることができる。だがサイがそれを解消できる場所はどこにもないと気づき、しばし逡巡《しゅんじゅん》したあとで、彼女をまた馬房の扉に押しつけた。

「何を――?」驚いて言いかけたことばはあえぎに変わった。彼が突然スカートをたくしあげて、ブレーのなかに手をすべりこませ、すでに準備ができている熱く濡れた場所に指を差し入れたからだ。

「ああ」サイはすぐに察してうめき、頭を引き寄せてキスをしようと彼に手を伸ばした。

グリアは頭を引いて、だめだと首を振った。キスをすれば自分を失うのはわかっていた。ぎゅっと口を閉じたまま愛撫をはじめ、よろこびの中心である小さな突起を見つけると、その上にそっと指をすべらせたり円を描いたりした。

「ああ」サイはあえいだ。目を閉じて彼の両肩をぎゅっとつかみ、彼にかき立てられた興奮を拒否するかのように左右に首を振る。

「グリア、お願い」彼に体を押しつけながら、彼女はうなった。ブレードの下に着ているシャツに爪を食いこませ、愛撫に合わせてひどく性急に尻を動かしている。「キスしてちょうだい」

だが彼は空いている手で彼女の顔を自分の胸に押しつけ、その体を抱いたまま、一本の指を彼女のなかにすべりこませた。

サイは叫び声をあげたが、プレードとグリアの胸のせいでその声はくぐもっていた。グリアは歯を食いしばった。自分が今しているのは、これまでしてきたなかでいちばん愚かなことだ。指のまわりで彼女の肉が引き締まる。熱く濡れていて、とてもきつい。これが彼女のなかの感触なのだ。尻を弾ませ、男性自身を脈打たせながら指を突き入れるたびに、取りこまれ、引き止められるのがわかる。

突然、胸に鋭い痛みを感じた。つづいてサイがグリアの胸に向かって叫び声をあげ、彼の手をつかんで止めようとした。絶頂に達して、感じやすくなっているので愛撫をつづけてほしくないのだ。彼女を絶頂に導きつつ、その尻をつかんで引き寄せていたせいで、自分のものが死んだ雌鳥のように硬くなり、痛いほどだということにも気づいた。

グリアはため息をつきながら、ゆっくりとブレーから手を出し、スカートがおりてまた脚が隠れるようにした。そしてそのまま待った。サイは彼にぎゅっとしがみついており、彼女が息を整えて落ちつきを取り戻そうとしているのがグリアにはわかった。彼も同じだったからだ。あと一分もらえれば、とも思った。そうすれば、自分のものも脈打つのをやめてしぼむだろう、少なくとも今ここでしていたことをしていなかったかのように、兵士たちのもとに歩いて戻れるほどには。

「まだおれを殴りたい？」少しして、お互いの気をまぎらわそうと、彼は尋ねた。

サイは笑い声をあげ、彼の胸に顔をうずめたまま首を振った。

「よかった」彼はつぶやき、片手をゆっくり彼女の背中にすべらせながら、自分が今したことの裏にはどんな意味があるのだろうと思った。グリアは自分だけが快楽を追い求め、女性をほったらかしにするような質《たち》ではなかった。ともにすごす恋人がつねに楽しめるよう、いつも気を配った。だが、自分のほうは快楽を求めることなく女性だけに快楽を与えたのは、これが初めてだ。それも、ひどく彼女を求めていて、睾丸のみならず体じゅうが痛いというのに。もちろんサイはレディなのだから、無理なのはわかる……それならなぜ、欲求不満の解消を彼女自身にまかせずに、こんなことをしたのだろう?

「わたしは遠乗りに出かけて、あなたを仕事に戻らせてあげるべきね」サイが不意にそう言って、グリアはもの思いから覚めた。彼女がしぶしぶという様子で彼の腕のなかから身を引いたので、彼はうれしくなった。ひとりで彼女を遠乗りに行かせるという考えは気に入らないが、このうずいている——そして岩のように硬い——ものが、彼女に同行するのは愚かなことだと告げていた。

「おれの従者を連れていくといい」彼は急に思いついて言った。

サイは自分の馬のかたわらで足を止め、驚いて彼を見た。「その必要はないわ」

「そうかもしれないが、きみが困ったことになったとき、ひとりではないとわかっているほうが安心だ」グリアはそう言って肩をすくめ、さっと馬房から出て厩の出入口に向かった。

半分ほど進んだところで、厩番頭がはいってきて、驚いて立ち止まった。

「これはこれは、領主さま」そう言ったあと、厩番頭は手にしているものに目を落として説明した。「昨日脚に切り傷を作った馬に、湿布を当ててやろうと思いましてね。鞍をおつけしましょうか、あなたの――」

厩番頭は急に口ごもり、目を見開いて自分の手のなかのものをふたたび見おろしたが、途中でグリアのブレードに目を留めた。自分を見おろさなくてもグリアには理由がわかった。まだはっきりとわかるくらい興奮していたので、いきり立ったものがこれ見よがしにブレードのまえを押しあげていたのだろう。恥ずかしいと思うべきなのだろうが、そうは思わなかった。人生というものは、だれにとってもこういうことだらけだと学んできた。くよくよ悩んでもしかたがない。そこでグリアは愉快そうに微笑んで言った。「これが収まる鞍があるとは思えないが」

厩番頭は目をぱちくりさせ、困惑気味に視線を上げたところ、冗談だとわかったらしく、にやりとした。「ええ、たしかにありませんね。でも、もしよろしければ特別にお作りいたしますよ」

「手綱と鞭《むち》のほうが手にはいりやすいかもしれないな」

「はい、たいていの殿方にはそうでしょう」厩番頭はおもしろがって言った。「あたしが若いころに自分用の手綱と鞭を持っていたら、子だくさんで苦労しなかったかもしれません」

グリアはくすっと笑って、そのまま相手とすれちがった。

「では、あなたさまの馬に鞍をつけなくてもよろしいんで？」厩番頭が尋ねたので、グリアは扉のところで立ち止まって振り返った。

「おれのはいい。だが、アルピンのポニーに鞍をつけてやってもらえるとありがたい。遠乗りに出かけるレディ・ブキャナンに、あいつが付き添うことになったのでね」

「ほう」厩番頭は馬房で馬の鼻面をなでているサイのほうを見やった。そして、少し出っ張りが収まってきたグリアのプレードに目を戻し、抜け目なくうなずいてから、領主の目を見て言った。「彼女のお相手はあの坊やにまかせるのがいいでしょうね。少なくともあなたが手綱と鞭を手に入れるまでは」

「おれもそう思ってね」グリアは冷静に同意した。そしてふたりで笑ったあと、扉から頭を突き出してどなった。「アルピン！」

「レディは木に登ったりしないよ」

「それを言うのはもう三回目よ、坊や」サイは冷ややかに返し、つぎの枝に脚をかけると、体を持ちあげた。

「それなのにまだやめないじゃないか。だから聞いてなかったのかと思ったんだよ」アルピンはとげとげしく言った。彼女がそれに答えないでいると、さらに言った。「ぼくがそこに登ってリンゴをもいで、投げ落としてもよかったのに」

「それだと下で受け取る人がいなくなるでしょ」サイが指摘した。

「あなたが下に残って受け取ればいいじゃないか、レディならそうするはずだ」彼は言った。かなり怒っているようだ。

サイは目当てのリンゴをもぐと、下を見て少年の居場所をたしかめてからリンゴを落とした。アルピンがリンゴを受けとめて、それまでに集めたほかのリンゴといっしょにすると、サイは木からおりはじめながら尋ねた。「あなたはいくつなの、アルピン?」

「九つだよ」彼は誇らしげに言った。

「ふうん」彼女はつぶやき、慎重につぎの枝におりた。「九十歳みたいにふるまうのね」

「マクダネルの領主さまも同じことを言ってる」アルピンはいやそうに明かした。

「気が合うわね」サイはまたつぎの枝におりながら、陽気に言った。

「あなたたちはいろんなことで気が合いそうだ」アルピンはうんざりしたように言った。

「そうかも」サイは笑って言うと、地面に飛びおりた。両手をはたいたあと、木に登りやすいようにたくしあげてウエストにはさんでおいたスカートをもとどおりにし、少年ににっこり微笑みかけながら言った。「それっていいことじゃないの?」

「いいことじゃないよ」アルピンは重々しく言った。「悪いことだと思う」

彼女は驚いて眉を上げた。「どうして?」

「ふたりとも領主やレディがとるべき態度なんて少しも気にしないで、やりたいことをやるから」彼はきっぱりと言った。「だれかがあなたたちをしつけて、教えないと――いったい今度は何をしようっていうんだよ?」彼はうろたえながら尋ねた。それというのも、サイが集めたリンゴに近づいて、スカートを掲げ、ひざまずいて袋状にしたスカートにリンゴを入れはじめたからだ。

「わたしたちが集めたリンゴを入れているのよ」サイは辛抱強く答えた。

「それは見ればわかるけど、そのままじゃ馬に乗って帰れないよ」彼は茫然《ぼうぜん》としながら言った。

「帰れるわよ」彼女はこともなげに言った。「手は二本あるんだから、片手でスカートを持ちあげて、もう片方の手で手綱を取ればいいわ」

「そんなふうにスカートを掲げたまま馬に乗ったりしたらだめだよ」少年は叫んだ。

「わたしはスカートの下にブレーを穿いてるのよ、アルピン」彼女は冷静に指摘した。

「それは知ってるけど」彼はむっとしながら言った。「中庭にいる人たちにそれを知らせたくはないでしょ。それに、まさかその恰好で城のなかを歩くつもりじゃないよね? レディ・マクダネルか召使いに見られたらどうするんだよ?」

召使いに見られるのとレディ・マクダネルに見られるのとでは、どちらが彼にとって恐ろしいことなのかわからなかった。サイは首を振った。ほんとうにこの少年の言動は老婦人のようだ。遠乗りに出発してから、彼女に小言を言う以外何もしていない。馬にまたがって乗るべきではない、と彼は指摘した。ドレスの下にブレーを穿くなんて、いったいどういうつもりなのか？　そんなものはレディにふさわしくない。馬をそんなに速く走らせてはいけない。岩や低木を馬に跳び越えさせてはいけない。木に登ってはいけない。正直、もしこれ以上小言に耳を貸さなければならないなら、この少年を殺したくなるのではないか、と思ったほどだ。これまでどうやってグリアがそれをこらえてきたのか、サイにはわからなかった。

リンゴを集め終えると、サイは立ちあがって馬に乗ろうと移動した。片手しか使えないので多少ぎこちない動きではあったが、なんとか馬に乗ると、頭をめぐらせてアルピンの準備が整ったか確認する。少年は馬に乗っていなかった。リンゴがあった場所のそばに立ち、両手を腰に当てて、恐ろしい形相でこちらをにらんでいる。

「アルピン」彼女は辛抱強く言った。「お城までわたしといっしょに帰るつもりなら、馬に乗りなさい……さもないと、置いていくわよ」

「レディはひとりで馬に乗ったりしない。山賊がいるかもしれないし——ちょっと！」彼はどなり、サイが馬を歩かせはじめると、自分の馬に駆け寄った。

サイは笑いながら、少年が追いつこうと追いつくまいとおかまいなしに、馬のスピードを上げた。ほんとうにこの子にはうんざりさせられる。グリアはどうやって耐えているのかしら。

そんなことを考えていると、グリアのことがはっきりと頭に浮かび、サイはため息をついて鞍の上で力を抜いた。無意識のうちに馬の速度を速歩《トロット》まで落としていた。夢見心地で彼のことを思い、彼が厩で与えてくれた快感を思い出して身震いする。体はまだ彼がしてくれたことのせいでうずいていたが、どうしてなのかまったく理解できなかった。空き地でのときは、うずきはこれほど長くつづかなかったからだ。

あのときは湖に浸かったせいでつづかなかったのかもしれない。今回は興奮した体を冷やす冷たい水はなかったので、体がまだうずいているばかりか、脚のあいだにはまだ湿り気が感じられた。グリアのことや、彼がしてくれたことを思い出すたび、さらにうるおいを増してさえいる。彼は巧みな指でサイにわれを忘れさせた。それはなんともいえない気持ちよさだった。

でも、そのあいだキスをしてくれていたら、もっと気持ちよくなれたのに。そう思ってサイは急に不満顔になった。グリアにキスしてもらいたかった。キスがなかったので、ふたりでしているという実感があまりなく、彼にしてもらっているという感じで、なぜかそれが引っかかった。彼はまったく楽しんでいなかったのでは？　そう思いながら顔をしかめて振り返ると、アルピンが追いついてきて、横に並びながら説教をはじめた。「レディというものは――」

サイはそこにとどまって、自分の行動のどこがいけないのかに耳を傾けたりせず、馬の速度をあげて、また少年を置いてきぼりにした。そもそも速度を落とすべきじゃなかったんだわ、と思った。今はグリアのことを思ってぼうっとしている場合ではない。リンゴをコックのもとに届けなければならないのだ。

そしてレディ・マクダネルから聞いたことについてじっくり考え、いとこと話をしてきびしく問い質《ただ》す必要がある、という結論に達していた。リンゴはその手助けをしてくれるだろう。急いでリンゴをコックのもとに届ければ、フェネラの大好きなアップルモイーズ（煮込んで裏ごししたリンゴにスパイスなどで風味をつけたデザート）を夕食に間に合うように作ってもらえるはずだ。アップルモイーズがあればいとこは気分がやわらぎ、知りたいことを質問したとき、率直にいろいろと話してくれるだろうとサイは期待していた。

「食事は口に合わないのかな？」

グリアに問いかけられて、サイは細かくちぎっていたチーズのかけらから顔を上げ、かすかに微笑んだ。

「いいえ。おいしいわ。わたしはただ……」彼女は肩をすくめてチーズの残りを置いた。いとこがあのあと三人の夫も殺していたのだとしたら、それをうまくきき出すにはどうすればいいだろうと考えていただけだったのだが。彼女の部屋に飛びこんで、非難するような口調で問い質したら、フェネラは口を閉ざし、サイと話すことすら拒否するだろう。こちらにはすでに不利な条件がひとつある。コックにリンゴを届けたときは、夕食に間に合うようにアップルモイーズを作ってもらうには遅すぎたのだ。

「サイ？」グリアが先を促す。

「えっ？」彼を見たサイは、その問いかけるような表情から、彼がとぎれてしまった答えの先を待っていることに気づいた。ため息をついて、首を振りながらつぶやく。「考えごとをしていただけよ」

「何について？」

「サソリとアップルモイーズについて」彼女は悲しそうに言った。

「サソリとアップルモイーズ？」グリアが怪訝そうにきき返す。

「ええ、コックのところにリンゴを持っていくのが遅すぎて、夕食のまえにアップルモイーズを作ってもらう時間がなかったの」

「なるほど」彼はゆっくりと言った。「そのこととサソリにどんな関係がある？」

「ええと」サイは眉をひそめた。「つまりこういうことなの。レディ・マクダネルのお父さまが外国にいたとき、川をわたりたいサソリがいて」

「おばの父親はサソリと知り合いだったのか？」グリアが尋ねる。

「いいえ、そうじゃないのよ」サイとは反対側のグリアの隣に座っていたレディ・マクダネルが、席から身を乗り出して言った。甥の体越しにサイに微笑みかけたあと、彼に視線を移して説明する。「サイが言っているのは、父の十字軍土産のお話のことよ。父は遠征中にその話を聞いたの。直接サソリを見たわけじゃないと思うわ」

「ああ」グリアは微笑んで言った。「なるほど」

レディ・マクダネルは笑みを浮かべると立ちあがった。「今夜は疲れが出ているみたい。きっと気分が落ちつかないのね。これで失礼して、なんであれわたしをわずらわせているものを休息が跳ね返してくれることを願うわ」

「ゆっくり休んでください」グリアはおばと同時に立ちあがって言った。

「ありがとう、グリア」彼女は背伸びをして甥の頰にキスすると、彼の腕をたたいた。

「よい眠りを、奥さま」サイはつぶやいた。

「あなたもね」レディ・マクダネルはやさしい笑みを浮かべて言うと、手を伸ばして愛情深くサイの肩に触れ、去っていった。

レディ・マクダネルが階段にたどり着くまで待ってから、グリアはまた席についた。そして、サイに明るい笑顔を向けて言った。「おばはきみをずいぶんと気に入りつつあるようだな。まだ会って間もないのに」

サイは彼のうれしそうな表情に気づいたが、肩をすくめるだけにした。「わたしも彼女が好きよ」

「それはいい」彼は楽しげに言った。

「どうしていいの？」彼女が尋ねる。

「別に。おばの父親のサソリの話をしてくれ」彼は話題を変えた。

「いいわ」サイはベンチの上で向きを変え、彼の顔を見て話しはじめた。「さっきも言ったように、サソリは川をわたりたかったんだけど、泳げないから――」

そこで話をやめて横を見ると、グリアの背後にボウイが現れた。サイに申し訳なさそうな笑みを向けると、領主に身を寄せて、サイには聞こえないよう何やら耳打ちをした。

「少しのあいだ席をはずすよ」グリアは詫《わ》びるようにサイに言うと、立ちあがって部下のあとから城を出ていった。

サイは彼の背中をにらみつけたあと、口をつけていない料理に目を落としたが、それを押しやって立ちあがった。アップルモイーズがあってもなくても、フェネラと話をしにいくべきだと思って、階段に向かう。だが、階段までの道のりを半分ほど進んだところで、不意にあることに気づいた。ここにとどまってくれとたのんできたのはフェネラで、もしサイが彼女の気に障るようなことをしたら、もう帰ってくれと言われることもあるのだと。サイは急に足を止めた。マクダネルの城を去りたくなかった。ここが好きだし、レディ・マクダネルが好きだし、グリアのことがまちがいなく好きだった。ここを去れば、もう楽しめなくなるのだ。彼のすてきなキスも、愛撫も――

いきなり向きを変え、テーブルに戻りながら、フェネラと話すのは明日にしようと決めた……アップルモイーズを手に入れてから……フェネラを怒らせて追い返されることなく、ほしい情報を得る方法を考えてからにしようと。

だが、何歩も進まないうちに足を止めた。硬いベンチに座って、食べたくもない食事を見おろしながらグリアを待つのはいやだった。それより暖炉のそばに座ろうと思い、そちらを向くと、だれかに肩をたたかれてまた足を止めることになった。振り向いて見あげると、グリアだった。にやにやしている。サイは彼をにらみつけた。

「ここに立ってこちらを向いたかと思うとあちらを向くきみは、迷子の子羊のようだったよ」

「階上《うえ》に行ってフェネラの様子を見るつもりだったけれど、明日にしようと思って――」自分の心の動きを説明したくなくて、サイは手を振って残りのことばを退けた。

グリアはうなずいただけでこう言った。「いっしょに暖炉のそばに座ろう」

サイはうなずき、暖炉のそばの椅子に導かれるにまかせた。

「それで」ふたりが椅子に座ると、彼は言った。「そのサソリはどうしたんだ？」

「ああ、そうそう」彼女は落ちつきを取り戻すために間を取ってから言った。「サソリは川をわたりたかったけれど――」

「なぜだ？」グリアが口をはさんだ。

サイは話をやめて目をぱちくりさせた。

「なぜサソリは川をわたりたかったんだ？」彼はきいた。

「それは知らないわ」彼女はいらいらしながら言った。「あなたのおばさまからそのことについての説明はなかったもの」

「きみは尋ねなかったのか?」彼は驚いているようだ。

「川をわたりたかった理由は話の重要な部分ではないと思ったからよ」サイはむっとしながら言った。

「重要に決まっているじゃないか」彼はばかにしたように言った。「人の意志はいつだって重要だ」

「サソリは人じゃないわ。人を刺して殺すことができる、小さな甲虫《かぶとむし》のような生き物よ」

彼女はいらだちもあらわに言った。

「それでも、もし川をわたりたいと思うなら、理由があるはずだ」グリアは冷静に言った。

「向こう岸にきれいな雌のサソリがいたのか? すでに向こう岸にわたった妻のあとを追おうとしていたのか? 彼は――?」

「いいわ」サイはぴしゃりと言った。「十字軍の戦闘から逃げるために、川をわたりたかったのよ」

「なるほど」彼はうなずき、目をきらきらさせて微笑んだ。「たいへんよろしい。つづけて」

彼女はため息をついて首を振ると、話の糸をふたたびたぐり寄せて言った。「サソリは川をわたりたかったけれど、泳げなかったので――」

サイは不意にことばを止め、グリアの椅子の横に現れたアルピンを警戒するように見た。

「失礼」少年はつぶやくと、グリアのほうを向いて咳払いをしてから言った。「今夜はもう用がなければ、さがってもいい？」

グリアはその質問に驚いたらしく、目を細めて少年を見ると、手の甲を彼の額に当てた。「熱いし顔が赤いな。気分がよくないのか？」

アルピンは顔をしかめて肩をすくめた。「大丈夫だと思う。天候のせいだよ」

「ではさがれ」グリアはきっぱりと言った。「おれのベッドの足もとのほうで寝ていいぞ。できるだけたくさん毛皮をかけて温かくしてな」

「ありがとう、領主さま」アルピンはささやくように言うと、向きを変えて階段のほうに急いだ。

「やさしいのね」少年が去っていくのを見守るグリアに、サイは静かに言った。「たいていの領主は自分のベッドを従者と共有したりしないわ」

彼はゆがんだ笑みを浮かべて肩をすくめた。「あの子はいい子だ。それに、ベッドの頭のほうに寝かせると、眠ったまま蹴るんでね」

サイは一瞬唇をかんだが、つい言ってしまった。「あの子、やたらと小言を言うのよ」

「ああ、そうだな」グリアは笑みを浮かべて同意した。「でも、勇敢だし働き者だ。きみのことが好きなんだろう」

「ふうん」サイは疑わしそうに言った。

グリアは彼女が信じていない様子なのでくすりと笑い、「それで、そのサソリ――」と言いかけたが、今度は彼がさえぎられた。厩番頭がそばにやってきたからだ。

サイはむっとしながら椅子に背中を預けたが、やがて立ちあがって階段に向かった。もうサソリとカエルの話をする気はなかった。それに、どうせ最後まで話すことはできないだろう。何度も中断させられるだろうから。正直、がまんの限界だった。

7

「どこに行くんだ？」

階段を半分ほどのぼったとき、不意にグリアがそばに現れて尋ねたので、サイはびっくりした。手すりをにぎりしめたまま、挑戦的に彼をにらんで言う。「ベッドに行くところよ、領主さま」

「サソリの話をしてくれるんじゃなかったのか？」彼女がまた階段をのぼりはじめると、あとを追いながら彼は尋ねた。

「明日話してあげる。どうせ今夜はしょっちゅうじゃまがはいって、最後まで話せそうにないもの」サイはつぶやくように言って、自室の扉に向かった。

「もうじゃまははいらないよ」彼が請け合う。

「そんなことわからないわ」扉のまえで立ち止まり、振り返って彼をにらみながら彼女は言った。

「まあ、それはそうだな」グリアは認め、不意にうしろから手を伸ばして扉を開けた。

「いったい何をしているの？」彼女は驚いて尋ねた。グリアが急いでサイを部屋のなかに入れると自分もはいり、背を向けて扉を閉めたからだ。

「だれもここにはおれをさがしに来ないだろう」彼はそう言うと、部屋のなかを見わたしてから彼女の手を取り、暖炉のそばの椅子に導いた。暖炉には火がはいっていた。だれが火を入れたのか、サイは知らなかった。サイにはもう、そういうことをしてくれる侍女はいない。だが、暖炉には毎晩火があった。故郷の城の侍女は暖炉に火を入れてくれたことがあっただろうか、それとも火を入れてくれたのは侍女ではないのだろうか？

「さあ、ここに座って、最後まで話を聞かせてくれ」グリアは明るく言って、椅子のひとつに腰をおろし、彼女を引き寄せて膝の上に横向きに座らせた。

「わたしが座れる椅子ならもうひとつあるわ」サイは小さく微笑んで指摘した。

「ああ、でもこっちのほうがいいだろう？」片手を軽く背中にすべらせ、もう片方の手で彼女の手をつかんでもてあそびはじめながら、彼はきいた。

たしかにそうだった。グリアに触れられ、膝の上にいるのが気に入ったサイは、彼の胸にもたれ、頬に軽くキスして、耳もとでささやいた。「ええ」

グリアは彼女の手をにぎりしめてうなるように言った。「話をしてくれ。もしできるなら」

サイは驚いて体を起こした。「どうしてわたしができないと思うの？」

「おれが精一杯きみのじゃまをするからさ」彼はそのことばどおり、ゆるゆると意地悪そうな笑みを浮かべた。

彼女は目をすがめた。「どうやってじゃまするつもり？」

「どうやると思う？」彼はかすれた声で尋ね、腕の内側の敏感な曲線に軽く指をすべらせた。

「おれがよろこびの声をあげさせるまえに、きみは最後まで話をすることができるかな？」

サイは身震いした。そう言われただけですでに体はうずき、お腹の下のほうにじっとりとうるおいがたまりはじめていた。わずかに息を切らした声で、彼女は尋ねた。「もしわたしが勝ったらどうする？」

「おれが勝ったらどうなるかをきいたほうがいいんじゃないのか。おれが勝つんだから」胸もとのラインを指でたどりながら、グリアは自信たっぷりに言った。身を寄せて耳もとでささやく。「おれは勝つのが好きだ」しゃべると唇が耳の縁に触れ、そのあと軽く甘がみされて、サイは彼の上であえぎ、もだえた。

その動きにグリアはうめき、両手で彼女の腰を押さえつけた。彼女がその理由を理解したのは、硬いものが突然片方の腿の裏を突きあげるのに気づいたときだった。

「グリア？」サイは腰を押さえている両手を見おろしてささやいた。

「なんだ？」彼はうなるようにきき返した。

「楽しいゲームになりそうね」サイはささやくように言うと、顔を上げて彼に微笑みかけながら言った。「それに、わたしも勝つのが好きよ」

彼は少しのあいだぽかんと彼女を見つめていたが、すぐに頭をのけぞらせて笑った。だが、サイは彼の口をふさぎ、首を振ってつぶやいた。「そんなことをしていると、みんながやってきて扉をたたくことになるわよ」

グリアは冷静になり、彼女の手を引きはがしてつぶやいた。「ああ、そんなことにはなってほしくないね」

「ゲームをつづけたいなら気をつけて」彼女は警告したあと、急いでつづけた。「サソリは川をわたりたかったけど、泳げなかったから、通りかかったカエルに、泳いで向こう岸まで運んでほしいとたのんだ。でも――」

「カエルは跳ぶんだ。泳ぎはしない」ゆっくりとドレスのひもをほどきながら、グリアが口をはさんだ。

「あら、泳ぐわよ」彼がしていることを無視しようとして、サイは反論した。

「証明してみろよ」彼は要求した。首に顔を寄せてキスの雨を降らせつつ、ひもをほどきつづけている。

サイは眉をひそめ、カエルが泳げることを証明する方法を考えようとした。すると、彼の唇が耳を見つけてもてあそびはじめたので、思わず声が出た。「カエルは……その……」あえぎながら言い、耳をかじられ、なめられながら彼のほうに頭を傾ける。「つまり……」

忙しく動く指にドレスが降参し、布地が押し開かれて乳房があらわになると、サイは唇をかんだ。

「レディ・マクダネルがそう言ったのよ」両手で乳房を包まれ、彼女はあえいだ。

「それでは証明にならない」彼はやさしく胸をもみながら笑って抗議した。

「これは彼女の話なのよ。だから彼女がカエルは泳ぐと言えば泳ぐのよ」左右交互に乳首をつままれ、乳房をつかまれて、サイは息を切らしてそう言うと、上半身を彼のほうにひねって肩をつかんだ。

グリアはまるい乳房で遊びながら考えこんでいるようだったが、やがてうなずいた。

「もっともだ」

「でしょ」サイは彼の愛撫に体をそらしてうめき、すぐに自分のしていることに気づいて首を左右に振り、話を再開した。「それでサソリはカエルにたのんだんだけど、いや、だめだ、刺すから、とカエルは言った」

「だれが？」グリアは尋ねた。

サイが質問を理解できずに下を見ると、彼は片方の乳首を歯のあいだにはさんで吸っていた。その光景だけでも恐ろしいほど興奮するものだったが、気分ときたら……。すでに硬くなったつぼみをそっと吸われ、彼女はうめき声をあげて膝の上で身もだえた。さらに強く吸われ、周囲のくすんだバラ色の部分まで口のなかに取りこまれて、舌でなぶられると、あえいで背中をそらした。

「ええ……と……」サイは頭をはっきりさせようと首を振ったが、やっぱりわからないので尋ねた。「なんてきいたの?」

グリアは乳首から口を離し、濡れた突起の上で親指をゆっくり前後に動かしながら、顔を上げていたずらっぽく微笑みかけた。「話をするのが困難になってきた?」

サイは得意げな表情にうんざりしたような目で彼を見た。彼が懸命に彼女のなかにかき立てた情熱は、怒りに押し戻された。「いいえ。ばかげた質問が理解できなくて苦労しているだけよ。だれがってなんのこと?」彼の質問を思い出してきく。

「だれがカエルを刺すんだ?」グリアはくすっと笑って言った。

「カエルはサソリを向こう岸に運ぶのを拒否したのよ。サソリに刺されるのが怖かったから」サイは簡潔に言った。

「ああ、なるほど」彼はまじめにうなずいた。「説明してくれてありがとう。よくわからなくて」

「ええ、そのようね」彼女は冷ややかに言った。「この勝負に勝つための時間を稼ごうとして、わたしの話の腰を折ろうとしてるだけでしょ」

「おれをそんなに甘く見ているなんて、傷つくなあ」グリアはつぶやき、ドレスを肩から引きおろして腰のまわりに落とし、むき出しの乳房をあらわにした。「ああ、サイ、きみはなんて美しいんだ」

サイは褒められてよろこびに赤くなったが、鼻を鳴らしてつぶやいた。「わたしの胸なら、もう見たでしょう」

「こんなふうにじゃない」とささやいたかと思うと、彼は顔を寄せて片方の乳房をなめた。サイはその行為に反応するまいとしながらつづけた。「サソリは反論した。そんなことをしたら自分も溺れてしまうから刺さないと。そこでカエルは――」サイはそこで急にことばを切った。彼の手が腿をのぼってきて、ドレスのスカート越しに脚のあいだをつかんだからだ。「だめ――こんな――」

グリアは空いている手でサイを自分のほうに向かせ、キスをした。彼女は口のなかに舌を入れられるとうめいた。厩で彼の指に脚のあいだを愛撫されたときのように。

サイはとっさにキスを返したものの、すぐに顔をそむけてうめいた。「ずるいわ。そうやってわたしに話させまいとするんだから」

「そうだな」彼はうなった。「もうキスはしないよ。膝の上でこちらを向いてごらん。そうすれば向き合える」

サイは彼の愛撫に身もだえ、彼の肩にしっかりつかまりながらあえいだ。「どうして?」

「おれにまたがってよろこびを感じてほしいんだ。空き地でしたみたいにきみにまたがられるのが好きなんだよ。さあ、おれのためにやってくれ」彼は嘆願しながら脚のあいだから手を離し、彼女の腰を引き寄せた。

サイはためらったが、床につかないようにドレスをつかんで膝からすべりおりた。そして、椅子に座った彼の上にまたがる手前で、にっこり微笑んでひと息に言った。「そこでカエルはサソリを背中に乗せて川をわたりはじめた」

「ちくしょう、ずるいのはどっちだ」グリアはつぶやき、彼女の腰をつかんで膝の上に乗せた。

　サイは彼にまたがったが、ドレスの上に座ったせいで、腿のあたりがきつくて不快だったので、軽く腰を浮かせて布地を引っぱってから、彼の上に座って言った。「でも川のなかほどまで来ると、サソリはカエルを刺した」

「そりゃそうだろう」グリアはつぶやいた。ドレスの布地を引っぱって、そのあいだに手を入れて愛撫をつづけるのにじゃまにならないようにしながら。

　彼が勝利するまえになんとか話を終わらせようと、サイは急いで言った。

「カエルがサソリを道連れにして溺れはじめると、彼はサソリに尋ねた。どうして――あああっ」最後は小さな叫びになってしまった。彼の手がついにドレスの下にすべりこんで、花芯を見つけたからだ。彼女は首を振って必死につづけた。「自分も死ぬことになるのに、どうして刺したのか、と。するとサソリは――」

「お嬢さん《ラス》」グリアが小さな声でさえぎり、サイが見あげると、彼が真っ青な顔をしていたので驚いた。もう愛撫もしていない。彼の手は彼女に押しつけられていたものの、動いていなかった。

「なあに？」彼女はわけがわからずにきいた。

「ブレーはどこだ？」

彼の鋭い口調にサイは眉を上げた。「夕食のために着替えたときに脱いだわ。夜は馬に乗らないから」と当然のことを口にした。

「ああ、なんということだ」グリアはうめき、頭をさげて彼女の胸に額を預けたが、〝さあ乳首を吸ってやるぞ〟という感じではなかった。それよりむしろ、〝ああ、こんなはずではなかった、おれはとてつもなく落胆している〟という気分を態度に表しているようだった。サイは口をつぐんでグリアを見たが、凍りついたような状態のままなので、膝の上でいらいらと身じろぎして言った。「いったい――」

「動くな」グリアはどなるようにして言った。いきなり顔を上げ、焼けた炭にさわってしまったかのように、スカートの下からさっと手を抜く。彼女の驚いた表情に気づくと口を開け、また閉じたあと、さっきよりやさしく言った。「たのむよ。動かないでくれ」

グリアは明らかに打ちひしがれていたが、サイには理由がわからなかった。彼女がブレーを穿いていなかったせいでがっかりしているようだが、どうしてなのかさっぱりわからない。今日の午後にはブレーのなかに手をすべりこませて触れてきたのだから、ブレーを穿いていないことにがっかりするわけがないのだ。もっと親密に触れることができるのだから。

硬いものがしきりにお尻をつついているのは気になるが、こんなことはばかげている、いったいいつまでこんなふうに座っていなければならないのだろう？　「大丈夫よ。わたしはただ……」と言って、もっと座り心地のいい体勢を見つけようと腰を動かしかけると、グリアがうめいて片手で彼女のお尻を押さえ、動けないようにした。

「たのむ、サイ。動かれると自分を抑えられなくなる」彼は食いしばった歯のあいだから警告した。

「大丈夫」サイはなだめるように言った。「大丈夫よ」

「大丈夫じゃない」彼は陰気に言うと、また頭をたれた。「ブレーをあてにしていたのに、穿いていないなんて」

「わかった」サイは小さな声で言ったが、何もわかっていなかった。彼はブレーの上からさわるほうがいいの？　それとも、手をくねらせながらブレーを脱がせたかったの？　わけがわからなかったが、じっと座っているのがだんだんつらくなってきた。それに、彼にやるつもりがないなら、ゲームなんておもしろくない。彼にかき立てられた欲望は、今や消えかかっていた。彼女はため息をついて尋ねた。「今からブレーを穿きましょうか？　そのほうがいいなら」

「いや」グリアはどなった。「きみがじっと座って、おれに考えさせてくれるほうがいい」

「なんのことを考えているの？」彼女は興味を覚えてきいた。

「魚だ」彼は簡潔に言った。

サイは驚いて眉を上げた。「どうして？」

「魚が大嫌いだからだ」

「そうなの？」サイは微笑んだ。「わたしもよ。レディ・マクダネルも」

グリアは小声で悪態をつくばかりだ。

サイはしばらく黙っていたあとで、咳払いをして尋ねた。「どうして魚のことを考えているの？」

「サイ！」彼はかみつくように言うと、ため息をつき、こめかみをさすりながら、もっとおだやかな声で説明した。「愛しい人《スィートリン》、おれはきみがブレーを穿いているものと思っていた。それならきみの純潔を奪うことなくよろこびを与えられると。だがきみはブレーを穿いていなかった。だからおれは自分の欲望を追求するまい、きみの純潔を奪うまいとして、死んでにおう魚について考えることで、必死で情熱を抑えているんだ。魚は思いつくかぎりいちばん情熱からほど遠いものだし、いちばん自制するのに役立つと思ったから」

サイはひとまず「まあ」と言ってから、こう尋ねた。「あなたが自分の欲望を追求するのは、そんなにいけないことなの？　あなたはもう二度もわたしによろこびを与えてくれたし、最初のときはあなたも楽しんだはずよ。厩でのときはよくわからなかったけど。あなただってよろこびを追求していいはずだわ」

「ああ、きみは戦士のように悪態をつき、戦う姿も戦士のようなのに、身を守ろうという意識はないんだな」グリアは落胆気味に言うと、彼女の腰をつかんで持ちあげ、膝からおろしながら立ちあがった。サイのドレスがお尻をすべって足もとの床に落ちると、グリアは泣きそうな顔をした。そしてまた動きを止め、自分のまえで持ちあげている彼女の裸体に、飢えたように目を走らせた。

「グリア？」サイはやさしく言った。

彼は体の観察をやめて視線を引き離し、彼女の顔を見た。「なんだ？」

「そういう性分だから」彼女はまじめくさって言った。彼がぽかんと見つめるばかりなので、説明する。「死んでいくカエルにサソリが言ったことよ。そういう性分だから」彼女はゆがんだ笑みを浮かべた。「わたしの勝ちね」

彼は苦しげな笑い声をあげて首を振った。「いいや、お嬢さん。まちがいなくおれの勝ちだ」

「ちがうわ。今のがお話の終わりだもの。わたしの勝ちよ」彼女は部屋のなかを運ばれながら主張した。

「おばの話はそれで終わりかもしれないが、おれたちの物語はまだはじまったばかりだ」彼はベッドの縁に彼女を座らせて言った。

「でも――」

「ここからブキャナンの城まではどのくらいかかる？」グリアは体を起こしながらさえぎった。

サイは眉をひそめた。「わからないわ。半日か、それほどかからないかも」

グリアはうなずき、向きを変えて扉に向かいながら命令した。「動くなよ。すぐに戻ってくるから」

サイは部屋から出ていく彼のうしろ姿を、わけがわからずに見つめた。そして首を振り、ベッドに仰向けに倒れこんで、小さくため息をついた。どうやらあの人は頭がどうかしてしまったらしい。納得のいく説明はそれしかない。彼女の体に触れ、愛撫していたと思ったら、ブレーを穿いていないからと言ってがっかりし、まるでわけのわからないことをまくしたてたかと思うと、動くなと命令して出ていくなんて。

わたしが勝ったわけじゃないって、どういう意味？　わたしはよろこびの叫びをあげるまえに、最後まで話をしたのに。それどころか、彼は声をあげさせることもできなかっただろう、と今では思いはじめていた。それに、おれたちの物語はまだはじまったばかりだという、あのたわごとは何？　いったいどんな物語なの？

だが、身を守ろうという意識がないと言われたことのほうが、サイにとってはうんざりする話だった。彼女は自分を差し出したも同然なのだから、何を言いたいのかはわかったが、彼はまちがっている。サイはばかではない。レディは夫のために身を守るべきで、その身を彼に与えてしまえば自分がもう結婚できなくなるのはわかっていた。だが、どうせ結婚はできそうにない。許嫁《いいなづけ》は死んでしまったし、サイのような粗野な娘を妻にしたがる領主はいないだろう。あまりにも長いこと兄弟たちとすごし、あまりにも多くの悪態と、戦う方法を学んできてしまった。スカートの下に便利なブレーを穿き、男のように馬にまたがり、男のように戦うこともできる。幼いころから兄弟たちを遊び相手にしてきたことで自由の味を知ってしまった女が、ひとりの男の持ち物になるために、その自由をあきらめられるとは思えない。

それなら、グリアと快楽を追求してもいいではないか？　それを楽しめるほど若いうちに。だいたい兄弟たちは、サイの将来のことなど、それほど気にしてはいないだろう。ジョーンの出産に立ち会うためにシンクレアに向かうまえ、ブキャナンの城はいつだっておまえの家だ、とオーレイは言ってくれたのだから。

ため息をつき、頭の向きを変えて扉を見つめた。いったいグリアはどこに行ったのだろう……そもそもなんのために？　もしかしたら食べ物を取りにいったのかしら？　お腹が大きな音をたてて鳴り、サイはそれを期待した。フェネラのことをあれこれ考えるのが忙しくて、夕食のときに食べることができなかったので、今はお腹がすいていた。少し肌寒くもあったので、起きあがって暖炉のほうを見た。さっき部屋にはいってきたときに比べて、炎の大きさが半分になっているのを見て、口もとがゆがむ。暖炉にも食料の供給が必要だ。

ベッドからすべりおり、シーツをはがして体に巻きつけると、薪を足そうと暖炉に近づいた。暖炉のまえに敷かれた毛皮の上に膝をつき、鉄棒を使って薪を押しこんで、炎を燃え立たせようとしたとき、扉が開いた。振り向くと、グリアが扉を閉めているところだった。食べ物を持っていなかったので、サイはがっかりした。

暖炉のそばの彼女をうかがって、その表情に気づいたグリアは、彼女に近づきながら「どうした?」と尋ねた。

「食べ物を取りにいってくれたのかと思ったの」サイは鉄棒を戻して立ちあがりながら言った。

「あとで取ってこよう」彼は足を止めて約束した。かすかに微笑みながら、手を伸ばしてプレードを留めていたピンをはずす。「きみはシーツにくるまっていてもきれいだ」

「そう?」サイはぼんやりと返した。グリアのしていることに気を取られていたからだ。彼はピンを椅子のそばのテーブルに置き、プレードをぐいと引いて、床にすばやく落とした。サイは目を見開いて、腿のあたりで終わっているシャツの裾の下の、あらわになったふくらはぎと膝を見つめ、「ああ、あなたもきれいよ」とささやいた。

グリアはそれを聞いてくすっと笑い、シャツを持ちあげて頭から脱いだので、サイは彼の脚のあいだについているものを見つめることになった。それは、何度か押しつけられたときの感覚と比べると、壮大でもなんでもなかった。さっきその上に座っていたときは、大きくて丸太のように落ちつかないと思ったものだが、今そこにぶらさがっているものはすっかり縮んで――サイの思考はいきなりそこで停止した。それが大きくなりはじめ、日光を求める花のように、どんどん伸びてこちらに頭をもたげてきたからだ。気になって、なんの考えもなしに触れようと手を伸ばすと、触れるまえにグリアに手をつかまれた。

顔を上げると、いくぶん困惑したように彼が見つめていた。

「きみには恥じらいというものがまったくないのか、サイ?」彼はかすれた声で尋ねた。

「いつなんどき部屋に飛びこんでくるかわからない七人の兄弟たちがいたら、恥じらってなんかいられないわ」彼女は皮肉っぽく言った。首をかしげてつづける。「本物のレディは恥じらうの?」

「ああ」グリアは答えた。手を伸ばしてサイが巻いているシーツを引っぱってゆるめ、床のプレードの上に放り投げてつづける。「でもおれはそんなきみが好きだ」

「まあ」サイは抱き寄せられてため息をついた。まず乳房が彼の胸に触れ、強《こわ》い毛に軽くくすぐられたあと、温かな肌が押しつけられる。彼の首に両腕を巻きつけ、上を向いてキスをねだると、彼は望んでいたものとそれ以上のものをくれた。ななめに口を合わせ、舌を差し入れながら、両手で彼女の背中をなでおろしてお尻をつかみ、下を向かなくてもキスできる高さまで持ちあげたのだ。

グリアは何度もキスをしながら、最初はこちら、今度はこちらと頭の角度を変え、サイはついにうめいて彼の腰に脚を巻きつけた。すると彼はキスをやめて、さらに高く彼女を持ちあげ、片方の乳首を口にふくんだので、サイは驚いて目を開け、部屋がぐるぐる回っているのに気づいてその目をさらに見開いた。部屋が回っているわけではないと気づくのに、少し時間がかかった。またベッドに運ばれようとしていたのだ。グリアは彼女の脚をからませたまま、ひざまずいて彼女をベッドの端におろした。

サイがからませていた脚をほどき、彼の両側に落ちるにまかせると、乳房に顔をうずめられた。サイはよろこびにうめき、両手を彼の髪に差し入れてもっととせがんだ。彼がやめると思わず落胆の声をあげたが、キスがお腹へとおりてきたので、今度は驚きの声をあげることになった。お腹の筋肉がたちまち緊張し、サイは彼の髪を引っぱりはじめた。何をされているのかわからず、自分がそれを気に入っているのかさえわからない。だがグリアはサイの手首をつかみ、ベッドの上に押し倒して、じゃまされないように押さえつけながら、もっと下へと口を移動させていった。

この人は強いわ。サイは両手を自由にしようと無駄にもがきながら、ぼんやりと思った。するといきなり解放された。だが、グリアに手を伸ばすより先に、彼の頭が脚のあいだに沈み、肌のひどく敏感な部分を舌でたどられたので、サイは衝撃のあまり凍りついた。

「グリア?」彼女は何が起こったのかわからずに息をのみ、体の下のシーツをつかんだ。

彼は答えなかった。少なくともことばでは。その代わり、さらに脚を広げさせて、乳首を吸うようにして花芯の小さな突起を吸ったので、サイは唇をかみ、息をのむ快感に叫び声をあげまいとした。そのとき、体のなかに何かが押しこまれた。広げられ、満たされていく感覚のあと、引き抜かれ、また押し入れられる。そのあいだも彼はなめたり吸ったりをつづけ、サイはうめいたりあえいだりした。

お尻を動かして、彼の愛撫を強く受け入れ、すぐそこで待っているとわかっている絶頂に向かっていきたかったが、押さえつけられているので、彼が絶頂に導いてくれるのをただ待つしかなかった。やがて、それは丘を吹きおりる嵐のようにサイを揺さぶり、彼女は叫ぼうと口を開けた。だがそのまえに、彼の空いているほうの手で口をふさがれ、くぐもった叫びになった。

だれも聞く者のいない空き地にいるのではないことを思い出したサイは、必死で声を落として目を閉じ、ベッドのくぼみに力なく沈みこんだ。体は震え、心臓はまだ早鐘を打っており、息づかいも荒かったが、心はどこか遠くにある快楽に支配された場所に浮かんでいた。サイはグリアが動いていることにぼんやりと気づいた。少しまえまで熱かった場所にかすかに風を感じたと思うと、何かが開口部をつつき、なかに押し入ってきた。さっきは指を使っていたのだと思うが、今度はそれよりもっとずっと大きなもので、痛みが叫びをあげながら体を走り抜け、先ほどまで楽しんでいた快感の薄い翼は引き裂かれた。サイはうなりながら反射的に体を起こし、彼を殴って身を守ろうとしたが、殴れないように両手をつかまれたところで目を開けた。

　サイは胸を上下させ、快感しか知らなかった部分に痛みを感じながら、グリアを見つめた。頭が彼の胸に引き寄せられ、背中をさすられる。「ごめんよ、愛しい人。痛みを長引かせるより、ひと息に押し入ったほうがいいと思ったんだ」

「わたしに何を押しこんだの？」彼女は何が起こったのかわからず、混乱して尋ねた。

「おれ自身だよ」彼はまじめにそう言うと、少し胸を引いて、ふたりのつながっている部分が見えるようにした。彼の体の一部が彼女のなかにはいっている。

「まあ」サイは小さな声で言った。「てっきり剣で刺し貫かれたのかと思ったわ」

　グリアは眉をひそめた。「女性の純潔を奪ったのは初めてなんだ。そんなに痛いものだとは知らなかったよ。それなら――」

「いいえ」あえぎながらサイは言った。さらに痛むだけなのに、自身を引き抜こうとした彼の腰に脚を巻きつけて、どこにも行かせまいとする。「もう……」彼女は一瞬目を閉じて首を振った。「もう少しこのままでいて」

「サイ？」

　外の廊下からレディ・マクダネルと思われる声で呼びかけられ、サイはさっとあたりを見まわした。扉が振動したが、幸いにも開きはしなかった。グリアがかんぬきをかけたのを、彼女は見ていた。見事なまでの用心深さだ。

「サイ? 大丈夫なの?」

彼女は少しのあいだぎゅっと目を閉じた。

「返事をしたほうがいい。さもないと城じゅうの者たちがここに呼ばれる」グリアが耳もとでささやいた。

サイはうなずき、無理に目を開けて返事をした。「はい」

「ほんとうに? あなたの悲鳴が聞こえたようだけど。何かわたしに――」

「なんでもありません」もっと信憑性《しんぴょうせい》のある声を出そうとしながら、サイは言った。「ほんとうです。ご心配をおかけしてすみません。その……悪い夢を見ただけです」弱々しくそう言い切ると、真実とかけ離れているわけではないと思いながら、グリアに額をもたせかけた。心地よい夢としてはじまったものが、グリアが押し入ってきて悪夢に変わってしまったのだから。ああ、たしかに最初は痛いものだと聞いていたけれど、これは――

「わたしに話したい?」レディ・マクダネルがきいてきた。「悪夢についてわたしに話せば落ちつくかもしれないでしょう」

「いいえ」サイはぎょっとして扉のほうを見ながら急いで言った。かんぬきがおりているにもかかわらず、今にも開いてしまうのではないかと恐れているように。

片方の乳首に何かが触れ、サイが驚いて見ると、グリアの手が引いていくところだった。彼はその手を口に持っていき、親指の腹をなめたあとおろしていくと、乳首の先をふたたびこすった。温かく濡れたそこは、親指でゆっくりと前後にこすられるとすぐにひんやりとし、突起は硬く勃ちあがって、その周囲はきゅっとすぼまって色が濃くなった。

サイはその光景につばをのみこんだ。もう片方の乳首にも同じことをされてあえぐ。濡れた親指ではやる肉をゆっくりとこすられながら、顔を上げて彼を見ると、グリアの顔がおりてきて口づけをされた。彼は舌を誘うように動かして、挿入によって消えたとサイが思っていた欲望を再燃させようとしていた。

「もしかして、温かい飲み物がほしいの？　温かいリンゴ酒かスパイス入りのラム酒でも召使いに持ってこさせましょうか？　そうすれば落ちつくんじゃない？」

「いいえ」グリアがキスを解き、サイはうなるように言った。

「いいえ《ナイ》と言ったの、それともはい《アイ》？　扉越しだとよく聞こえないわ」

サイは頭をはっきりさせようと、首を左右に振ったあと、ため息をついてから呼びかけた。

「お騒がせして申し訳ありません。お心遣い感謝します。でも、けっこうです、このまま寝ます」

「わかったわ」レディ・マクダネルが言ったあと、サイが急いでまた下を見ると、グリアは乳首をあきらめて、ふたりがつながっている部分のすぐ上にある突起を愛撫しはじめていた。

サイはあえぎをこらえて彼の両腕をつかんだ。彼にもてあそばれて、たちまち情熱が息を吹き返す。

「でも、気が変わって何か必要になったら、わたしの部屋はこの先ですからね。気兼ねなく起こしてちょうだい」レディ・マクダネルは扉越しに言った。「いつでもわたしの部屋に来るのよ。いいわね？」

「ああ、はい」サイはあえぐように言いながら、両脚をグリアの腰に巻きつけ、かかとをお尻に押しつけて体重をかけると、愛撫に合わせて体を揺すりはじめた。

「では、おやすみなさい、サイ。明日の朝、会いましょう」

「はい」サイは叫びそうになった。グリアがゆっくりと彼女のなかから出て、またするりとはいってきたからだ。今度は驚くほど痛みが少なく、彼が愛撫をつづけているせいで、快感はより大きかった。体が求める場所に彼をとどめようと、サイは脚と腕と全身で、彼の体をぎゅっと締めつけはじめた。

グリアの胸に顔を押しつけられ、サイは彼の肌に口をつけた。のどの奥からわきあがる声を抑えるために、こうしてくれているのだとわかった。むせび泣くような小さな声がもれてしまったが、彼の肌に吸収されて消えた。そのあいだも切迫感は高まっていく。やがて、突然彼は愛撫していた手を引き抜いたかと思うと、彼女の腰をつかんで自分のほうにぐいと引き寄せ、最後にひと突きした。だがすでにサイは絶頂の瀬戸際まで来ていた。グリアの胸に向かって叫ぶと、彼ものどの奥を震わせて、若い獣の断末魔の咆哮《ほうこう》かと思うような声をあげた。

8

サイは寝返りを打って仰向けになり、ゆっくりと伸びをしたが、体のいくつかの箇所が抗議の声をあげた瞬間、動きを止めた。そのうちのひとつは、ふだんなら不快感を覚えたりしない場所だったので、頭のなかに昨夜自分がしたことの記憶が一気によみがえり、はっと目が覚めた。

ふたりでしたことだわ、と思い直し、枕の上で頭の向きを変えてグリアをさがしたが、隣はもぬけの殻だった。

急いで起きあがり、部屋のなかを見まわしたものの、男性がそこにいたという証拠はひとつ残らず消えていた。暖炉のそばの毛皮の上に、彼の衣服はもうない。昨夜そこに敷いたはずのシーツもなかった。ベッドに戻され、今はサイの体を覆っているからだ。初めて結ばれたあとで、彼が厨房に取りにいってくれた食べ物と飲み物の痕跡も運び去られていた。ふたりは暖炉のまえの毛皮の上で食べ物を口にした。少なくとも最初はそのつもりだった。だが、いつの間にか横道にそれ、毛皮の上で彼がスカートをまくり……というか、スカートを穿いていたらまくりあげていただろうが、サイは穿いていなかった。

そのあとふたりはベッドに戻り、サイはグリアに寄り添ってまるくなると、うとうとしはじめたが、しばらくすると目覚めることになった。愛撫で火をつけられ、もう一度彼を受け入れることになったからだ。

サイは満ち足りたため息をついてベッドに仰向けになった。最初のときこそ苦痛だったが——少なくとも破瓜の部分は——そのあとはずいぶんよくなっていた。挿入中はまだときどき痛みを感じるが、そこに行くまでにグリアがはるかな高みへと導いてくれるので、ほとんど気にならなかった。

彼がしてくれたさまざまなことを思い出すと、たちまち腿の付け根にうずきがよみがえり、サイはその思い出に浸ろうと、上掛けを頭まで被って目を閉じた。そのあと、シーツと毛皮の下に指をすべりこませて、ためらいがちに自分に触れてみる。彼にそうされたとき、どんな感じだったのかを追体験したかった。

自分のその部分に触れるのは初めてのことで、いかにやわらかく、ぬるぬるしているかにサイは驚いた。だが、自分で触れるのと、彼に触れられるのとでは感覚がちがった。グリアの存在が、ぴったりくっついた温かい体の感覚が、うっとりするようなにおいが、口づけのときの味が恋しかった。

突然、彼は今どこにいて何をしているのだろうと思い、手を引き抜いてシーツと毛皮を押しやり、勢いよくベッドからおりた。ひとつだけ持参した衣装箱のところに急ぎ、何を着るか決めようと、シンクレアから持ってきた何着かのドレスを引っぱり出しては吟味する。人生で初めて、何を着るかが問題となった。グリアのためにきれいに見られたかった。もちろん、こういう事情なので、ほとんどのドレスは別の場所に置いてきてしまったが。

ドレスをつぎからつぎへと却下しながら、いらだちのことばをつぶやいていると、扉をノックする音が響いた。驚いて動きを止め、そちらのほうを見た。そして――グリアかもしれないと思い――体を起こして、顔をほころばせながら飛んでいった。幸い、扉を大きく開けないだけの分別はまだあった。ほんの少しだけ扉を開けて、戸板のうしろに裸体を隠しながら、外の様子をうかがう。

残念ながらそこにいたのはグリアではなく、侍女だった。サイは彼女をぽかんと見つめた。

「なあに?」

「あなたのためにお風呂を用意するようにと、領主さまから言《こと》づかっています」侍女は微笑んでおじぎをしながら言った。

「そう」サイはもごもごと言い、侍女の背後にいる召使いたちの小集団に目をやった。ふたりが大きな浴槽を抱え、残りの数人はお湯を満たした桶《おけ》を持っている。グリアの思いやりにサイはやわらかく微笑み、「ちょっと待ってて」と叫んで扉を閉めた。

急いでベッドに戻り、上掛けのシーツをはがして体に巻きつけた。向きを変えかけたところで、敷きシーツについた血の大きなしみに気づいた。最初に彼に貫かれ、処女《おとめ》の帳《とばり》が破られた場所だとわかって顔をしかめ、急いで毛皮で覆ってから叫んだ。「いいわよ、はいってちょうだい」

すぐに扉が開き、サイが向きを変えてしみを隠した毛皮の上に腰かけると、荷物を抱えた召使いたちがあわただしくはいってきた。彼らはきびきびと仕事をし、湯気のたつ風呂を残して、すぐにぞろぞろと部屋から出ていった。サイが扉を開けたときにあいさつした侍女ひとりを残して。ほかの者たちを見送った侍女は、扉を閉めてサイに微笑みかけた。

「あなたは侍女をお連れにならずにいらしたので、シンクレアに残してこられたにちがいないと、レディ・マクダネルからうかがいました。それで、ここに滞在なさるあいだ、わたしが代わりを務めさせていただければと」彼女はそう告げたあと、急いで言い添えた。「もしよろしければですが？」

「そう」サイはためらった。この一年というもの侍女なしで問題なくやってきたが、それを認めるわけにはいかないだろう。そんなことを知ったら、レディ・マクダネルがぎょっとするのは目に見えている。だが、また侍女がつくのはうれしくなかった。かつての侍女、エリンのことは愛していたが、もっとレディらしくしろとうるさく言われつづけて、どうかなってしまいそうだった。始終髪の毛のことで大騒ぎをし、しきりにいじくってはばかげた巻き髪やら何やらにするのだ。風呂にはいるとなると、あらゆる種類の薬草や香料や花を入れてサイを〝甘い香り〟にしたがり、サイが自分では何もできないかのように腕や脚を洗おうとするので、悩みの種でしかなかった。

入浴するとき、髪から石けんの泡を洗い流すのを手伝ってもらうのはかまわないが、それ以外は手を貸してほしくない。だが、手を貸そうと言うのを断るのは気がとがめた。サイはため息をついて立ちあがると言った。「髪を洗ったあとに流すのを手伝ってもらえるとうれしいわ。でも、それ以外に手伝ってもらうことはないから」

「仰せのままに」侍女はあっさりと言った。

サイは少しほっとしてうなずき、湯気のたつ風呂へと向かった。

「あなたの名前は？」シーツを脱ぎ捨てて浴槽にはいりながら尋ねる。

「ジョイスです」侍女はそう答え、石けんと麻布を取ってきてサイにわたした。

「ありがとう」サイは受け取ってつぶやいた。

「どういたしまして」ジョイスは背を向けかけたが、サイが麻布に石けんを塗っているのに気づくと動きを止めた。わずかにためらってから、おだやかに言う。「先に髪を洗ったほうがよいかと存じます。そうすればきれいなお湯で髪をすすげますから。残りの部分を洗っているあいだに多少乾きますし」

「そうね」サイは石けんのついた麻布を見おろして眉をひそめた。エリンもいつも先に髪を洗わせようとしたが、その理由を一度も説明してはくれなかったので、サイはその提案に逆らってばかりいた。だがジョイスの言うことはもっともだ。石けんでにごっていないお湯で髪を流したほうが楽だし、風呂から出るまえに髪が乾けば時間の節約にもなる。

ジョイスはためらいがちに微笑みながら尋ねた。「洗髪なさるあいだ、麻布をお預かりしましょうか?」

「ええ、お願いするわ」サイが麻布をわたすと、ジョイスは暖炉のそばに用意した小さな腰掛けの上にそれを置いた。

「入浴なさっているあいだに、部屋を片づけてベッドを整えましょうか?」戻ってきて、サイが浴槽のそばの床に落としたシーツを拾おうとかがみながら、ジョイスがきいた。

「いいえ!」サイはびくっとして言った。無理に笑みを浮かべて首を振る。「シーツはベッドの足元に置いていって、ジョイス。今日はベッドを整えたくない気分なの」

ジョイスは驚いて眉を上げたが、黙ってうなずき、シーツをベッドの足もとに移動させた。

サイは髪を洗いはじめ、そのあいだじゅう油断なく侍女をうかがっていた。ベッドの足もとにある血のしみについて説明するのは、いちばんしたくないことだったが、万が一のために何か言い訳を考えなければ。

「あとは何をすればいいでしょうか?」サイのほうを見てためらいがちにジョイスがきいた。

サイは迷ったすえ、持参した衣装箱のまわりに散らばっているドレスのほうを見た。

「あなたが来たとき、何を着るか決めようとしていたの」散らかしたもののほうにあごをしゃくって説明したあと、咳払いをしてつづけた。「どれが汚れていなくて、わたしに似合うと思うか、教えてもらえるかしら?」

「もちろんです」ジョイスはにっこりして、すぐさまドレスを拾い集めはじめ、サイは髪につけた石けんを泡立てる作業に戻った。やがて、浴槽のなかで姿勢を変え、両脚を上げて浴槽の縁からたらした。頭をそらしてお湯のなかに入れ、振って石けんの泡を取り除くためだ。

「髪をすすぐためのお湯を、桶に何杯か用意してあります」

サイはその声にぎょっとして、何ごとかと頭をお湯から出した。

ジョイスがふたたび浴槽のそばに立っていた。やさしく微笑みながら言う。「すすぎの仕上げに、髪にお湯を流してさしあげましょうか」

「ええ……そうね」サイは弱々しい笑みを浮かべて言うと、ジョイスが空になった桶を取って、ふたつ残ったお湯入りの桶のあいだに置くのを見守った。そこに湯気のたつ桶からお湯を注いだあと、あまり湯気の立っていない桶のお湯を注ぐ。熱さをたしかめ、満足げにうなずくと、侍女は体を起こした。

「頭を少しうしろにそらしてください」ジョイスは指示した。「これで目を覆えば、石けん水がはいりません」

サイは清潔な麻布の切れ端を受け取り、目にしっかり押し当てた。頭をうしろにそらし、お湯が髪から背中に流れていくと、気持ちよさに唇から小さなため息がもれた。

「もう一杯ぶん流したほうがいいですね」とジョイスが言い、サイはじっとしたままお願いするわとつぶやいた。少ししてから、ふたたびお湯が頭から浴びせかけられた。

「さあ」ジョイスは明るい声で言った。お湯のしたたる髪をつかまれるのを感じて、サイは身をこわばらせたが、こう告げられて緊張を解いた。「こうしてだいたい水気を絞ったあとで麻布を巻いておけば、乾きが早くなるし、体を洗っているあいだ、石けん水のなかに髪が落ちずにすみます」

ジョイスはしゃべりながらそのとおりのことをした。大きめの麻布を頭に巻かれたサイは、目から麻布をはずして、ゆっくりと上体をもとに戻した。

「ありがとう」サイはつぶやいた。

「どういたしまして」ジョイスはそう言うと、サイが目に当てていた濡れた麻布の切れ端を受け取り、代わりに石けんがついたものをわたした。「わたしはドレス選びに取りかかります。手助けが必要なときはお呼びください」

「ありがとう」サイは困惑気味に繰り返した。侍女のジョイスが好きになりはじめていた。エリンのようにいらいらさせることがない。年もサイとそれほどちがわないようだ。おそらく若いので、エリンのようにしかったりうるさく言ったりする必要があるとは思わないのだろう。

「レディつきの侍女になってどれくらいなの？」腕と肩を洗いはじめながら、サイは興味を覚えてきいた。

ジョイスは小さく笑った。「わたしはレディつきの侍女じゃないんです。厨房で働いていて、大勢のお客さまが滞在なさるときや、何か理由があって侍女をお連れでないレディがおられるときなどに、代わりをするようにと言われるだけで」

「代役の侍女にしては、いろいろなことをよく知っているのね」サイは腕と肩をお湯で流して言った。

「はい、どのレディからも何かしら新しいことを学ばせていただいています」ジョイスはにっこりして言った。「髪を先に洗うべきだということや、髪をすすぐ最上の方法は、レディ・マッケンドリックから教わりました。石けんをしっかり落とさないと、髪がぺたっとしてつやが出ないそうです。レディ・マッケンドリックは髪が美しいことで有名なんですよ」

「ほかに何を学んだのか教えて」サイは片脚を浴槽から出して石けんで洗いはじめながら言った。

「レディ・ブキャナンは目を覚まして、あなたが用意させた風呂を使っているよ」訓練中の兵士ふたりを観察していたグリアは、その報告を聞いてアルピンにうなずいた。少年は領主がもたれている柵によじのぼり、そのかたわらに座った。グリアは少年に軽く微笑みかけ、うなるように「よし」とだけ言った。「あとはボウイが水泳から戻るのを待つだけだな」

「彼ならもう戻るよ」厩のほうにあごをしゃくって、アルピンが伝えた。

グリアが柵から体を起こして見ると、ボウイが厩からこちらに向かっているところだった。

「よし。では訓練の監督は彼にまかせて、今度はおれたちが泳ぎにいこう」

「おれたち？」アルピンがぎょっとしてきく。

グリアはそれを無視して、指示を与えられるよう、ボウイが来るのを待った。

「どうして〝おれたち〟と言ったの？」グリアが指示を伝え終え、ボウイがうなずいて去ると、アルピンが怪訝そうに尋ねた。

グリアは少年のほうを向いた。彼の腕をつかんで柵の上からおろし、冷ややかに問いかけた。「もっと頻繁に風呂にはいれといつもおれに文句を言うのは、おまえじゃないのか？」

「そうだけど、ぼくが文句を言わなかったら、戦場では何週間も風呂にはいらなかったくせに」柵から引きずられていきながら、アルピンはつぶやいた。「それに、風呂というのはお湯を張った浴槽にはいることだよ。魚とかいろんな生き物がいる、凍えそうに冷たい湖じゃなくて」

「室内で入浴するのは女性や子供だけだ……男も冬にはするかもしれないが」グリアはしぶしぶ認めたが、すぐに気を取り直してつづけた。「だが、今日のように天気がいい日は、戦士なら湖を好むはずだ」

「天気はよくないよ」厩に引っぱられながら、アルピンは文句を言った。「空気が冷たいもの」

「夏が断末魔の声をあげはじめるまえに、ほんの少し秋の気配がしているだけさ」グリアは肩をすくめて言った。

「湖で泳がせたりしたら、ぼくの断末魔の声を聞くことになるよ」厩番頭がグリアの馬を引いて厩の入口に現れたのを見て、アルピンはいやそうにつぶやいた。「今だって熱があって、寝てなきゃいけないのに」

「ああ、知ってる」グリアは心配そうに言いながら、アルピンをひょいと持ちあげて鞍に乗せた。そして、そのうしろにまたがり、厩番頭に「ありがとう」と言って手綱を受け取ると、馬を跳ね橋に向かわせた。「だからおれひとりではなく、おれたちで泳ぎにいくことにしたのだ」

「ぼくを殺すつもりかよ」アルピンはうめき、鞍の上で沈みこんだ。

グリアはその大げさな様子にぐるりと目をまわし、首を振った。「いいや。助けたいんだ。おまえの体温は高すぎる。熱を下げないと脳が茹《ゆ》だってしまうだろう。冷たい湖で泳げば効果があるはずだ。さもないと、気味の悪いヒルや湿布を使って熱を下げることになるぞ」

「ヒルはいやだよ」アルピンはぞっとしたように言った。「ヒルは大嫌いだ」

「知ってるよ」グリアは同情して言った。そして、口を引き結んだあと、こうつづけた。

「だが、おまえにうるさく小言を言われるのがなんだか好きになってきたから、もし水泳が効かなかったら、おまえがよくなるまで、やるべきことはなんでもやるぞ。ヒル治療でもな」

アルピンがうめいて、ぐったりとグリアにもたれると、少年の体から熱が伝わってきてグリアは眉をひそめた。少年のことがひどく心配だった。サイのベッドで最後に目覚めたのは夜明けだった。ぐっすり眠っていたし、サイを起こしてもう一度情熱の交歓をしたくてたまらなかったが、彼女はこの日彼女が悩まされることになる痛みがひどくなるだけかもしれないので、しぶしぶベッドを離れ、彼女の部屋に自分がいたことを示すものをすべてかき集めると、体を引きずるようにして自室に戻ったのだった。

自室にはいると、だれもいないようだったので、グリアは急いで着替えて階下に向かった。外に出て馬を引いてくるつもりだった。朝食のまえに湖に行って、さっと体を洗おうと思ったのだ。だが、ボウイの馬がいるはずの馬房が空《から》なのを見て、湖でひとりきりになりたければ、水泳は待つべきだとわかった。第一側近も早朝に水泳をするのが好きなことを知っていたからだ。湖で彼と出くわしたことは何度もあった。

いらいらと舌打ちして、朝食をとるためにのろのろと城に戻ったが、朝食は退屈だった。まだ水泳をしていないので食欲がわかないし、レディ・マクダネルもサイも、アルピンまでがテーブルに姿を見せなかったのだ。昨夜レディ・マクダネルは気分がすぐれない様子だったので、おそらくまだ起きられないのだろうし、彼の情熱で夜の半分は寝かせなかったから、サイも遅くまで寝ているだろう。だが、アルピンがいないのは気になった。中庭と城をさがしたあと、自室に戻ると、無人ではなかったことがわかった。少年がベッドの足もとのうずたかく積まれた毛皮の下でまるくなり、ぶるぶる震えていたのだ。

急いで額をさわってみたところ、グリアの心配は深まった。彼は少年を起こし、急いで階下に連れていって朝食をとらせ、不平を言いつつも旺盛な食欲を見せるのを確認した。そして、厨房に行って風呂のための湯をわかすようコックに命じ、アルピンのところに戻ると、階上に戻って彼のベッドから毛皮を何枚か持ってきて、レディ・サイの部屋の扉のまえでまるくなっているようにと言った。彼女が目覚めたとわかる音がしたら、すぐに厨房に走っていって、風呂を階上に運ぶように伝えろ、それがすんだら外に出てグリアに知らせろと。

少年は言われたとおりにし、ボウイは戻ってきた。そして今、グリアはアルピンを冷たい湖に沈めるつもりだった。そのために少年を押さえつけなければならないとしても。熱を下げるには、すべての窓を閉め、病人に温かい服装をさせ、火を焚いて室温を上げるのがよいと、今でも広く信じられているのは知っていたが、グリアはもっと知識のある年老いた治療師《ヒーラー》に会ったことがあり、それはまちがった方法だと教えられていた。熱があまりに高いと脳に影響が出ることがあるので、さらに温めるのではなく、体を冷やすためにできることをしたほうがいいというのだ。

その治療師はほかのだれもができないと思ったときに命を救ってくれたので、つねに彼女の助言に耳を傾けてきたグリアは、アルピンの体を冷やすつもりだった。もし効果がなければ……そのときは何かほかのことを試すまでだ。

「できましたよ」

サイは目のまえでジョイスが掲げる鏡をのぞきこんだ。鏡に映った自分を見て、驚いて目を見張り、感心してささやいた。「たいした手間もかけずに、わたしをきれいにしてくれたのね。すごいわ」

ジョイスは笑って、鏡を脇に置いた。「お嬢さまは生まれつききれいなんですよ。わたしは髪をとかして、一日じゃまにならないようにお顔の両側で編んだだけです」

たしかにそれが侍女のしたことだった。ジョイスは片側の髪を幾筋か取って細く長い三つ編みにし、反対側も同じようにしてから、両方を頭のうしろで合わせて編みこんだ。二本の三つ編みのおかげで、おろしたままの残りの髪が顔にかからなくなった。とても実用的だ。髪がじゃまにならないので、剣でもうまく戦える……それでいてとてもきれいだ。それに……レディらしくもある、とサイは感心した。たいして時間もかからず、手間もいらない。

サイはうれしそうに侍女に微笑みかけると、立ちあがった。「こういうことがとても上手なのね、ジョイス。あなたのような侍女がついてくれて、わたしは幸せだわ」

「まあ、なんておやさしいことを。たいしたことではございません」と言いながらも、ジョイスはうれしそうににっこりした。

サイは微笑みながら感謝をこめて侍女の手をにぎると、扉に向かった。エリンが侍女だったときとちがって、ジョイスが侍女だったらもっとずっと楽しいだろう。レディ・マクダネルかグリアを説得して、ここを出るとき彼女を連れていかせてもらうことはできないかしら。この宝石のように貴重な侍女を、レディ・マクダネルがよろこんで手放すとはとても思えないけれど。

レディ・マクダネルといえば、昨夜グリアに体を貫かれたサイが叫び声をあげたあと、心配して様子を見にきた彼女に扉をたたかれたのだった。思い出すと唇をかみしめずにはいられなかった。廊下に立たせたまま扉越しに話をさせるなど、ひどく不作法なことをしてしまったが、あのときはそうするよりほかなかったのだ。今から謝罪するべきだろう、とサイは思った。

「今日のレディ・マクダネルのご様子は?」自室の扉を開け、ジョイスを従えて廊下に出ながらサイは尋ねた。

「横になっておられますけど、ゆうべよりもご気分はいいようです」ジョイスは重々しく言った。

「マクダネルのご領主は?」サイはあまり熱心に聞こえないようにきいた。

「はい、今朝はとてもお元気そうです」ジョイスは言った。「あの方がここにいらしてから、あんなににこにこしているのは初めて見ました。レディ・マクダネルと小さなアルピンをかいがいしくお世話なさって」

「アルピンは病気なの？」サイは驚いて立ち止まり、侍女を見た。

「はい」ジョイスは小さくため息をついて言った。「レディ・マクダネルよりも悪いようです。大奥さまはお疲れになっただけですけど、今朝朝食のために領主さまが階下《した》に引きずってきたとき、あの子は顔が赤くてひどく震えていましたから」

サイは眉をひそめて階段をおりはじめた。従者が病気だと知って、自分でも意外なほど心配していることに気づいた。あの少年にはさんざんうんざりさせられたのに。

「そうそう、もう少しで忘れるところでした」階段をおりきったところで、ジョイスが不意に言った。「コックからの言伝《ことづて》で、今朝いちばんにあなたのためにアップルモイーズを作ったので、いつでもご用意できますとのことです」

「そう」眉をひそめていたサイの顔はしかめ面になった。好物でフェネラをなだめて、サソリのように殺す性癖の持ち主なのか判断しようという計画のことを、すっかり忘れていた。とにかく、まずは朝食をとらないと、とサイは思った。ふたりでいっしょに食べようと、アップルモイーズをフェネラのところに持っていくこともできるし。

「ありがとう、ジョイス」サイは静かにそう言うと、先にたって厨房の扉に向かった。

コックは大柄な赤ら顔の男で、サイの見たところいつも微笑んでいるようだった。彼は陽気にあいさつをすると、誇りとよろこびをもってアップルモイーズを見せた。そして、サイがいとこのためにそれを所望したと知るや、その誇りとよろこびはいや増したようだった。アップルモイーズを持って厨房を出たサイは、厨房のほかの使用人たち同様、コックもまたフェネラのことがとても好きらしいという強い印象を受けた。彼女がアレンの死に関わりがあるとはだれも思っていないようだし、みんなレディ・マクダネルのことは愛しているものの、彼女が悲しみのあまり〝かわいそうなフェネラ〟を責めるので、残念に思っているようだった。

サイはまた階段をのぼりながら、使用人たちがまちがっているとしたらどうだろう、と考えた。レディ・マクダネル自身が、これは事件かもしれないと言いさえしたのだ。もちろんレディ・マクダネルは、フェネラの最初の夫が山賊に襲われて死んだわけではないことを知らない。サイは老マッキヴァーの口のなかにあった羽毛のことを知らなかったし、それとて決定的な証拠にはならないが、たしかにおかしいと思わせることではある。

サイはいとこの部屋の扉のまえで立ち止まったが、ノックしようと手を上げるまえに、さっと扉が開いてフェネラに腕をつかまれ、部屋のなかに引きずりこまれた。

「どこに行ってたのよ？」ばたんと扉を閉め、くるりと向きを変えてサイと向かい合うと、フェネラは叫んだ。

「あなたのために特別にコックに作らせた、アップルモイーズを取りに」サイは恐る恐る言うと、フェネラの好物を差し出した。

「今のことじゃないわよ。昨日は昼食のあとずっと夕食まで——」不意にことばを切って鼻をうごめかし、甘い料理を見おろした。「アップルモイーズ?」

「そうよ」サイはフェネラの好物を持ったまま言った。「天火から出したばかりで、まだ温かいわ」

「おいしそうなにおい」フェネラは小さくため息をついて言った。

「でしょう。昨日アルピンと出かけたら、リンゴの木を見つけたから、あなたのためにふたりでもいだのよ」

「そうなの?」フェネラは驚いてきき返した。

サイはうなずいて肩をすくめた。「ええ、アップルモイーズがあなたの好物だったことを思い出して、これで元気を出してくれるかもしれないと思ったの」顔をしかめてつづける。

「昨日の夕食に間に合うように作ってもらいたくて、コックのところに持っていったんだけど、遅すぎて間に合わなかったから、今朝いちばんに作ってもらったのよ」

「まあ、サイ。やさしいのね」フェネラは笑顔になって言った。

サイは微笑みを返し、あたりを見まわして、昨日訪問したときには気づかなかった、部屋の隅にあるごく小さなテーブルにアップルモイーズを置いた。

「ゆうべは夕食のあとにあなたの様子を見にいくつもりだったんだけど、気分がよくなくて、早めにベッドにはいったの」サイは背中を向けて言った。うそではない。グリアを残して大広間をあとにし、階段を踏み鳴らしながら階上に向かったときは、たしかに気分がよくなかった。老婆のように気むずかしくなっていた。そして、たしかに早めにベッドにはいった。ひとりではなかったけれど。

「そうじゃないかと思ったわ」フェネラは眉をひそめて言った。「悪い夢を見たんでしょ。すごい声で叫んでいるのを聞いたわ。レディ・マクダネルが様子を見にいく音も」突然にやりとして付け加える。「あのおばさんを廊下に立たせたまま扉を開けないなんて、あなたって不作法ね。彼女、わざわざベッドから起き出してあなたの様子を見にいったのに」

「まあね」サイは弱々しく言った。自分がいかに不作法だったかを思って、ふたたび罪悪感にかられた。フェネラのもとを辞したら、やはりレディ・マクダネルの様子を見にいかなければ。そして、心配してくれたお礼を言おう。その考えを頭の片隅に押しやり、フェネラを見やってデザートのほうに手を振った。「さあ、食べてちょうだい。あなたのために特別に作らせたのよ」

「朝食ならもう食べたわ」サイのいるテーブルのそばに来て、フェネラは打ち明けた。「でもアップルモイーズは断れないわね。あなたも食べてちょうだい。リンゴをさがしにいってくれたのはあなただもの」

「ありがとう」サイはもごもご言って、デザートを皿に取った。

「来て」フェネラはベッドに戻ってその上に座り、自分の隣をぽんとたたいた。「わたしには家具も置けないこんなせまい部屋がふさわしいとレディ・マクダネルが決めてから、ここで食べなくちゃならないのよ」彼女は苦々しい顔つきになり、さらにつづけた。「死ぬまでこの独房みたいな部屋で眠りたくなかったら、新しい夫を見つけなくちゃならないわね」

サイは驚いてフェネラを見やった。アレンのことを心から愛していた、とても立ち直れないとむせび泣き、グリアの胸にすがってうめいたり嘆いたりしていたのは、つい昨日のことなのに。今は再婚を考えているというの？

フェネラはサイの表情に気づいて顔をしかめた。「現実的にならなきゃいけないのよ、サイ。わたしは死んだ夫の家族の厚意にたよって生きている若い女で、その家族はアレンを殺したのはわたしだと思ってるんだから」

「グリアはあなたがアレンを殺したとは思っていないみたいよ」サイは静かに言った。

「ええ」フェネラはため息をついた。「そのうえとてもやさしいのよ。ちょっと粗野な感じの美男子だし、アレンと同じくらい思いやりと理解があるの」彼女は考えこむように天井を見あげ、指で軽くあごをたたいてからつぶやいた。「きっと利己的な欲望でわたしを困らせることもないと思うわ。たぶんアレンみたいに、彼も人としてすぐれているのよ」

サイはなんと言えばいいかわからず、口を閉じていた。アレンは〝人としてすぐれている〟からというより、妻に興味がなかったから放っておいてくれたのだと、フェネラに告げることもできた。だが、それはちょっと残酷かもしれない。今はそんなことを知る必要はないだろう。グリアにはとても強い利己的欲望があって、貪欲に求めるだろうと教えるのも、いい考えだとは思えなかった。どうしてそれを知っているのかと、フェネラが知りたがるかもしれない。そこで、何も言わずに、とりあえず話題を変えた。

「フェネラ、これまでのあなたの結婚のことを話して」思わずことばが出てしまい、サイはたじろいだ。責めるような質問ではないが、思ったほどの無関心さは出せず、女同士らしく殿方の話題で盛りあがりたいというのでもなかった。そもそもサイはおしゃべりを楽しむような質《たち》ではない……まあ、いつもなら。だが、ジョーンやミュアラインやエディスとはかなりしゃべったし、ときにはくすくす笑うことさえあった。これまでになかったことだ。

実際、ジョーンとミュアラインとエディスは、友だちのような存在だった母を別にすれば、初めてできた女友だちだ。女同士でおしゃべりをしてくすくす笑い、こんな手のこんだ髪型をして……これまでの男の子のようなやり方を捨てて成長し、女の子になろうとしているみたい、と思ってサイはうろたえた。そのうち頬や唇に赤い実をこすりつけ、ブレーを穿かずに出歩くようになるのだろうか。

まさか！　とんでもないと思ったが、スカートの下にブレーを穿いていなければ、グリアはずっと簡単にサイと交わることができるのだということに思い至り、考え直す。彼はスカートとブレードを持ちあげるだけで――

「何を知りたいの？　そのことについてはもう話したでしょ」

そう言われてサイは目をぱちくりさせ、むっとした様子のフェネラに見つめられていることに気づいた。サイはためらい、知りたいことをさりげなくきき出す方法はないかと考えたが、どうにも思いつかない。それに、フェネラの不意をつくほうが、まわりくどいきき方をして真実がひょいと顔を出すのを期待するよりも、ほんとうの話が聞けるのではないだろうか。サイはため息をついて座り直し、フェネラの目を見て尋ねた。「あなたと老マッキヴァーの結婚式に、レディ・マクダネルが出席していたって知ってた？」

フェネラは驚いて目をしばたたいた。「いいえ。そうなの？」

「ええ。それだけでなく、葬儀のためにご遺体を清めるのも手伝ったらしいわ」

「そう」フェネラは顔をしかめた。「みんなはわたしが手伝うべきだと思ったみたいだけど、どうすればいいかわからなかったのよ。それに、わたしは夫を失ったばかりで、何がどこにあるのかも、これから自分がどうなるのかも知らなかった。とてもそんなことができる状態じゃなかったの」

「それは彼女も理解しているわよ。でもね、問題は――アレンの死にあなたが関わっているんじゃないかとレディ・マクダネルが疑っているのは、彼女が老マッキヴァーの顔を清めているとき、目の充血に気づき、口のなかにガチョウの羽毛を見つけたからなの。どちらも枕で窒息させられたことを示す特徴よ」

フェネラは長いこと身動きせずに座っていたが、やがて勢いよく立ちあがり、激怒しながら言った。「わたしが夫たちを殺したと思ってるのね」とけわしい顔で責める。

サイも立ちあがり、背筋を伸ばして、彼女の視線をしっかりと受け止めた。「わたしはあなたが最初の夫を殺したのを知ってるのよ」と静かに思い出させる。「今しようとしているのは、あなたがほかの夫を殺していないと確認することなの。ひとりの花嫁が四年間で四人の夫を失うなんて、運が悪いにもほどがあるもの」

フェネラはがくりと肩を落とし、首を振りながら悲しげに言った。「ああ、サイ。あなたもなの?」

サイは緊張を解いてため息をついた。「フェネラ、わたしはただ——」

「出ていって」フェネラが静かにさえぎる。

「わたし——」

「いいから出ていって!」フェネラは叫んだ。そしてつかつかとテーブルに歩み寄り、アップルモイーズを手にすると、振り向いてサイに投げつけた。「このいまいましい食べ物といっしょに」

サイは反射的に身を引いた。振り向くと、背後の扉にぶつかってつぶれたアップルモイーズが、ゆっくりと流れ落ちていた。その場に残ってアップルモイーズを回収することも、あと片づけもしなかった。それはフェネラの問題だ。彼女が招いたことなのだから。サイは心を鬼にして、そっと部屋から出た。

扉を閉めたあと、廊下で立ち止まって考えた。フェネラに会ったあと、レディ・マクダネルの様子を見にいくつもりだったが、とてもそんな気分ではなかった。とはいえ、あの婦人はサイを思いやり、昨夜はサイの悲鳴を聞いて、具合が悪いのにベッドから起き出し、様子を見にきてくれさえした。それなのにサイは、フェネラに指摘されたように、不作法にも彼女のために扉を開けなかった。もちろん、あのときそれは不可能だった。グリアの大きな体に、裸でベッドに押さえつけられていたのだから。それでも、心配してくれた婦人にお礼を言い、迷惑をかけたことを謝るべきだろう。

サイはため息をつき、向きを変えてその婦人の部屋に向かった。

9

「領主さま」

グリアはボウイが追いつけるように速度を落としたが、城に向かう足は止めなかった。眠っているアルピンの蒼い顔から目を離すこともしなかった。この子が眠っているとすればだが、とグリアは苦々しく考える。グリアに抱えられて湖に入れられると、少年は大声で叫び、サイと同じように、グリアの体をよじのぼって水面に出ようとした。だが、少年の体はサイの半分しかない。顔を引っかかれないようにしながら、水のなかに押さえつけるのは、それほど困難ではなかった。グリアは少年が落ちついて眠ってしまったように見えるまでその状態のままにし、額に自分の頬を押し当てて体温を計った。そのときグリアの体で濡れていないのはそこだけだったからだが、湖に浸かったことで少年が快方に向かったのかどうかはわからなかった。待って様子を見なければならないだろう。

馬で城に向かうあいだ、少年はあまりにもじっと動かず、静かだったが、今はそのことのほうが心配だった。早く濡れた服を脱がせて、ベッドに入れてやりたかった。だから第一側近が話しかけてきても足を止めなかったのだ。

「今しがた警備兵から、旅の一行が近づいていると連絡がありました」ボウイは領主に追いつくために急ぎながら報告した。「掲げられているのはブキャナンの旗だろうということですが、まだ遠すぎるので確信はないそうです」

「なんだと？」グリアは立ち止まって部下のほうを見た。「まだ昼食まえじゃないか。まさか午前中に来るとは」

ボウイは困惑して肩をすくめた。「もしかしたらブキャナンではないかもしれません。まだ確認できる距離ではないので」

「いや、おそらくブキャナンだろう」グリアはけわしい顔でそう言うと、向きを変えてまた歩きだした。「コックに言って、すべての手はずが整っているか確認させろ。そのあと礼拝堂にだれかをやって、司祭に知らせるんだ」

「わかりました、領主さま」と言ってボウイは走っていき、グリアは小さな荷物を抱えて歩きつづけた。

「レディ・マクダネルのご様子をうかがいに来たの」ノックに応えて件の女性の部屋の扉を開けた侍女に、サイはもごもごと言った。

「あら、サイ。それはご親切に」レディ・マクダネルの声が聞こえてきて、侍女は微笑んでうしろに下がり、サイを部屋に入れた。

レディ・マクダネルは毛皮にくるまって暖炉のそばに座り、顔のまえで湯気のたつマグを持っていた。

「ヘレンの煎じ薬よ」レディ・マクダネルは、しかめているようにも愉快そうにも見える顔つきで言った。「ひどい味だけど、効くの。もう気分がよくなったわ」

「大事なのはそこですよ」婦人の向かいにある椅子に座ろうと移動しながら、サイはきっぱりと言った。「ご気分がよくなられてほっとしました。心配していたんです。それに、昨夜は様子を見にきてくださったのに、扉を開けなかったのが心苦しくて。わたし、あのとき……」眉をひそめて慎重に言う。「実は、どうしても起きあがれなかったんです。とても重いものがわたしをベッドに押さえつけているような気がして」

「まあ」レディ・マクダネルは心配そうに言った。「わたしみたいなことにならないといいけれど。あなたもヘレンに煎じ薬を作ってもらったら？」

「いいえ」サイは急いで言った。レディ・マクダネルがもてあましている様子の煎じ薬のにおいからして、わざわざ飲まなくても、においだけで体が怖気《おぞけ》を震って自然に回復しそうだった。無理に笑みを浮かべて相手をなだめる。「今朝はだいぶよくなりました。でも、アルピンが病気らしくて」

「グリアの従者の？」レディ・マクダネルは驚いてきいた。「まあ、それはいけないわ。あんなかわいらしい子が」

サイはその意見を聞いて鼻にしわを寄せた。わたしならあの子をそんなふうに表現しないけど。

「ヘレン、アルピンのために煎じ薬を作ってちょうだい。いっしょにあの子の様子を見にいきましょう」レディ・マクダネルはもう指示を出していた。

「かしこまりました、奥さま」侍女はつぶやくと、部屋から出ていった。

「さあ、お手伝いします」サイは勢いよく席を立ち、立ちあがろうとするレディ・マクダネルの手から飲み物を取った。

「ありがとう」レディ・マクダネルはつぶやき、くるまっていた毛皮をすばやく脱ぎ捨てて、下に着ていたドレスをあらわにした。毛皮から逃れると、サイからマグを受け取って向きを変え、暖炉のなかに中身を空けて身震いする。「ひどい代物。こんな泥水を飲むぐらいなら病気になるほうがましよ。でもヘレンには言わないでね。傷つくだろうから」

思わず小さく笑ってしまったが、サイはすぐにうなずいた。「秘密は守ります、奥さま」

「そう言ってくれると思ったわ」レディ・マクダネルはサイに微笑みかけたあと、先にたって扉に向かいながら言った。「今日はもうよくなったのに、ヘレンは大騒ぎするのが好きなのよ。ひどく疲れただけにしろ、ゆうべはほんとうに具合が悪かったのだけれど、ぐっすり眠ったら治ってしまったみたい」扉のまえで立ち止まり、振り向いてサイをまじまじと見てから、首を振って扉を開けた。「でも、あなたは悪夢のせいでゆうべはよく眠れなかったようね。今朝は少し顔色が悪いし疲れているようだわ」

「えっ」サイは赤くなった。「あ、はい、少し疲れているんだと思います」

「それなら、何にもじゃまされずにぐっすり眠ることをお勧めするわ」レディ・マクダネルは廊下に出ながら言った。「それで、アルピンはどこにいるの？　ゆうべグリアがあの子を寒い大広間の床に寝かせたりして、みじめな気分にさせていないといいけど」

「いいえ。グリアは彼を自分のベッドの足もとに寝かせました」サイが教えた。

「それはよかった」レディ・マクダネルはそう言うと、廊下を歩きはじめた。「グリアのことはずっと気に入っていたのよ。あのとおりがさつでぶっきらぼうだし、戦場では無慈悲なんでしょうけれど、心がやさしくて子供や動物に親切なの。そういう人に悪人はいないわ」

彼女はサイを見やってつづけた。「グリアのような男性を夫にするといいわよ」

サイは驚いて目を見開いた。「いえ、わたしは――だって、彼は――もう許婚がいるんじゃないんですか？」サイは小声で尋ねた。いるにちがいないと思っていた。貴族はたいてい、まだおくるみのなかにいるころか、それから間もないうちに婚約する。サイとてそうだった。幸い、彼女の許婚だったあの不快な男ファーガソンは、親切にも結婚まえにぽっくり死んでくれたけれど。

「いいえ。彼の父親はグリアのために婚姻話をまとめるなんてことはしなかった」レディ・

マクダネルは暗い顔で言った。「グリアの父親は親切な人でも、思慮深い人でもなかったの。あんな人をお手本にして、グリアがあれほどいい青年になったのが不思議だわ。でもまあ、不思議に思うことでもないのかもしれないわね。父親を見て、こうなってはいけないと学んだのでしょうから」

「そうですね」とサイがつぶやく。グリアの部屋のまえに着き、レディ・マクダネルが扉を開けて、ふたりはなかにはいった。

アルピンはベッドの足もとでまるくなってはいなかった。小さな王さまのように、ベッドのまんなかに寝かされていた。グリアのチュニックらしきものを着て、袖口を何回も折りたたみ、両手が出るようにしている。額に濡れた布を当て、ベッドの横に座った侍女にスープを飲ませてもらっていた。

「ああ、アルピン」レディ・マクダネルは足早にベッドに近づきながら、やさしい声で言った。「具合が悪いそうね」

「はい」少年は体を起こしてにっこりした。「でも、今はよくなりました。熱を下げるために領主さまに湖を入れられたのはつらかったなあ。冷たくて死ぬんじゃないかと思ったけど、それがよかったみたいです。今はずっとましになりました」

「横になっているようにと領主さまに言われたでしょう」少年の胸を押して、侍女がきびしく言った。

「でも、もうよくなったよ」アルピンは起きていたいらしく口答えをした。「ほんとうだってば」

「侍女とグリアが正しいと思うわよ、アルピン」レディ・マクダネルはやさしく言うと、ベッドのこちら側に腰かけて少年に微笑みかけた。「横になりなさい。今は気分がいいかもしれないけれど、おそらくグリアがあなたの体を冷やして熱を下げたからで、一時的なものよ。彼はほんとうに心配しているのよ。でなければあなたに自分の服を着せたり、ベッドを使わせたりしないわ」

「はい」アルピンは下を向いて、着ているチュニックのやわらかな布地に両手をすべらせた。しばらく無言でいたが、やがて顔を上げ、心配そうにきいた。「あの人、もうぼくを湖に連れていきませんよね?」

「ひどい経験だったのね?」レディ・マクダネルが同情して尋ねる。

「最悪でした」彼はそう訴えたあと、不機嫌そうに付け加えた。「そんなことをしても熱は下がらないと説得しようとしたんだけど、聞いてくれなくて」

「でも熱は下がったわ」レディ・マクダネルが指摘した。

アルピンは不満そうに肩をすくめ、つぎつぎに変化するその顔の困惑の表情がおもしろくて、サイは微笑んだ。そのとき、外から騒々しい物音が聞こえてきて、何事かと鎧戸の開いている窓のほうを見た。

「お客さまがいらしたようね」レディ・マクダネルがのんきに言った。サイは外を見ようと窓に移動した。だが、遅かったようだ。中庭はふたたび静まり返り、兵士や召使いたちが忙しく行き交っているだけだった。

「グリアはどこ?」レディ・マクダネルが侍女に尋ねた。サイは窓に背を向けた。

「司祭さまに何かお話があるとかで、出かけています」侍女はそう言って肩をすくめた。

「すぐに戻るとおっしゃって」

「そう、よかった」レディ・マクダネルは言った。すると突然扉が開き、男たちがぞろぞろと部屋にはいってきたので、全員が驚いて扉のほうを見た。

一瞬サイは敵が攻めてきたのかと思った。剣に手を伸ばしかけたところで、先頭の男性がだれだか気づいた。長身で肩幅が広く、傷跡のある顔の半分を長い黒髪で隠している男性は、サイに気づくと、急いでまえに進み出た。雄牛に体当たりされようとしているようなものだった。サイには身がまえる時間しかなく、たちまち床から持ちあげられて男性の胸に押しつけられた。「もう大丈夫だぞ、サイ。おれたちが来たからな。くそ野郎を殺して、うちに連れて帰ってやる」と男性はうなるように言った。

「オーレイ?」サイは抱きしめられたまま、可能なかぎり空気を吸おうとあえいだ。息をしたい一心で彼の肩を押し、なんとかわずかな空間を確保すると、困惑しながら尋ねる。「だれを殺すつもりなの?　そもそも、いったいここで何をしているの?」

「手紙を受け取ったから来たんだぞ。知らないのか?」

サイはわけがわからず、がなるように言った兄ドゥーガルのほうを見た。オーレイと同じくらい大柄でたくましい二番目の兄のドゥーガルは、傷跡がないことをのぞけば双子のようにオーレイによく似ていた。「手紙って?」

「気にするな」三番目の兄ニルスがどなり、オーレイの腕から妹を引き離して自分の胸に抱いた。「大丈夫か? やつにひどく痛くされたのか?」

「こいつに息をさせてやれよ、ニルス」四番目の兄コンランがかみつくように言って、またサイを引き離した。「どいつもこいつも、じいさんが取っ組み合いをしたっていう、穴のなかの熊の群れみたいに、サイを手荒く扱って」

「じいさんは熊なんか一頭も見たことなかったよ」五番目の兄ジョーディーがうんざりして言った。「じいさんが生まれるずっとまえに、熊はみんな狩られて殺されたっておやじが言ってた」

「ああ、残念なことにな」六番目の兄ローリーがため息をついて同意した。「狩られていなかったら、まだそのへんをうろついていただろうに。熊と取っ組み合いをしてみたかったよ」

「おまえなんか手足をもがれちまうぞ」ジョーディーが意地悪く言った。

「そんなことないさ!」ローリーはかみつくように言い返した。「おれならむしろ――」

あいだにはいらなければ今にも戦いが勃発すると思ったサイは、二本の指を口に入れて、鋭く甲高い音を出した。たちまち沈黙がおりる。それが破られたのは、いちばん下のアリックがにやにやしながらこう言ったときだった。「いつこいつらを黙らせてくれるのかと思ったよ」

サイはそれを無視して、輪になった木々のように自分を囲んでいる、七人の巨大な男たちをにらんだ。「ようやくわたしに気づいたんなら、いったいここで何をやってるってのか、だれか説明したらどうなのよ？」

「たいへんだ、彼女まで戦士みたいな口調になってる」つづく沈黙を破って、アルピンがうろたえながら言った。「マクダネルの領主さまみたいだ。レディ・ブキャナンのスカートを穿いてるってだけで」

サイの兄たちはたちまちまた叫びはじめ、サイはそれを引き起こしたベッドのなかの少年に怒りの視線を向けた。すると、いきなり両方の腕をつかまれ、扉のほうに引っぱっていかれたので、驚いて兄たちのほうを向いた。まったくわけがわからずにそのまま何歩か引きずられてしまったものの、すぐに抵抗しはじめた。

「おれの部屋に行ったとはどういう意味だ？」グリアは混乱して尋ねた。だれもいない大広間のテーブルからボウイに視線を向ける。「ここに案内して飲み物を出し、おれはすぐに行くと伝えるように言っただろう」

「はい。ですが、妹はどこだと尋ねられたんです。ちょうどそのときレディ・マクダネルの侍女が通りかかって、レディ・サイはあなたのおば上のティルダさまといっしょにアルピンの様子を見にいったと伝えたところ、ブキャナンの方たちは……」お手上げだというように肩をすくめる。「止めることはできませんでした。七人いましたし、やたらとすばしこくて、気づいたときにはもう階段を半分のぼったところで――」ボウイはそこまで言うと、階段の上に視線を向けて目を見開いた。上階のどこかの部屋から、何かが壊れるような騒々しい音がしたからだ。「ああ、なんということだ、おば上に責任があると考えて、彼女を攻撃しているわけではないでしょうね？　それともそうなんですか？」

グリアは悪態をつきながら階段に走った。一段抜かしで階段をのぼりながら、ボウイがあとからついてくるのに気づいた。ブキャナンの男たちがすでに彼の部屋に向かったと知らされていなくても、聞こえてくるドタバタ音や悪態で、彼らがどこの部屋にいるかわかっただろう。グリアは今やサイとアルピンとおばの身が心配でたまらず、扉を抜けて部屋に飛びこんだが、いきなり立ち止まることになった。

アルピンはグリアが出ていったときのままベッドにいて起きあがり、頬を興奮の色に染めていた。ティルダと、アルピンの世話をさせるために残していった侍女は、ベッドの両側に座っている。三人はベッドの足もとのほうで繰り広げられている大混乱を、あっけにとられた様子で見つめていた。そこでは三人の男たちが、自分の股間をつかんでうめきながら、床の上に転がっていた。別のひとりはつらそうに膝をついており、さらに三人が、振りまわされるこぶしと蹴り出される脚を避けながら、明らかに激怒しているサイをなだめようとしていた。

グリアは大声を出そうと口を開けたが、サイが自分を取り囲む三人の男たちのひとりに向かって突然蹴りかかると、動きを止めて思わずひるんだ。彼女が蹴りを入れたのは男の股間で、グリアにはその痛みが感じられるほどだった。同情のあまり痛みを感じそうになっている自分の股間を隠すため、脚を組みたいという衝動を抑えなければならなかった。

「うわっ、あれは痛いだろうな」背後でボウイがつぶやき、グリアは一度身震いしてから、まえに進みはじめた。

「いったいここで何をやっている?」彼はどなった。

「ほらね! 言ったとおりでしょ」アルピンが興奮して言った。「ふたりともしゃべり方がそっくりなんだ。さっき彼女が言ったまんまでしょ」

グリアは一瞬少年をにらんだが、この子は病気で、おそらくうわごとを言っているのだと思い、サイとその兄たちのほうに向き直った。するとたちまち、まだ立っていたふたりの男性に飛びつかれて床に倒された。したたかに床にたたきつけられて息ができなくなり、ようやく息がつけるようになると、サイがいきなり叫び声をあげて、兄たちの上にのしかかった。

残念ながらその兄たちはグリアを組み敷いていた。

グリアはまた息ができなくなってうめいた。今度はふたたび息を吸うことはできなさそうだ。死ぬのを待っていると、サイがどなるのが聞こえた。「彼を放しなさい、このまぬけども！　この人は関係ないんだから！」

どういうわけかそれがグリアを微笑ませ、目を開けると、サイが兄弟のひとりの頭を腕で抱えこみ、もうひとりの耳を思いきりひねっていた。おやおや、ずるい戦い方をするな、と思ってグリアはにやりとした。

「おはよう、愛しい人」彼女がグリアのほうを見て、兄たちの頭越しにふたりの目が合うと、彼は言った。

サイは目をぱちくりさせたあと、にっこり微笑みかけて、息を切らしながら言った。「おはようございます、領主さま」

「何もかもそいつのせいなんだ！」サイに耳をひねられている男がどなった。「おれたちはこいつからおまえを救いにきたんだぞ、このばか娘」

「あらまあ」レディ・マクダネルがささやいた。嵐をまえにして息を止めているかのように、部屋にいた男性全員が突然黙りこんだ。うめき声や床を転がる音すらやんでいた。

「なあ、かわいいサイ」頭を抱えこまれている男が急いで言った。「ドゥーガルはそういうつもりで言ったんじゃないんだ」

サイは一瞬動きを止めたが、いきなり三人の男たちから身を引くと、ものすごい速さで立ちあがった。そして、同じくらいすばやく剣を抜き、平らな面をドゥーガルの尻にたたきつけてどなった。「彼を立たせなさい。さもないとあんたを突き刺すわよ、ドゥーガル・ブキャナン」

グリアは、重いため息をついたドゥーガルらしき男のほうを見た。男はあきらめの表情を浮かべて立ちあがると、兄弟に手を差し出して立たせた。ふたりぶんの重荷がなくなったグリアは急いで立ちあがり、のろのろと体のほこりを払うドゥーガルを興味深く観察した。グリアの上に倒れたので払うようなものは何もないはずで、無礼なことを言って怒らせてしまった妹をなだめる方法を考えようとしているのか、少しはかんしゃくが収まることを期待して、彼女と対面するのを先延ばしにしているのだろうと推測された。おそらくその両方だろう、と思ってグリアは愉快になり、サイのほうに向かおうとした。

すぐに怖い顔をした七人の大柄な男たちにさえぎられた。さっき床に転がっていた男たちまでが、すばやく立ちあがって道をふさいでいる。そのうちのふたりは痛みに顔をしかめながらではあったが。

グリアは片方の眉を上げた。「だれがオーレイだ？」

最後にサイに股間を蹴られた男がまえに進み出た。そうしながら口もとを引き締めたが、感じているはずの不快感はそれ以上見せなかった。正真正銘の男なら、床の上を転げまわるだけでなく、しくしく泣くはずだと知っているので、グリアは感心した。この男たちがこうした攻撃に慣れているか、去勢されているかのどちらかしか考えられない。

「おれがオーレイだ。ブキャナンの領主だ」男はどなるように言った。獰猛《どうもう》な目つきは、顔を左右に分ける傷跡のせいで、さらに恐ろしく見える。

グリアはうなずいた。「では、おれの招待状を受け取ったんだな?」

「招待状ってなんのこと?」サイが無意識に剣をおろし、男たちの背中に近づきながらきく。

「あれは招待状ではない。果たし状だ」オーレイがどなった。

「そうだ、果たし状だ」残りの男たちのひとりがどなり、七人全員がおどすように一歩近づいた。

グリアは用心深く男たちを見て口をつぐみ、自分が書いたことを思い出そうとした。あのときは上階のサイの部屋に早く戻りたくて、部下のひとりに託せるよう、かなり急いで手紙を書いたのだった。ことをまえに進めるため、すぐに手紙を届けたかった。

「きみはサイを汚《けが》したと書いてきた」オーレイはかみつくように言った。

「なんですって?」サイが金切り声をあげる。

「そうなんだ」男たちのひとりが彼女に言った。「雨のなかに置きっぱなしにされたグースベリーパイのように、おまえを台なしにしたと」

「たしかにそうだが」グリアはそんなばかげたことを書いたと思われてはたまらないと、むきになって言った。「グースベリーパイのことなど何も書いていない」

「ああ、もちろん」男はすまなそうに言った。「サイを汚したとしか書かれていなかった。グースベリーパイは効果を上げるためにおれが付け加えたのさ」

「おい、いいかげんにしろよ、アリック」ほかの男たちのひとりがどなった。「どうしていつも吟遊詩人みたいなことを言うんだ？」

「吟遊詩人みたいなことを言って、何がいけないんだよ？」男はむっとしてきき返した。

「高度な技術なんだぞ」

「いいかげんにしろ」オーレイがどなるとたちまち静かになった。彼はグリアをにらみつけた。ほんの少しまえに彼が怒りのあまりくるりと目をまわすのをグリアが見ていなかったら、ずっと効果があっただろう。グリアは感情のない戦士のようなふりをしていたが、実際はそうではなかった。

「きみはおれの妹を汚した」オーレイは訴えた。

「ああ、だが、彼女と結婚するつもりだ。それで、きみに祝福してほしいと手紙に書いた」

「祝福が得られようと得られまいと、サイと結婚するとも書かれていた」オーレイがかみつく。

「そのつもりだ」とグリア。

「そのつもりだと？」オーレイがどなり、ほかの男たちも飢えた犬のようにうなりながら、脅迫するようにさらに一歩距離を詰めてきた。

「あなたはお兄さまたちの扱いがすばらしくうまいわね」

サイがグリアを囲んでいる男たちから注意を引き離し、驚いてあたりを見まわすと、いつの間にかレディ・マクダネルがすぐそばまで来て立っていた。口もとをゆがめて微笑みながらつぶやく。「ありがとうございます。でも、昨日お話ししたように、わたしはずるをしますから」

「お兄さまたちが必死であなたを傷つけずになだめようとしているときに、それは気づいていたわ。あなたはそんな手加減などまったくしなかった」レディ・マクダネルはにやりとして言った。「でも相手は七人の屈強な若者たちなのよ。ほんとうに感心したわ」彼女はそう言って、サイの腕をたたいた。「これからはわたしのことをティルダおばさまと呼んでくれたら、とてもうれしいわ」

「まあ」サイは驚いて言った。微笑んでうなずく。「ありがとうございます、奥さま……じゃなくて、ティルダおばさま」

レディ・マクダネルはうなずき、もう一度サイの腕をたたいた。「それと、ここにいる殿方たちがあなたの人生を決めてしまうまえに、もう一度この状況を整理したほうがいいと思うわ。男というのはたいてい、よかれと思ってしているつもりでも、方向を示してやらないとまちがえるものだから」

「はい」サイはそう言ってため息をついた。結婚の話が出たことでひどく困惑してしまい、そのあとはどうすればいいかわからず、立ち尽くすばかりだった。だが、ティルダのおかげで心は静まった。二本の指を口につっこんでさっきのように鋭い口笛を吹いた。

男たちは静かになって、サイのほうを見た。

「わたしは汚されていないわ」彼女はきっぱりと言った。

「いや、きみは汚されたんだよ」グリアはまじめくさって言い聞かせた。「たしかにまちがいなく、おれが数えたところでは、三度か四度にわたって」彼は眉をひそめた。「ゆうべのことは覚えているよね？」

兄たちはまたグリアに向かってどなりはじめた。サイはぐるりと目をまわしてからグリアをにらみ、冷ややかに尋ねた。「あなた、死にたいの？」

「ゆうべだと？」オーレイが不意にきき返した。「だが、手紙が届いたのはゆうべだぞ」

「ああ、手紙を送ってからサイの部屋に戻って――」

「それでわたしを裸のままベッドに置き去りにしたの？」サイは信じられずに尋ねた。「兄たちに手紙を書くために？」

「きみを守る手だてを用意せずに、きみの純潔を奪うわけにはいかなかったんだ」彼はもっともらしく言った。

「守ってもらう必要はないわ」サイはぴしゃりと言った。

「ちょっと待てよ」ドゥーガルが言った。頭をかきながらグリアに面と向かって尋ねる。「〝おれたちのサイを汚した、彼女と結婚する〟と、おれたち宛の手紙に書いてから、部屋に行って実際に汚したというのか？」

グリアがうなずくと、ジョーディーがつぶやいた。「こいつはばかだ」

「まったくだ」アリックが同意した。「ばか男と結婚するわけにはいかないぞ、サイ」

「わたしはだれとも結婚しないわ」サイはそっけなく言った。

「汚されたなら、だれかと結婚しないと」コンランが賢明に言った。

「わたしは別に――」サイは反論を途中でやめて、あごをこわばらせると、こう尋ねた。

「コンラン、あなたは汚されたの？」

「はあ？」彼は驚いて、おもしろがるように返した。「いや、もちろん汚されてなんかいないよ」

「じゃあ、あなたは、ローリー？　汚された？」

「ばかなことを言うなよ、サイ」彼は首を左右に振って言った。

「ほかのみんなは？　ドゥーガルは？　ニルスは？　ジョーディーは？　アリックは？　汚された人はいる？」彼らが答えるまえに、彼女はつづけた。「なぜかと言うと、オーレイをのぞく全員が、くすくす笑う侍女たちを部屋の隅に追いつめて、スカートをまくりあげるのを、わたしはブキャナンで見てきたからよ。それならなぜグリアのプレードをまくりあげたわたしが汚されるの？」

「彼女はおれのプレードをまくりあげたわけじゃない」サイの兄たちにいっせいににらまれて、グリアは言った。そして、彼らが緊張を解きはじめると、こう付け加えた。「彼女の部屋に戻ってすぐ、自分で脱いだ」

「どうしてもおれたちに殺されたいようだな」アリックが驚いて言った。

「そうやって、サイとの結婚から逃れようとしているのかもな」ローリーが怖い顔で言った。

「わたしはだれとも結婚しないわ」サイはきつい口調で言った。

ため息をつきながら、オーレイがサイに近づいて両手を取った。やさしい表情で妹の目を見つめて言った。「彼に汚されたなら、結婚しなくちゃならない」

サイは眉をひそめた。「わたしが汚されたと思うの、オーレイ？」

「いや、もちろんそうじゃないが――」

「ほかのみんなは？」彼女はほかの兄たちに注意を向けてきいた。「あなたたちみんながやってることをわたしがやったからといって、わたしを見くだすの？」

「いや、そんなわけないだろ」アリックが急いで言った。

「そんなことはしないよ、かわい子ちゃん《ラヴィン》」とローリー。

「おまえを責めるわけにはいかない」ドゥーガルが付け加えた。「おまえをもうひとりの兄弟のように扱ったおれたちのせいだ」

「ああ、おれたちが鬼ごっこやかくれんぼやブリトン人戦士ごっこをするときは、仲間に入れずに端から見るだけにさせておくべきだった」コンランが言い切る。

「でなければ、おれたちがさらって縛り付ける美しい乙女役をさせるか」ニルスが言う。

「木登りもさせるべきじゃなかった」

「馬にまたがって乗るのも」

「けんかのしかたや悪態は絶対に教えるべきじゃなかった」

「みんなそんなにわたしのことが嫌いなの？」サイは動揺して尋ね、七つのうつろな視線を受けることになった。「わたしにフェネラみたいになってほしかったの？　始終泣いたり嘆いたりしてほしかったの？」

「いいや、サイ」オーレイが静かに言った。「おれたちはそのままのおまえが好きだよ。弟たちが言いたかったのは、これはおれたちの落ち度であって、おまえのせいではないということだ」

「落ち度なんかじゃないわ」サイはうんざりしながら言い張った。「わたしに許婚はいない。残りの人生は未婚女性としてブキャナンですごすわ。そうしながら小さな楽しみをさがすことのどこがいけないの？」

「未婚の女性としてブキャナンにいるわけにはいかないよ」グリアが眉をひそめて言った。

「きみはおれと結婚してマクダネルで暮らすんだ」

「あなたがわたしを汚したと思ってるからって、あなたと結婚するつもりはないわ」サイはきっぱりと言った。

「そういうわけじゃ――おれが言いたかったのは――」

グリアがもどかしげに口ごもると、アルピンがため息をついてつぶやいた。「領主さまは剣の名手で悪態の使い手なのに、牛のくそほどの口もたたけないんだから」

「全員出ていけ!」グリアがどなった。

「今アルピンを動かすのはよくないと思うわ。この子はまたちょっとのぼせているだけなのよ」だれも動かないので、ティルダが言った。「わたしはこの子を見守るために残りますよ」

「おれも出ていかんぞ」オーレイが頑固に宣言した。

ほかの兄弟たちは黙っていたが、追い出せるものならやってみろとばかりに、全員が腕を組んで片方の眉を上げていた。

「ああ、くそっ」グリアはつぶやき、男たちを押しのけてサイの手首をつかむと、わずかにプライバシーが保てる部屋の隅に引っぱっていった。

足を止めてサイと向き合い、顔をしかめて彼女がまだ手にしている剣を指し示す。「それをしまってもらえるか? おれは丸腰だし、うっかりしたことを言って刺されたくない」

サイは驚いて自分の剣を見おろし、急いで鞘に収めた。そして、腕を組んで片方の眉を上げ、兄たちのとっている姿勢を無意識にまねた。

グリアは首を振ったが、すぐに彼女の両手を取ってまじめに言った。「おれはきみを汚したからきみと結婚するわけじゃない。さっきも言ったように、汚すまえにきみの兄さんに手紙を書いて、きみと結婚するつもりだと知らせた。わかるだろう、おれはほんとうにきみを汚したかったんだ」

サイはぽかんと彼を見つめ、グリアは眉をひそめた。

「いや、それは正しくない。おれが言いたかったのは、きみを汚したかったのではなく、心からきみと結婚したかったということだ」

「どうして？」彼の手から自分の手を引き抜きながら、サイはきいた。

グリアはとまどった。「何が疑問なんだ？」

「どうしてわたしと結婚したいの？」彼女は説明し、彼はうめいた。

「ああ、サイ。きみはほんとうにおれを――」

「どうして？」

「おれは話をするのが苦手なんだ」グリアはいやそうに言った。

「どうして？」サイは引かずに繰り返した。

「きみはしつこい娘だな、サイ・ブキャナン」グリアがどなった。

「ああ、そのとおり」ローリーが部屋の向こう側から同意し、全部聞こえていることを示した。

「彼女の魅力のひとつだと思うわ」ティルダがさらりと言った。

「ええ、そうですね」グリアは冷ややかに同意したあと、サイに言った。「おれもそのつもりで言ってるんだ」

「だからわたしと結婚したいの？」サイはいやそうにきいた。「わたしがしつこい娘だから？」

「ちがう」彼は真剣に言った。ことばを切って息をひとつついてから、もう一度彼女の両手を取って言った。「おれたちは知り合ってまだそれほどたっていない。でも、きみの激しいところが好きだ。むしろそのせいできみがほしい。きみはおれのすばらしい妻になると思うし、お互いうまくいくと思う」

「きみを美しいと思ったとか、何か気の利いたことは言えないのか？」つづく沈黙のなか、アリックが文句を言った。

「おれがそう思っていることは彼女も知っている」グリアはぶっきらぼうに言うと、彼女と目を合わせてつづけた。「ゆうべおれはそれを証明した……何度も繰り返し……。おれと結婚してくれたら、毎晩証明するつもりだ」

サイは彼を見つめながら、頭のなかで検討した。愛していると言われなくてよかったと思った。信じなかっただろうから。でも、好きだと言われたのはうれしかったし、自分も彼を好きなのはたしかだった。ゆうべ彼がしてくれたことはまちがいなく気に入っていたし、毎晩それをしようという約束にはたしかにそそられた。さらに大事なのは、彼女も自分たちはうまくやれそうだと思っていることだった。彼がサイを変えようとしないかぎり。

「ブレーを穿いたり馬にまたがったりしても、あれこれ言わない？」彼女はきいた。

「ああ」彼は約束した。

「剣を持つのはやめろと言わない？」

「言わない」彼は請け合った。「自分で身を守れるのはいいことだ。そうでなければ心配になる」

「悪態は？」

「きみが知らなそうなのをいくつか教えよう」彼は答えた。

サイは少し考えてみてからうなずいた。「それならいいわ」

「いい？」彼は驚いたらしく、尋ねた。「おれと結婚してくれるのか？」

「ええ」サイは言った。すると、両腕で持ちあげられ、キスされたので、驚いて息をのんだ。

だが、グリアは持ちあげたときと同じくらいすばやく彼女をおろすと、部屋にはいって以来扉のそばに避難していたボウイのほうを見た。「司祭が階下《した》で待っておられるはずだ。お連れしてくれ」

「司祭？」サイはうろたえながらきいた。「司祭と話すのはあとでいいんじゃない？」

「話すことなど何もない。式を挙げてもらうために待たせているんだ」グリアが告げた。

「でも――」

「いらっしゃい、あなた。式のために侍女とわたしであなたをきれいにしてあげる」ティルダ《ディア》は明るくそう言うと、サイのそばに来て扉のほうに連れていった。

「でも――」サイは弱々しく繰り返し、部屋の外に出されながら、グリアのほうを振り返って見た。扉が閉まるまえに最後に見たのは、兄たちがグリアを取り囲もうとしているところだった。

10

「婚礼の祝宴で純潔のあかしを見せるなんて、ほんとうにめずらしいこと」ティルダのことばにサイは目をぱちくりさせ、夫から目を離して、手すりに掲げられた血染めのシーツを見た。ため息をついて言う。「ええ。だれの考えなのかは知りませんけど。たぶん兄たちのだれかだわ」

「気になる?」ティルダがやさしく尋ねた。

サイは肩をすくめた。「おそらく城にいる人の半数は、兄たちがどなるのを聞いてますから。グリアがわたしを汚し、結婚すると手紙で知らせたことを」

「ふむ。これであと数分後には、城にいる残りの半数も知ることになるわね」ティルダが冷ややかに言った。

「ええ」サイは顔をしかめながら同意すると、向きを変えてまた夫をさがした。彼は下座のテーブルのひとつ、ドゥーガルの向かい側のベンチに座っていた。残りの兄たちはそのまわりに集まり、笑ったりふたりを励ましたりしながら、各自飲み物をあおっていた。ついさっきまで八人とも上座のテーブルについていたが、兄たちはいっせいに席を立って、飲み比べに参加させようと、グリアを下座へと引きずっていったのだった。どうしてそのために兄たちがわざわざグリアを引きずっていったのか、サイにはわからなかった。飲み比べをするのはかまわない。でも、上座のテーブルでやってくれれば、こちらもやきもきしないですんだのに。

わたしをよく知る兄たちなら、それを承知しているにちがいない、とサイは突然気づいた。彼らはいったい何をするつもりなの？

「もう純潔のあかしをお披露目したということは、床入りの儀はしなくていいのよね」ティルダが考えこむように言ったあと、問いかけるようにサイを見た。「それとも、やりたい？」

「いいえ、けっこうです」サイは手を振って辞退した。床入りの儀はフェネラの婚礼のときに一度見たことがあり、とてつもなく無意味なばか騒ぎだと思っていた。そういえば、フェネラはこの婚礼と祝宴のことを知っているのかしら、と思いながら階段のほうを見た。もちろん知っているはずだ。知らなかったとしても、フェネラの夕食を取りに階下に来た侍女が聞いて、まちがいなく主人に伝えただろう。だが、フェネラは口先だけの祝福のことばさえ言いに現れなかった。それもわからないではない。数時間まえにサイにアップルモイーズを投げつけたばかりだし、なんといっても、グリアを自分の夫候補と考えていたらしいのだから。フェネラにとってはおもしろくないだろう。

「今夜もちょっと疲れているみたい。早めに休むわ」ティルダが突然言った。サイに微笑みかけながら付け加える。「この三分間であくびをするのは三度目ね。あなたももう休んだほうがいいわよ。グリアが来るまでに少し眠っておくといいわ」

「そうですね」サイは言った。ティルダが立ちあがると、また出そうになるあくびをこらえて自分も立ちあがった。だが、グリアと兄たちのほうを不安げに見て足を止めた。「グリアに伝えるべきでしょうか？」

「その必要はないわ」ティルダはおもしろがって言った。「楽しませておきなさい。じきに彼も階上《うえ》に行くでしょうから」

サイはうなずき、おばといっしょに階段に向かった。

「ここの女主人となった初めての夜に、主寝室で寝られないことを気にしないでくれるといいのだけど」階段をのぼりはじめてから少しして、ティルダが申し訳なさそうに言った。「アルピンの具合がとても悪くて――」

「全然気にしていません」サイは話半ばでおばを安心させた。

「でも、新婚初夜を今まで使っていた客用寝室ですごすことになるなんて、申し訳ないわ」

「ほんとに気にしていませんから」サイは断固として繰り返した。「すてきなお部屋ですし、あなたが言われたように、アルピンの具合がよくないのに移動させるのはいけません」

「そうよね」ティルダは眉をひそめてつぶやいた。「アルピンといえば、部屋に引っこむまえにあの子の様子を見にいったほうがよさそう。わたしたちが祝宴のために階下《した》におりるまえに、熱がぶり返したみたいなの。わたし、マリアンに言ったのよ、マリアンというのはあの子のそばについていた侍女のことなんだけど」彼女は説明した。「また熱が上がったらわたしを呼びにくるようにって。だから、おそらく大丈夫だと思うけど、様子を見にいったほうが安心だわ」

「よろしければ、わたしが代わりに行きます」サイは申し出た。

「ありがとう、でもけっこうよ。どっちみちマリアンに話があるから。わたしはもう休むから、階下《した》にさがしにこないようにと言っておきたいの」

サイは口を開けて、自分が代わりに侍女に伝えますと言おうとしたが、そのときティルダが階段でつまずき、ぶつかってきたので、驚いてあっと声をあげた。手を置いていた木の手すりを反射的ににぎったおかげで、無様な落下は免れた。もう一方の手をティルダに伸ばし、自分より下に転がり落ちないように支える。おばは驚くほど重く、サイはおばの全体重がかかった衝撃にうっと声をあげた。重みで腕が伸び、あやうくおばを落としかけたが、そのまま手すりのほうに体を寄せた。かなり勢いよくぶつかったので、手すりに亀裂がはいる音がした。

一瞬、手すりが壊れてふたりして階下の大広間に投げ出されるのではないかと思ったが、手すりは持ちこたえ、サイはバランスを取り戻すことができた。つぎにティルダに手を貸して、足場を安定させた。

「よかった」ふたりが安全に立てるようになると、ティルダはささやき声で言った。「一瞬、思ったより早くアレンのところに行くことになるのかと思ったわ」

「わたしもです」サイは静かに同意した。「大丈夫ですか？」

「ええ」ティルダは請け合ったが、顔をしかめて階段を見おろすと言った。「でも気をつけて。階段に何かすべりやすいものがあるわ。おそらくマリアンがアルピンのために運んできたスープでもこぼしたんでしょう。あるいは、フェネラの侍女が食事を階上《うえ》に運ぶ途中で何かこぼしたのか」彼女はつぶやくように言い添えた。そして首を振り、できるだけ壁に近いところを歩いてこぼれたものを避けながら、慎重につぎの段をのぼった。「わたしがアルピンのそばについていてやって、そのあいだマリアンに掃除させましょう」

サイは下をじっと見ながらつぎの二段をのぼったが、いちばん上まではまだあと数段あり、二階の廊下にあるたいまつの光はそこまで届いていなかった。階段は闇のなかだ。

「じゃあ、おやすみなさい、サイ」ティルダは階段をのぼりきって立ち止まると、向きを変えてサイを抱き、頬にキスしてつぶやいた。「あなたが家族になってくれてうれしいわ」

「ありがとうございます」サイはもごもごと言い、おばを抱き返した。「おやすみなさい」

ティルダが主寝室にそっとはいるのを見届けたあと、サイは口に手を当ててあくびをし、自室に向かった。部屋のまえで立ち止まり、廊下のもっとずっと先にあるフェネラの部屋のほうに目をやると、サイの笑みは消えた。いとこと話をしても、解明には至らなかった。彼女が夫たちを殺したのだろうか、とまだ考えてしまう。この問題は胸の内にしまっておくべきだろう。

ため息をつきながら自分の部屋にはいり、立ち止まってあたりを見まわした。暖炉で火が燃えているせいで、部屋はほのかに明るかった。暖炉のそばに置かれた、二脚の椅子のあいだのテーブルの上には、チーズとパンと果物、それに甘味と香料を加えたリンゴ酒らしきものがのった盆があった。何もかもすばらしく、サイの微笑みが戻ってきた。

部屋のなかを歩きながら、手を伸ばして借り物のドレスのひもをほどいた。椅子のそばで立ち止まり、ドレスを脱ぐ。近くにある椅子の背にドレスを掛けて、かすかに顔をしかめた。ドレスは美しかったが、サイの髪や肌の色にまったく合わない淡い黄色だった。だが、ティルダが誇らしげにそれを見せて、自分の結婚式で着たものだと告げたので、申し出を断ることはできなかった。残念ながらティルダはサイよりも大柄な女性で、若いころでさえそうだったらしい。ドレスは大きすぎて、おばより背が低くてきゃしゃなサイが着ると無様にたれさがり、身ごろはたるんですぐに肩から落ちそうになった。ティルダが数カ所をピンで留めて問題を解決してくれたが、ピンは式の途中ではずれてしまい、式の残りとつづく祝宴のあいだじゅう、ずり落ちたドレスを肩の上に戻しては、身ごろを引っぱって、体が露出しすぎないように気をつけていなければならなかった。

もうどうでもいいわ。ドレスの下に着るようにとティルダがくれたシュミーズだけの姿になって、ベッドのほうに移動しながらサイは思った。どのみち、服装についてはほとんど気にしたことがない。それに、ときどきドレスの露出が多くなると、グリアはかなりよろこんでいたようだし。

ドレスがずり落ちるたびに彼の目がぱっと明るくなり、期待に満ちていたのを思い出してくすくす笑いながら、上掛けのシーツと毛皮の端をめくってベッドにはいった。男たちがゲームを終えるまでに、少なくとも三時間は眠れるだろう。そしてそのあとは……。

ため息をつき、微笑みながら横向きにまるくなり、やさしいキスと愛撫で彼女を起こすグリアの姿を想像しながら眠りに落ちた。

ガシャンという大きな音と突然の笑い声にぎくりとして、サイは安らかな眠りから目覚めた。ぱっと起きあがり、困惑しながらあたりを見まわすと、兄たちがどすどすと部屋にはいってくるところだった。死んだ牡《お》鹿を肩にかついでいる。

サイは目をぱちくりさせて首をかしげた。いや、死んだ牡鹿ではない。牡鹿の枝角が、女性用靴下によく似た布で、グリアの頭にくくりつけられているのだ。見ると、枝角のまんなかを布でくるんで頭の上にのせ、あごの下で布を縛って、動かないように押さえてあるようだ。兄たちが体当たりして彼に扉を通過させようとすると、頭ががくりと下がって、床のほうを向いた。

「ちょっと、彼を殺しちゃったの？」サイはどなり、シーツと毛皮をはねのけて、急いでベッドから飛び出した。

「いいや」オーレイは笑って言うと、こちらに向かってこようとする妹を、片手を出して止めた。グリアを弟たちに預け、サイを脇に連れていって付け加えた。「死んじゃいない、すっかり酔っぱらってるだけだ」

「ドゥーガルが彼を酔いつぶしたのね」サイはため息をついて理解した。兄たちは飲み比べが好きで、長年やっているあいだに底なしになっていることを、グリアに警告するべきだった。

「実は、彼がドゥーガルを酔いつぶしたんだ」オーレイがひどく感心したような口調で打ち明けた。

サイは驚いて眉を上げ、グリアをベッドに寝かせている兄たちに目をやると、五人しかいなかった。ドゥーガルがいない。きっとテーブルの下に倒れこみ、そこでいびきをかいているのだろう。

「それでローリーが挑み、おまえの夫は彼も酔いつぶしかけた」オーレイは明らかに感心しているらしく、満足そうに微笑んだ。

「でもできなかった」ローリーは反論したかと思うと、よろめいて、ベッドのグリアの上に倒れこんだ。

サイは顔をしかめて両手を腰に当て、ローリーが起きあがるのを待った。だが彼は起きあがらず、盛大にいびきをかくばかりだった。

残りの兄たちはたちまち大笑いしながら扉に向かった。

「ちょっと！」サイはどなった。「ローリーをここに置いてかないでよ」

「ああ、もちろん置いていかないさ」コンランが扉を抜けながら言った。

「おまえにそんなことをするはずがないだろう」と言いながら、ジョーディーがそのあとにつづく。

アリックは「ごめんよ、サイ」とだけ言うと、ニルスに急いで外に引っぱり出されて扉を閉めた。

「オーレイ」サイは長兄のほうを向きながら、強い声で言った。

「まあ、落ちつけ。おれが連れていくから」オーレイはなだめるように言うと、ベッドに移動してローリーをひっくり返し、持ちあげて肩にかついだ。「扉をたのむ」

サイは急いで扉を開けた。

「おまえの夫を床入りのできない状態にしてしまって申し訳ない」オーレイはそう言うと、ローリーをかついだままサイに近づいてきた。彼女のそばで立ち止まり、軽く身をかがめて頬にキスすると、また体を起こして部屋を出ながら言った。「おまえたちは昨夜もうそれを楽しんで、その証拠が広間にあるんだから、その必要はないだろうが」

サイは兄の背中をにらんでから扉をバタンと閉め、振り向いて今度は意識のない夫をにらみつけた。扉の向こうからくぐもった兄たちの笑い声が聞こえてくる。ため息をついて首を振り、ベッドをまわりこんで自分のほうの側へ行った。横にならずに体を起こしたまま、シーツと毛皮を腰まで引っぱりあげ、夫に視線を向ける。

頭に枝角をくくりつけた夫は滑稽《こっけい》に見えた。とくに、あごの下を布で縛っているので、まるっきりばかみたいだ、とサイは思った。迷ったすえ、シーツと毛皮をまた押しさげて、夫の横に膝をつき、急いで布をほどいてその滑稽な角をはずした。首を振りながらそれを床に落とすと、やかましい音がして思わず顔をしかめる。この行動で城じゅうの人たちを起こしてしまったかもしれない、と悔やんだ。少なくとも、眠っていた人たちを。大広間からは、まだ音楽と笑い声が聞こえていた。

明日の朝は、大勢が頭痛に悩まされることだろう。わたしの夫もふくめて、とサイは思った。グリアの体の下から毛皮を何枚か引き抜いて、かけてやったあと、またシーツと毛皮の下にもぐりこんだ。横向きに寝て体をまるめ、小さなため息をついて目を閉じた。こんな新婚初夜になるとは思ってもいなかった。

グリアは目を開けたあと、光に目から頭蓋までを貫かれてうめき、またすぐに閉じた。

「くそっ、何があったんだ」とつぶやいて両手で目を覆い、横向きになった。

「飲み比べでドゥーガルを酔いつぶして、そのあとローリーもつぶしかけたが、完全にではなかった」

目をぱっと開けると、緑色と黄色と黒の格子のプレードから突き出した、かなり大きな毛深い脚を見つめていることに気づいた。ぎょっとして身を引くと同時に見あげると、その脚はオーレイ・ブキャナンの体につながっていた。彼はグリアの横でシーツと毛皮の上に座り、ヘッドボードに背中を預けて足首を交差させ、胸の上で腕を組んでいた。

「おれのベッドでいったい何をしている？」グリアは怒って問いつめた。

「いや、まずこれはきみのベッドではないだろう」オーレイは冷静に言った。「でもまあ、きみはここの領主なのだから、城じゅうのベッドがきみのものだとも言えるわけだが」

グリアは眉をひそめてあたりを見まわし、自分がいるのは主寝室ではなく、サイの部屋のサイのベッドだと気づいた。しかも服を着たまま寝ていた。

「妻はどこだ？」ベッドから出て、日よけをおろすために歩きながらどなった。頭が恐ろしいほどにずきずきし、部屋に差しこむ日光がうらめしかった。

「階下《した》で朝食をとっている」と知らせたあと、オーレイはおもしろがるようにつづけた。「それと、あいつはおれがここにいることを知らない」

日よけをおろし終えると、グリアはうなずいて向きを変え、オーレイを見た。「なぜここにいる？」

「きみを家族に迎えるために」オーレイはそう言うと、脚の向きをさっと変えてベッドからおろし、立ちあがった。扉に歩いていって開けたあとそこで立ち止まり、くるりと向きを変えてつづけた。「そして、おれたちのサイを傷つければ、きみの頭を串刺しにしようとするブキャナンはおれだけではないと伝えるために」

オーレイは返事を待つことなく、そっと部屋から出て、うしろ手で静かに扉を閉めた。

グリアは小さく息をついて、自分の姿を見た。ひどい恰好で、プレードはひだが半分とれてななめになり、シャツにはウイスキーとおぼしきしみがついていた。ウイスキーを持ったまま意識を失ったのだろう。でなければ、意識を失ったあとで、サイの兄たちに酒をかけられたのか。

顔をしかめて部屋を出ると、自分の部屋に向かった。

「あら、グリア、おはよう」自室にはいると、ティルダが微笑んで言った。「よく眠れた？」

おばがアルピンのベッドサイドに座っているのを見たグリアは、うなずいて尋ねた。「こいつの具合は？」

「まだ熱っぽいわ」ティルダは眠っている少年の頭をなでながら、ため息をついて言った。

グリアは眉をひそめ、衣装箱を開けて清潔なシャツとプレードを取り出した。衣類を肩に掛け、歩いていってアルピンの額に触れる。熱はあるが、昨日ほどではなかったので、ほっとして体を起こした。おばに視線を向ける。「この子の枕もとに座っている必要はありません。だれか侍女にさせればいい」

「あら、大丈夫よ」ティルダはアルピンの額にかかった一筋の髪の毛を払いながら、にっこりして言った。「わたしならかまわないわ」

グリアはかがんで彼女に軽くキスをし、「ありがとうございます」とつぶやいた。

体を起こして扉のほうに向かう。「体を洗うために湖に行ってきます。すぐに戻ります」

「それよりここでお風呂の用意をさせたほうがいいわ。あんな冷たい湖で泳いだら、ひどい風邪をひきますよ」ティルダは静かに言った。

グリアは返答しようと口を開けたものの、おばの息子が湖で溺れたことを思い出し、不意に固まった。結局、こうつぶやくにとどめた。「つぎのときはそうするかもしれません」そして、そっと部屋を出た。

玄関に向かうために大広間を通りかかったが、テーブルにサイの姿はなかった。だが、彼女の兄たちは全員そこにいて、ひとり残らず微笑んだり笑ったりしながら食べ、話していた。昨夜飲んだ大量の酒の影響は受けていないようだ。最初に意識を失ったドゥーガルでさえ、兄弟のひとりが言ったことにくすくす笑っており、グリアが悩まされている激しい頭痛とはまったく無縁のようだった。

ひそかに顔をしかめながら、グリアは外に向かった。

「おはようございます、領主さま」厩からグリアの馬を引いてきた厩番頭があいさつをしてきた。「あなたさまがやってこられるのを見て、奥方を追いかけるのに馬が必要なのかと思いまして」

グリアは手綱を受け取って騎乗しようとしたが、片手を鞍の角に、片足を鐙《あぶみ》にかけたところで動きを止め、驚いて厩番頭を見た。「妻を追いかける？」

「はい。少しまえにご自分の馬でお出かけになられたので」厩番頭はうなずいて言った。

「湖のほうに向かわれたようです」

突然気分が少し高揚し、グリアはうなずいて馬に乗った。

サイは水面にもぐったままかなりの距離を泳いで進んだあと、水面に顔を出した。湖にはいったとき、水は氷のように冷たかったが、たちまち慣れて、今は楽しんでいた。ここに来たのは、城にいて兄たちの頭をぶつけ合わせるよりもいい考えに思えたからだ。彼らが昨夜グリアに仕掛けた見事な罠《わな》についての笑い話を聞かなければならないとしたら、兄たちのうち少なくともひとりによろこんで剣を突き刺していただろう。ろくでなしの兄たちはわざとグリアをぐでんぐでんにしたのだ。彼がドゥーガルを酔いつぶしたように、ローリーもつぶしていたら、つぎはジョーディーが挑戦することになっていたのだろう。どんなことばでそそのかしたら、グリアがその気になったのかは知らないが、どうやらそれは効果があったらしい。

「ひとりで泳ぐのはよくないな。アレンの死から学ばなかったのか?」サイが水のなかで振り向いて岸を見ると、グリアが馬から降りるところだったので、驚いて眉を上げた。

「はあ? じゃあ、あなたはひとりでは決して泳がないというの?」空き地にいるサイの馬の横に彼が馬をつなぐのを眺めながら、彼女は皮肉っぽく尋ねた。彼は湖に近づき、岸にある大きな石の上に着替えのブレードとシャツを置いた。

「いや、いつだってひとりだよ」彼はおもしろがるように言うと、昨日から着ているブレードとシャツを脱ぎはじめた。「だが、改めるべきだな」

「それなら取引しましょう」サイは申し出た。「あなたがひとりで泳がないなら、わたしもひとりでは泳がないわ」

「いいだろう」グリアはあっさり同意すると、ブレードとシャツを投げ捨てて両手を腰に当て、サイをじっと見つめた。「きみは裸なのか?」

「あなたと同じくらいにね」と答えながら、サイの視線は彼の体をたどっていた。この人がその肉体美でわたしの欲望を高めるためにそこに立っているなら……効果はあったわ、と自虐的に認めた。ああ、神はなんてすばらしい肉体をこの人に与えたのだろう。「一日じゅうそこに立っているつもり? それとも湖にはいるの?」

「ああ、はいるよ」グリアはゆがんだ笑みを浮かべてそう言うと、水に足を入れた。膝ぐらいの深さになるまで歩いたあと、両腕を上げてゆるやかに水面に飛びこんだ。

サイは彼がどこに浮かびあがるかと、ふたりのあいだの水面を見ていたが、彼はなかなか現れず、いきなり水しぶきをあげてすぐ目のまえに出現した。

「おはよう」彼は低い声で言うと、水のなかでサイの腰に腕をまわし、胸に引き寄せて唇を奪った。サイは口づけをしたまま微笑み、水に流されないように両腕と両脚を彼に巻きつけた。いきり立ったものが腰に当たるのを感じ、唇を離して片方の眉を上げる。

「今朝のご気分はいかが、領主さま？」とやさしく尋ねた。

「ましになったよ」彼はにやりとして言うと、両手をおろして彼女のお尻に当て、そっとつかんだ。

「兄たちとのお遊びは楽しかった？」サイが皮肉まじりにきく。

「きみとのお遊びほどは楽しくなかった」グリアは彼女を軽く持ちあげて言った。いきり立ったものが彼女をくすぐったあと、ふたりのあいだにはさまれると、サイの目が見開かれた。

「兄たちはなんと言ってあなたを飲み比べに引き入れたの？」彼のものがまた当たるように体勢を変えられ、サイは少し息を弾ませながらきいた。

「妹はおれたち全員を酔いつぶすことができるから、きみはきっと妹より強いことを証明したいだろう、と言われたよ」彼は苦々しげに言った。

サイはくすっと笑って首を振った。「オーレイをのぞいて全員を酔いつぶしたことがあるわ。一度にひとりずつだけど」

「ほう」彼は冷ややかに言ったあと、肩をすくめた。「まあ、今はもう彼らもそれほどおれを嫌っていないようだがね。今朝おれを殺すとおどしにきたのはひとりだけだった」

「オーレイね？」サイは愉快そうに尋ねた。

「ああ」グリアは困り顔で言った。「おどしには残りの面々もふくまれていたけどね。もしきみを傷つけるようなことがあれば、全員でおれを殺しにくると」

サイは首をかしげて、まじまじと彼を見つめた。「それほどおどしを怖がっていないようだけど」

「怖がるも何も、きみを傷つけるつもりはないからね」グリアはまじめに請け合った。

サイは黙って彼を見つめた。そして彼の腰にまわした脚に力をこめ、伸びをしてキスした。

グリアは軽くキスに応えたあと、唇を離して指摘した。「初夜の床入りがまだすんでいないことを知っているかい？」

「それはわたしのせいじゃないわ」サイは冷ややかに指摘した。「昨夜はベッドでじっと待っていたのに、兄たちが酔いつぶれたあなたを運んできて、ベッドに放り投げたんだから。鹿の角やなんかをつけたまま」

「鹿の角？」彼はぎょっとしてきき返した。サイを抱いたまま岸に向かっていたが、立ち止まって当惑気味に彼女を見た。

サイはうなずいた。「鹿の枝角を頭に布でくりつけていたの。赤ちゃんの帽子みたいにあごの下で布を結んでね。すごくばかっぽく見えたわ」

「きみの兄貴たちのしわざだな」暗い声で言いながら、そのまま水から上がり、つづけて言った。「やはりそれほどおれのことが好きではないらしい」

グリアがそう言いながら困ったような顔をしたので、サイは笑いそうになった。だが、なんとかこらえ、こう言うにとどめた。「意外みたいね」

「ああ、いつだってみんなおれのことが好きだからな……おれに殺されたやつら以外は」彼は考えこむように認めた。

サイは驚いて眉を上げた。「たくさん人を殺したの？」

「ああ、そうだ」彼はなんでもないことのように言った。「金がないときは、食べていくためにとても悪いやつにならなきゃいけなかったんでね」

「そうか、あなたは傭兵だったのよね」サイは思い出した。彼が空き地のまんなかで足を止め、先ほど投げ捨てたブレードの上に彼女をおろした。サイは寝そべったまま両肘をついて尋ねた。「傭兵って、どんな感じだった？」

グリアはしばらく無言のまま、濡れた裸体に視線を走らせていた。思う存分見たあと、彼女の顔に意識を戻して片方の眉を上げた。「話をしてほしいのか？ それとも床入りをすませるか?」

「両方は無理?」サイがからかう。

「そんなことはないさ。ただ、両方同時に求められるとは思わなかったな」グリアは彼女の横に膝をついて言った。「きみにキスすることができなくなるから」

サイはそれを聞いて目をまるくし、体を起こした。片手を彼の首にからめ、自分のほうに引き寄せて、「そのとおりね」と彼の唇のそばでささやくと、舌を出してその唇をたどっていく。

グリアは低くうなって彼女に両腕をまわし、唇で彼女の口をふさいで、ゆっくりと甘いキスをしたので、ふたりとも息を弾ませながら互いにしがみつくことになった。

「きみがほしい」グリアはうめくと、ブレードの上にサイを仰向けに寝かせ、彼女の体の上で両手を動かしながら、あますところなく愛撫した。

愛撫を受けながらサイは落ちつきなく体を動かした。彼の手に自分の両手を重ねて、一瞬促すようににぎったあと、彼に触れはじめる。片手で腕をたどり、胸をまさぐりながら、もう片方の手を自分のかたわらの膝までおろし、上へと移動させた。あと少しで彼の脚のあいだの硬くいきり立ったものに触れるというときに、グリアが愛撫をやめてサイの手をつかみ、そこから離した。

「そんなことをしたら、はじめるまえに終わって――」彼のことばはあっという驚きの声を残して消えた。サイがいきなり体を起こし、もう片方の手を下に移動させて、一度はにぎるのに失敗した賞品を手中に収めたのだ。そして彼を固く抱きしめてキスをし、抗議の声をあげられなくした。

グリアはためらったあと、口を開けてキスに応えた。舌をさし入れられると、サイはキスをしたままよろこびのため息をつき、一瞬キスにわれを忘れていたので、手の動きが止まり、つかんでいるだけになった。自分が何をしようとしていたのかを思い出し、彼のものに沿ってそろそろと手を動かしはじめると、グリアはキスを解いた。

「ちょっと――」と抗議しかけると、いきなり腰をつかまれて向きを変えられ、彼の胸に背中を向けるようにして膝をつかされたので、サイは驚いて口を閉じた。「何を――?」

グリアが彼女の背中にぴったりと胸をつけて両腕を体に這わせ、片手で片方の乳房を包んで愛撫しながら、もう片方の手を脚のあいだにすべりこませると、サイはびっくりして舌をかみ切りそうになった。

「ああ」サイはうめき、彼に体を押しつけた。彼の熟練した指が、女の部分のひだのあいだにすべりこんで、隠れている突起を見つけたのだ。やがてその指は感じやすい肉の上で軽やかに躍りはじめ、彼女は落ちつきなく動きながら、「ああ、あなた」とあえいだ。

グリアはそれに応えて彼女の首を軽くかんで吸い、乳房から手をはずして、またキスをしようと彼女の顔に手を添えた。サイは熱っぽくそれに応え、舌を突き出して彼の舌を感じたり、引っこめて代わりに彼の舌を吸いこんだりした。そのあいだじゅう、腰は脚のあいだを愛撫する手に合わせて動いていた。ふたりのあいだには岩のように硬い屹立があり、愛撫に合わせて前後に動くそれにお尻を押しつけてこすった。

突然キスを解かれて、サイは抗議のうめき声をあげたが、背中を押されて膝立ちの状態でまえに倒されると、驚きのあえぎをもらした。支えてくれていたらしい彼の手が離れ、両手を地面について自分の体重を支えた彼女は、突然うしろから突き入れられ、予期せぬよろこびの叫びをあげた。

すでに快感に屈しそうになっていたところに、いきなり突き入れられて、サイはもうこらえきれなくなり、驚愕《きょうがく》の叫びにつづいて、絶頂の声をあげた。頭上の木々から鳥たちが飛び立った。

サイの体がけいれんし、いきり立ったものをその体に深くうずめたグリアは動けなくなった。だが、愛撫はやめなかった。サイは自分が突然よりいっそう感じやすくなったのに気づき、片手で体を支えながら、愛撫する指を払いのけようともう片方の手をうしろに伸ばしはじめた。すると彼が自身を一度引き抜いてからまた押し入れたので、驚いて息をのみ、急いで手を地面に戻して体を支えることになった。不思議なことに、三、四回抜き差しを繰り返されると、過ぎ去ったと思っていた興奮がまたよみがえりはじめ、愛撫と抜き差しの相乗効果でさらに高まっていく。

両手をしっかりと地面につけ、膝をもう少し開いて、さらに具合のいい角度にしながら、サイは挿入に合わせて激しいほどの勢いで押し返し、すぐそこまで来ている絶頂を追い求めた。ふたたびそれに届くと思ったとき、グリアが突然両手も体も引いた。そんな彼をどなりつけてやろうと肩越しに鋭く見やったサイは、代わりに息をのむことになった。ゆりかごのなかの赤ん坊のように、腰をつかまれてひっくり返されたからだ。仰向けに着地して「うっ」とうなり、びっくりして彼を見つめていると、両足首をつかまれて脚を持ちあげられ、あらたな姿勢でまた突き入れられた。

　サイは口を開けて、自分の足首のあいだにある彼の顔を見るしかなかった。この姿勢が気に入ったかどうかもわからなかった。どうやら彼も思ったよりよくなかったらしく、さっき姿勢を変えたときと同じくらいすばやく足首を放し、今度は腰をつかんで、座っている彼の上まで引きあげて座らせた。グリアの膝の上にまたがることになり、彼がお尻をつかんで上下させるあいだ、両腕を彼の肩にまわしてつかまることができた。

　動くたびに乳房が彼の胸でこすれ、この体勢だと指で愛撫してはもらえないが、引き抜くたびに花芯にこすれる彼のものがその役割を果たした。サイはそれが気に入った。とくに彼がキスもしはじめたときは……もっとも、すぐにキスに集中できなくなって、絶頂の予感に体をぎゅっとまるめながら、ほとんど必死で彼の舌を吸いこむだけになったが。

　今回はふたりほぼ同時に絶頂に達し、サイが叫び声をあげはじめるやいなや、グリアも城まで聞こえるのではないかという大声をあげた。ふたりは嵐のなかで道に迷った子供たちのように、固く抱き合って絶頂の波間をただよった。やがて、グリアはサイを胸に抱えた状態で仰向けにひっくり返り、ふたりはなんとか呼吸をもとに戻そうとした。

11

サイは笑みを浮かべ、しばらく横たわったまま、グリアの温かな抱擁を楽しんだ。だが、すぐに落ちつかなくなり、頭を上げて彼を見た。彼が目を閉じているので、あごをたたいた。

「眠ってるの？」

「そうしようとしてる」彼はそっけなく言うと、眠そうな目を開けた。

「あんなことのあとでどうして眠れるのよ？」彼女は不思議そうに尋ねた。

グリアは驚いて眉を上げ、言い返した。「どうしてきみは眠れないんだ？」

サイは彼の表情に笑い、体を押しあげて立ちあがった。「すばらしくいい気分で、すっかり目が冴《さ》えちゃった」

「おれは眠いのに」やさしい視線で彼女の体をたどりながらつぶやく。

サイは彼の顔を見てにっこりし、向きを変えると水際に向かってゆっくり歩いていった。

ブキャナンの侍女が兄たちの気を惹《ひ》くためにやっていたように、大げさに腰を振りながら。

「ああ、そんなことをして、獣を目覚めさせるつもりか」グリアが注意した。

「そんな獣がどこにいるのかしらね、領主さま？」サイは生意気な笑みを浮かべて振り返りながら尋ねた。彼の股間に視線を落とし、驚いて眉を上げる。早くもすっかり準備ができているようだ。少なくとも、長年にわたって兄たちのものを垣間見てきたサイが判断したところでは。全裸を見られるのを恥ずかしがったり、ひどく気にしたりする兄弟はひとりもいなかった。兄たちが自慢しているのを信じるなら、ブキャナンの特性として、全員が立派なものを持っているらしい。だが、サイの見たところ、グリアは彼らに勝るとも劣らなかった。それでも、男のプライドをへし折ってやりたくてたまらず、思わずからかった。「そのちっちゃな持ち物のこと？」

「言ったな！」彼はすぐさま立ちあがり、彼女のほうに駆けてきた。

サイは笑いながら向きを変え、湖に足を入れた。冷たい水のなかをようやく二歩進んだところで、彼につかまり、抱きあげられた。グリアはそこで足を止めず、彼女を抱いたまますばやくまえに進んで、膝まで冷たい水に浸かった。

「取り消せ」彼女の体を水の上に掲げて命じる。

「何を取り消すの？」彼女は無関心な様子で無邪気にきいた。もともと泳ぐつもりだったので、落とされてもかまわなかった。

「妻よ」彼が怖い声で警告すると、サイの笑みが変わり、感嘆するようにやわらかくなった。

「わたしはもうあなたの妻なのね」彼女は小さな声で言った。すると、彼が怪訝そうな顔をしたので、こう説明した。「夫婦の契りをすませたわ。もう正式に夫と妻よ」グリアはかすかに微笑みながらうなずき、サイを胸に引き寄せた。低くやわらかな声で同意する。「ああ。おれたちは夫婦になったんだ」

ふたりはやさしく微笑み、キスをしようと互いに顔を寄せた。だが、唇が触れ合うことはなかった。枝が折れる音がして、馬たちがいなないたからだ。ふたりはとっさに馬たちのほうを見た。牡馬《ぼば》と牝馬はびくびくした様子で、空き地の端から移動していた。

グリアが突然向きを変え、自分を抱いたまま急いで水から上がっても、サイは驚かなかった。乾いた地面にたどり着いた瞬間、彼はサイの足を地面におろした。彼女を立たせ、背中にまわしていた腕もはずし、彼女をそこに残したまま急いでブレードのところに行くと、剣をつかみあげた。サイもすでに同じことをしており、置いたところから自分の剣をつかんだ。そして、彼を追って馬たちのもとに向かった。

「何か見える?」牡馬の頭のそばで立ち止まって、木々のあいだの特定の場所を凝視するグリアに、サイは尋ねた。

「いや。きみは?」グリアは答え、すばやく彼女のほうを見た。少なくとも、ちらりと見るだけのつもりだったのだろうが、彼女から目が離せなくなったようだ。暗く心配そうな顔が、驚愕とろうばいの表情に変わっていく。「いったい何をやっているんだ? 服を着ろ!」

サイはうろたえる彼を見て、ぐるりと目をまわした。彼だって裸だということも、ドレスを着ている最中に山賊が飛び出してくるほうが裸でいるのを見られるよりやっかいだということも、指摘しなかった。ドレスは戦うのにじゃまになるだけだということも。そういったことは考えるだけにして、さらに小声でぶつぶつ言いながら、大股でいらいらと歩いていってシュミーズをつかみあげた。

妻が言われたとおりのことをしていると見るや、グリアは森に注意を戻した。サイは彼の背中をにらむと、服を着ているあいだに襲われてもすぐに持ち手をつかめるように、剣を地面に突き刺してから、シュミーズをかぶって引っぱった。

やわらかな布が顔を覆っていたせいで視界がぼやけていたわずかのあいだに、グリアは空き地から消えていた。

森を調べているんだわ、と思い、いらいらしながらドレスをつかみあげた。コルセットを締めたり、引っぱって位置を直したりはしなかった。ドレスをかぶって、お尻のまわりにたらすと、すぐさまもう一度剣をつかんで大股で夫のあとを追った。

サイが馬たちのもとに着くと、グリアが森から出てきた。彼女は立ち止まり、まだ落ちつかない様子の牝馬の鼻面をなでてなだめながら、彼のほうを見て尋ねた。「何かわかった?」

「いや。牡鹿とか、何かその手の動物だったのかもしれない」彼はため息をついて言い、凝った筋肉をほぐそうとするように、首に手をすべらせた。

「そうだとは思ってないみたいね」サイに落ちついた様子で指摘され、彼は顔をしかめた。

「おれの馬は臆病ではない。反応するのは危険が迫ったときだけだ。牡鹿や牝鹿が一頭いたぐらいでは、暴れて森から離れようとはしないだろう」

「そう」サイはつぶやき、自分の馬を見つめた。彼女の馬も調教されており、臆病ではなかった。実際、馬の様子から判断するなら、動物ではなく人間が近づいてきたかのような反応だった。サイはグリアに視線を戻して言った。「兄たちのひとりかもしれないわ。ふたりかそれ以上かもしれないけど。みんな泳ぐのが好きなの。湖をさがしにきたけど、わたしたちがここにいて何をしようとしているかを見て、じゃまをしないように離れていったのかも」

グリアはその意見に鼻を鳴らした。「きみの兄貴たちはしおらしく去っていくようなタイプじゃないと思うね。それどころか、よろこんでおれたちのじゃまをしていただろうよ」

サイはそれを聞いてにんまりとし、うなずいた。「そうね。たしかに」おもしろがるように同意して、肩をすくめる。「じゃあ、あなたの部下のひとりとか。ボウイはここで泳ぐのが好きなんでしょ」

「ああ、そうだが、彼には訓練の監督をまかせてきた」グリアは言った。「それに、ここで泳ぐのが好きなのは彼だけじゃない」首をさするのをやめ、ブレードのほうに向かいながらつづける。「その場合、ここでこんなことをしているわけにはいかないな。城に戻ろう」

「ええ」サイは同意し、つないでおいた木から急いで馬をはずし、騎乗した。「競走よ」

「なんだと？　おい、待て！」サイが森のほうに馬の向きを変えはじめると、グリアはどなった。立ち止まって問いかけるようにこちらを見た妻に訴える。「おれはこれからひだを作ってプレードを身につけなくちゃならないんだぞ」

「知ってるわ」サイはにっこり笑って言った。「わたしが勝てるかもしれないってことね」

グリアは待てとサイにどなったが、彼女は従わなかった。結婚式での誓いを真剣に受け止めなかったらしい。あるいは、自分の笑い声で彼の声が聞こえなかったか。いらいらとそう考えながら、彼は急いでプレードを広げてひだを作りはじめた。まったくあの娘は……すばらしい。そう思うと怒りがいくらか消え、プレードに不格好なひだを作りながら、口もとに笑みが浮かんだ。ああ、サイはたっぷりの情熱と、とてつもないかんしゃくと、彼が何年ものあいだに戦場で出会った、たいていの男たち以上の勇気がある。ブキャナンの七兄弟をまとめて相手にするほどの勇気の持ち主はまずいないだろう。遊びの一戦とはいえ、グリアと剣で対決するほどの勇気を持っている者も。あの娘は恐れを感じないらしく、人生を半分ではなく、まるごと楽しんでいた。

サイのような娘にはこれまで会ったことがなかった。はっとさせる娘だ……彼女に出会えたばかりか妻にできるなんて、自分の幸運が信じられない。

首を振りながら、人生は思いもよらない方向に向かうものだ、と思った。自分の城とサイのような女を妻に持つ裕福な領主になると、もし一週間まえだれかに言われたら、そんなばかなと笑っていただろう。傭兵としてほかの領主の土地を守っていたころは、夢見ることさえ自分に許さなかった境遇だ。それなのに今、自分はそのすべてを持っている。

そう思うとなぜか、グリアのなかで恐怖の糸が張りつめた。あまりにも……あまりにも失うものが多い。半分しかひだを作らないまま、プレードの上に体を投げ出し、急いで身につけて整えた。プレードを留めるのに使っている大きなピンできちんと留めるまえに、立ちあがった。大股で馬に向かいながらその作業を終えた。

馬にまたがると、駆け足で空き地をあとにした。恐怖の糸はもつれつつあり、できるだけ早くサイに追いつくことが突然急務に思えた。

あまりに急いだので、サイを踏みつけるところだった。危急を救ったのはグリアの馬だった。主人が急いでいるにもかかわらず速度を落とし、牝馬の横の小道に倒れているサイの体がグリアの目にはいる直前にいきなり足を止めたのだ。実際、馬の背中から投げ出されたり、転がって首を折らずにすんだのは運がよかった。グリアはなんとか体勢を保ち、馬からひらりと飛び降りると、何が起こったのか確認しようとサイのもとに急いだ。

最初は落馬したのかと思ったが、脇腹から矢が突き出ているのに気づき、彼女のそばに膝をついた。心臓が胸からがくんと落ちかけた。少なくとも胃のあたりまで落ちてきたような気分だ。

「サイ？」彼はどなり、彼女の両肩をつかんで地面から上半身を持ちあげた。頭ががくりとうしろにのけぞり、髪が地面についたが、小さなうめき声も発したので、彼女がまだ生きているとわかって、グリアは泣きそうになった。

「もう大丈夫だ」彼はそう言って、彼女を抱きあげた。「おれがいるからな。城に帰って手当てをすればよくなるさ」

サイは意識がなく、彼の励ましを聞くことはできなかったが、グリアはそれを口に出す必要があった。自分の口がそう言うのを聞いて、信じる必要があった。彼女を失うことは、もう考えられなくなっていた。何度も励ましを繰り返しながら、サイを牡馬のところに運び、彼女を胸に抱えたままなんとか馬に乗った……どうやって乗ったのかときかれても答えられなかっただろうが。

牝馬のことは気にしなかった。ついてくるにしろ、こないにしろ、好きにさせよう。城への道のりを半分ほど来たところで、意識が戻って牝馬がいないことに気づいたら、サイはがっかりするかもしれないという考えが浮かんだ。そこで心配になってあたりを見まわしたところ、うしろについてきていたのでほっとした。牝馬のほうが小さくて歩みものろいので、ついてくるのに苦労していたのだ。かなりの距離があったものの、牝馬はちゃんとそこにいて、急いでついてこようとしていた。それだけで充分だった。

グリアは橋をわたり、門を抜けて、城の玄関へとつづくおもて階段にまっすぐ向かった。厩の近くでサイの兄たちを見かけたが、ひとりが呼びかけてきても無視した。馬に乗ったまま階段をのぼって大広間に行くべきか否か、判断するのに忙しすぎたからだ。結局、馬に乗ったまま扉を開ける方法を思いつけなかったので、階段の下で馬を止めることにした。サイをぎゅっと胸に押し当てて鞍から飛び降り、階段を駆けあがって城のなかにはいった。

　主寝室に飛びこんで、ようやくベッドにアルピンがいることを思い出した。向きを変えて昨夜ふたりが眠った部屋にサイを運ぼうとしたが、サイのうめきを聞いて思いなおし、そのまま進んで彼女をそっとベッドに横たえた。そして、手を伸ばしてアルピンを揺さぶった。

　少年はうめいたが、目を覚ます様子がないので、もう一度、今度はもっと強く揺さぶった。

「アルピン！」

「なんだよ？　領主さま？」アルピンは眠そうな目を開けて、ぼんやりとグリアを見つめた。「どうしたの？」頭を一度振って、苦労しながら体を起こす。「何か必要なものでも？　戦がはじまったの？　剣を持ってこようか？」

「いいや」グリアは少年を押してベッドに寝かせた。自分たちがまだ傭兵として戦場にいると思っているなら、明らかに熱で頭が混乱しているようだ。「ティルダとヘレンはどこだ？」

「ティルダ？」アルピンはぽかんと彼を見つめた。

「おれのおばのティルダだ」グリアはいらいらしながら言った。「おれが部屋を出たとき、彼女はここにいた。おばの侍女には治療の心得がある。ふたりはどこだ？」

「ああ」表情は少し晴れたものの、少年はまた首を振って部屋のなかを見まわした。「わからない。さっき目が覚めたとき、レディ・ティルダはここにいたよ。侍女がこしらえてくれた煎じ薬を飲まされた」彼は顔をしかめ、小さく身震いした。「ひどい味だったけど、最後の一滴まで飲まされたよ。そのあとぼくはまた眠ってしまって……」彼は力なく肩をすくめた。「そのあと彼女がいつどこに行ったのかはわからない」

グリアはそれを聞いて落胆のうなり声をあげ、向きを変えて扉に急いだ。扉を開けて廊下を見ると、侍女のひとりが歩いていた。

「ヘレンをさがしてきてくれ」彼は命じた。

「かしこまりました、領主さま」侍女は急いで去り、グリアは扉を閉めてサイの様子を見るためにベッドに戻った。慎重な目つきで彼の行動を追っていたアルピンは、ベッドの自分の横にいる女性に気づくと、びっくりして目を見開いた。困惑の表情が顔に広がる。

「どうしてレディ・サイがベッドにいるの?」警戒する顔になってつづけた。「まさかぼくのすぐ横で彼女と交わろうなんて考えてないよね?」

グリアはひどく怒って少年を見た。「彼女が交わえるような状態に見えるか?」

アルピンはサイに目を戻し、また目をまるくした。「ああ、なんてこった……ダッキーから突き出てるのは矢?」

「そうだ」矢が刺さっている胸を見つめて、グリアはつぶやいた。傷の周囲にそれほど血は見えない。それがいいことなのか、悪いことなのかはわからなかった。わかっているのは、このいまいましい物を取りのぞいて、傷を縫わなければならないということだけだ。出会ったばかりの彼女を失うわけにはいかなかった。

「あなたが矢を射ったの？」アルピンがうろたえながらきいた。

「ばかなことを言うな」グリアはかみつくように言うと、悪態をつきながらベッドから体を起こしてつぶやいた。「いったいヘレンはどこにいるんだ？」

「何があった？」

鋭い問いかけにグリアが振り向くと、ローリーが部屋に飛びこんでくるのが見えた。すぐあとにオーレイがつづく。

「領主さまがレディ・サイを矢で射ったんだ」アルピンが悲嘆にくれながら言い放った。いくぶんろれつがあやしくなっている。

「もちろんちがう」グリアはすばやく言って、少年をにらんだ。「どうしてせっかく結婚した女を矢で射ったりする？」

「われに返ったからとか」大股で部屋にはいってきたジョーディーが冷ややかに言った。

「そうだ」ドゥーガルも姿を現してけわしい顔で同意する。「今朝目覚めてわれに返り、サイのようなすばらしい女を幸せにしつづけることはできないと気づいて、消そうとしたんだ」

「あるいは、彼女がひどいかんしゃく持ちだとわかって、見たところきみも負けず劣らずのようだが、矯正してやろうとしたとか」今度はアリックがはいってきて言った。

「おれは妻に矢を射っていない」グリアは暗い声で言うと、部屋にはいってこようとしたニルスとコンランを止めたローリーを、怪訝そうににらみつけた。ローリーに何事かつぶやかれたあと、ニルスとコンランは向きを変えて急いで去っていった。

「彼を見ろ、おまえたち」オーレイがいらいらとどなって、ふたたびグリアの注意をとらえた。「剣は持っているが、弓と矢筒は持っていない。それに、すっかり取り乱している。これをやったのは彼ではない」

「ありがとう」グリアは冷ややかに言ってからどなった。「さあ、妻が出血多量で死ぬまえに、だれか妻を助けてくれるヘレンをさがしにいってくれないか？」

「その必要はない」オーレイがなだめるように言った。「ローリーが手当てをする」

「なんだって？」グリアは視線をめぐらせて、ベッドのそばで妻のうえにかがみこんでいるローリーを見た。不安が体じゅうをめぐり、急いでその男の腕をつかむと、彼女から引き離した。「いったい何をしている？　傷を悪化させる気か？　さわるんじゃない。ヘレンが手当てをしてくれる」

「彼にやらせておけ、グリア」オーレイが強い口調で言い、弟たちからグリアを引き離した。

「ローリーには自分のやるべきことがわかっている。ブキャナンの治療師のもとで修行をしたのだ」

眉をひそめつつ、グリアはつかまれていた腕を引いた。「それならいいが、おれはここを離れないぞ」

「ああ。もちろんそうだろう。だが、せめてローリーが作業をする場所はあけてやってくれ」オーレイは静かに言った。

グリアは拒否しそうになったが、その提案の意味を理解すると、しぶしぶうなずいた。そして、急いでベッドのアルピンのほうにまわった。だが、よろこんでそうしたわけではなかった。アルピンの隣はあいていたのに、今は妻がアルピンとベッドを分け合っているのだから。

「おまえのかばんを持ってきたぞ」ニルスがそう言いながら、急いで部屋にはいってきた。

「ありがとう」ローリーはかばんを受け取ってベッドの上に置いた。薬草と煎じ薬を取り出しはじめたが、その途中で不意にニルスに一本のびんをわたした。「コンランが戻ったら、おれが持ってくるように言った水のなかにこれを六滴たらしてくれ」

ニルスはうなずいてびんを受け取った。「六滴だな。わかった」

「何が六滴だって?」コンランが急いで部屋に戻ってきて尋ねた。麻布と水のはいった鉢を持っており、急いでいるせいであちこちに水が撥ねている。

グリアが首を振りながら、ローリーに注意を戻すと、サイが着ているドレスの矢のまわりの部分をすばやく切り取って、乳房とそこから突き出ている矢をあらわにしていた。グリアは傷をじっと見た。不安が徐々に広がっていく。つぎにアルピンのほうに目を向けると、少年は大きく息を吸いこんだあと、「きれいだ」ということばにして吐き出した。

アルピンの視線がサイのあらわになった乳房に釘《くぎ》づけになっているのに気づき、グリアは顔をしかめて少年の目を手で覆った。そして、今やベッドを囲んで、やはりサイの裸の胸を見つめている、ブキャナンの七人の兄弟たちのこともにらんだ。

「自分の妹のダッキーをぼけっと眺めるのはやめろ」サイとアルピンが乳房を指すのに使っていたことばを使って、グリアはどなった。

「彼女はおれたちの妹だ」ドゥーガルがむっとして指摘した。「おれたちは胸じゃなくて傷を見ているんだ」

「そうだ」ジョーディーが同意した。「それに、見たことがないわけじゃないしな。ブキャナンではよくみんな湖に行って裸で泳いだものだ」

「サイもな」ニルスが言った。「だが、最後に彼女がおれたちと泳いだのは十二歳のときだった。そのあとお袋にやめさせられたんだ」

「そうそう、あのころ彼女の胸は剣みたいに真っ平らだったな」アリックが言った。

「うむ」とつぶやいてドゥーガルも同意する。そして、唇をすぼめると、首を振った。「サイがこんな見事な姿に成長するなんて、だれが思っただろう？　なあ？」

「ああ。サイはやせっぽちの子供だったからな」楽しげに思い出しながら、オーレイが言った。「だが、女らしい体つきになった。妹と呼ぶのが誇らしいよ」

「みんな出ていってくれ」グリアはすごい剣幕で言った。

「おれたちはどこにも行かないぞ」ドゥーガルがむっとして言う。

「ここはもうおれの城だ」グリアはどなった。「出ていけ！」

「おれたちはここに残る。サイはおれたちの妹なんだから」アリックが挑戦的に言う。

「それはそうだが、彼女はおれの妻だ」グレイアが言い返す。

ジョーディーがそれを聞いて鼻を鳴らす。「きみの妻になって、まだ一日にもならないじゃないか」

「たしかに」ドゥーガルがにやにやしながら言った。「サイに対する影響力でいったら、きみに勝ち目はないな。きみはここにいさせてもらえて幸運なんだぞ」

グリアはうなり、ベッドをまわりこんでドゥーガルに向かっていったが、相手の首のうしろをつかむ間もなく、肉付きのいいドゥーガルの体に組み敷かれていた。

そのとき、胸の痛みがサイを目覚めさせた。うめき声とともに目を開けたが、目にはいった光が頭を刺し貫き、あらたな痛みが走り抜けて、すぐにまた目を閉じることになった。

「悪いな、サイ。矢の先をもがなくちゃならなかったんだ」

サイはもう一度なんとか目を開けて、ぼんやりと兄を見つめた。「ローリー？」

「そうだよ」

「何が――」何が起こったのかときこうとして、まわりの叫び声や殴り合う音に気づき、代わりにこう尋ねた。「いったいこの騒ぎは何?」

「動揺するおまえの夫をみんなで落ちつかせているんだよ。ひどく取り乱していたからね」

ローリーは床の上に転がる男たちを肩越しに見ながらおもしろがって言った。サイに見える範囲だと、ひとり対六人のようだが、兄たちはグリアを傷つけようとしているわけではなかった。そうでなければ、巨大な毛糸玉のように重なり合いながら、床に転がっているだけではすまなかっただろう。自分が目にしていることにはたしかに驚かされたが、ローリーのことばにはもっと驚かされた。

「グリアが? 取り乱した?」信じられずに尋ねる。

「ああ」ローリーは微笑んだ。「おまえのことを思っているんだよ、サイ。彼はどうしていいかわからずに両手をもみしぼり、女のようにおろおろするばかりだった」

「グリアが?」彼女は驚いてきき返した。「昨日わたしと結婚した、あの大きくてたくましい人が?」

「そうだ」ローリーはそう答えて彼女の胸にかがみこみ、短くなった矢の軸をじっと見た。

胸から突き出ている矢が目にはいると、サイは夫のことを忘れた。それを見て、自分に起こったことがよみがえってきた。グリアより早く厩にたどり着こうと、城に向かって馬を走らせていると、だれかにこぶしで胸をたたかれたように感じ、その勢いのままうしろに倒れて鞍からずり落ちた。鞍から転がり落ちるとき矢に気づき、頭から地面に落ちて頭蓋に痛みが広がった。それからここで目覚めるまでのことは何も思い出せなかった。

「くそっ。だれかに矢で射られたんだわ」彼女はうろたえながらつぶやいた。

「そうだ」ローリーはそう言うと、まじめな顔で彼女をじっと見つめた。「やったやつを見たか？」

サイは首を振った。「わたしは湖のそばでブレードにひだをつけているグリアを置いて出発した。彼より先に厩に着きたくて急いでいたけど、馬にけがをさせたくなかったから、前方は注意していたわ」彼女は眉をひそめた。「でも、だれも見なかった。衝撃があったとき、初めは何が起こったのかわからなかったの。落馬するとき矢が見えたことしかわからなかった」

「ふむ」ローリーはがっかりしたようだ。サイはそんな兄を責められなかった。射った犯人の名前をあげることができず、彼女自身がっかりしているのだ。

「どれくらいひどいの？」彼女は傷を見ながら心配そうにきいた。血はそれほど出ていなくて、矢の周囲に少しにじむ程度だった。矢が抜かれたあとはそうはいかないだろうと思い、すばやくローリーを見る。「矢羽根のほうの先をもぎ取ったのね」

「ああ」彼はおだやかに認めた。

「刺さったところから引き抜くんじゃなくて、そのまま押し出すつもりなのね？」彼女は動揺してきいた。

「サイ」彼はベッドの端に腰かけて、妹の両手を取った。「矢はあと少しで貫通するところまでいっている。矢尻の先が背中の皮膚に当たっている状態なんだ。鋭くひと押しすれば背中から出て、楽に抜くことができる」

体から冷や汗が吹き出るのを感じながら、サイはほとんど懇願するようにして言った。

「でも、刺さったところからそっと引き抜くことはできないの？」

「できるよ」彼は認めた。「だが、思いきってやってみたところで、損傷がひどくなるだけだ。とくに矢尻がツバメの尾の形をしている場合はね。この矢をだれが射ったのかも、どんな種類の矢が使われているかもわからないから、危険を冒したくないんだよ」

「ちくしょう」兄の言うとおりだとわかり、サイはつぶやいた。もしツバメの尾形の矢尻なら、引き抜くときに戻りの部分が引っかかるかもしれず、深刻な損傷をもたらす。はいったときとまったく同じ角度で出てくることを願いながら、ふたつの鉤《かぎ》を引き抜くようなものだ……そんなことはまずありえない。

つらそうなため息をひとつつき、起きあがろうと苦労して体を動かしはじめたが、たちまち痛みに貫かれて動きを止めた。痛みが治まるのを待ってから、ローリーのほうを見た。妹をよく知っている彼は、たのまれるまで手助けはするまいと、辛抱強く立って待っていた。サイは自分が女性だというだけで、兄たちより弱い者として扱われるのが好きではなかった。

「起きあがるのに手を貸して」彼女は静かに言った。

ローリーは小さく安堵の息をもらし、体から緊張を解いた。それで、兄が緊張しながら待っていたのだとサイにはわかった。彼はかがみこんで彼女が起きあがるのに手を貸した。

座った姿勢になると、ベッドの足元でおこなわれていることがよく見えた。多くはまだ床で取っ組み合っているが、ふたりは自分の股間を押さえて転げまわっている。ちがう、三人だわ、とサイは訂正した。ジョーディーが苦痛のうめきとともに、突然取っ組み合いの集団から転がり出てきたからだ。夫とオーレイとドゥーガルが取っ組み合いをつづけているのを見たサイは、グリアはわたしを見て学んだみたいね、と思って愉快になった。

それに、兄たちは妹が相手のときと同じくらい、彼をやさしく扱ってくれていると気づいて、温かい気持ちになった。あとでお礼を言わなくちゃ、と思った。夫がやられてしまうとは思っていなかったし、兄たちに手加減してもらう必要があるとも思えなかったが、兄たちがそうしてくれてうれしかったのだ。夫のことを気に入ってくれている証拠だから。

「いいか？」ローリーがきいた。

サイは彼に注意を向けた。ベッドの脇に腰かけ、背中に向かって矢を押し出そうとしているらしい。彼女がうなずくと、数回折りたたんだ麻布を取りあげて手のひらにのせ、それを折れた矢軸の先に当てて、矢を押しはじめた。サイはたまらず、すぐに苦痛の叫びをあげ、反射的に身を引いてしまった。

「サイ！」グリアがどなり、体から水を振り払う犬のように、兄弟たちを振り払って突然立ちあがった。ベッドに突進し、ローリーを床になぎ倒して叫ぶ。「いったい彼女に何をしている？」

「大丈夫よ、あなた《ハズバンド》」サイは弱々しく言うと、しばしそのことばを堪能した。あなた《ハズバンド》。この人はわたしの夫《ハズバンド》なのだ。

「大丈夫ではない。この男はきみを治療することになっているんだぞ。さらに傷を深くするのではなく」

「治療してくれているのよ」状況を思い出し、サイは急いで言った。「刺したあと抜けないように矢尻には返りがついていて、抜こうとするとよけいに傷つく恐れがあるの。だから、刺さったところから引き抜くより、押し出すほうが安全なのよ」

グリアは少し緊張を解いたが、うれしそうではなかった。ベッドの脇に腰かけて、矢の軸を不機嫌そうに見つめ、首を振る。「きみの言うとおりなのだろうし、そうしなければならないのもわかっているが……」彼はごくりとつばをのみこみ、途方に暮れた顔でサイの目を見た。「きみがだれかに痛めつけられているのは気に入らない。たとえそれがきみのためになることであっても」

「信じて、わたしだってそれほど楽しいわけじゃないのよ」彼女はゆがんだ笑みを見せて言った。そして、咳払いをしてから提案した。「じゃあ、ローリーがこれをするあいだ、わたしを押さえるのに手を貸してくれない？　押されると、反射的に身を引いてしまうの。わたしが動かないよう押さえていてくれれば、ローリーもひと思いにできて、痛みも少なくてすむわ」

「わかった」グリアはもごもごと言ったものの、ためらっていた。どうやって手を貸せばいいのかわかりかねていたのだ。

「おれたちも手伝うぞ」オーレイが静かに言った。

グリアはぶるっと身を震わせた。落ちつきを取り戻したらしく、妻の長兄を見てうなずいた。「たのむ。オーレイ、彼女が倒れないように、うしろにまわって横から片方の肩を押さえてくれ」

オーレイはうなずいて、ベッドの頭のほうに移動し、妹のけがをしていない側の肩を両手でしっかりと押さえた。

グリアはほかの男たちのほうを見ると、二番目の兄のドゥーガルに視線を定めて言った。「ドゥーガル、ベッドの上でアルピンのうしろに膝をついて、反対側の肩を押さえてくれたら……」最後まで言う必要はなかった。アルピンはすでに起きあがって移動しており、ドゥーガルは早くも半ば少年のうしろ、半ばサイのうしろに膝をつこうとしていた。妹の上腕と背中に慎重に両手を置き、準備はできたとばかりにうなずく。

「よし、じゃあおれは腰を押さえるから――」グリアはそう言いながら両腕をサイにまわしたが、そこで自分がベッドの脇にいてはローリーが矢を押し出せないことに気づき、不安そうにあたりを見まわした。

「大丈夫だよ。サイにまたがるから」ローリーは急いで言うと、そのとおりにした。ベッドの上にのって移動し、サイの膝にまたがったのだ。

「サイがおまえを蹴ってじゃまをしないように、おれたちは脚を押さえよう」ジョーディーが言って、残りの兄弟たちもベッドにかがみこみ、彼女のすねや足の甲を押さえた。

「よし、いいぞ」グリアはつぶやき、もう一度サイに腕をまわして、彼女の胸から突き出ている矢の軸が自分の胸の上部に当たったり、ローリーの作業のじゃまになったりしないよう気をつけて脇に寄った。サイをしっかり抱きとめると、彼女の顔が見えるように頭を引いた。

「いいかい？」

サイは自分を取り巻く男たちを見まわした。愛する男たちが総掛かりで自分を押さえつけている。そう思うと弱々しい笑い声がもれた。「小さなわたしを押さえつけるのに、七人もの屈強の男たちがほんとに必要だと思うの？」

「八人だよ」アルピンが訂正して、みんなの注意を引きつけた。彼もサイの横に膝をついて小さな手を彼女の背中に当て、もう片方の手はグリアの腕のすぐ上の……けがをした乳房の下側をつかみそうになっていた。

「小僧、手を移動させたほうがいいぞ、でないとその手を失うことになるかもしれん」オーレイがおもしろがるように言った。グリアがのどの奥でうなっていたからだ。

少年は赤面し、急いで乳房のあいだに手を移動させてもごもご言った。「ごめんなさい」

オーレイはうなずくと、サイのほうを見て言った。「おまえを押さえつけるのに、こんなにたくさんの人手が必要かということだが、おまえにはばか力がある。おまえと取っ組み合いをしてきたおれたちはそれを知ってるんだよ」

「そうさ」ジョーディーが冷ややかに言った。「おまえは血が上《のぼ》るととんでもない力を発揮する。用心するに越したことはない」

「もう」サイはつぶやいて首を振った。

「おれに腕をまわして、しっかりつかまれ」グリアが指示した。サイがそのとおりにすると、彼はつづけた。「好きなだけ悲鳴をあげていいぞ。きみにはその権利がある」

「そうするから心配しないで」サイはおどけて言った。するとローリーがなんの警告もなしにいきなり矢の軸を押しこんできたので、すぐにあまりの痛みにわめき、うしろにのけぞろうとした。

もちろん、多くの手に押さえつけられていたので、サイはのけぞることができなかった。それどころか、矢に向かっていくようにオーレイとドゥーガルにまえに押され、グリアも同じ効果をねらって引き寄せたので、サイは気を失いそうになった。状況はどうあれ、まずは胸で、つぎに無傷だった皮膚を矢が突き破った背中で、痛みが爆発した。

「矢尻が出たぞ！」上のほうでオーレイがどなるのが聞こえた。「おまえのほうから引き抜け、ドゥーガル」

「慎重に、まっすぐ引くんだぞ。曲げたりねじったりするなよ」ローリーが注意する声が聞こえ、サイのわめき声はすすり泣きにまで収まって、たちまち暗闇が彼女をさらっていった。

12

ドゥーガルが慎重にサイの背中からゆっくりと矢を引き抜くあいだ、グリアはその真剣な表情を見ながら、ほとんど息を止めていた。矢が抜けると、全員が安堵の息をついたようだった。ドゥーガルは抜けた矢を脇に投げ、オーレイとアルピンとともにサイを押さえるのをやめて、その場から離れた。

グリアはサイをベッドに横たわらせようとしたが、ローリーがその肩に手を置いて止めた。

「だめだ。起こしたままにしていてくれ。傷を洗って包帯をしないと」ローリーは言った。

グリアはうなずき、もう一度サイの上体を起こした。彼女を支えながら、気を失っている顔を見つめ、その蒼白さに眉をひそめる。コンランが持ってきた清潔な麻布の切れ端をローリーがよこせとどなり、グリアは視線を傷へと移動させた。矢が刺さっていたときはほとんど血が出ていなかったのに、今は出ていた。まるで矢がコルクの役割を果たしていて、そのコルクを抜いたかのように、濃い深紅の血が流れ出し、ローリーはまえとうしろ両方の傷に麻布を押し当てて、あふれる血を止めようとしていた。

「彼女は大丈夫だろうな?」彼の作業を見守りながら、グリアは心配そうに尋ねた。

「ああ。サイは強い」ローリーは励ますように言うと、血でぐっしょり濡れた麻布を脇に放り、ニルスが差し出した新しい麻布をつかんだ。「もう出血が止まりはじめている」

グリアにはそうは見えなかったが、口は出さずに、ローリーが二カ所の傷に麻布を押し当てつづけるのを見守った。

「おれが言ったとおり、薬を水に入れたか?」胸の傷に押し当てていた麻布の端を持ちあげたあと、またぎゅっと押し当ててローリーがきいた。

「ああ」ニルスが答えた。「六滴」

ローリーはうなずいた。「たたんだ麻布二枚をそこに浸したら、絞らずにわたしてくれ。縫うまえに傷を消毒する」

「大丈夫かい、領主さま?」アルピンが突然尋ねた。

グリアは驚いて少年を見た。「ああ。もちろん」

彼の従者はそれを聞いて疑わしそうな顔をした。「血を失ったのはあなたなんじゃないかって思うほど、真っ青な顔をしてるけど」

その意見にローリーが鋭くグリアを見て眉をひそめた。「気を失いそうなら、サイを支えるのはオーレイに代わってもらって――」

「大丈夫だ」グリアはかみつくように言うと、座ったまま少し背筋を伸ばし、サイを支える手に力をこめた。気が遠くなりかけてはいたが、この男たちのまえでか弱い女のように気を失うわけにはいかない。サイが失いつつある血液の量にぎょっとしただけなのだ。それはかなり大量に思えた。

ローリーはしばらくグリアを見ていたが、やがてサイに注意を戻した。そしてすぐに、あらたな血で赤く濡れた麻布を、ニルスから受け取った薬をしみこませたものと取り替えた。濡れた布を傷に押しつけながら言う。「サイが眠っていてくれてよかったよ。この薬はものすごくしみるし、傷を縫うのも耐えるのが楽な工程じゃないからな」

グリアはうなっただけで、サイの顔に視線を向けた。頭をのけぞらせ、キスを待っているように顔が上を向いていたので、そっと唇にキスをして額を合わせ、目を閉じた。ローリーが針と糸を彼女の肉に刺しては抜くのを見たくなかった。サイが痛みを感じていようといまいと、見ていれば自分も痛みを感じるだろう。ローリーが傷の消毒を終えて縫合をはじめると、目を閉じて黙ってただ彼女を抱いていた。

ベッドからすり足で遠ざかる音からすると、この工程を見たくないのはグリアだけではなかったらしい。彼やここにいる男たちのような戦士が、傷の手当てで気分が悪くなるとは皮肉なものだ。こういう傷を負わせるのはなんとも思わないのに。その考えが、これまで考えてみることを自分に許さなかった疑問にグリアを立ち返らせた。だれがサイに矢を放ったのか？

「矢を射った者を見たのか?」オーレイが突然尋ねた。彼も同じことを考えていたらしい。

グリアは目を開けて頭を上げたが、ローリーのやっていることは断固として見ないようにしながら答えた。「いいや。サイはブレードのひだを作るおれを湖畔に残して走り去った。追いかけはじめてすぐに、小道に倒れている彼女を見つけた。あたりには彼女と牝馬以外だれもいなかった」

「山賊だった可能性は?」ドゥーガルがきいた。

グリアはそれについて考え、眉をひそめた。「可能性はある。だが、ボウイはこのあたりに山賊が出るとは言っていなかったし、山賊だったとすれば、ずいぶん剛胆だ。サイを見つけたのは城からそう遠くないところだった。三十メートルも行けばすっかり森から出て、城壁の見張りに姿を見られていただろう」

「コンラン、グリアの第一側近を連れてこい。最近山賊の被害が出ていたかどうか、グリアが尋ねられるように」オーレイが命じた。

グリアはその命令について何も意見しなかった。もしそのような事実があるなら、ボウイは話してくれていたはずだが、たしかめるに越したことはない。それに、だれが矢を射ったのかを示す手がかりをさがすため、兵士たちを森に送り出すよう、ボウイに指示を出したかった。ひょっとすると、何も見つからないかもしれない。犯人がそこに署名入りの自白書を残していた、とはならないだろうが、何かを落としているかもしれないし……くそっ、ほかに何をすればいいのかわからない。

「ほんとうに山賊だったと思っているのか?」とニルスがきいた。グリアはその声に疑いを聞き取った。

「いいや」オーレイはため息をついて言った。「サイを矢で射っても彼らが得るものは何もない。自分たちの存在を知らしめることをのぞけば」

「森のなかでサイに出くわし、なんらかの方法で自分たちの存在が明かされるのを恐れたのかも」アリックが言った。

「それなら、矢を射るよりもさらっていっただろう」ドゥーガルががなる。「そうすれば身代金が取れるし、少なくとも強姦《ごうかん》は楽しめる」

ジョーディーはその考えに鼻を鳴らした。「おれたちのサイを強姦するだって? そんなことをしようとするやつははらわたを抜かれるぞ」

「やっぱり山賊だよ」アリックが突然言った。「ほかにだれがおれたちのサイを傷つけたいと思うんだ?」

グリアはまわした腕に反射的に力をこめながら、妻を見つめた。ドゥーガルが口にした、サイが山賊に強姦されるという考えが頭から離れない。それは恐ろしい考えだった。この強くて情熱的な女性が、不潔な山賊の集団に押し倒されて強姦されるなんて。ジョーディーが言ったとおり、サイならきっと、そんなことをしようとする悪人のひとりやふたりのはらわたを抜いていただろうが、もし相手の人数が多かったり、不意をつかれたり、単に相手が幸運だったりしたら、やられてしまったかもしれない。

そう思って身震いした。サイのような強くて誇り高い女性にとって、強姦は体と同じく心にも勘えるだろう。そんな不測の事態を目撃するくらいなら、地獄の拷問に耐えるほうがいい。

「できた」

ローリーの疲れのにじむ声を聞いて、グリアが目を向けると、考え事に夢中になっているあいだに、ローリーは傷を縫い合わせただけでなく、包帯も巻き終えていた。

「もう、寝かせていいぞ」サイの上からおりてベッドからもおりながら、ローリーは言った。

グリアはなぜかサイを放したくなくて逡巡したが、ため息をついて彼女をそっとベッドに寝かせた。その際、ベッドの状態を見て身をこわばらせ、眉をひそめることになった。だれかが気をきかせて毛皮はベッドから押しのけてあったが、上掛けと敷きシーツはにおいのきつい薬を混ぜた水と血液でぐっしょり濡れていた。

「ちょっと！」グリアが突然サイを上掛けのシーツごと抱きあげたので、掛けるものを奪われたアルピンが驚いて叫んだ。

「おまえたちが眠るまえにシーツを交換する必要がある」グリアはそう言って向きを変え、大股で部屋を横切った。「終わるまで毛皮にくるまって暖炉のそばに来て座っていろ」

「アリック――」オーレイが言いかけた。

「シーツを交換してもらえるよう、侍女を何人か呼んでくる」アリックはオーレイが指示を出し終えるまえに言った。

グリアは低い声で「ありがとう」とだけ言って、暖炉のそばの椅子のひとつに座り、膝の上でサイを抱き直した。彼女が起きて歩きまわれるほど回復するまで、そばを離れるつもりはなかった。離れるとしても、ふたりの――いや、四人の部下が警護しているときだけだ。二度と花嫁を失う危険を侵しはしない。どんな形にせよ、サイが危害を受けるのは今日が最後だ。

サイは小さなため息とともに目を開けて、隣で寝ている少年を見つめた。アルピンだとわかった。こちら向きに横たわってぐっすりと眠っている。睡眠中の彼はそれなりにかわいらしかった。起きているときのこの子がやっかいの種だということをもう少しで忘れそうになるわ、と思ってかすかに微笑むと、この子はわたしのベッドで何をしているのだろうという疑問が浮かび、眉をひそめることになった。

「ああ、よかった。目が覚めたのね」

声のしたほうを見ると、アルピンの側のベッド脇の椅子にティルダが座っていた。目を開けることが何かとてつもない偉業であるかのように、座ったまま身を乗り出し、サイににっこり微笑みかけている。

「奥さま」サイはためらいがちに言ったあと、婦人のうしろを見て、今いるのが自分の部屋ではなく主寝室だと気づき、わずかに目を見開いた。

「ティルダおばさまと呼んでくれることになっていたと思うけど」ティルダはやさしく言うと、首をかしげてかすかに眉をひそめた。「混乱しているのね」

「わたし――ええ、そのようです」サイはすまなそうに認めて言った。「どうしてわたしは――」起きあがるつもりで仰向けになりかけたが、動いたせいで腕と胸を痛みが貫き、すぐに動きを止めた。痛みの源と思われる肩を見たが、見えたのはかつて寝巻きだったらしい布の重なりだけだった。

「ああ、あなた、頭を打った影響が出ているのかもしれないわね」ティルダは心配そうに言った。

サイは驚いて彼女を見た。「頭を打った?」

「ええ。あなたのお兄さまはとても腕のいい治療師のようだけれど、胸の手当てをするので忙しくて、ほかの場所にけががないか調べなかったのよ。あなたの頭にこぶを見つけたのはわたしの侍女のヘレンなの。馬から落ちたときに頭を打ったのね」彼女は眉をひそめてつづけた。「あなたに矢を射った人が、わざわざ頭も殴ったとは思えないもの」

「矢を射られた」記憶がよみがえってきて、サイはささやいた。城に戻る途中で、だれかに矢を射られたのだ。気がつくと主寝室にいて、ローリーが背中から矢を押し出して……そこで気を失ったにちがいない。そのあとのことは何も思い出せなかった。

「思い出した？」ティルダが心配そうにきいた。「そんな顔をしているけど」

「ええ」サイは彼女に力なく微笑みかけ、けがをしていないほうを下にしてまた横たわった。「城に戻る途中で何者かに矢を射られ、ローリーが矢を取り除いてくれました」

「ああ、よかった」ティルダは微笑み、椅子の上で体を起こした。「頭の傷は油断できないものだし、あなたはずいぶん長いこと眠ったままだったから……障害が残るんじゃないかと心配だったの」

「わたしはどれくらい眠っていたんですか？」サイは気になってきいた。

「二日と三晩よ」ティルダは重々しく言った。「これが三度目の朝になるわ。みんなそれはそれは心配していたのよ。グリアなんて、最初の二日と二晩あなたのそばを離れなかったんだから。でもゆうべ、少し眠ったほうがいいとわたしが主張したの。せっかくあなたが目覚めても、あなたが目を開けたとたんに彼が安堵と疲労であなたの上に倒れこんだら、あまりいいことはないと言ってやったのよ。彼がいないときにあなたが目覚めたら呼ぶからと約束してね。だからそろそろ――」

「だめ！　待って！」ティルダが立ちあがって扉のほうに向かうと、サイは抗議した。驚いて足を止め、振り向いた彼女に、サイはためらったすえ、顔を赤くして言った。「そのまえに用を足したいので——」

「ああ、そうよね。わたしったら、どこに頭がついてるのかしら？」ティルダはつぶやき、急いでベッドに戻った。「こんなに長く眠っていたんだから、お小水がたまっているわよね。たらいを持ってきましょうか、それとも手を貸せばなんとかお手洗いまで行けそう？」

「お手洗いに」サイは言った。行けるかどうかわからなかったが、それが無理なら、ベッドの隣でアルピンが眠っているこの部屋で用を足すことになってしまう。考えるだけでもみじめすぎるので、深呼吸をひとつして、座った姿勢になろうと無理やり体を引きあげた。思ったよりたいへんで、それは胸と腕に走る痛みのせいばかりではなかった。驚くほど体が弱っていたのだ。長いこと眠っていたせいもあるが、おそらく血液が失われたせいもあるだろう、とかがみこんだティルダの手を借りて体を起こしながら思った。

「大丈夫？」ベッドの上に座ることに成功すると、ティルダが尋ねた。

サイは口ごもり、痛みがやわらいで部屋がぐるぐるまわらなくなるのを待った。くそっ、ひどい気分だ。力がはいらず、吐き気がするうえ、体を起こそうと奮闘したせいで汗までかきはじめていた。どうすれば手洗いまで行けるというのだろう？　立ちあがれるかどうかさえ自信がないのに。

ティルダもサイにそれができるとは思っていないようだった。突然こうきいたからだ。

「ヘレンがたらいを置いていったの。よかったらそれを——」

「いいえ、大丈夫です」サイは断固として言うと、無理に笑みを浮かべた。少なくとも、笑みであってくれることを願った。しかめ面になっているような気がしていたからだ。歯を食いしばりながら、息を止めて足を床におろし、ベッドの縁に座った。そこまでは楽にできたので、サイはほっとしてティルダに微笑みかけた。「もしできたら……」

最後まで言う必要はなかった。ティルダはすでに彼女の横で中腰になり、無傷なほうの腕を引いて自分の肩にかけた。

「一、二の三で立つわよ」ティルダはそう言うと、数を唱えた。三でサイはティルダに引っぱられると同時に体を引きあげた。

「やったわ」ふたりが立つと、ティルダは息をはずませて言った。

サイはうなり声をあげただけで目を閉じた。今や部屋は異常な速さでまわっており、自分が立ったまま揺れているのがわかった。

「ほんとうにだめなの、わたしがたらいを持ってくるんじゃ――」

「大丈夫です」サイはそう言ってさえぎると、無理やり目を開けて大きく息を吸いこみ、ふらつかないようにした。「できます」

ティルダは反論せず、サイがすり足で進みはじめるのを待って、彼女の体重の大半を支えながらいっしょに移動した。

主寝室はもともとかなり広い部屋だが、なんとかそこから出ようとしている今朝のサイには、これ以上ないほど広く見えた。扉までの道のりは何キロにも思え、永遠にたどり着かないのではないかと思ったが、ふたりはようやくたどり着いた。ティルダが扉を開けるために立ち止まると、サイは伸ばした手を壁に押しつけ、そこにもたれて息を整えようとした。湖からずっと走ってきたかのように息を切らして、背中が、体全体が、汗で濡れていた。

「さあ行きましょう」ティルダは扉を大きく開いて言った。

サイはため息をつき、手洗いまでの距離がまだどれだけあるのか考えないようにしながら、またすり足で進みはじめた。それは廊下の反対の突き当たりにあった。これまで進んできた距離の少なくとも三倍、もしかしたら五、六倍の距離を移動しなければならない。行き着けるのかどうかいよいよ疑わしくなってきた。ひょっとすると、その半分も行かないうちに力つき、廊下の床で粗相をして、ますます恥をかくことになるかもしれない。

「サイ！」

足を止めてさっと顔を上げると、サイが到着以来滞在していた部屋の扉を開けて、グリアが急いでこちらにやってくるのが見えた。

「彼女が目覚めたらおれを呼んでくれるはずでしたよね」グリアはサイを抱きあげてどなった。

「そのつもりだったのよ」ティルダが言った。「でも、彼女はお手洗いに行かなきゃならないの。それをすませたら、あなたを呼びにいくつもりだったのよ。ほんとうよ」

グリアはサイを主寝室に運ぼうとしていたが、突然足を止め、向きを変えて廊下を進んだ。

「おれが連れていきます。あなたは行って休んでください、ティルダ。ひと晩じゅうサイのそばに座っていたんですから。感謝します」

「ええ、感謝します、ティルダおばさま」サイもグリアの肩越しにそう言うと、なんとか笑みを浮かべてみせたが、夫に手洗いに連れていかれようとしているという不安が、頭のなかを駆けめぐっていた。こんな気まずいことがあるだろうか？

「どういたしまして」ティルダがそう叫んだ直後、グリアは立ち止まり、サイを抱き直して手洗いの扉を開けた。

せまい部屋に運びこまれ、まえに向き直ったサイは、びっくりしてあたりを見まわした。マクダネルにはふたつの手洗いがあった。複数の人が同時に用を足せるよう、何カ所かに穴があいた長いベンチのある大きな手洗いがひとつと、ひとつだけ穴があいた小さなベンチのあるごくせまい個室がひとつ。後者はふたりではいれる作りではなかったが、グリアは気にしていないようだった。サイの頭や脚が壁にぶつからないように慎重に進まなければならなかったので、気づいていたはずだが、それでもはいるのをやめなかった。

グリアが立たせてくれて、サイは安堵の息をついた。期待するように彼を見あげる。

その顔つきを見て、グリアは片方の眉を上げ、眉間にしわを寄せた。「寝巻きを持ちあげてほしいのか？」

サイはびっくりして目をしばたたいた。「まさか！」

「なら何を待っている？　さっさとしろ」彼は眉をひそめて言った。

「あなたが出ていって、わたしをひとりにしてくれるのを待ってるのよ」サイは冷ややかに言った。

それを聞いて彼は顔をしかめた。「だが、もしおれが必要になったらどうする？」

「この作業に助けは必要ないと思うわ、あなた」サイはまじめくさって言った。「でも、扉のまえで待っていてくれたら、必要なときは呼びます」

「いいだろう」彼はしぶしぶそう言ったが、わずかに迷ってからかがんでサイの額にキスをした。「きみが起きて歩きまわるのを見られてうれしいよ、サイ」彼はかすれた声で言った。「とても心配していたんだ」

「ありがとう」サイはもごもごと言ったが、彼はすでに背を向けており、小部屋からそっと出ていった。

サイはため息をついて首を振り、寝巻きをたくしあげてベンチに座った。そうできたことをありがたく思った。用を足したいという欲求が差し迫っていたからだけではない。座れたことも、とてもありがたかった。今は腹立たしいほど体が弱っていて、グリアがいなかったら手洗いにたどり着けなかったにちがいないからだ。たとえティルダが手伝ってくれたとしても。この状態が一時的なものだといいけど、と思いながら用をすませ、扉を開けようと立ちあがった。

グリアは扉を見ていたにちがいない。サイがまだ押しはじめもしないうちに、彼が代わって扉を開けてくれた。そして、廊下に出るとすぐにまた抱きあげられた。

サイはグリアの胸にもたれて、額を彼ののどもとに当てた。清潔な森の木々のような彼のにおいを吸いこんでいることに気づき、思わず微笑む。彼は湖畔の空き地のような、とても気持ちのいいにおいがした。

「湖で泳いでいたのね」彼女はつぶやいた。

「昨夜ティルダおばに寝るように言われたあと、そっと抜け出して泳いできたんだ」と彼は認め、鼻にしわを寄せて言った。「そうしないと眠れそうになかったんでね。ローリーがきみの傷を消毒しながら、あのひどいにおいの薬をおれにかけてしまった。二日たってもにおいが消えないから、急いで湖に行って洗い流したかったのさ」

サイはなるほどとつぶやいたあと、身をこわばらせた。彼がこうつづけたからだ。「いいかい、きみの体からもまだそのにおいはしているが、今はどうすることもできない。きみを湖に連れ出して水に入れたら、ローリーはいい顔をしないだろう。悪臭を消すためであってもね」

「それでもそうするべきかもしれないわ」サイは顔をしかめて言った。自分に吐き気を催させるようなにおいがしみついていることは気づいていたが、それは二のつぎで、意識の大部分は何よりもまず手洗いにたどり着くことにあった。だが、その欲求が満たされた今、自分から立ちのぼる悪臭は無視できないものになっていた。とてつもなく不快なにおいだった。「おれをそそのかすなよ」グリアはからかうような笑みをうかべて言った。「そんなことをしたら、ローリーに罰としてエールに毒を入れられるかもしれない。一日二日手洗いにこもらせるようにする毒を」

その意見がおもしろかったので、サイはにやりとした。「ドゥーガルがそうされたときのことをだれかに聞いたの?」

「ドゥーガル自身からね。きみが眠っているあいだ、きみの兄貴たちとおれは長いことときみのそばにいたから、いろいろ話をしたよ」彼は静かに言った。そしてこう付け加えた。「ローリーとおれは昨夜もきみのそばですごすつもりだった。きみが目覚めたときのために睡眠をとらなければだめだと、おばとオーレイに言われて、おれたちはようやくそこを離れた」眉をひそめながらつづける。「そういえば、オーレイはおばと寝ずの番をすることになっていた。どうして彼に手洗いまで運んでもらわなかったんだ?」

「わたしが目覚めたとき、オーレイはいなかったわ」サイは言った。「部屋にいたのはわたしとティルダおばさまとアルピンだけよ」

グリアは歩く速度を落とし、驚いて彼女を見た。「ほんとうか?」

「ええ」

彼は不機嫌そうに首を振った。「きみの兄貴は約束を破るような男ではないと思っていたがな。ひと晩じゅうそばについてきみを守るとおれに誓ったのに」

「おれはそうしたぞ」オーレイの声がして、見ると彼が階段をのぼりきったところだった。

「リンゴ酒を持ってきてくれとレディ・マクダネルにたのまれて、少しまえに席をはずしただけだ。そして、見ればわかるとおり、急いで持ってきた」オーレイはグリアの横で足を止め、リンゴ酒を持っていないほうの手を伸ばして、愛《いと》しげに妹の頬をなでた。「おまえが目覚めてくれてよかったよ。もう目覚めないのではないかと思いはじめていたところだった」

「そんなわけないだろ！　おれの治療師としての腕をまったく信用していないんだな」

グリアの肩越しに声のしたほうを見ると、ローリーが歩いてくるところだったので、サイは微笑んだ。「おはよう、兄さん」

「おはよう、妹よ」グリアがサイを抱いたままローリーのほうを向くと、兄は言った。ローリーは手の甲をサイの額に当て、満足げにうなずいた。「熱はないな」

「熱があったの？」彼女は眉をひそめて尋ねた。「それで二日と三晩も眠っていたのかしら？」

「いいや。幸い、こういう傷にはよくある熱は出さずにすんだ。おれが眠っているあいだに出なかったか、たしかめただけだ」ローリーはゆがんだ笑みを浮かべて言い、さらにこうつづけた。「長いこと眠っていたのは大量の血液を失ったからだ。体が回復を必要としているんだ」

「なるほど」サイはつぶやき、グリアは向きを変えて主寝室を目指した。オーレイとローリーもついてきた。

サイを部屋に運びこんでグリアは告げた。「サイは風呂にはいりたがっている」

「絶対だめだ」ローリーがすぐに答えた。

「傷は濡らさないと約束してもだめ？」サイは夫の肩越しに、あとから部屋にはいってきたふたりの兄たちに尋ねた。「わたし、すごくいやなにおいがするのよ、ローリー。自分のにおいにがまんできないの」

「風呂にはいっても消えはしないよ」彼はおもしろがるように言った。「おれの薬や軟膏《なんこう》はにおいのひどさが特徴だし、治るまで繰り返しおまえに塗るつもりだからな」

サイはその知らせに顔をしかめてまえを向いた。グリアは足を止めてかがみ、彼女をベッドにおろした。アルピンはまだぐっすり眠っているようだ。彼もひどく顔色が悪く、それを見てサイは眉をひそめた。

「この子はまだ熱があるの？」

「いいや」ローリーはベッドをまわってくると、少年をのぞきこんでつぶやいた。「昨日の午後には下がったんだが、まだ弱っているから、治るまであと二日は眠ってばかりいるだろう」

サイはうなずき、オーレイと彼が持っている飲み物を見た。納骨堂のなかの古い骨のように、口のなかがからからだった。「ティルダおばさまは仮眠をとりにいったから、そのリンゴ酒はわたしがもらってもいいかしら、オーレイ？」

「いいとも」オーレイはグリアの隣まで来て飲み物を差し出したが、サイが受け取ろうと思うよりもまえに、ローリーがベッドの向かい側からそれを取りあげた。

「だめだ。サイは二日と三晩飲まず食わずだったんだぞ。今のこいつの胃にはリンゴ酒は強すぎる。コックに澄んだスープ《ブロス》をもらってこい。いま胃に入れられるのはそれくらいだ」

サイはそれを聞いて渋い顔をした。オーレイが食べ物のことを言うまで空腹を感じていなかったのに、食べ物の話が出た今は、ブロスではもの足りない気がした。

オーレイは同情するようにサイを見てうなずき、そっと部屋から出ていった。いまいましいブロスを取りにいくのだろう、と思ってため息をつき、アルピンの側にある椅子に座ったローリーのほうを見た。

「妻よ」

そう呼ばれて、サイはかすかに微笑みながらグリアのほうを向いた。わたしはもうこの人の妻なのだ。けがをするまえに湖畔で夫婦の契りを交わしたのだから。

「きみに矢を射った相手を見たか？」

その質問にサイの笑みは消え、彼女は顔をしかめて首を振った。「いいえ。あのときは何かを見ることなんてできなかった。まったく予想もしていなかったし、そのあと鞍から落ちてしまったし」彼女は眉をひそめた。「わたしの馬は——」

「無事だ。おれがきみを見つけたとき、近くに立っていた」グリアはそう言って安心させた。「城までちゃんとついてきて、今は安全な馬房のなかにいる」

サイはそれを聞いてうなずき、ほっとした。馬が逃げることは、正直それほど心配していなかった——何年もいっしょにいるし、信頼できる動物だ——が、自分に矢を射った人物が馬にも同じことをしたかもしれないと思ったのだ。

「あのあとグリアは森で山賊をさがさせたんだが、何も見つからなかった」ローリーが報告した。

サイは驚いて眉を上げた。「マクダネルでは山賊の被害が出ているの?」

「ボウイによるとそれはない」グリアは眉をひそめて言った。「だが、ほかにだれがきみを矢でねらうんだ?」

「もしかしたら事故だったのでは?」サイが黙ったままその問いについて眉をひそめて考えているので、ローリーが言った。「猟師の流れ矢とか?」

「もしかしたらな」とグリアはつぶやいたが、信じていないらしく、無理もないとサイは思った。ふつう平民は領主の森で狩りをすることが許されていないし、そんなことをして領主の怒りを買おうとする者は少ないだろう。それも、城のこんなに近くでは。だが、山賊でも猟師の流れ矢でもないとしたら、だれが矢を射ったのだろう？

頭のなかでその疑問を漂わせながら、サイはもぞもぞと姿勢を変えた。自分を矢でねらおうとするかもしれない人物として思いついたのはひとりだけだった。夫たちの死についてサイが質問をはじめたとき、フェネラはひどく怒っていた……それに、サイに腹を立てるまえには、自分がグリアと結婚する可能性についても口にしていた。彼がサイと結婚したと知らされたときは、驚くとともにおもしろくないと思ったにちがいない。

「目覚めたばかりだというのに、もう顔をしかめている。それでこそおれたちのサイだ」うれしそうなつぶやきにサイが驚いて扉のほうを見ると、ジョーディーを先頭にしてドゥーガル、アリック、ニルス、コンランが部屋にはいってきた。全員が歯を見せて笑っている。めったに微笑まないドゥーガルまでが。

「意識が戻ったとオーレイに聞いたんだ」とニルスが言い、兄たちはベッドに来て交代でサイを抱きしめた。

「待たせやがって」ドゥーガルは文句を言いながら、身をかがめて痛いほど妹を抱きしめた。解放するまえにつぶやく。「おまえのばかな行動は、おれたち全員を震えあがらせたんだぞ。もう二度とするなよ」

サイがその命令にかすかに微笑んでうなずくと、ドゥーガルは体を起こして脇に寄り、妹にあいさつする順番をアリックにゆずった。

「襲撃者を見たかどうか、サイにきいたか？」アリックに代わってニルスが妹を抱きしめているとき、ジョーディーが尋ねた。

「ああ。彼女は見ていない」グリアが浮かない顔で答えた。

心配から不快までさまざまな表情で男たちがサイを見つめるあいだ、一瞬、沈黙がその場を支配した。やがてドゥーガルが剃《そ》りあげた頭に手をすべらせながら、グリアのほうを見て言った。「ということは、しばらくおれたちとすごしてもらうことになるな」

「少なくともこの問題を解決するまでは」ジョーディーがそう言ってうなずくと、ほかの面々もうなずいた。

サイが驚いたことに、グリアはその提案にまったく動揺していないらしく、やはりうなずいてつぶやいた。「ありがとう」

「礼を言われることじゃない」ドゥーガルはきっぱりと言い、グリアの肩をそっとたたいた。「彼女はおれたちの妹だ。きみと同じくらい犯人をつかまえたい。よろこんで手を貸すよ」

サイは驚いて目をぱちくりさせた。このあいだまでドゥーガルは、グリアのことが好きではないようだったのに。少なくともそのようにふるまっていた。今はグリアが古い友だちか何かのように扱っている。彼女が眠っていたあいだに、いったい何が起こったのだろう？

「交代制にしよう」ドゥーガルが言った。「ふたりは日中つねにサイのそばにいて、夜は別のふたりが部屋の外で見張るんだ」

「うちの兵士にやらせるなら四人にしようと思っていた」グリアが言った。「だが、きみたちの戦いぶりを見たかぎりでは、ふたりでいいようだな」

「ちょっと待って」兄たちが褒められて得意げにしているなか、サイは眉をひそめて言った。「なんの話をしてるの?」

「サイの警護の話だよ」アリックが説明した。「矢を射った犯人をさがし出して、二度とそういうことがないようにするまで、おれたちのうちふたりがつねにそばにいることになる」

サイはぽかんと口を開けて彼らを見た。わたしは警護されることになるの? 自分を守る方法を知らない、か弱い女みたいに? もう、そんなことをわたしが許すと思ってるなら大まちがいよ。

「その情報は言わずにおいて、そばにいたいからいるだけだと思わせておくべきだったな。サイはおれたちと戦うぞ」オーレイが戸口から冷ややかに言ったので、一同は彼が戻ってきたことに気づいた。少しまえからそこにいて、会話を聞いていたらしいことも。彼は首を振りながら部屋にはいってくると、ブロスがはいっている鉢をベッド脇のテーブルに置いた。

「そのとおり、戦うわ」サイはかみつくように言った。「わたしには守ってくれる人なんか必要ないの。そんなことわかってるでしょう。自分の身を守る方法を教えてくれたのは兄さんたちなのよ」

「でも、矢を射られたんだぞ」アリックが理性的に指摘した。

「そうよ。あなたたちのふたりがわたしのそばで馬に乗っていたとしても、それは防げなかったわ」サイはいらいらしながら言った。

「サイの言うとおりだ」ドゥーガルが眉をひそめて言った。「矢で射った人物は、彼女が自分の身を守れると知っているかもしれない。公然と襲ってはこないだろうが、今回の矢のような、ひそかな攻撃をつづけるだろう」

「ああ」グリアは眉間にしわを寄せてうなずいた。「だから城のなかにいるのがいちばんだ」

サイはうろたえてぽかんと彼を見た。「なんですって?」

「そうだな。城のなかから出さないのがいちばんだ。それならおれたちも彼女に近づく人間を制限できる」ジョーディーが言った。

「だが、それでは犯人をさがし出す助けにはならない」オーレイが指摘した。「サイを部屋の外に出すべきだ。いずれは城の外にも。おまえたちがここに引っ越してきたいなら別だが」

「それはそうだが、彼女をおとりに使って、また矢を射られたり、けがをさせられる危険を冒すわけにはいかない」グリアが顔をしかめて言った。

「これを終わらせる方法はそれしかないかもしれない」オーレイがまじめな顔で言ったあと、急いでこう言い添えた。「だが、心配するのはあとにしよう。サイは今あまりに弱っていて、そのことは考えられないだろうから」

サイはただ座って、彼女の安全を守る計画についで話し合いをつづける、夫と兄たちをにらんでいた。彼らはサイがここにいることを忘れてしまったらしく、彼女が燃えるようなまなざしで穴が開くほど彼らの頭と体を見つめていることに、まったく気づいていなかった。これほど力が弱っていなければ、起きあがって何人でもぶん殴ってやるのに。残念ながら、サイは突然疲れを感じた。二日と三晩眠ったあとで目覚めたばかりなのに、なんとも哀れなことだった。

口もとに不快感を表しながら、サイは首を振ると、また横になるためにベッドのなかにもぐりこんだ。

男たちには勝手にあれこれ考えさせておくことに決め、けがをしていないほうの側を下にして横たわり、目を閉じた。まずは力を取り戻すことに集中しよう。そのあとで男たち全員をぶちのめし、行きたいところに行くのだ。自分で自分の面倒を見られない嘆きの乙女のように、部屋に閉じこめられるつもりはなかった。

サイはあれこれ計画を立てる男たちの低い声を聞きながら眠りに落ちた。

13

「ミルだ！」アルピンが誇らしげに言った。

サイはふたりのあいだにあるナインメンズモリス（九個の持ち駒を使うふたり用のボードゲーム）のボードに視線を落としてうなずいた。「そうね、あなたにはミル」と認め、ベッドの反対側に座っている少年を見つめて指摘した。「そしてわたしには眠っている兄がふたり」

アルピンは目をまるくして、暖炉のそばの椅子に座っている男性ふたりのほうに首をめぐらせた。ニルスもコンランも、椅子にぐったり沈みこんで、大きないびきをかいているのを確認すると、にっこりと微笑んだ。「そうだね。もうひとりいればミルになるよ」

サイはくすっと笑うと、這うようにしてベッドからおり、扉に向かった。「さあ、行きましょう。だれかがわたしたちの様子を見にこないうちに。でないと計画がぶちこわしだわ」

「ぼくにいっしょに行ってほしいの？」アルピンが驚いてきいた。

「あたりまえでしょ」サイは扉のまえで立ち止まり、不思議そうに振り返った。「行きたくないの？　あなたもわたしと同じように、ここに閉じこめられるのはもううんざりなんだと思っていたのに」

「そうだけど、まさか誘ってもらえるとは……」アルピンは最後まで言わずに、ゲームボードを押しのけると、急いで彼女のそばに行こうとベッドを這って横断した。

サイは微笑み、彼が来るのを待ってから、寝室の扉を少しだけ開け、用心深く廊下の様子をうかがった。

「ふたりの飲み物に何を入れたの？」アルピンは好奇心からささやき声できいた。

「見てたのね？」彼女はつぶやき、侍女がひとり、廊下を歩いて階段のほうに移動するのを見守った。

「うん」アルピンがささやく。

「ローリーの眠り薬を少し。ゆうべローリーがあなたのこぼしたハチミツ酒の代わりを取りにいったとき、かばんからこっそり盗んだの」

「あなたがぼくの腕にぶつかったからこぼしたんだよ――あっ」サイにわざと押されたのだと気づき、アルピンは眉をひそめた。「どうして自分のをこぼす代わりに、ぼくを押してハチミツ酒まみれにしたんだよ？」

「こぼれたのがわたしのハチミツ酒だと、疑われるかもしれないからよ。わたしは不器用じゃないから。でも、あなたが自分のハチミツ酒をこぼせば、それほど疑われないんじゃないかと思ったの」彼女は説明し、彼の腕を取って引っぱりながら、だれもいなくなった廊下に出た。

「どこに行くの？」階段を目指して忍び足で廊下を歩きながら、アルピンはかすれたささやき声できいた。

サイはそうきかれてかすかに微笑んだ。アルピンは初めての狩りに出かけようとしている若者と同じくらいわくわくしているようだ。彼を責めることはできないと思った。自分自身かなり興奮していたからだ。けがのあとで目覚めてからまだ三日しかたっていないが、ずっと寝室にいたせいで永遠のように感じられた。男性陣は滑稽なほど過保護で、サイは心底うんざりしていた。

「ふたりともまだ弱っているから、今回は厨房の裏の庭に出て、新鮮な空気を吸うだけにしましょう」サイは小声で言い、眉をひそめて階下の大広間の動きを偵察した。

「どうやってあそこまで行くの？」アルピンが疑わしそうにきく。

サイはため息をついた。そこまでは考えていなかった。だれにも呼び止められずに、階段をおりて大広間と厨房を通り抜けられるのではないかと思っていたのだ。召使い相手ならうまくいったかもしれないが、大広間にいるのは召使いだけではなかった。ティルダが暖炉のそばに座って縫い物をしていたし、ジョーディーとドゥーガルはテーブルについて静かに話をしていた。

「秘密の通路を使えばいいよ」アルピンが突然言った。サイはびくりとして彼を見た。

「秘密の通路？」

「階下《した》に行ける秘密の通路と階段があるんだ」アルピンは説明した。「ぼくらがここに来てすぐに、マクダネルの領主さまが見せてくれた。普通は領主と第一側近しか知らない秘密だけど、ぼくにも教えてくれたんだ。攻撃や戦況が思わしくないとき、ご婦人たちを安全に逃がすことができるように」

それを聞いてサイは目をまるくした。「どこに出られるの？」

「いろんな場所だよ。食料庫に出られる扉もあるし、庭に出られる道もあるし、外側の城壁を抜けて、湖のそばの洞穴に出られるトンネルもある」

サイはしばし少年をぽかんと見た。やがてその口もとにゆっくりと笑みが浮かんだ。「見せて」

アルピンはうなずいて向きを変え、先にたって主寝室へと引き返した。扉を開けようと彼が手を伸ばしたとき、サイはそれを止め、自分で開けるために彼を脇に寄せた。ゆっくりと扉を開けてなかをのぞきこむと、ニルスとコンランはまだ死人も目覚めるほどのいびきをかいていた。サイはほっとして緊張を解き、アルピンをなかに入れた。彼につづこうとしたとき、廊下の先から扉がかちりと閉まる音が聞こえてきた。さっと向きを変えてその方角をじっと見たが、廊下にはだれもいなかった。

眉をひそめながら迷ったすえ、肩をすくめてそっと主寝室にはいった。ゆっくりと扉を閉め、アルピンをさがしてあたりを見まわす。少年は壁からたいまつをひとつ取り、低くなった暖炉の炎にかざして、火をつけようとしていた。

「通路は暗いんだ」そばに来たサイに、アルピンはひそひそ声で説明した。

サイは驚くこともなくうなずいた。ブキャナンの秘密の通路も炭坑のように暗かった。秘密の通路というのはそういうものなのだろう。

火がついたたいまつを手に体を起こしたアルピンは、暖炉の横の壁をじっと見つめたあと、手を伸ばして彼の胸の高さにある小さめの石を押した。ごろごろと低い音がして壁の一部が内側に引っこんだ。サイはびくびくしながら兄たちのほうを見たが、ふたりともぐっすり眠ったままだった。

ほっとして息を吐き、アルピンに先に行くように身振りで伝え、彼のあとからせまい通路にはいった。

「押して閉じないと」ふたりともなかにはいってしまうと、アルピンがささやき声で言った。

サイはうなずき、大きな石の扉を両手で押そうと向きを変えたが、ごく軽く押しただけで閉まったので驚いた。重い扉なので、もっとたいへんかと思ったのに。滑車を利用して重さを軽減しているにちがいない。

「こっちだよ」アルピンは暗くせまい通路に頭を向けて言った。

「わたしに通路を見せてくれるなんて驚きだわ」彼についていきながら、サイは静かに言った。「領主の妻として認めていないんだと思った」

「実を言うと、認めてなかった」アルピンは小声で意地悪そうに言った。「でも気が変わったんだ」

「そうなの？」彼女は興味を覚えてきいた。「どうして？　わたしはまだ全然レディらしくないわよ。悪態はつくし、剣を持ち歩いているし、とんだかんしゃく持ちだし」

「うん、でも領主さまもなんだ」彼はため息をついて言うと、こうつづけた。「領主さまはあなたを愛してると思う」

サイはそれを聞いて足を止め、歩いていく少年の背中を見つめた。たいまつのせいで輪郭しか見えなかったが。彼のことばは衝撃だった。グリアが？　わたしを愛している？

少年は、グリアはあなたを愛していると〝思う〟と言ったのよ、とサイの良識が指摘した。グリアがこの子にそう告白したというわけではないし、たしかな見こみがあるわけでもない。でも……もしそうだったら？　夫がわたしを愛するのは……そう、よろこばしいことだ。実際、すばらしい。彼女自身、あの大きくて、おばかさんで、頑固な男性を愛しはじめているような気がしていた。どうして愛さずにいられよう？　サイが長い眠りから覚めて三日間というもの、グリアは彼女を大切に扱うこと以外何もしていなかった。

サイとアルピンがベッドを占領していたので、グリアは彼女のそばにいるために、ベッドの横の床に敷いたマットの上で眠っていた。彼女が目覚めるころにはもう起きて姿を消していたが、昼には戻ってきていっしょに食事をし、夕食もともにした。夕食のあとも男たちといっしょに階下に引っこんで酒を飲んだりせず、サイとアルピンを楽しませるために、座ってチェスやナインメンズモリスや、その他のあらゆるゲームをした。

最初の夜、サイは疲れすぎていて遊べず、ベッドでうとうとしながら、グリアとアルピンの静かな声を聞いていた。二日目の夜はなんとか起きたままでいられたので、グリアと一度か二度対戦した。驚いたことに、彼が勝つことのほうが多かった。彼は戦略に長《た》けていた。傭兵時代のことを質問すると、サイが船をこぎはじめるまで、戦場や兵士の生活にまつわる話をして楽しませてくれた。そのあと彼女をベッドに寝かせて、シーツや毛皮でくるみ、額にキスしてから、彼女の隣の床で毛皮にくるまった。サイはしばらく静かに横になっていたが、やがて横向きになった。眠りに落ちようとしたとき、ベッドの脇に置いた両手に彼の手が重ねられるのに気づいた。

昨夜は三人でゲームをし、何時間も笑ったりしゃべったりしたあと、サイは極度の疲労を感じてベッドにはいり、心地よく体をまるめて眠ってしまった。グリアはまた彼女のまわりに毛皮をたくしこみ、自分はマットに横になった。そしてやはり彼女の手を取り、サイは顔に笑みを浮かべたまま眠りに落ちたのだった。

「それに」自分のことばがサイにどんな影響を与えたかも知らず、アルピンはつづけた。

「ぼく、考えてたんだ」

ふたたび前進することを自分に強いながら、サイはつぶやいた。「へえ？　何を考えてたの？」

「ぼくの父上と母上はふたりともすごく礼儀にうるさいんだ。母上は絶対に悪態なんかつかないし、ドレスの下にブレーを穿いたりもしない」角を左に曲がりながら、彼は感情のこもらない声で言った。「父上だって、かっとなることなんてないし、乱暴なことばも使わない。でも……」

「でも？」サイは興味を引かれて先を促した。

「うーん、ふたりはぼくの両親だから、こんなことを言うのはいけないことなのかもしれないけど、いい貴族じゃないんだ」

少年に先をつづけてもらうためになんと言えばいいかわからず、サイは黙ったままでいた。病床をともにしているせいで、アルピンの背中に傷跡があるのを目にしていたし、それがだれかに繰り返しひどく鞭打たれたせいであることも知っていた。グリアがそんなことをしないのはたしかなので、少年の両親がやったとしか考えられなかった。

「母上はやさしそうに見える。作り笑いをして目を伏せてる。人といるときはいつだって礼儀正しい。でも口を開けばうそばかりつくし、父上の側近のためにスカートを上げるときは、全然お上品なんかじゃないんだ」

サイは衝撃にあんぐりと口を開けて、また足を止めた。

「父上のほうは、うっかり悪態をつくのなんか一度も聞いたことがないし、かっとなったこともない。大事なインク壺《つぼ》をぼくがうっかり割ったときでもね。王さまからもらった、父上のいちばん価値のある所有物なのに。父上はただ冷たく微笑むと、鞭をつかんでぼくを罰した。そのあいだじゅう冷たい笑みを浮かべつづけていた。そして侍女のひとりに命じて血をぬぐわせ、背中に軟膏を塗らせると、歩き去った」

この話にサイは口もとを引き締め、ふたたび歩きはじめながら考えた。もしこの子の父親に会ったらそのときは——

「それに、父上もうそをつくんだよ。だれかと契約を交わすとき、ずるをするんだ。しょっちゅう領民をだましてて、領民はどうすることもできないんだ」少年はため息をついて首を振った。「領主さまはそんなこと絶対しない。父上にぼくを従者として託されてからのこの半年間、一度も手を上げたことはなかったし、鞭を振るったこともなかった。ぼくが彼の馬に青リンゴを食べさせて殺しかけたときでもね。彼はあの馬を愛してるのに」彼は肩越しにサイの目を見てそう強調した。

サイは納得してうなずいた。グリアがあの牡馬を愛してると聞いても驚かなかった。自分も愛馬とは数年来のつきあいで、心から愛していたからだ。

「それで、考えてみたら」アルピンはつづけた。「礼儀正しいからといって、いい領主やレディになれるわけじゃないとわかったんだ。そんなことをしても、親切にも勇敢にも領民にやさしくもなれない。いい人でいるほうが、ブレーを穿かないことや悪態をつかないことよりずっと大事だと思うんだ」

「なるほど」サイはかすかに笑みを浮かべてつぶやいた。「じゃあ、わたしがレディらしくないのも許してくれるっていうのね」

「そういうこと」アルピンは立ち止まると、せまい空間でサイに向き直り、まじめに言った。

「あなたは立派なレディだよ、奥方さま」

サイは賛辞に照れて鼻を鳴らし、手を振ってまえに進ませようとしたが、少年はがんとしてそこにとどまり、こう言った。「最初のふた晩、あなたの兄上たちと領主さまは、ずっとあなたのベッドのそばにいて、離れようとしなかった」

サイはうなずいた。目覚めた朝に、グリアからそのようなことは聞いていた。兄たちと話をしたことも聞いていたので、アルピンがこうつづけても驚かなかった。

「兄上たちはあなたの話をして長い時間をすごした。あなたがあれをした、これをした、というような話をね。病気の母上が亡くなるまで、侍女にまかせることなく自分で看病したこと。ブキャナンの鍛冶屋が妻と子供たちを殴っていると知って、その鍛冶屋を鞭で打ったこと。村の娘が濠《ほり》に落ちたとき、飛びこんで命を救ったこと。夫が何も残さずに死んでしまった、子供を抱えた若い村の女に、食べ物や硬貨をこっそり与えたこと」少年はそこまで言うと首を振った。「それに、レディ・マクダネルが結婚式で着ろと言い張ったドレスは好みじゃなかったみたいなのに、彼女をよろこばせるためだけに着たこと」

賛辞に居心地が悪くなり、サイは肩をすくめた。「それが正しいことだったからよ」

「そうだよ。でも、レディと呼ばれる人たちがみんなそう考えるわけじゃないと思う。母上は醜くて見るに耐えないからって、新しい侍女を首にしたことがあるよ。それに、ぼくのおばあさまにこれでもかってほど意地悪するんだ。おばあさまが病気になっても、母上は絶対に看病なんてしないと思う」彼は力強くうなずいた。「あなたは悪態をつくし、ドレスの下にブレーを穿いてるし、剣を持ち歩いて男みたいに戦うかもしれないけど、高潔な心を持ってる。何をしようとあなたはほんとうのレディだよ」

サイは顔をしかめてそっぽを向いた。突然涙がこみあげてきて、きまりが悪かったのだ。涙を流すくらいなら、胸に矢を受けるほうがましなのに、口うるさい少年に褒められて、涙もろい女になってしまうなんて。不本意だわ、と少しいらいらしながら思った。

ため息をついてアルピンに視線を戻し、先に進むように身振りで示した。「立ち止まらないほうがいいわ。さもないと、わたしたちが城から出るまえに兄たちが目を覚ましてしまう」

アルピンはうなずき、まえを向いてまた進みはじめた。サイはついていったが、しばしの沈黙のあとで言った。「わたしがあなたの領主にふさわしい妻になると思ってもらえてうれしいわ、アルピン。あなたも彼の立派な従者だと思う」

「そうありたいと思ってるよ、奥方さま」彼は言った。「正しい領主のあり方を説教するのは、かなりいやがられてるみたいだけど」

「いいえ、それも気に入ってるわよ」サイはおもしろがって言った。

「ほんと？」少年はまた振り向いてきいた。

サイはうなずいた。だが、たいまつの光が届いていないので、うなずいても彼には見えないのに気づき、こう言った。「ええ。よく考えてみて、アルピン。気に入ってなかったら、あなたを従者にしておくと思う？」彼女はかすかに微笑んでつづけた。「それに、わたしたち夫婦にとってもいいことかもしれないわ。あなたがいれば、少しは上品になれそうだから」

「ふうん」アルピンは小声で言うと、まえを向いてまた歩きはじめた。今度はいささか速い足取りだ。「じゃあこれからもふたりの助けになるよう努力するよ」

サイはひそかに微笑むだけにした。どっちにしろ少年はこれからも夫婦の助けになるよう努力するだろう。そうせずにはいられないだろうから。幸い、少年のことが好きになりはじめていたので、彼にうるさく小言を言われるのだと思っても気にならなかった。そうこうするうちにふたりは階段に到着し、慎重におりた。

「ここに厨房への入口がある」地上階に着くと、アルピンがささやき声で言った。たいまつを掲げ、壁にある木製の取っ手を指し示す。「あの取っ手が見える？」

「ええ」サイは通路の壁にもたれてささやいた。階段をおりられてほっとしていた。ベッドの上で座ったり横になったりしていたときは、元気で調子がいいと感じていたが、ちょっと歩いて階段をおりたことで疲れてしまった。

「あれを引けば、壁がすべって開くから、こっそり厨房に出られる」

「耳寄りな情報だわ」サイはつぶやいた。「庭の入口まではあとどれくらいあるの?」

「こっちだよ」アルピンは言った。質問に対する答えではなかったが、サイはそう言わずに歩いていく彼についていった。数分後、もう足を止めて休もうとサイが声をかけようとしたとき、ようやくアルピンは止まった。彼女は安堵のため息をつき、また壁にもたれて、彼が壁の張り出し燭台《しょくだい》にたいまつを置くのを見守った。

「大丈夫?」たいまつを持ちあげるのに彼が両手を使わなければならず、しかもそれが少し震えているのに気づいて、サイは心配そうに尋ねた。

「うん。ちょっと疲れただけ」彼はそう認め、腹立たしそうに付け加えた。「ばかみたいに長い通路だからね」

サイは小さく笑った。「夫に初めてここを見せてもらったときは、それほど長いとは思わなかったみたいね」

「うん」アルピンは驚いた声で同意した。サイに言い当てられたのが意外だったらしい。

彼女は壁から体を起こし、彼の腕をたたくと、扉を開く取っ手にみずから手を伸ばした。

「わたしたちはまだ弱ってるのよ。体力を取り戻す必要があるわ。ベッドに寝ていてはそれができない。でも、少しの日光と新鮮な空気があれば助けになるわ」

「だといいけどね。またあの階段をのぼっても戻らなきゃならないし、のぼるのはおりるほど簡単じゃないと思うよ」彼は不機嫌そうに言った。

「必要なら途中で休めばいいのよ」サイは少年を励まし、取っ手を引いて壁が引っこむと、うしろにさがった。たちまち開口部から新鮮な空気が流れこんできて、ふたりは深く息を吸いこんだ。

「もう気分がよくなった」アルピンが言った。戸口からふり注ぐ日の光で、彼の笑顔がサイにも見えた。

微笑みながら身を乗り出して、近くにだれもいないのをたしかめた。庭のこの一角が無人であることを確認すると、緊張を解き、矢を受けてから初めて、日光と新鮮な空気のなかに足を踏み出した。

「わあ」アルピンは彼女につづきながらささやいた。庭の隅を埋めている果樹に目を留め、うれしそうにため息をつく。「楽園に来たみたいだ」

それを聞いてサイはくすっと笑ったが、彼の言うとおりだとひそかに認めた。青い空、明るい陽の光、緑の草、リンゴの木々、そしてさえずる鳥たち……たしかに楽園だ。数日ぶりなので、ふだんはあたりまえのものと思っていたその美しさが、おかしいくらい身にしみた。

大股で歩いていちばん近い木の下のほうの枝に近づく。「リンゴ、食べる?」

「うん、食べる!」アルピンは興奮のあまりぴょんぴょん飛び跳ねそうだった。こんなに疲れていなかったらきっとそうしていただろう、とサイは思った。

手を伸ばし、届く範囲にあるなかでいちばん熟れたリンゴをふたつもぐと、歩いていって彼にひとつわたした。「どこに座って食べましょうか?」

「木陰がいい」アルピンはそう決めて、サイをまた枝の下に連れていくと、木の幹にもたれて座った。

サイは彼の隣に座り、ふたりは黙ってリンゴを食べた。

「あなたの兄上たちはいつまで眠ってるのかな?」不意にアルピンがきいた。

それについて考えながら、サイはリンゴの芯を放り投げ、あくびをかみ殺してから言った。

「わからない。一時間か二時間か。どうして?」

「この木の下で昼寝できたらいいなと思って」彼は悔しそうな表情で白状した。

この告白にサイは小さく笑ったが、彼のきまり悪さは理解できた。彼女もここで眠ってもいいなと思った。だがそれでは、これだけの困難を乗り越えて寝室から脱出したのは、草の上で眠るためだった、ということになってしまう。サイは首を振って指摘した。「ジョーディーとアリックは一時間か二時間は眠っているかもしれないけど、そのまえにオーレイかドゥーガルがわたしたちの様子を見にこなかったらの話よ」

「そうだね」アルピンは小さくため息をついて同意し、食べ終えたリンゴを脇に放った。

「もう見にきて、ぼくたちがいないことはばれてるかもしれないけど」

「それはないわ」サイは請け合った。「もしそうなら、わたしたちに逃げられたジョーディーとアリックを、オーレイがどなりつけている声が聞こえたはずよ」

「ここからでも？」アルピンが疑わしそうにきいた。

「オーレイはその気になればすごく大きい声が出せるのよ」彼女はそっけなく言ったあと、しぶしぶこうつづけた。「そろそろ戻ることを考えたほうがよさそうね」

「もう？」アルピンがうめく。

「階段をのぼるのはおりるより時間がかかるでしょ」彼女は静かに言った。「ときどき立ち止まって休む必要もあるし」

「ああ、そうか」アルピンはため息をついて言った。そして尋ねた。「ねえ、明日もまた来られるかな？」

「ローリーの眠り薬をもっと盗むのに手を貸してくれるなら、来られるわよ」サイが言い、ふたりとも立ちあがった。

「かばんはたぶん彼の部屋だよ。主寝室に戻る途中で立ち寄って、少し盗もう」サイがスカートにくっついてしまったかもしれない草や葉を払い落とすのを見守りながら、アルピンが提案した。「そうすればあとで彼の気をそらさなくてすむよ」

「通路に彼の部屋に出られる扉はあるの？」サイは体を起こしながら驚いてきいた。

「廊下のあの並びにある部屋なら、みんな通路からはいれるよ」

サイは二階の構造について考えたあと、眉をひそめた。「窓がある」

「窓がどうしたの？」アルピンは首をかしげて不思議そうにきいた。

「通路は外側の城壁に沿ってつづいてるけど、あそこには窓があるわ」彼女は説明した。

「どうやって――」

「通路の床は窓より二メートルほど低いところにある。だから窓からは見えない。主寝室から通路にはいると、床は下に向かって傾斜してるんだ。気づいてた？」

「いいえ」彼女は認めた。自分がその事実に気づかなかったことに少し驚きながら。

「ほかの部屋からは階段を使うようになってる。石をけずって作ったせまい階段をね。通路は建物の壁面からはじまって、そのあと外側の城壁に沿ってつづいていく。だから、通路のはじまりである主寝室の入口のところの床は傾斜してるんだ」

「ふうん」サイはつぶやき、部屋に戻るときはもっとよく注意しなければと思った。肩をすくめてアルピンのほうを見た彼女は、片方の眉を上げた。「用意はいい？」

彼はそうきかれて鼻を鳴らした。「ぼくはあなたを待ってたんだよ。ドレスの心配はもういいの？」

サイは少年に向かって鼻にしわを寄せたあと、彼の背中に手を置いて、まだ開いたままの通路の入口に向かって押した。「あなたも気にしたほうがいいわよ。お尻に葉っぱがくっついてる。兄たちに見られたら、わたしたちの秘密がばれるわ」

「うそ！」アルピンは歩くのをやめて、うしろを見ようとしながらそれを払い落とした。

「もうない？　取れた？」

サイはおもしろがってひそかににやりとし、通路の入口に向かってそのまま歩きつづけた。からかっただけなのだ。彼のプレードには葉っぱなどついていなかった。

「奥方さま！」

アルピンの叫びを聞いて、いたずらに気づかれたのだろうと思ったサイは、背中を強く押されてまえに飛び出すことになったのでひどく驚いた。城の壁に力一杯押しつけられ、頭が壁にぶつかって跳ね返る。衝撃のあまり頭のなかでわんわん音がしていたので、アルピンの苦痛のうめきと、何か重いものが彼の背後に落ちるどすんという音を、もう少しで聞き逃すところだった。

「なんなの？」サイはわけがわからず、口を開いた。片手を反射的に額に当て、もう片方の手で城の壁を押しながら、体を離そうとした。だが、まだアルピンに背中を押されていた……そのとき、背後で彼がずるずると地面にくずおれはじめるのがわかった。

サイは自分の頭のことを忘れ、振り向いてアルピンをつかもうとした。その背中に真っ赤な血を見て、驚きのあまり目をまるくした。

「アルピン?」と鋭く呼びかけ、彼のすぐ下の地面に大きな石の山ができているのに気づいた。建物の上部をめぐる狭間胸壁(城壁や城の最上部に設けられた、兵士が身体の一部を隠したままで射撃したり戦ったりするための隙間)の石が落ちてきたらしい……アルピンはその落下してきた石に直撃されたのだ。彼に突然押されなかったら、石はサイにぶつかっていただろう。石の落ちている場所を見て、サイはそう気づいた。彼はわたしの命を救ってくれたのだ……そして、そのために自分がけがをしてしまった。

悪態をつきながらアルピンから手を離し、背後に彼がうずくまるにまかせた。そして、彼と壁のあいだから慎重に出て向きを変え、地面に膝をついて彼の体を調べた。彼は体をまるめて地面に倒れており、負傷したのは背中だけではないことがわかった。後頭部にも血がついていた。

口もとを引き締め、アルピンの体をひっくり返した。発熱のせいでもともとひどく顔色が悪かったが、今は死人のような白さだ。

「アルピン?」やさしく頬をたたいて言った。返事がないので、夕食に使う野草や野菜を求めて、召使いのひとりが庭に出てきていやしないかとあたりを見まわしたが、だれもいなかった。ひとりで彼を助けなければならないが、彼をここに置いていきたくはなかった。狭間胸壁からまた石が落ちてきたらどうする?

そんな危険を冒すわけにはいかなかった。アルピンを運んで手当てをしなければならない。一週間まえなら問題なく、彼を持ちあげて肩にかつぎ、厨房まで運んだだろう。だが今は、子猫を持ちあげて肩にかつぐ力もあるとは思えなかった。自分の体重を支えて階段をのぼるだけでも、少しまえは大仕事に思えたのだ。体重二十五キロから三十キロほどもある少年を運ぶなど……。

いらだちに歯を食いしばりながら、サイはアルピンに向き直り、作業に取りかかった。

14

「このあたりを調べるのはもう六度目だぞ、グリア。だが何も見つからなかった」

グリアは説得力のあるオーレイのことばにため息をついて、地面を調べるのをあきらめ、馬のところに戻った。もちろん、義理の兄の言うとおりだ。兵士たちに繰り返し森を調べさせたし、そのまえに自分でも何度かここを調べていたので、今日のオーレイとの調査で六度目になるが、これといったものは何も見つからなかった。射手が待っていた場所と思われる、踏まれた草の跡さえも。できることはすべてやったのだから、満足してもいいはずだったが、そうもいかなかった。何か見落としていることがあるような気がしてならなかった。

だが、どうしても何かを見つけたい、妻に矢を射った人物を示すものならなんでもいい、と思い詰めているせいで、そんな気がするのかもしれなかった。山賊がいたかもしれない野営地の跡が見つかれば、いちばんいいのだが。平民がまちがった場所で狩りをしていた痕跡でもいい。どちらでもグリアはよろこんだだろう。今となっては、もしその猟師と出会ったとしても、怒りは感じないだろうと思った。この事件が一度きりのことで、二度と繰り返されないとわかれば、ほっとするだろうから。

だが、そういった証拠が見つからないとなると、故意の襲撃だった可能性について考えなければなるまい。なんであれ、サイの安全を守るために必要なことは、つづけなければならないということだ。

グリアはそう考えて顔をしかめた。傷と失血から回復しつつあるとはいえ、新妻は寝室から出られないせいで落ちつかなくなっており、それも無理はないと思った。彼自身、寝室にいるのは退屈だった。昼食のときと夜だけしかいないにもかかわらず。この問題を早く解決しないと、サイは反乱を起こし、自分にも七人の兄弟たちにも彼女を主寝室に閉じこめておくことはできなくなるのではないかと、グリアは気が気でなかった。

「別の方角を調べるべきかもしれない」オーレイが提案した。「もう一度矢を調べて、持ち主を特定するのに役立つしるしか何か、ほかに見落としていたものはないかたしかめるとか」

グリアは首を振りながら、すばやく馬に乗って手綱を取った。「もう二十回はやったよ。しるしも何もなかった。灰色のガチョウの矢羽根がついた、よくある平根の矢だ」

「それはたしかによくあるな」オーレイはグリアと同じくらい悔しそうな声で同意したあと、また提案した。「それなら、小道の反対側を調べたらどうだ」

グリアは牝馬の横に倒れているサイを見つけた場所に目を据えたまま、落ちつきなく体を動かした。「いや、矢の角度はかなり浅かったが、こちら側から射られたことを示している。小道の反対側から射られたとしたら、サイはうしろ向きに馬に乗っていなければならないし、射手を通りすぎたあとに射られたことになる」

「そこまでは気づかなかったよ」オーレイは眉をひそめて言った。「傷とそこから突き出ている矢は見たが、角度がついていたとはな」彼はいらいらと自分の脚をたたいた。「たしかなのか？」

「背中の傷は胸よりも腕に近かった」グリアは説明した。

「ああ、だが、ローリーが矢を押し出したんだぞ。押し出すときに少し角度が変わってしまったのかも」オーレイが言った。落ちつきなく鞍に座り直しながらつづける。「いや、慎重なあいつのことだからそれはないな」

「ああ」グリアは同意したあと指摘した。「それに、彼が押し出すまえに、矢の先は背中の皮膚を押しあげていた。だから引き抜くのではなく押し出した……」自分の言ったことについて考えるうちに、声が小さくなって消えた。矢はサイの背中の皮膚を押しあげていた。サイの体をほぼ貫通するほどの速度で射られたということだ……つまり、比較的近い距離から射られたのだろう。射手は、この三日間彼が繰り返し調べた場所よりも近くにいたはずだ。

悪態をつきながら、馬を前進させ、サイをあの角度で射るために矢が進んだと思われる道をゆっくりとたどった。オーレイの馬の蹄の音が聞こえ、彼もついてきたのがわかったが、サイの兄は何も言わず、ひたすらグリアのあとを追った。グリアが突然手綱を引いて馬から降りると、オーレイもそれに倣《なら》い、立ち止まった義弟に並んだ。

ふたりは小道の脇にある大きなオークの木の横の、草が踏まれている場所を見つめた。それは人ひとりぶんの大きさと形をしていた。

「だれかがここに寝て待っていたんだな」オーレイが暗い声で言った。

「ああ」グリアは同意したが、眉をひそめたまま指摘した。「でも、地面から射ったなら、矢の角度は横に向かうだけでなく、上向きになっていたはずだ」

オーレイは同意のことばをつぶやき、その場所の先端に沿って歩きながら、じっくり観察してから言った。「ここで横になって待ち、サイの馬が来る音を聞くと立ちあがって、その位置から矢を放ったのかもしれない」

それはありうる、とグリアは思い、その可能性にぞっとした。彼女を鹿やそれ以外の動物とまちがえた猟師ではなかった、ということになるからだ。馬の走る音を、それよりずっと小さな鹿の足音と聞きまちがえる者などいない。山賊だったとも考えにくかった。そもそも、山賊は女性に矢を放つために森のなかでじっと待ったりしない。山賊なら彼女を手籠《てご》めにするか、金目のものを奪っていたはずだ。矢を放って落馬させ、逃げるのではなく。サイを見つけたとき、ここにだれもいなかったのはたしかだった。いれば気づいていたはずだ。だれかが妻を殺そうとした。そいつはここに腹這いになって待ち、命を奪うために故意に彼女に矢を射ったのだ。

その考えが空に羽ばたく猛禽《もうきん》類のように頭のなかをただよい、背筋に震えが走った。くるりと向きを変え、急いで馬に戻ると、騎乗して城に向かった。突然、なんとしてでもサイの体調と無事をたしかめなければ、と思ったのだ。

オーレイがついてきているか、振り返って確認する必要はなかった。彼はグリアのすぐうしろで、グリアと同じくらい心配そうな顔をしながら、森のなかを馬で駆け抜けていた。この二日でブキャナン兄弟の好きなところはたくさん見つけていたが、いちばん好ましく思うのは、全員が心からサイを愛していることだった。彼らがサイを守る手助けをしてくれるのはわかっていたし、現時点で思いつく好材料はそれだけだった。

商人、召使い、子供、犬を蹴散らしながら、グリアとオーレイは競うように馬を中庭に入れた。階段に着くと馬を降り、いっしょに両開きの扉に向かい、それぞれ一枚ずつ左右に押し開けてなかにはいった。グリアは大広間のテーブルでドゥーガルとジョーディーを見つけた。駆けこんできたグリアとオーレイが、そのまま速度を落とさずに大広間を横切ったので、ふたりは驚いて立ちあがった。グリアはサイが無事なことを自分の目で確認しなければ気がすまなかった。

オーレイもまったく同じ気持ちらしく、歩く速さをゆるめて弟たちに説明するでもなく、グリアに遅れまいとしながら階段に向かった。階段はふたりが横に並ぶと肩がぶつかるせまさなので、オーレイは二段ほどあとから階段をのぼることになったが、すぐに追いつき、グリアが主寝室に着いて扉を開けたときは、一歩しか遅れをとっていなかった。ふたりは部屋にはいったところでいきなり足を止めた。まずは空っぽのベッドに気づき、つぎに暖炉のそばの椅子で眠っている、ふたりの男を見つけたからだ。

グリアはアルピンがいたら大騒ぎしそうな悪態をひとしきりついた。それで椅子の男たちも目を覚ました。

「何事だ?」立ちあがってまえに身を乗り出し、片手で剣をつかもうとしながらニルスが叫んだ。コンランもそっくり同じことをしている。

グリアはふたりを無視し、妻を見つけることだけ考えて、階下に引き返そうと向きを変えた。男たちが眠っていたことと、アルピンもベッドから消えていることからすると、サイはさらわれたのではなく、計画的に逃亡したのだろう。どうやって準備したのかは見当もつかないが、兄がふたりとも眠っていたことの裏に彼女がいるのは明白だ。あれほど妹思いの彼らが、彼女を守っていなければならないときにうっかり眠りこむわけがない。

「何があった?」階段でグリアと鉢合わせしたドゥーガルは、立ち止まって彼を通すために脇に寄りながらどなった。

「逃げられた」グリアはかみつくように言いながら、急いで彼の横を通り抜け、その先にいたジョーディーも置き去りにした。

「だれが逃げたんだ？」ジョーディーがきょとんとして尋ねた。

「サイとアルピンに決まってるだろ。ほかにだれが逃げようとするんだよ？」ドゥーガルが暗い声で指摘し、グリアが振り向くと、彼とオーレイ、ニルス、コンランのあとから、ドゥーガルとジョーディーもついてきていた。オーレイは妹の警護に失敗した弟たちをまだ大声で叱責している。

グリアが階段をおりきったとき、厨房のほうから驚いたような叫び声が聞こえてきた。向きを変えて自在扉を走り抜ける。湿気のこもった暑い部屋にはいったとたん、その静けさに足が止まった。ふだんはにぎやかで活気にあふれている厨房なのに、今は召使いたち全員が凍りついたように立ち尽くし、火にかけた鍋のぐつぐつという音しか聞こえない。部屋を見まわし、奥のほうにサイを見つけたと思ったら、背中にだれかがぶつかってきた。衝撃でよろめいたが、早く妻のそばに行きたい一心で、まえに進みつづけた。くしゃくしゃになった髪が蒼い顔に落ちかかり、額の新しい傷から血が流れている。彼女が身につけているのはシュミーズだけだった。

「グリア」彼が近づいてくるのを見たサイは、ほっとしたように叫んだ。だが、彼に走り寄るのではなく、厨房のでこぼこした石の床の上で、何かを引きずりはじめた。「ローリーを連れてきて。彼が必要なの」

グリアは困惑しながら彼女が引きずっている袋を見おろした。いや、袋ではない、とその生地に目を留めて気づいた。サイのドレスだ。彼は首を振って尋ねた。「何を――?」問いかけるまえにことばがとぎれた。彼女が立ち止まり、引きあげて間に合わせの袋にしていたドレスの縁を放すと、生地が床に落ち、ひだのあいだから動かない小さな白い腕が現れたからだ。

「アルピンか?」グリアはうろたえつつ尋ねた。

「ええ」とサイが答え、グリアはかがんで少年を覆っている布をずらした。「彼がわたしを救ってくれたの」

サイの声はどこか変だった。すばやく顔を上げて彼女を見ると、ぐらつきはじめていたので、すぐに体を起こし、気を失った彼女を胸に抱きとめた。

目を閉じてしばし彼女を抱きしめたあと、抱きあげて来たほうに向き直り、ドゥーガルとジョーディーとニルスとコンランとオーレイがそこにいるのを見て足を止めた。

「オーレイ――」グリアは言いかけた。

「おれが少年を運ぶ」ブキャナン家の長男は、たのまれるまえに申し出た。そして、ジョーディーのほうを見た。「ローリーをさがしてこい。治療の道具を持ってくるように伝えるんだ」

「ありがとう」グリアは重々しく言うと、妻を厨房から運び出した。

眠そうに目を開けたサイは、こめかみがかすかにずきずきしているのに気づいて顔をしかめた。もう、せっかくよくなったと思ったのに。矢を受けて落馬してから三日目以降は、頭は痛まなくなっていたのだ。今や背中もひどくうずいていた。やがて、仰向けに寝ていることに気づいた。

すぐに横向きになると、アルピンの寝顔を見つめることになった。この二日間、目覚めると同時に何度か見てきた光景だ。ベッドの上の動きに気づき、アルピンがシーツと毛皮の下ではなく上に寝ていて、ローリーが彼の手当てをしているのがわかって、ようやく頭がまた痛くなった理由を思い出した。

「彼はよくなるの？」サイは体を起こし、心配になってきいた。

「ああ。幸い、石は投げつけられたというより落ちてきて彼をかすめただけだった。頭の傷はほんのかすり傷だ」

「でも、気を失ったわ」彼女は眉をひそめて反論した。「ただのかすり傷でこんなに――」

「失神したのは背中の傷のせいだろう」ローリーがさえぎって言った。

サイはアルピンの小さな背中に視線を移して唇をかんだ。肩からほとんど腰のあたりまで、背中の半分ほどの皮膚がむけていた。「どれくらいひどいの？」

ローリーは顔をしかめ、アルピンの傷を洗浄していた血染めの布を患部から離した。それをたらいの水に浸してから絞り、作業に戻りながら暗い声で答えた。「よくなるよ」

サイは悲しげにため息をついた。兄の言い方から、少年が回復するまでにはつらく長い時間がかかるのだとわかった。ごくりとつばをのんでささやく。「アルピンはわたしを救ってくれたの」

ローリーは作業の手を止め、顔を上げて問いかけるように妹を見た。

「石が落ちた場所に立っていたのはわたしなの。彼が押して、そこからどかせたのよ」彼女は説明した。

「額は？」ローリーがきく。

「まえに押されて、城の壁にぶつけただけよ。もし彼がそうしなかったら……」サイは最後まで言わずに、息をついて尋ねた。「夫はどこ？」

「オーレイやほかの者たちと胸壁にのぼって、どうして胸壁から石が落ちてきたのか調べている」ローリーはそう答えると、作業に戻った。

サイはうなずいたが、すぐに眉をひそめた。「どうして胸壁のことを知っているの？　気を失ってしまったから、グリアに話す機会はなかったのに」

「オーレイに抱きあげられたとき、アルピンの意識が戻ったんだ。彼は階上《うえ》に運ばれながら、胸壁から石が落ちてきたことと、その場所を伝えた」ローリーが作業に集中しながらつぶやくように言った。

「それで、治療に取りかかったとき、また気を失ったの？」サイは少年を気の毒に思いながらきいた。

「いいや。眠り薬を少し飲ませたんだ。傷を洗浄するあいだ、眠っていられるようにね。そのあいだじゅう苦しむ必要はないし」

「まあ、ありがとう」サイは兄がそうしてくれたことに感謝してささやいた。そして、兄の作業を静かに見ていたが、やがて不安そうに尋ねた。「わたしたちが監視の目からこっそり逃れたことで、グリアはすごく動揺してた？」

「ああ」ローリーはそっけなく言ったあと、作業の手を止めて、サイを冷ややかに見た。

「残りのおれたちもな」サイが目をそらすと、彼はつづけた。「サイ、おれたちはまさに今日起きたようなことからおまえを守ろうとしていたんだ。それをおまえは——」

「わかってるわ」サイは悲しげにため息をついて口をはさんだ。「わたしたちはあんなことをするべきじゃなかった」

「わたしたち？」ローリーが冷たくきき返す。「おれが思うに主犯はおまえで、アルピンは引きずっていかれただけだろう」

「実際のところ、引きずっていく必要はなかったわ」彼女は反論した。「彼もわたしと同じくらいこの部屋に退屈していたのよ」

「彼はまだ子供だ」ローリーはぴしゃりと言った。「おまえはもっと分別があってもいいはずの、大人の女性なんだぞ」

サイはいたたまれずにもじもじしながらつぶやいた。「そうよ。でも、何日も部屋に閉じこめられて、そのあいだじゅうずっと監視されているのが好きな人なんている?」

「じゃあ、死ぬのが好きなやつはいるのか?」彼は言い返した。「おまえはアルピンの背中の皮膚のおかげで助かったにすぎないんだぞ」

サイは申し訳なさそうに少年のほうを見やり、悲しげにうつむいた。ローリーが怒ることはめったにない。兄弟のなかで彼とアリックだけは、いつだって絶対に腹を立てなかった。それが今は激怒しており、サイは兄を責めることもできなかった。護衛を出し抜いて脱出しようと彼女が決意しなければ、アルピンは今こんな状態にはならなかっただろうから。

サイはひそかに顔をしかめ、膝を覆う毛皮をもてあそびながら、それが意味することを思い悩んだ。ローリーがこんなに怒っているなら、グリアは今、彼女にどれだけ腹を立てているだろう? サイは彼の従者を殺すところだったのだ。腰抜けと言われるかもしれないが、今はまだ夫がどんなに怒っているかは知りたくなかった。それどころか、グリアの怒りが収まるまで、できれば話をするのは避けたいと思っていた。アルピンがうらやましかった。少なくとも彼は眠っていて、グリアの怒りに立ち向かわなくていいのだから。そう思って動きを止め、ローリーのほうを見て言った。「頭がすごく痛いんだけど」

「だろうな」ローリーはほとんど同情も見せずに言った。アルピンの傷を洗浄するという作業から顔を上げもしなかった。

サイは顔をしかめたが、咳払いをして言った。「休めばきっとよくなると思うわ。眠り薬を少しもらえない？」

ローリーは体を起こし、目を細めて彼女を見た。

サイは息を止めて、哀れを誘う顔つきをしようとした。だが、それは彼女にとって自然にできる顔つきではなく、どうかしてしまったように見えるのではないかと思った。

わずかののち、ローリーは作業に戻りながら、おだやかにこう言った。「残念ながら、どういうわけかかなりの量の眠り薬がなくなってしまって、ごくわずかしか残っていない。アルピンが治るまで苦しまないようにするのに、必要な量が残っているかもあやしいから、おまえにやるわけにはいかないな」彼はそこで話をやめ、彼女のほうを見てやさしく付け加えた。「だが、痛みに効く薬ならあるぞ。ひどい味だが、何もないよりはましだろう」

「いらない」サイは不機嫌そうにつぶやき、またベッドに横になった。当然の報いだ。腰抜けのとる道を選ぼうとしたのだから……まったく彼女らしくない。サイは腰抜けではなかった。これまで何度も、猛然と雄々しく兄たちの怒りに立ち向かってきたのに、なぜ今回はちがうのかわからなかった。グリアを恐れているわけではない。どんなに彼が怒っても、サイを傷つけることはないと、心の奥ではわかっていた。事実、今のこの気持ちが恐れだとは思っていなかった。彼の顔に落胆と非難を認めたくなかっただけなのだ。そうされて当然なのはわかっていたが。

廊下から男たちの話し声が近づいてくるのを聞いて、サイは急いでまた起きあがった。グリアと顔を合わせなければならないのなら、体を起こした状態で臨みたかった。ベッドから出て自分の足で立つほうがよかったが、その時間はなかった。かろうじて座った姿勢になったと思ったら、扉が開いて、兄たちを従えたグリアがはいってきた。兄たちがひとり残らずそこにいることを確認したサイは、経験からわかった。夫にしかられたあとは、ずらりと並んだ兄たちにも交代でどなられるのだと。

男たちがベッドに近づいてくると、サイはこれから起こることに身がまえた。すると、グリアがいきなりかがみこみ、シーツと毛皮をはねのけて彼女を抱きあげたので、驚いて息をのんだ。そのまま向きを変え、彼女を部屋から運び出すつもりらしく、サイは察した。どなり声でアルピンを起こしたくないのだと。妹をしかる気まんまんで兄たちがあとにつづくものと思い、グリアの肩越しに振り返った。だが、全員ベッドのまわりに集まって、静かにローリーと話している。

きっとグリアに思う存分しからせてから来るつもりなんだわ、と思って顔をしかめたあと、まえを向くと、夫はサイがマクダネルに到着した晩に滞在していた部屋に向かっていた。大股でなかにはいり、扉を蹴って閉めると、暖炉のそばの椅子に向かい、彼女を膝にのせたまま そのひとつに座った。

サイは潔くあごを上げて説教がはじまるのを待ったが、代わりに唇を重ねられて、激しいキスがはじまったので、驚いて息をのむことになった。ようやく驚きを克服してキスに応えられるようになったと思ったら、グリアは唇を離して彼女をきつく抱きしめ、こうつぶやいた。「ああ、きみが無事でよかった」

「アルピンが救ってくれたのよ」彼女はうしろめたい気分でささやいた。

「ああ、あの小僧にも礼をしないとな。あいつはいいやつだ」と彼女の髪のなかにつぶやく。

「そうね」サイは同意した。罪悪感に困惑が入り交じる。「あなたはわたしに腹を立てているんだと思った」

「腹を立てているよ」両手で彼女の顔を包み、目を合わせられるように引き離して、グリアはきびしく言った。

その顔の苦しげな表情に、サイは目を見開いた。

「だが、きみが無事で心からほっとしている。押しつぶされた草を発見して急いで戻ったらきみが消えていたんだからな。心臓が止まるかと思ったよ」

「ごめんなさ――」またキスをされ、口のなかに舌が侵入してきて反応を求めたので、謝罪のことばはのどの奥で消えた。ほんの少しためらったあと、サイは彼の首に腕をまわしてキスに応えた。しかられるわけではなさそうだ。少なくともグリアからは。兄たちはそうはいかないだろうが、それはあとで心配すればいい。いま夫の手はけがをしていないほうの乳房を探り当て、狂おしくもみながらも、口は仕事をやめず、舌を激しく動かして彼女を駆り立ていた。

サイはうめき声をあげて、彼の膝の上で身もだえ、上体をひねって押しつけるようにしながら愛撫に応えた。両手を彼の髪にうずめてもっととせがむ。グリアはいともたやすく彼女の体を燃えあがらせることができた。キスと愛撫で、彼女の体は火口《ほくち》のように火がついた。シュミーズを引っぱられるのを感じ、サイは手伝うために彼の髪から手を離した。だが、グリアが布をねじって肩からはずそうとすると、傷ついた背中と胸に痛みが走ったので、動きを止め、彼の口のなかに苦痛のうめき声をもらした。

「すまない、忘れていたよ。大丈夫か？」グリアは顔をめぐらし、自分のせいであらわになった包帯をじっと見て尋ねた。

「ええ」サイはささやき声で言い、無理に笑みを浮かべた。「わたしが……」彼女は最後まで言わずに、ゆっくりとシュミーズを脱ぎ、腰のまわりに落とした。自分を見おろして顔をしかめる。包帯は負傷した胸から肩と脇の下にかけて十字に巻かれ、腰ともう片方の胸の下にわたされており、見えているのは負傷していないほうの胸の乳首だけだった。あまり見栄えのいいものじゃないわ、と思っていると、いきなりグリアが頭をかがめて、麻布の包帯の隙間から顔を出している乳首を口にふくんだので、サイはびくっとした。

「あっ」と驚きの声をあげてのけぞり、腰にまわされた彼の腕に体を預ける。すると、液状の炎が体じゅうをめぐって、脚のあいだにたまっていき、サイは息をのんで彼の膝の上で身もだえた。

「あなた」感じやすい乳首を吸われ、舌でさっとなめられて、サイは片手で彼の頭をつかみ、もう片方の手で肩につかまりながらうめいた。スカートのなかで空いている彼の手が脚をのぼってくるのを感じ、息をつくのがむずかしくなってきた。その手が太腿にたどり着くころには息が浅くなり、しきりに身をくねらせていたが、ようやく脚のあいだをさがしあてた手がそこに当てられると、彼女のなかですべてが止まったように思えた。

グリアは乳首から口を離し、顔を上げてまたキスをした。サイは彼の口のなかに息をついてキスに応えたが、彼の指がひだを押し広げて、温かく濡れた深みを見つけると、吐いた息をまた吸いこむことになった。愛撫がはじまると、体を震わせて激しくうめきながらも、無意識のうちに愛撫に応えてせがむように動いていた。

グリアが口のなかに舌を突き出すと同時に、秘所に指を一本入れてきて、サイは興奮のあまり思わずその舌をかみそうになった。なんとか思いとどまり、吸うことで満足したが、やがてグリアは舌を引っこめ、キスも解いた。同時に彼女の体内に侵入していた指も引き抜かれ、肉の上で軽く躍るような愛撫に戻った。快感を与えるというより、からかうような愛撫だ。

ぱっと目を開けると、グリアに顔を見られていた。

唇をかみ、彼の両肩をつかんで、指が奏でる音楽に合わせて腰を動かした。そのうちに、見つめられるのにも、からかうような愛撫にも、これ以上耐えられなくなってうめいた。「あなた、お願い」

彼はすぐにまた彼女のなかに指を入れ、サイはのけぞって侵入を受け入れた。「ねえ、お願い」

グリアは指を引き抜き、耳を軽くかじってからささやいた。「もう二度と用心を怠らないと約束してくれ」

サイはなんのことかわからず、動きを止めた。目をぱちくりさせながらとまどい気味に彼を見つめる。

「なんですって？」怪訝そうにきき返したあと、ため息をつき、また指が差し入れられると、太腿を閉じて彼の手首と腕をはさみこんだ。

「もう二度と用心を怠らないと約束するんだ」彼は耳をかじりながら繰り返した。

「ええ」サイはすばらしく有能な彼の手に体を預けながらうめいた。

「約束だ」彼は指の動きを止めてしつこく言った。

サイはすぐに目を開け、もどかしげににらんだ。「わたしは――」

「約束しろ」彼は繰り返した。「きみを失いたくないんだ、サイ。おれはきみを妻にできて幸せに思っている。ここにいてほしい、こんなふうに、おれの腕のなかに。だから誓ってくれ、もう二度と注意を怠らず、危険に身をさらしたりしないと」

サイは悲しげに身じろぎした。「石が落ちてきたのは事故じゃなかったの?」

彼は深刻な顔で首を振った。「矢の件もだ。証拠を見つけた」

「どんな証拠?」彼女は眉をひそめて尋ねた。

「それはあとで説明する」グリアは厳粛に言った。「とにかく約束してくれ、もう二度と――」

「約束するわ」サイはさえぎって言った。「もう二度と注意を怠らないし、危険に身をさらさない」

グリアはほっとしたように息を吐くと、彼女の額にキスをした。「ありがとう」

「どういたしまして」サイはささやいた。すると腰をつかまれて膝から持ちあげられたので、驚いて息をのんだ。

「何を――?」

「おれをまたいで」彼は彼女を持ちあげたまま指示した。

サイはためらい、ベッドのほうを見た。「ベッドに行ったほうが――」

「きみは仰向けにもうつ伏せにもなれない」彼は指摘した。「きみにとってはここのほうが楽だろう。だからおれをまたぐんだ」

サイはそう言うグリアをじっと見た。彼にまたがる。行為の激しさや速さ、彼に貫かれる深さがサイの意のままになる。そそられる考えだ。彼女は微笑みながら脚を広げて彼をまたぎ、ゆっくりとまた膝の上におろされた。

「その微笑みは思わせぶりだな」グリアはおもしろがりながら言い、サイはそんな彼のプレードを引っぱってはずした。彼女がまえに移動して、濡れた肉を硬くなったものに押しつけると、彼は目を閉じて鋭く息を吸いこんだ。

「あなたって、すごく気持ちいい」サイは彼の口もとにささやきかけ、体を揺らしてそのこわばりに、先ほどまで彼の指でもてあそばれていた花芯をこすりつけた。

グリアは彼女の唇に向かってうめき、その唇を奪って舌を突き入れた。サイはそれを待っていたように吸いこみ、また前後に揺れて自分の体で彼を愛撫しながら自分も楽しんだ。グリアの両手にお尻をつかまれたのがわかったが、彼女を移動させてなかにはいろうとしたので抵抗した。これがとても気に入っていたので、まだやめたくなかったのだ。今、主導権をにぎっているのはサイだった。

「妻よ」彼はキスを解き、耳へ、そして首へと口を移動させながら抗議した。

「あなた」サイはささやいて、彼の頭が下へと移動し、負傷していない乳房の先をまた口にふくめるようにした。乳首が吸われはじめると、彼女は「ああ」とうめいて、さらに激しく彼に体をこすりつけた。そのせいでグリアは乳首を口にふくんだままうめき、そこに歯を当てたので、絶頂を求めるサイの動きは、ますます切羽詰まったものになりはじめた。

不意に彼がなかに押し入ってきたのは偶然だった。サイが激しく動きすぎて体が浮いてしまい、おろしたときにいきなり彼のものが侵入してきたのだ。先端がはいってきたときに彼女は一瞬動きを止め、もう一度腰を浮かせてからほんの少し落として、まえに彼にされたようにじらしてから、腿の下側が彼の腿の上側を打つまで一気に腰を落とした。

グリアはうめき声をあげ、そのまましばらくサイを押さえつけていたが、やがて片手をふたりのあいだに差し入れて愛撫し、もう片方の手でもう一度彼女を持ちあげておろした。そのときサイはようやく、彼がいつでも主導権をにぎれたのに、好きなようにさせてくれていたのだと気づいた。だが、もうどうでもよかった。考えることをすっかりやめ、リズムや彼をじらすことに心を砕くのもやめた。頭が休憩にはいる一方、体はただひたすらに快感を求めて意志を持っているかのように動きはじめ、体内でつのっていく切迫感に負けない激しさで彼の愛撫に身をまかせ、受け入れた。体のなかでそれがはじけたとき、サイはグリアの背中に爪を立て、その波に乗ろうと、自分の奥深くにいる彼ともども身をこわばらせた。何がグリアの絶頂のきっかけになったのかはわからなかったが、つぎの瞬間彼の叫び声が彼女の叫び声に重なり、ふたりはいっしょに波に乗った。

15

「あの矢が事故ではなかった証拠を見つけたって言ったわよね？」

グリアはサイの無傷なほうの肩から顔を上げ、椅子に背を預けて彼女を見つめた。彼女のなかに種を注ぎこんだときに体を支配した震えは、ようやく収まりはじめたところだったが、彼女はもう完全に回復しているようだった。女性はあれほどの情熱から覚めても元気にきびきびとしているのに、男は、少なくともここにいる男は、騎馬兵の一個師団に踏みつけられたような気分で、回復するための時間と昼寝を必要としている。なんて不公平なのだろう、と思わずにはいられなかった。

「ああ」彼はようやく言った。「草が押しつぶされている場所を見つけたんだ。長時間にわたってだれかがそこに横たわっていたらしい。だが、矢を受けた角度からすると、きみは立った状態から射られたことになる」

「じゃあ、横になって待ち、わたしが通りかかるのを見て、立って矢を射ったのね」彼女は静かにつぶやいた。

グリアはうなずきながら、サイの頬をなで、彼女と出会えた自分の幸運に驚嘆した。たいていの女性が相手なら、それが何を意味するのか、説明しなければならなかっただろう。そして、おびえて泣きじゃくる女性を腕に抱くことになっていたはずだ。サイはちがう。涙ぐんだり怖がったりするというより、当惑しているように見えた。

「胸壁から落ちた石は？」とサイはきいた。

「石の縁は欠けていたし、石があった箇所には少量のモルタルが残っていた」グリアはまじめくさって言った。

「だれかがのみを使って胸壁からはずした石を押し落としたのね」彼女はため息をついて言った。

「ああ、だが、あれが事故ではなく事件だということは、確認に行くまえからわかっていた」

「どうして？」彼女は驚いて尋ね、そのあとで推測した。「矢のことが事故ではないとわかったから？」

「いいや、オーレイに階上に運ばれながら、アルピンが話したからだ。石が落ちてくる直前に、胸壁の上で石を押している人物を見たと」グリアは説明した。そしてこう付け加えた。「なんとかふたりとも石をよけることができたのは、ひとえにそのおかげだ。彼がそれを見たのがあと一瞬でも遅かったら、きみたちふたりともを失っていただろう」

「だれだか見たの？」彼女は静かに尋ねた。

「いいや」グリアは悲しげにため息をついた。「日光が目にはいった。見えたのは黒い影だけだ。男なのか女なのか、子供かどうかさえわからなかったらしい」

「そう」サイはがっかりして頭をたれたあと、彼の胸毛をもてあそんでいる自分の指に目を向けてささやいた。「ごめんなさい。わたしが気づいていたら、アルピンを連れ出したりしなかったし――」

「もうすんだことだ」グリアは彼女の両手に自分の手を重ねながら、重々しく言った。「きみはすまないと思っているし、もうあんなことにはならないようにすると誓った。思い悩むのはやめるんだ」

「でもアルピンは――」

「いやがるアルピンをずっと引きずっていったわけじゃないんだろう？」グリアが冷ややかに口をはさむ。

「ええ、それでもやっぱり――」

「サイ」ふたたび彼女のことばを中断させて、彼はやさしく言った。重ねていた手の片方を上げて彼女の頬をなでる。「このことできみがひどい罪悪感を覚えているのはわかる。アルピンがけがをしたことで、責任を感じているんだろう？」

「ええ」彼女は悲しげにささやいた。

「そんな必要はない」彼はきっぱりと言った。「きみと脱走することを選んだのはアルピンだ。おそらくはかなり乗り気で。愚かなことだよ。きみたちはけがをした。殺されていたかもしれなかった。だが、殺されなかった。アルピンはけがをしたことできみを責めたりしないだろう。だからもうそのままにしておくことだ。後悔と罪悪感は、もうすんだことにきみを引き止める無益な感情だ……おれが学んだことがひとつあるとすれば、過去に引きずられていてはだれも助けられないということだ。それではいつまでたっても、自分がいるべき現在に両足で立つことができない。さあ」彼はそう言うと、サイの腰をつかんで持ちあげ、自分が立ちあがれるようにした。「階下《した》でオーレイが待っている。衣服を整えて、彼と話をしにいこう。この攻撃の裏にいる人物をつかまえる方法を考えなければ。また攻撃されるまえに」

自分も階下に行くことになっていると知らされて、サイは目を見開いたが、何も言わず、とにかくすばやく体をきれいにして服を着ることに意識を向けた。幸い、侍女たちはこの部屋に、体を清めるための水のはいった桶と、清潔な麻布を用意しつづけてくれていた。少なくとも、台の上の桶には水がいっぱいはいっていた。サイはそれを使って急いで体を清め、ドレスを着て、グリアといっしょに階下に行った。

グリアが言ったとおり、オーレイはすでにテーブルについていた。残りの兄弟たちも、ローリーをのぞいて全員そこにいた。ローリーはまだ階上のアルピンのところにいるらしい。

まだ少年の傷を洗浄しているのか、そばに座って経過を確認しているのかは知らないが。

「額の傷の具合はどうだ？」サイがみんなのいるテーブルに着くと、オーレイがきいた。

「大丈夫」サイは肩をすくめて言った。「ただのかすり傷よ」

オーレイは目をすがめて首を振った。「なぜ尋ねたりしたんだろうな。おまえは弟たちとそっくりなのに」

「それはどういう意味だ？」ドゥーガルが身をこわばらせてきいた。

「おまえたちは全員、手をすっぱり切り落として、切り口からどくどくと血を流していてもそこに立っていられるし、そんな状態でもひとり残らず〝大丈夫、ただのかすり傷だ〟と言うだろうという意味さ」

「ああ、そうだろうな」ニルスがにやりとして認めたが、すぐにこう指摘した。「兄貴もだろ」

「いかにも」オーレイは楽しげに認めると、サイのほうに向き直って言った。「それで、ブキャナンを出てからは、だれの怒りを買っているんだ？」

「なんですって？」サイは驚いてきき返した。「どういう意味よ？」

「ブキャナンではだれもおまえを殺そうとしていなかった」彼はどこまでも理性的な調子の声で指摘した。「ということは、シンクレアかここで出会った人物だ」

サイはむっとして鼻を鳴らした。「ええ、そうよ、わたしを責めるといいわ。だれかにねられているのは、わたしのせいに決まってるもの」

「まあ……そうだな」ジョーディーが冷ややかに言った。「今までおれたちを殺そうとしたやつなんていなかった」と言って、同意を求めるようにオーレイのほうを見たが、兄の傷跡に目がいって、一瞬凍りつくことになった。無理やり視線をはずし、急いで付け加える。

「もちろん、戦場以外ではということだが」

「ジョーディーの言うとおりだ、サイ」ドゥーガルが低い声で言った。「殺意を抱いただれかに付けねらわれた者は、おれたちのなかにひとりもいない。だがこの犯人は、おまえを殺そうとしたふたり目の人間だ」

「ふたり目の人間？」グリアが鋭く彼女のほうを見て尋ねた。

「なんでもないの」サイは彼を安心させてから、兄たちのほうを向いて言った。「去年のシンクレアでのことなら、わたしは標的じゃなかったのよ」

「いや、ちがうね！」コンランが言い返す。「犯人はおまえとジョーをふたりとも殺そうとしたと自分で言ってたじゃないか」

「ジョー？　そのジョーというのはだれだ？」グリアが眉をひそめて尋ねた。

「わたしの大切な友だちよ」サイは彼にそう話してから、いらいらしながら兄弟たちに言った。「そして、わたしがねらわれたのは、犯人がわたしに殺人の濡れ衣を着せようとしたからよ。わたしが好かれていなかったとか、そういうことじゃありませんからね」

「まあ、好かれていたからでもないけどね」アリックが申し訳なさそうに言った。「好かれていたら、殺して殺人の罪を着せるのは別の人にしようと思っただろうから」

サイはそう発言した弟をにらみ、暗い声で言った。「わたしがたまたま手近な場所にいただけよ」

「いったいなんの話をしているんだ？」グリアが激昂《げっこう》して言った。「だれがサイを殺そうとしたんだ？ それに、そのジョーという男はだれだ？」

「ジョーは男性じゃないわ、レディ・ジョーン・シンクレアのことよ」サイは説明した。

「そして彼女は——」

「話がそれてるぞ」サイが話をつづけるまえに、オーレイがさえぎった。「シンクレアやら何やらのことはあとで説明すればいい。今はだれがおまえを殺したがっているのか、話し合う必要がある」

「サイがいま言ったようなことなのかもしれませんよ」ティルダの声がして、サイが振り向くと、本人がうしろに立っていた。ティルダは一瞬彼女に微笑みを向けたあとでつづけた。「もしかしたら今回も、あなたが好きじゃないというわけではないけれど、あなたがじゃまになったとか、そういうことかもしれない」彼女は片手を上げ、サイの肩をぎゅっとつかんで付け加えた。「それがいちばん説得力があるわ。あなたを憎んで殺したがる人がいるなんて、想像できないもの」

「ありがとうございます」サイは小さなため息をついてささやき、肩に置かれた手に自分の手を重ねた。認めたくはなかったが、殺したいと思われるほど自分がうとまれていると実の兄弟たちに言われて、少しへこんでいたのだ……たとえそれが事実であったとしても。

「それはどうかなあ」コンランが疑わしそうに言った。「こいつにはときどきほんとうにうんざりさせられますからね」

サイは彼に怒声を浴びせ、立ちあがりかけたが、ティルダが肩に置いた手に力をこめ、ベンチの上に押し戻して言った。「もう、冗談はやめなさい、コンラン・ブキャナン。あなたが妹さんを愛しているのはわかっていますよ。あなたたち全員が。このテーブルに、彼女に自分の命を差し出さない男性がいないのは賭けてもいいわ」

男たちはみんなぶつぶつ言ったが、しぶしぶうなずいたので、ティルダはにっこり微笑んだ。「やっぱりね！　そんな忠誠心や愛を引き出す女性を、その人柄のせいで殺したいと思うような敵がいるはずないわ。そう、わたしならサイの死で得をする人をさがすわね。あるいは彼女をじゃまだと思っている人を」

テーブルにいる全員がそのことについて考え、沈黙が部屋を支配した。

「あなたたちにじっくり考えるべきことを提供できたようね」ティルダは冷ややかに言った。「サイの死でだれが得をするのか考えながらいただけるように、コックにペストリーと飲み物を運ばせましょうか？　どう？」

彼女は返事を待たずに厨房に向かった。

「そーれーでー」ジョーディーはサイとグリアを交互に見ながら、語尾を伸ばして言った。「サイが死んで得をするのはだれなんだ?」

グリアは当惑気味に首を振った。「だれもいない」

「どこかに、彼女が死ねば自分が後がまに座れると考えるかもしれない元恋人はいないのか?」オーレイが尋ねた。

「もちろんいない」グリアは怖い顔で言うと、その顔をしかめて付け加えた。「サイといっしょになるまえにつきあったのは、尻軽女ばかりだ。レディは傭兵にあまり興味を示さないからな」

オーレイはうなずいたあと、すまなそうに言った。「きく必要があったんだ」

「わかっている」グリアは納得し、首のうしろをもみながら言った。「実際、ティルダおばの意見はそう見当はずれでもないと思う。ただ、サイの死で利益を得る人間はひとりもいないというだけで」

「フェネラはどうなんだ?」アリックが突然きいて、全員の視線を集めた。

グリアは彼をにらみ、強い口調で言った。「フェネラには触れたことがないし、それはこれからも同じだ」

アリックは手を振ってそれを退けた。「それはわかっているけど、もしかしたらフェネラはサイに自分の地位を奪われたと感じていて、サイがここからいなくなれば、まだこの城の女主人でいられると思ったのかもしれない」

「ばかなことを言うな」ジョーディーがうんざりしたように言った。「ここに来てから聞いた話では、サイが来たときには、もうフェネラはレディとしてふるまっていなかったんだぞ。自分の部屋に引っこんで、ずっとそこにこもっているらしい。おれたちだって着いて以来、姿も見ていないんだからな」

「そうだけど……」アリックはことばを切り、眉をひそめてなんとか考えを整理しようとしたあとで、指摘した。「彼女は正気を失っているのかもしれない。だって、レディ・マクダネルは、息子が溺れたのは事故ではない、フェネラのしわざだと確信しているんだぜ」

それを聞いて、サイの眉がわずかに上がった。彼女の知るかぎり、召使いたちはティルダがフェネラを疑っているなどというわさ話をしていない。それどころか、到着してから知ったことによると、召使いのほとんどはフェネラにかなり同情的だった。ティルダは自分の疑惑をサイに打ち明けたことで満足し、ほかの人たちにはあまり言っていないのではないか、とサイは思っていた。アリックにもぶちまけていたらしい。驚くことではないだろう。アリックは聞き上手なのだ。だが、

「それに、忘れちゃいけない」アリックは先をつづけた。「おれたちのいとこは四年間で四人の夫を墓に送りこんでるんだぜ。運が悪いってだけじゃすまされないよ」彼は首を振って

言った。「全員フェネラが殺したんだとしたら、彼女は人を殺したことなんてないし、サイを殺そうとするわけがないとだれに言える？」

「でも、どうしてサイを殺すんだ？」コンランがきいた。「サイが死んでもフェネラは何も得られないぞ」

アリックは肩をすくめた。「サイの幸せに嫉妬してるとか、そういうことじゃないか。さっきも言ったとおり、昼も夜も部屋にこもってるなんて、フェネラはまともにものが考えられないんだと思う。どこかおかしいよ」

「妻よ」グリアが突然言った。「唇をかんでいるな。何を考えている？」

サイはグリアのまじめな声にはっとし、自分が不安げに唇をかんでいたことにようやく気づいた。一瞬、何も言わないほうがいいかとも思ったが、だれかにもう二度も命をねらわれているのだし、最後に襲われたときアルピンはひどいけがをすることになった。もしこれがフェネラのしわざだったら？　つぎはグリアや兄弟たちのだれかがけがをすることになったら？　そのせいで夫や兄弟が命を落とすことになったら？サイの良心は耐えられないだろう、自分があることを言わなかったせいでそうなったのだとしたら……。

ため息をついて、しぶしぶグリアに打ち明けた。「兄たちが到着した日の朝、フェネラはたしかに言ったわ。あなたはとてもやさしいから、その……あの……夫婦の寝床でもアレンと同じように思いやりを示してくれるだろうって。あなたを五人目の夫にしようと考えていたんだと思う」

「なんだって？」グリアは仰天した。そして、しかめ面で尋ねた。「おれはそんなことひと言も言ってないのに？」

サイはなだめるように彼の腕をたたいた。「あなたがやさしくしてくれたから、勘ちがいしたんだと思う。自分に気があるんじゃないかと——」

「やさしくしたといっても、ブレードにすがって泣きじゃくられたとき——彼女は始終そうしていたが——押しやらなかったというだけだぞ」グリアはうんざりして言った。「それ以外はほとんど口もきいたことがない。あれをやさしさと解釈し、それでおれが結婚してくれると思っているなら、彼女はどうかしているぞ」

「フェネラと話をしたほうがいいな」オーレイが静かに提案した。

グリアは眉をひそめたが、重々しくうなずいた。「ああ」

「わたしが話すわ」サイは突然そう言って立ちあがった。ここに来たのはフェネラが夫たちを殺したのかどうか確認するためだ。それなのに、彼女を動揺させまいとして、問題を回避してきた。嘆かわしいことだが、泣いている女性のそばにいるのがひどく苦手なのだ。人生の残酷さを憂《うれ》いて泣いたり嘆いたりするのは性に合わないし、そういう女性をどう扱えばいいのかわからなかった。だが、そんなことをあれこれ言っている場合ではない。とくに、あらたな攻撃の裏にいるのがフェネラではないかという疑惑が広まっている今は。

「だめだ」グリアはきっぱりと言って、彼女の腕をつかんだ。「きみは休むんだ。オーレイとおれが彼女と話す」

問題の女性との話し合いに引き入れられたオーレイは片方の眉を上げ、目を見開いた。

「また取りすがって泣かれるのが怖いのか？」

グリアはそう言われて顔をしかめたが、「ああ。それに、この襲撃の裏にいるのが彼女だとわかったら、死ぬまでぶちのめしてしまうだろうし」と言った。

「そうだな」オーレイはおもしろがるようにそう言うと立ちあがった。グリアはサイを抱きあげた。

「どうするつもりなの？」サイは驚いて叫び、グリアが階段に向かおうとすると脚をばたつかせ、痛まないほうの腕でグリアの胸を押して、もがきはじめた。「おろしてよ」

「きみを階上《うえ》に運んでベッドに寝かせる。まだ回復していないんだから、休んだほうがいい」

「歩けるわ」彼女は顔をしかめて抗議した。

「知ってるよ。でもきみを腕に感じるのが好きなんだ」

サイはそう言われて目をぱちくりさせ、彼が階段をのぼりはじめると、もがくのをやめた。

「ほんと？」

「ああ、ほんとだよ、おばかさん。なぜおれがきみと結婚したと思う？」

「兄たちに殺されることなくわたしと寝ることができるから？」彼女は皮肉っぽく言った。

彼はその意見にくすっと笑い、サイに思い出させた。「きみと寝たと彼らに教えたのはおれだぞ」

「ええ、そうね」彼女は小さく笑みを浮かべて言った。「あなたのほうがおばかさんよ。わたしなら絶対兄たちに話したりしないし、あなたに結婚を迫ったりしないのに。できるうちにあなたと楽しんで、あとはひとりでやっていったでしょう」

「それもわかっているよ」グリアは言った。うれしそうではなかった。「きみの兄貴たちが到着した朝に気づいた。きみは楽しむだけ楽しんだら、おれを捨てるつもりだったんだ」サイを見おろして首を振り、くだけた口調で言った。「冷酷な女だな、きみは。殺したいと思う人間がいても不思議じゃないよ」

「まあ！」彼女はむっとして叫び、また脚をばたつかせながら彼の胸を押しはじめた。グリアは腕を開き、彼女を落とした。サイは落ちながら驚いて息をのんだが、つぎの瞬間やわらかいものの上に着地した。ぎょっとしてあたりを見まわすと、気をそらされていたあいだに、彼女がもともと滞在していた寝室、さっきふたりが兄たちのところに行くまえに愛を交わした寝室に到着していた。彼女をベッドに落としたのは、傷にひびかないよう、座った姿勢のままベッドに着地させるためだった。

サイは片方の眉を上げて夫のほうを見た。「どうしてここに連れてきたの？」

「きみの兄貴とおれがフェネラと話すあいだ、休むためだよ」とグリアは答えた。そして腰を折り、ベッドに座った彼女のお尻の両側に両手を押しつけると、唇を奪って燃えるようなキスをした。彼女は両腕を彼の首にまわしてしがみつくしかなかった。彼がキスを解いて口を頰にすべらせるころには、彼女は息を切らし、ひどく興奮していた。

「すぐに戻ってくる。わかったことをきみに伝えて、これを終わらせるために」サイの耳に歯を立てながら、彼はかすれた声でつぶやいた。

「何を終わらせるの？」サイは首にキスされながら弱々しくきいた。彼がいま言ったこともわからなくなっているようだった。

「これだよ」彼の手がするりとスカートのなかにはいってきて、太腿をたどり、すでに湿り気を帯びた脚のあいだの肌に、指で軽く触れた。

「ああ」サイはうめき、彼が引っこめかけた手をつかんだ。「これを先にすませてしまわない？」

グリアはくすくす笑いながら、つかまれていた手を引き抜き、またキスをした。今度はすばやく激しいキスだ。やがて、首にまわされた腕をほどいて言った。「きみの兄貴が廊下で待っているんだ。でも戻ってくるよ」

サイは両腕を脇におろして、扉に向かう彼を見送った。彼が外に出て扉を閉めてしまうと、小さなため息をついて仰向けになったが、背中に痛みが走り、顔をしかめてすぐに寝返りを打つと、横向きになった。傷のことを忘れていた。

閉じたばかりの扉がいきなりまた開いた。サイはびっくりして起きあがったが、すぐに警戒を解いた。グリアが部屋に頭をつっこんでこう言ったからだ。「ジョーディーとドゥーガルが扉の外にいてくれる。必要になったら大声で呼ぶんだぞ」

彼は返事を待たずにまた扉を閉めた。

サイは少しのあいだ扉を見つめていたが、やがてまた横向きに寝て目を閉じた。アルピンといっしょにこっそり庭に出たのは昼食後だった。意識を失っていた時間はそれほど長くはなかったはずだ。目覚めたとき、ローリーはアルピンの背中の傷を洗浄しはじめたばかりのようだった。もちろん、ここでグリアといちゃついていた時間もあるし、そのあとは階下で座っていたのだから、今は午後を半ば、あるいは四分の三ほどすぎたあたりだろう。夕食まえに軽く仮眠をとる時間は充分ある。仮眠の時間をごく短くすれば、夫婦の営みを楽しむ時間もあるかもしれない。

その考えに顔をほころばせながら目を閉じたが、かさこそという音が聞こえてきて、笑みは消えた。ぱっと目を開け、しばし耳を澄ませる。説明しろと言われたら、巨大なヘビが床のイグサのなかを這っていく音だと言っていただろう。問題は、その音がどこから聞こえるのかわからないことだった。起きあがって部屋のなかを見まわしたが、それらしいものは何もなく、だれもいなかった。

眉をひそめ、髪を耳のうしろに押しこんで、注意深く耳を澄ましたが、なんの音なのかどうしてもわからない。わたしのまわりから……もしくは下から聞こえてくるみたい、と突然気づき、立ちあがろうと急いでベッドから足をおろした。

だが、出し抜けに動きを止めた。イグサの散らばった硬い床よりも、もっとずっとやわらかいものの上に足を置いてしまったからだ。あっと息をのむ声がして、あわててまえに身を乗り出して下を見ると、ドレスに包まれたフェネラの臀部《でんぶ》に足をのせていたのがわかった。

16

「驚かせてしまったならごめんなさい」フェネラはサイを見あげて静かに言った。「ベッドの下から出られるように、足を上げてもらえる？」

サイは一瞬、もっと強く足を踏みしめて、説明してくれるまでその場から動けないようにしてやろうかと思ったが、そこにいる人物はサイが知っているこれまでのフェネラとはだいぶちがっていた。控えめで、心から申し訳なさそうな顔をしている。彼女がめったに見せない表情だ。サイは態度を軟化させ、足を上げてベッドの縁であぐらをかくと、フェネラがベッドの下からもぞもぞと這い出すのを見守った。

ベッドの下から出てしまうと、いとこは立ちあがり、付着したごみを払い落とそうと、ドレスのスカートをはたきはじめた。払い落とせなかったごみをつまみ取りながらつぶやく。

「あなたの侍女の仕事はなってないわね。ベッドの下の汚いこと」

サイは「そう」と言うにとどめた。自分がこの家の女主人になってからまだ短い時間しかたっていないし、そのまえに女主人だったのはフェネラ自身だと指摘することもできたが。

「部屋のイグサを、ベッドの下のものもふくめて運び出して、新しいものを敷くように命じるべきよ」とフェネラは意見し、顔をしかめてドレスをきれいにするのはあきらめた。

「考えてみるわ」サイはもごもごと言ったあと、片方の眉を上げた。「ベッドの下で何をしていたのか、説明してもらえるかしら?」

フェネラはためらったが、しぶしぶサイに視線を移し、つぎにすばやく、切望するかのように扉のほうを見た。説明するくらいなら出ていこうとしているのかと思ったが、フェネラはため息をついて肩を落とし、礼儀正しくこう尋ねた。「わたしも座っていい?」

サイは驚いて、ほとんど生え際ぐらいまで眉を上げた。許可を求めるなんて、フェネラらしくない。実際、目のまえにいるいとこはまるで知らない人のようで、静かで礼儀正しく、彼女にはまったく似合わないあきらめをただよわせていた。

サイが「どうぞ」とだけ言って、座っていた位置から少し移動すると、フェネラはベッドの彼女のかたわらに座った。しばらく待ったが、フェネラが何も言わないので、サイは尋ねた。「ここで何をしているの?」

「グリアがあなたを抱きあげて、階上《うえ》に運ぼうとしていたとき、わたしは廊下にいたの。主寝室に連れていくんだろうと思って、ここに隠れたわ。そして、少しだけ扉を開けてみた。彼があなたを主寝室に運びこみしだい、そっと自分の部屋に戻るつもりだったの。ところが彼はここに向かっていて——」彼女は顔をしかめた。「わたしはあわてた。まずベッドの向こう側に隠れたあと、横に移動してベッドの下にはいった直後に、彼があなたを抱いてこの部屋にはいってきたの」

フェネラは首を振ったあと、うつむいて指を組み合わせた。その指をじっと見つめてから、顔を上げて言った。「アルピンがけがをしたこと、気の毒に思うわ」サイの額をちらりと見て、顔をしかめながらつづけた。「あなたのけがも」

サイはまじめな顔でうなずいた。「ありがとう」

「わたしがやったんじゃないわよ」フェネラはサイの目を見てきっぱりと言った。「あなたたちが階下《した》のテーブルで話しているのを聞いたの。何があったのかは侍女が教えてくれたわ。あなたとアルピンの上に石が落ちてきたんですってね」彼女は説明した。「だからわたしは廊下にいたの。階下に行って、あなたの無事をたしかめるつもりだった。でも階段のところまで来たら、レディ・マクダネルがいるのが見えて、それでわたし……」彼女は首を振った。「立ち止まって彼女がいなくなるのを待ったの。あなたたちが話すのを聞きながら」

フェネラは絶えず動いている手に視線を落とした。「あなたとアルピンを傷つけたのがわたしだと思われてることは知ってるわ」

サイは黙って待ったが、フェネラが何も言わないので、遠慮なく「あなたがやったの？」ときいた。

「まさか」フェネラは息をのみ、鋭くサイのほうを見た。「やっていないと言ったでしょ。

ほんとうよ。誓ってもいい」眉をひそめてまた両手に視線を戻し、静かに付け加えた。「でも、わたしを信じられないのも無理はないわ。アリックが指摘したように、四年間に四人もの夫を葬るなんて、あやしいものね。それに……」彼女は申し訳なさそうにサイの目を見て言った。「このあいだはあなたにアップルモイーズを投げつけたりして、ひどいことをしたと思ってる。たぶん怒ってたのね。でも、わたしがあなたを傷つけることはないわ、サイ。あなたはいちばん近しい人だし、友だちであり家族でもあるんだから」

それを聞いたサイの最初の反応は、驚きだった。つぎに来たのが哀れみで、それが表情に表れていたのだろう、フェネラはつらそうな笑い声をあげ、またうつむいた。

「そうよ。哀れじゃない？ あなたにはこれまで三度しか会ったことがないし、どのときもいっしょにすごしたのはせいぜい十日ぐらいだったかもしれない。でも、あなたはわたしの実の母や父よりもやさしかったし、心の支えになってくれた。アレンが死んだ今は、あなたが友だちにいちばん近い存在なのよ」

サイはどう返せばいいかわからず、黙ったままだった。実際、たしかに哀れみを感じていた。サイは両親や兄弟に愛され、守られながら成長した。両親はもう亡くなってしまったが、まだ兄弟たちがいるし、今はグリアとティルダとアルピンまでいる。

そこにフェネラを入れなかったことに気づき、サイはうしろめたくなっていとこのほうを向き、ため息をついて彼女の手を軽くたたいた。「わたしに矢を射ったり、アルピンとわたしの上に石を落としたのはあなたじゃないと言うなら、わたしは信じるわ」

フェネラは下になっていた自分の手を抜いてサイの手の上に重ね、すがるようにぎゅっとにぎった。そして悲しげな声で言った。「でも、たいして状況は変わらないわ。ほかの人たちはまだわたしがやったと信じているんだもの」短く笑ってからつづける。「無理もないわよね。コンランの言うとおりよ。四年間で四人の夫を事故で失うなんて、よくあることだと思う？」

サイは眉をひそめただけだった。何を言えばいいのかも、今は何を信じればいいのかさえわからなかった。

「でも、ほんとうにわたしは夫たちを殺していないのよ」フェネラは悲しげに言ったあとで顔をしかめた。「たしかにヘイミッシュは殺したわ。でもほかは……」彼女は力なく首を振った。「どうしてこんなことになってしまったの？　どうしてわたしの人生はこんなに複雑でみじめなの？　わたしだって子供のころは高い理想を持っていたわ。夢はシェイマスと結婚して、両親のもとから離れ――」

「シェイマス？」サイは驚いてさえぎった。

「ええ」フェネラはつらそうにため息をついた。「子供のころに婚約したんだけど、両家が仲たがいをしたせいで、父は婚約を破棄したの」

「そうだったの」サイはつぶやき、そのことを心にとどめた。

「そのあとヘイミッシュに求婚された」フェネラは嫌悪感に身震いしながらつづけた。「彼の女性に対する扱いのひどさと、異常な性癖のうわさはわたしも聞いていたから、最初父が断ったとき、やっぱりわたしのことを思ってくれているのかもしれないと思った。でも、交渉していただけだとわかったの。最初の条件を却下したのは、ヘイミッシュがもう一度、もっといい条件を出してくると見こんだからよ」彼女は苦々しそうに口もとをゆがめた。「そしてヘイミッシュはあらたな条件を持ちかけた。父はあっという間にわたしを引きわたすと決めた」

貪欲なろくでなしの父に、歓喜の雄叫びをあげさせるほどの条件を。

サイは同情の意を示しているつもりのことばを発してから、咳払いをして尋ねた。「フェネラ、婚約が破棄されたことで、そのシェイマスは気が動転していたかもしれない、ということはありうる？」

フェネラは肩をすくめた。「わからない。そうだったかもしれないけど、彼はあのあとすぐに亡くなったから、あまり関係は――」彼女は急にことばを切り、サイのほうを向いて必死にその手をつかんだ。「わたしが殺したんじゃないわ、ほんとうよ」

サイはため息をついてフェネラの手をたたいた。「そんな考えは浮かばなかったわ」と言って安心させる。それはほんとうだったが、シェイマスが死んだと知って、いささかがっかりしていた。シェイマスが婚約破棄のせいで精神に混乱を来し、フェネラの夫を殺しつづけているのではないかという説が、頭のなかに生まれつつあったからだ。フェネラを自分のものにしようとして、あるいは彼女の評判を落として罰するために。だが、その男性が婚約破棄の直後に死んでいるなら、そんなことはありえない。

「わたしはどうすればいいの、サイ？」フェネラは悲しげに尋ねた。

「どうするって、何を？」サイは静かにきいた。

「その……」彼女は力なく両肩を上げてからつづけた。「何もかもよ」

その答えは持ち合わせていなかった。幸い、フェネラも答えは期待していなかったらしく、みじめな様子でこうつづけた。「わたしの人生はめちゃくちゃだわ……あなたの夫と兄弟たちには、あなたを殺そうとする異常な女だと思われているし」

「それなら、そうじゃないことを彼らにわからせましょう」サイは現実的になって言った。

「どうやって？」フェネラがきく。

サイはその問題についてじっくり考えてから肩をすくめた。「まず、わたしとあなたの両方に監視をつけてもらうの。そうすれば、つぎの攻撃があったとき、あなたのせいにすることはできないでしょ」

「あなたの兄弟ふたりにずっとわたしを見張らせるってこと？　あなたが胸に矢を受けて以来、ずっと彼らはあなたを見張ってるって、侍女から聞いてるけど？」彼女は自信がなさそうにきいた。

サイはうなずいた。

フェネラはそれについて考えてから、思慮深く言った。「それならうまくいくかもしれない……つぎの襲撃があればの話だけど」

「ええ」とサイはつぶやき、フェネラが犯人でないことを証明するために、つぎの襲撃にあうことを願うなんて、いささか奇妙かもしれないと思ったが、証明する方法はそれしか思い浮かばなかったし、なんとしても証明したかった。フェネラが気の毒だった。いとこのこれまでの人生は安楽でも幸福でもなかったので、彼女があらたな人生を送れる機会を手にするのを見たかった。

「でも、そうなったしても、そのあとどうすればいいの?」フェネラが突然尋ねた。

「どういう意味?」サイが返す。

「一度でも疑われたら、わたしの人生はまためちゃくちゃになるわ。わたしには夫も家もないし、これからそれを得られるというわずかな可能性もないのよ」彼女は指摘した。「結婚して数日か数カ月で夫がつぎつぎに四人も死んでしまった女と結婚したがる男性がいる?」いない、とサイは思ったが、こう提案するにとどめた。「一度にひとつずつ心配したら?」

「でも、わたしはどうすればいいの? どこに行けばいいのよ?」フェネラはみじめに言いつづけた。目に涙をためながら。

泣かれることを警戒して、サイは荒々しくフェネラを胸に引き寄せ、背中をたたいた。

「好きなだけここにいていいのよ、フェネラ」

「ほんと？」彼女は身を引き、涙をためた目を見開いてサイを見つめた。

「もちろん」

「わたしがここにいてもかまわないの？」

サイは肩をすくめた。「あたりまえでしょ。わたしは七人の兄弟のなかで育ったのよ。まわりに大勢人がいるのなんて慣れっこよ。それに、あなたに手を貸してほしいこともあるし。召使いの管理とか――」

「ああ！」フェネラはそう叫んでサイの胸に身を投げ出し、大声で泣きじゃくった。

サイは動きを止め、恐怖にも似た思いで彼女の頭のてっぺんを見おろした。フェネラを励まして、涙を止めようとしたのに、彼女は身も世もなく泣いていた。

「ありがとう」フェネラは嗚咽《おえつ》しながら言った。「ありがとう、サイ。絶対に後悔はさせないわ。もう二度とあなたに声をあげたりしないし、一瞬でも迷惑はかけないから」

それはまずありえない、とサイは思った。寛大な申し出をするまえに、グリアに相談するべきだったかもしれない、とも思いはじめていた。

眉をひそめながらフェネラの背中をたたき、どうしてグリアは戻ってこないのだろうと思って、扉のほうを見た。彼はフェネラと話をしにいったが、彼女はここにいる。もう戻ってきてもいいころではないか？

「どんなにほっとしてるか、あなたにはわからないわ」フェネラは洟をすすりながら言った。

彼女の泣き方はきれいなものではなかった。目は赤く、顔もまだらに赤くなって、壮絶なまでに鼻水が流れている。「夜は横になっても不安で眠れないの。これからどうなるのかと思うと——」彼女は不意にことばを切って、悲しげにうなだれた。「だって、わたしはここにいられないもの」

「どうして？」サイが驚いて尋ねる。

「アレンのお母さまよ」フェネラは暗い顔で言った。「お義母《かあ》さまとは、アレンが生きているあいだはうまくいってたの。わたしのことが好きみたいですらあったわ。でも、アレンの死以来、わたしのことをひどく悪し様《あざま》に言うようになったの」

「そんなふうに言われて、あなたはなんと返していたの？」サイは尋ねた。

フェネラは困惑して眉をひそめた。「どういう意味？」

「つまりね、あなたがアレンの死に関わっていると彼女に責められているのは知ってるけど、自分はやっていないし彼を愛していたとちゃんと彼女に言ったの？　それとも、わっと泣きながら逃げただけ？」サイは尋ねた。その答えはフェネラの顔を見ればわかった。ため息をつき、強い口調で言った。「自分はアレンの死とは無関係だと、彼を愛し感謝していたと、そしてもう非難されたくないと、彼女に言わなければだめよ」

「もし聞いてもらえなかったら？」フェネラが不安そうにきく。

「そのときは、わたしが彼女と話すわ」サイはあっさりと言ったあと、こうつづけた。「でも、もし変わらなかったとしても、彼女はお年寄りなのよ、フェネラ。それに、このところ健康を害してもいる」

フェネラはそれを聞いて鼻を鳴らした。「わたしがアレンと結婚して以来、ずっと健康を害しているわ。だいたい、アレンが死んだ朝だって、具合が悪いと言って寝込んでいたのよ。なのにまだここにいる」彼女は顔をしかめた。「注目や同情を集めたくなると、いつも具合が悪くなるのよ」腹立たしげに息を吐く。「非難するのをやめてくれたとしても、彼女を許していっしょに暮らしていけるとは思えないわ」

オーレイがブキャナンで自分や弟たちといっしょに住むことを許してくれるかもしれない、と提案しようかと一瞬思ったが、考え直した。フェネラのたのみがサイの発案だとわかったら、兄弟たちにうらまれそうだ。

「ボウイって男前だと思わない？」フェネラが考えこむように言った。

サイは突然の話題変更に目をぱちくりさせ、当惑して尋ねた。「グリアの側近の？」

「ええ。あの繊細な金髪と力強い顔つき。すごく男前だわ」

「そうね」サイはこの会話がどこに向かうのかも、どうしてこの話題になったのかも理解できずに、ゆっくりと同意した。

「彼はアレンの親友だったの」フェネラは告げた。

サイは動きを止め、興味を引かれて彼女をじっと見た。「そうなの？」

フェネラはうなずいた。「ふたりはいつもいっしょだったわ。湖で泳ぐときも、村人たちの様子を見にいくときも、数日かけて狩りに行くときも。夜にアレンの部屋でいっしょにただおしゃべりをしたり、チェスをしているのもよく見かけた」と言ったあと、彼女は考え深げな顔つきでつづけた。「ボウイもいつだってわたしにやさしくて親切だった」

「ふうん」サイはぼんやりと相づちを打ちながら、頭のなかではボウイとアレンが友だち以上の関係である可能性について考えていた。側近と狩りに行ったり村人たちを視察に行くのはめずらしいことではないが、ボウイが夜アレンの部屋ですごすというのはちょっと行きすぎだ。それに、ティルダは、息子は男といるほうが好きなのだと言っていた。

「わたしがボウイと結婚したら、グリアはわたしたちを村の小さな家に住まわせてくれると思う？　そうなればティルダと暮らさずに、あなたのそばにいられるんだけど」

「うーん……」サイはうろたえながら彼女を見た。なんてことなの！　フェネラは川で溺れ流されていきながらも、目にはいるすべての枝をつかもうとする人のように必死なのだ。最初はグリア、そして今度はボウイ。オーレイをはじめとする兄たちがいとこではなかったら、おそらくそのなかのだれかとの結婚ももくろんでいただろう。

「どう思う？」フェネラがきく。

もしボウイとアレンがサイの考えているような種類の〝友だち〟だったとしたら、フェネラは見当ちがいなことをしているわけだが、そんなことは言えない、とサイは思った。代わりに、強い口調で提案した。「それはあとで考えるべきだと思う。わたしを襲撃していないとみんなを納得させたあとでね。今はそれがいちばん重要なことよ」

「そうよね」フェネラはつぶやいたあと、部屋のなかを見まわした。「ここはとてもいい部屋ね。そう思わない？」

「ええ、そうね」つぎに何が来るかわかっていたサイは、ゆっくりと同意した。

「わたしの部屋よりずっといいわ」フェネラは指摘した。「わたしの部屋はばかみたいにせまいし、ベッドはごつごつするし――」

「もしよかったらここに移ってきてもいいわよ、フェネラ」サイは冷ややかに言った。

「ほんとに？」彼女は唇を笑みの形に引きあげながらきいた。

「もちろん」サイは辛抱強く言った。

「ああ、ありがとう」フェネラはすばやくサイを抱きしめ、またすぐに離れると、うれしそうにまくしたてた。「今いる部屋ではよく眠れないのよ。せまいからというだけじゃないの。しょっちゅう壁から音がするのよ。ネズミか何かがいるんだと思う。音からすると大きなやつみたいで、壁をかじって部屋にはいってくるんじゃないかと、横になりながらも心配で――」

「じゃあ、きっと疲れているでしょう」サイはひらめきを得てそう言うと、不意に立ちあがった。「横になって、少し仮眠をとったら？」

「ここで?」フェネラがきく。

「そうよ。オーレイと夫にわたしが話をするまで、あなたは見つからないほうがいいわ。あの人たちはまだあなたが二度の襲撃を仕掛けたと思っているから」彼女は指摘した。

「ええ、そうね。それならここにいるのがいちばんいいかも」フェネラは同意し、勢いよく脚をベッドの上にのせると、横になった。「実はかなり疲れているの」

「それなら仮眠こそあなたに必要なものよ」サイはきっぱりと言い、毛皮を引きあげて彼女に掛けた。

「ありがとう」毛皮をたくしこんでもらいながら、フェネラはつぶやいた。

「どういたしまして」サイは静かにそう言うと、脱出できることにほっとしながら、扉に向かった。

「休んでいるんじゃなかったのか」そっと寝室から出て扉を閉めると、ドゥーガルにどなられた。

「そうじゃないのは見ればわかるでしょ」サイはいらいらと言った。「夫と話をしなきゃならないの」

「彼なら階下《した》でオーレイやほかの兄弟たちと話をしているぞ」とジョーディーが教えてくれた。「フェネラが消えたんで、みんなで話し合っているんだ、彼女がどこに――」

残りを聞くまで待たずに、向きを変えて階段を目指したので、兄の声は突然聞こえなくなった。階段をおりながら、ドシンドシンと歩くふたりの兄の足音が背後に聞こえても、少しも驚かなかった。ふたりはサイの護衛役なのだし、彼女はそれに慣れなければならないことになっているのだ。少なくとも、この事態が解決するまでは。もう注意を怠るつもりはなかった。自分のせいでほかのだれかが傷つくような危険は冒すまい。

だからといって、護衛役がついていてうれしいというわけではない。その考えそのものが神経を逆なでするものだし、実際、子犬のようについてくる兄たちにいらいらさせられるのはまちがいなかった。

「妻よ」サイがテーブルにやってくると、グリアは驚いて立ちあがった。「戻れなくてすまなかった。フェネラと話そうと部屋に行ったが、いなかったんだ。侍女が言うには、階下《した》に行くつもりで部屋を出たらしいが、だれも彼女の姿を――」

「フェネラの居所なら知ってるわ」サイが宣言した。

それを聞いて、テーブルにいた男たち全員が立ちあがり、彼女を見た。問題の女性の居場所がわかりしだい、突進して組みつきかねない様子だ。サイはそんな彼らをにらみつけて、テーブルについた。

「彼女はどこだ？」グリアが立ったまままきいた。

ほかの者たち同様、彼もフェネラをつかまえる気まんまんのようだ、と思ってサイはうんざりしたが、「わたしを襲ったのは彼女じゃないと思う」とだけ言った。

「そうかもしれない」グリアは認めた。「だが、それをたしかめるためには彼女と話をする必要がある」

「わたしがもう話したわ」サイは白状した。

「そんなことできるわけないだろう」ドゥーガルが言った。「おまえはずっと寝室にいて、おれたちが扉を見張っていたんだぞ。おれたちは彼女を通していない」

「通路だ」サイがためらっていると、グリアが暗い声で言った。そして兄弟たちに説明した。「寝室に通じている秘密の通路があるんだ。もちろん、彼女はアレンの妻なのだから、それがあることも、はいる方法も知っているだろう。それを使ってサイのもとを訪れ、帰っていったにちがいない」

サイは彼のことばを訂正せずに、ただこう言った。「どうやってはいったかは問題じゃないわ。フェネラと話をしてみたけど、彼女が襲撃事件に関係しているとは思えなかった。でもそれを証明できないことはふたりともわかってるから、つぎの襲撃があったときに彼女の無実が証明されるように、昼も夜も見張られることに同意してくれたわ」

グリアは困惑顔でベンチの彼女の隣に腰をおろした。「つぎの襲撃だって？」

「あらたな襲撃を待たなくても、犯人を見つける方法はあるはずだ」オーレイが眉をひそめて言った。「だいたい、どうしてフェネラではないと思うんだ？」

「彼女にきいたらちがうと言われたのよ」サイは冷静に言ったあと、顔をしかめてつづけた。

「もちろん、うそをついているのかもしれないけど……」

「けど?」グリアが先を促す。

「わたしは彼女を信じるわ」サイはそう言うしかなかった。

「きみはまだ知らないよな、グリア」オーレイが静かに言った。「だが、人を判断することにかけては、サイはいつも信用できるんだ」

彼女の夫はため息にして息を吐いた。「フェネラが犯人ではないとすると、また犯人さがしに戻ることになるな」

「だんなさま、フェネラさまは見つかったんですか?」

サイが振り返ると、背後にフェネラの侍女が立っていた。その不安そうな顔を見ながら、サイは言った。「彼女は主寝室の隣の部屋にいるわ」

「そうですか」侍女はうなずくと、向きを変え、急いで階段をのぼっていった。

侍女が寝室に消えるのを見守ってから、サイがテーブルに向き直ると、グリアが言った。

「秘密の通路を使って、もう自分の部屋に戻っているかもしれないぞ」

「いいえ、彼女があなたやオーレイに出くわさないうちに、わたしがあなたたちと話をすると言ったの。待っているあいだ、彼女は仮眠をとっているわ」

グリアはうなずき、テーブルの男たちに向き直った。「それで……フェネラが犯人でないとすると、ほかのだれにできたんだろう?」

ドゥーガルがとどろくような声で言った。「サイが最近したことで、だれかを苦しめたかもしれないことがあれば、手がかりになると思うんだが」

サイはうんざりしながら舌打ちした。「またそこに戻るわけ？　わたしがだれかをひどく苦しめるようなことをしたから、命をねらわれているというの？」

「そうだ」ドゥーガルはあっさりと言った。

サイが彼をにらんだとき、階上から女性の悲鳴が聞こえてきた。フェネラの侍女の声だと気づき、サイは跳ねるように立ちあがって階段に突進した。グリアが彼女の名前を叫ぶ声と、彼自身と兄たちが追いかけてくる足音が聞こえたが、速度はゆるめなかった。正直、牡馬の群れがサイを追って階段を駆けのぼってくるような音だったので、よけいに速く走ることになった。

もうすぐ階段をのぼりきるというところで、主寝室の扉がバタンと開いて、ローリーが飛び出してきた。彼がまず先にサイの寝室にはいると、グリアがサイに追いつき、彼女を押しのけて自分が先に寝室にはいった。サイが部屋のなかの光景をちらりと目にしたとたん、グリアが向きを変え、サイをドゥーガルとジョーディーのほうに追い立てて言った。「彼女を主寝室に連れていって、アルピンともどもなかにいてくれ」

サイは抗議しなかった。見るべきものは見ていた。

17

グリアはドゥーガルとジョーディーがサイを隣の主寝室に連れていってなかに入れるのを見守った。三人の背後で扉が閉まるのを確認してから、オーレイと残りの兄弟たちがベッドのそばに立っている部屋に戻る。アリック以外の全員がそこにいた。ブキャナン兄弟の末っ子は、フェネラの侍女を暖炉のそばの椅子に導き、彼女を落ちつかせようとしていた。

ベッドのそばの男たちのもとに向かい、フェネラを見おろした。毛皮はだれか——おそらく侍女だろうが——に引きはがされ、フェネラは眠っているように横向きにまるくなっていた。だが、眠っているわけではなかった。その顔は春の花のように白く、身につけている淡い黄色のドレスは血でぐっしょり濡れていた。

「首を刺されている」フェネラを調べていたローリーが、体を起こして言った。

「サイが言ったとおり、フェネラは犯人ではなかったようだな」オーレイが冷ややかに言った。

「くそっ」ニルスがつぶやく。「最初はサイを殺そうとして、今度はフェネラを殺すのか？

つぎはだれだよ?」

「フェネラを殺すつもりだったならな」グリアがけわしい声で言った。

「なんだと?」ニルスが驚いてきいた。

「彼女の顔は半分枕に埋まっている」グリアは指摘した。

「そうだな」オーレイが同意し、グリアの言わんとしたことを理解したらしく、付け加えた。

「それに彼女はブキャナンの鼻と髪をしている」

「サイとまちがえられたってことか」コンランがゆっくりと言った。

「いや」ニルスが反論した。「フェネラはやせっぽちだが、サイはもっと筋肉質で肉感的だぞ。サイではないとわかったはずだ」

グリアは首を振った。「毛皮をかぶっていたらわからないだろう」

オーレイがまじめな顔でうなずいた。「毛皮の下で、髪と顔の一部しか見えていない状態なら、サイとまちがえられても不思議ではない」

「くそっ」ニルスががっかりした様子で言った。

「その問題はもういいとして、おれがいちばん知りたいのは、どうやってやったかだ」オーレイはグリアを見た。「大広間でおれが座っていた位置からは、階段と二階の廊下が見えた。この部屋の扉もよく見えたが、サイが出てきてからはだれも出入りしていない。それどころか、フェネラの侍女以外はだれも二階に行っていないし、その侍女もフェネラがそこにいるとサイに教えられるまでは、この部屋の扉に近づくこともしなかった」

「サイが殺したと思っているわけじゃないだろうな?」ニルスが動揺してきいた。

オーレイは手を伸ばして彼の後頭部をはたいた。

「ノーということだな」ローリーがそっけなく言った。

「ああ、それはわかった」ニルスは後頭部をさすりながらつぶやいた。

オーレイはふたりを無視して、片方の眉を上げながらグリアを見た。「きみとサイ以外で、壁のなかの通路のことを知っているのはだれだ?」

グリアはそれについて考えた。「アルピンに話したし、ティルダおばもたぶん知っているだろう。あとは——」

「たぶん?」オーレイがさえぎった。「レディ・マクダネルもたぶん知っている? 領主の地位を引き継ぐためにきみがここに来たとき、通路を見せてくれたのは彼女じゃないのか? あるいはフェネラでは?」

「ちがう」グリアは首を振った。「おれが到着したときは、ティルダおばもフェネラも完全に取り乱していて、使い物にならなかった。おれを迎えて、城のなかを案内してくれたのはボウイだ。通路を見せてくれたのも」

「ボウイが?」オーレイは眉をひそめた。「きみの側近の?」

「そうだ。アレンが死ぬまでは彼の側近だったんだ。今はおれのだが」グリアは認めた。

「どうして側近が秘密の通路のことを知っているんだ?」ローリーが尋ねた。

グリアは驚いて彼のほうを見た。「めずらしいことなのか?」

「ブキャナンの秘密の通路の見つけ方は一族の者しか知らない」オーレイが静かに告げた。

グリアはそれを聞いて眉を上げた。普通でないことだとは知らなかったからだ。領主の側近でもっとも信頼されている兵士は、そういうことを知らされているのだろうと思っていた。

しばしの沈黙のあと、オーレイがきいた。「ボウイのことはどれくらい知っている?」

「アレンが死んだあと、マクダネルに到着してから初めて会った」と答えたあとで、グリアはつづけた。「だが、仕事熱心だし信頼できそうに見える。それに、彼がサイに悪意を持つ理由はない気がする。おれの知るかぎり、ほとんど口をきいたこともないはずだ」

「ふむ」オーレイは考えこむようにつぶやいたあと、ため息をついて言った。「では、今回はフェネラがねらいだったのかもしれないな」

「殺人者がふたりいると考えているのか?」グリアは信じられない思いできいた。「ひとりはサイをねらい、もうひとりはフェネラをねらっていたと?」

「それがいちばん理にかなっている」オーレイがいらいらと指摘した。「アルピンはサイをねらった襲撃のひとつに巻きこまれて負傷したから、フェネラを殺すことはできなかった。彼はローリーといっしょに隣の部屋にいた。そうだな?」彼はローリーのほうを見て尋ね、弟はうなずいた。

オーレイはグリアに向き直って肩をすくめた。「残るはレディ・マクダネルとボウイだ」

「ティルダおばはサイを傷つけたりしない」グリアはきっぱりと言った。「結婚以来、サイを娘のように思っているんだからな。結婚式では自分のドレスを提供してくれたし、結婚以来、サイがけがをしたときはひと晩じゅう起きてそばにいてくれた」彼は首を振った。サイにとても親切にしてくれたやさしい女性が、そんなひどいことをしたかもしれないとは、考えるのもいやだった。

「そうだが、彼女は息子の死にフェネラが関わっていると思っていた」オーレイが静かに指摘した。「ベッドにいるのはフェネラだと知っていて、報復のために殺したのかもしれない。サイをねらう襲撃者のしわざだと思われることを見越して」

グリアはそのことばの裏にある理屈について考えながら、いらいらと髪に手をすべらせた。おばが殺人の罪を犯すことができたとは考えたくなかったが。だが、特定の状況にあればだれにでも命が奪えることはわかっていたし、ティルダはひとり息子が死んだのはフェネラのせいだと信じていた。

「レディ・マクダネルをここに連れてこい」オーレイが提案した。「何が起こったかは侍女とサイとおれたち以外だれも知らないから、彼女はまだ何も知らないはずだ。ここに連れてきて、フェネラを目にしたときの反応を見てみよう。もし彼女がやったなら、おそらく態度に表れるだろう」

グリアはオーレイを見た。その提案に異を唱え、おばはこの件からはずしてくれと言いたかった。だが正直、つねにサイの身の安全を心配し、妻に害を及ぼそうとする人物はだれなのか考えなければならないことにいらいらし、疲弊してもいた。襲撃がだれのしわざなのか解き明かそうとして、ああでもないこうでもないと考えることにも疲れていた。なんとしてでも、この問題を解決しなければならなかった。

「いいだろう。おばを連れてきてくれ」ようやくグリアは言った。「なんでもなければ、彼女を容疑者リストから消すことができるし」

オーレイがコンランのほうを見やると、コンランはうなずいて、すばやく部屋から出ていった。彼がいなくなるやいなや、オーレイはローリーとニルスとアリックをベッドのそばに呼び寄せ、部屋にはいってきた者がすぐにフェネラを目にすることができないようにした。そしてベッドの足もとのほうに移動したグリアのそばに来た。そこはじゃまにならないうえ、弟たちが脇に寄ってフェネラの姿があらわになったとき、ティルダの顔を見ることができる位置だった。

それほど待つことなく、コンランがティルダを部屋に連れてきた。

ローリーとニルスとアリックが下がってフェネラの姿を見せると、彼女は「わたしに会いたかったそうね、グリ――」と言いかけたところでことばを失い、よろめいて足を止めた。一瞬、凍りついたように立ち尽くし、困惑が、つぎに衝撃がその顔に表れ、やがて肌からすっかり血の気が引いて、フェネラのほうに手を伸ばした。遠すぎて不可能にもかかわらず、触れることができるかのように。そしてつぎの瞬間、その手を引っこめて胸に押し当て、わけのわからないことばをつぶやいたかと思うと、失神して床にくずおれた。

少なくともグリアは失神であってほしいと思った。だが、自分たちがこの気の毒な女性に心臓発作を起こさせてしまった可能性も充分にあると思い、動揺しながらおばの雪のように白い顔をぼんやり見つめた。

「なんてことをしてくれたのよ！」

グリアがショックから我に返って見ると、サイがドゥーガルとジョーディーを従えて部屋に駆けこんでくるところだった。そこでようやく動きはじめたのはグリアだけではなかった。ローリーもティルダに駆け寄っていた。

「ティルダおばさまを殺す気？」サイはおばのかたわらにひざまずいてやさしく頬をたたきながら糾弾した。そのあいだもローリーが反対側にひざまずいて倒れた女性を調べる。

グリアはサイを主寝室から出さずに守ることになっていた男たちをにらみつけた。彼女の背後で立ち止まったドゥーガルとジョーディーから、すまなそうな視線が返ってきた。サイを閉じこめておくことは、目覚めている状態の兄たちにもできなかったようだ。

「彼女は生きてるよ」ローリーはサイをなだめて言った。「気を失っているだけだ」

「ほんと？」サイは心配そうに尋ねた。「倒れるところを見たけど、心臓のあたりをつかんでいたわ」

ローリーは身をかがめてティルダの胸に頭を寄せ、少しのあいだ耳を澄ました。やがて、あまり確信のない様子で体を起こした。「ベッドに運んだほうがいい」

「侍女のヘレンが必要になるわ」ローリーがティルダを抱いて立ちあがると、サイもいっしょに立ちあがりながら、いらだたしげに言った。「彼女にも治療の心得があるの。ティルダおばさまの体調管理をしているのよ」

「アリック」ローリーは扉に向かいながら、肩越しに声をかけた。サイがあとにつづき、ドゥーガルとジョーディーが彼女を追いかける。

「おれが連れてくる」アリックが請け合った。

サイが振り向くか、何か言ってくれないかと期待しながら、グリアは一行が出ていくのを黙って見送った。だが、願いはかなわず、ティルダにこんなことをさせた自分はなんという愚か者なのだと思いながら立ち尽くすことになった。もし彼女が死んだら、絶対に自分を許せないだろうが、さらに悪いのは、サイも許してくれないだろうということだった。ティルダが死ななくても許してくれないかもしれないが。

「レディ・マクダネルの驚きぶりは芝居ではなかった」とあらためて指摘したオーレイの声は、がっかりしているようだった。

「ああ」グリアは冷ややかに同意した。

「ううむ」オーレイがため息をついた。「つぎはボウイと話をするべきだろうな」

「ほんとうに大丈夫よ。フェネラのあんな姿を見たから、ちょっと驚いただけ」サイが毛皮をかけ、それでくるみこんだりして世話を焼き終えると、ティルダは弱々しく両手をはためかせながらつぶやいた。

ローリーに運ばれて自分の部屋に向かう途中、ティルダは意識を取り戻していた。最初はなぜ自分が運ばれているのかわからずに動揺していたが、やがて静かになり、今はすっかり騒がせてしまったことを恥じているようだった。

サイはベッドの縁に座り、ティルダの手を取って心配そうに見つめた。顔色は少し戻ってきているもののまだかなり蒼く、サイに取られた手は少し震えていた。

「ほんとうに大丈夫ですか？」サイはそっと手をにぎりながら尋ねた。「倒れたとき胸を押さえていましたよ。今はどんな調子ですか？」

「なんともないわ」ティルダはそう言って小さなため息をついた。「それより何より、気を失ったことが恥ずかしいわ、正直なところ」彼女は顔をしかめてつづけた。「息子を失ったあとだから、フェネラのあんな姿を見たらわたしがよろこぶと思ったでしょう。たいへんな衝撃だったわ。わたしはただ……」彼女は弱々しく首を振った。

「グリアはあんなふうにあなたを驚かせるべきじゃなかった」サイはもう一度彼女の手をに

ぎりながら、暗い声で言った。

「彼はきっと、わたしをさがしにいったコンランが事情を話したと思ったのよ」ティルダは静かに言って、グリアをかばった。そして、コンランのこともかばって言った。「コンランは、話すのは自分の役目ではないと思ったのでしょう。不運が重なったとしか言いようがないわ」

サイはそれに対して何も言わなかった。事前に事情を話さずにティルダを連れてきてフェネラの遺体を見せたとき、グリアは自分のしていることをよくわかっていたはずだ。彼がなぜそうすべきだと思ったのかは、どうしても理解できなかったが。でも、もしかしたら理解できるかもしれない、とサイは思った。秘密の通路のことを知っている人たちの数は少ない。おそらくブキャナン同様、知っているのは家族だけのはずだ。だが、明らかに今回の場合はちがう。家族以外の者が知っていたということだ。サイはフェネラを殺していないし、グリアにもアルピンにも殺せたはずはない。考えられるのはティルダとボウイだけだ。今度のことでティルダの容疑が晴れるといいのだけれど、とサイは思った。

「ああ、ヘレン」侍女が急いで部屋にはいってきて、ティルダはほっとしたようにささやいた。

「奥さま」侍女はうろたえながら急いでそばに来た。「何があったんです？　大丈夫ですか？」

「ショックを受けて意識を失ったんだ」ローリーが静かに説明した。

「ええ、でももう大丈夫よ」ティルダおばはきっぱりと言って、起きあがろうともがいた。

「それに、寝てもいられないわ。フェネラの世話をしないと」

ヘレンは驚いて体を起こし、目をまるくした。「レディ・フェネラの？　ご病気なんですか？」

「亡くなったのよ」ティルダは上体を起こしながらそっけなく言った。「遺体を整えてあげなくては」

「あなたはまだ何もできる状態ではありません」サイは強い口調で言うと、彼女をまた横たわらせようとした。「休んでいてください。フェネラの心配はわたしがします」

「でも――」ティルダは口を開いたが、結局ため息をついただけでまた枕に頭を預けた。

「そうね。そのほうがいいかもしれないわ。たしかに疲れているし」つらそうな表情を浮かべていらいらとつづける。「でも、フェネラのあんな姿を見たあとで、どうすれば眠れるかしら」

「眠れるようになる薬をご用意します」ヘレンがすぐにそう言って、壁際のテーブルに置かれた衣装箱にせかせかと歩み寄った。それを開けて、さまざまな薬草や薬の材料を取り出しはじめる。

「ああ、またなのね」とティルダがささやいたので、サイが注意を戻すと、いやそうに顔をしかめてつぶやくのが見えた。「薬……あの苦いやつね」

サイはその顔を見て、同情するように微笑んだ。「それで眠れるようになるなら、ひどい味でもがまんしなければ」

「そうね」ティルダはため息をつくと、サイの指をたたいた。「わたしの世話はヘレンがしてくれるわ。あなたはここにいてくれなくてもいいのよ」眉をひそめて付け加える。「あなたも少し疲れているみたいね。ヘレンにあなたの薬も作らせましょうか？　こんなふうに起きて走りまわってはいけないわ。矢を受けたときの傷がまだ治っていないのだから」

「わたしは大丈夫です」とサイは言い張ったが、それはうそだった。走ってスコットランドを半分横断したあとのような気分だ。実を言うと、フェネラの侍女の悲鳴が聞こえたとき、どうして階段を駆けあがることができたのかわからなかった。階段をおりるだけで疲れきっていたのに。おそらくあの悲鳴とフェネラの遺体を見たことで血気が上がり、一時的に活力が湧いたのだろう。だがその活力も今は消えつつあり、力が抜けて足もとがおぼつかない状態だった。

「彼女の言うとおりだ。顔色がひどく悪いぞ」ローリーが心配顔で静かに言った。「おまえも横になったほうがいい。それに、レディ・マクダネルはこんなに大勢の男に寝室にいてほしくないだろう」

「あら、そうね」サイは気づいて言った。自分は兄弟たちがそばにいるのに慣れているが、体が本調子ではない女性にとって、寝室に男たちがいるのは気詰まりだろう。ティルダのために無理に笑顔を作りながら、サイはよろめく足で立ちあがった。「あなたが休めるように、兄たちを連れて失礼しますね」

「それがいいわ」ティルダはつぶやくと、男たちのをほうを見て言った。「彼女をちゃんと休ませるのですよ。具合があまりよくなさそうだから」

同意する兄たちの低い声を聞きながら、サイは彼らを従えて扉に向かった。だが無言のまだった。深く息を吸いこんで、今や大きなケープのように彼女を覆っている疲れが露見しないように、気を張っていたからだ。

「彼女の言うとおりだ。おまえは休む必要がある」一同が部屋を出てドゥーガルが扉を閉めると、ローリーが静かに言った。「ひどいけがをしてまだ治っていないんだぞ、サイ。こんなふうにばたばたしていいわけがない。それに、傷を調べてまた軟膏を塗らないと」

「あとでね」とサイはつぶやいて歩みをゆるめた。

アリックのあとからボウイが階段をのぼってフェネラのいる部屋にはいるのが見えたので、眉をひそめながら尋ねる。「なぜボウイが？」

「おまえとグリアとアルピンとレディ・マクダネルをのぞくと、秘密の通路のことを知っているのはもう彼だけなんだよ」ローリーは静かに答えた。「フェネラの遺体を見たときの彼の反応を見たいんだろう、レディ・マクダネルにしたように」

サイはそれを聞いて眉をひそめ、足を速めて廊下を進んだが、速めるといってもほんの少しだった。廊下はやけに長く、ティルダの部屋はその突き当たりに近いところにあったからだ。寝室の扉には永遠にたどり着かないのではと思った。ようやくたどり着くと、扉は開いていた。ボウイははいったあと閉めなかったらしい。興味を引かれてのぞきこむと、ボウイがフェネラを見おろしているのが見え、その顔にはまだ驚きがあった。グリア、オーレイ、アリック、コンラン、ニルスが全員で彼を囲んでいた。

「それで、だれも部屋にはいっていないのですか?」ボウイがゆっくりと尋ねた。

「ああ。廊下からはな」グリアが答える。

「それなら秘密の通路を使ったのでしょう」目を見開いてグリアを見ながら、ボウイはすぐに言った。

「ああ、おれたちもそう考えている」グリアは暗い声で同意した。

ボウイが眉をひそめてフェネラに視線を戻すと、グリアはつづけた。「オーレイから聞いたが、城の秘密の通路のことを知っているのは、通常一族の者だけらしい。だが、通路を案内してくれたのはおまえだった。なぜアレンはおまえに通路を見せたんだ?」

ボウイは驚いてグリアを見たあと、答えようと口を開けたが、途中でやめてまた閉じ、視線をそらした。

「どうなんだ?」相手が黙ったままなので、グリアは返事を迫った。

「兄たちに出ていってもらったほうが、答えは得やすいと思うわ」サイは部屋にはいって静かに言った。

男たちはいっせいに声のしたほうを見て、そこにいるサイをにらみつけたが、ボウイとグリアはちがった。ボウイはますます警戒を強めているようだ。だがグリアはほっとしているようだった。なぜなのかサイにはわからなかったが。

「きみは休んでいるべきだ、かわいい人」グリアは大股で近づいて彼女を抱きあげながら言った。

「あなたがボウイと話すあいだここにいたいの」部屋から運び出されそうになったので、サイは抗議した。グリアが足を止めると、彼女は言った。「事情はわかっているわ。力になれると思う」

サイがほっとしたことに、夫はうなずいて向きを変え、暖炉のそばの椅子に彼女を運んだ。椅子のひとつに彼女を座らせ、体を起こそうとしたが、サイは彼の首に腕をまわしたままささやいた。「兄たちに部屋から出ていってもらって。彼らがいたら話してくれないわ」

グリアは黙って彼女の目を見たあと、眉を上げて小声で尋ねた。「何を知っているんだ?」

「兄たちが出ていってからね」サイはささやき声で返した。

「なぜおれたちは出ていかなきゃいけないんだ?」オーレイが耳もとで、やはりささやき声で尋ねてきたので、サイはびっくりして飛びあがり、グリアから手を離して振り返ると、兄が背後に立って腰をかがめながら会話に参加していた。

サイはオーレイをにらんだあとで、静かに言った。「彼とアレンはうちのコックとクィンティンみたいな関係だったのよ」

オーレイはその情報を吟味したあと、うなずいて体を起こし、弟たちのほうを見た。「彼の剣と、携帯しているその他の武器を持っていけ。おれたちは廊下で待っているが、武装した彼を残してはいけない」

サイはそこでグリアを振り返った。ボウイとアレンがブキャナンのコックとクィンティンのような関係だというのはどういう意味だときかれるのだろうと思ったが、彼はけわしい顔でこうきいた。「ティルダおばは大丈夫か？」

「ええ」グリアに対して感じていた怒りを思い出し、サイはため息まじりに言った。「あなたがなぜあんなことをしたのかは理解しているけど、彼女は年配の婦人なのよ、グリア。死んでいたかもしれないわ」

「ああ、わかっている」グリアは言った。「あんなことをしなければならなかったのは残念だ」

「でも、またやるんでしょうね」彼が反省していない事実を見すごすことができず、サイは言った。

「すぐにでもね」彼はまじめに言った。「殺人者を見つけて、きみの身を守るために必要なことはなんでもやるよ、サイ。愛している」

そう宣言されて、サイは水から上がった魚のように口を開けて彼を見た。どう応えればいいか考えることもできないうちに、オーレイが扉のまえで足を止めて言った。「おれたちは廊下にいる。叫べばすぐに駆けこむからな」

グリアはサイから無理やり視線をはずして彼女の兄を見た。うなずいて「ありがとう」とつぶやき、ブキャナン兄弟が出ていって寝室の扉が閉まると、ボウイに注意を向けた。「どうしてアレンは秘密の通路のことをおまえに教えたんだ?」

気づかないうちに止めていた息を吐き出して、サイは目下の問題になんとか注意を向けた。グリアの告白をどう感じているかについてはあとで考えよう、と自分に言い聞かせてボウイを見つめた。

ボウイはなんと言えばいいのか、あるいは言ってしまっていいものかと悩み、心のなかで葛藤しているように見えた。

「通路を使うようにと彼に言われたんでしょう」とサイが推測すると、ボウイは鋭く彼女を見たが、何も言わなかったので、彼女はつづけた。「あなたは彼の恋人だったから」

サイはこの発言でグリアが驚くだろうと思っていたが、驚いた様子を見せたのはボウイのほうだった。今や衝撃と驚愕で目をまるくし、首を振りはじめている。

なぜグリアはこの事実に驚いていないのだろうと思いながら、サイはボウイをじっと見つめたままつづけた。「わたしはアレンが女性より男性といるほうを好んだのを知っているの。それに、あなたたちはいつもいっしょに泳ぎに行ったり狩りの旅に行ったりしていたとフェネラから聞いていた。あなたたちは恋人同士だったんでしょう？」

ボウイは首を振るのをやめてうつむき、降参だとばかりに肩を落とした。少しして「彼を愛していた」と言った声はひどく低く、ほとんど聞こえないほどだった。

サイは止めていた息をため息にして吐いた。フェネラと話してから、ボウイはアレンの恋人だったのではないかと思っていたが、確信はなかった。だがこれではっきりしたので、今度はどういういきさつがあったのかについて考えはじめた。「彼が死んだ朝は、湖で痴話げんかでもしたの？　彼が別の相手を見つけたとか――？」

「おれは彼を殺していません！」いきなり顔を上げ、その可能性について衝撃を受けた様子で、ボウイは叫んだ。「おれに彼を殺せたはずがない。愛していたんだ」

「それならフェネラが殺したと思うのか？」グリアが静かに尋ねた。

「なんですって？」ボウイは一瞬当惑したらしく、血まみれのその女性の遺体を見やってから、ようやく事情を察した。暗い表情で肩をすくめ、サイたちのほうに向き直ってきっぱりと言った。「フェネラを殺したのはおれじゃありません」あごを上げ、あざ笑うように付け加える。「なぜおれがそんなことを？」

「嫉妬心かしら？」サイが言った。「彼女はあなたの愛する人の妻だったから」

ボウイはその意見に鼻を鳴らした。「名前だけですよ。ふたりは夫婦の契りをしていなかった。彼のベッドで夜をすごしていたのはおれだった。昼間いっしょにいたのも、話をしたり――」彼は首を振った。「フェネラに嫉妬するべきところなんてなかった。彼女はかわいくて愚かな子供で、彼から安ぴかの贈り物をよろこんで受け取って、彼のベッドから遠ざけられていた」

サイはきっと口をつぐんでフェネラの遺体を見やった。認めるのは悲しかったが、その説明はおそらくアレンと結婚していたころのフェネラの様子を的確に表現していた。もちろん彼女はそれだけの人間ではない。それはサイもわかっていたが、フェネラはアレンの親切さと夫婦生活を強要しないことにとても感謝していたし、自分のまわりの見たくないことはなんであれ見ようとしなかったのだ。アレンといっしょに暮らしながらそのほんとうの姿に気づかなかった理由としては、それしか考えられなかった。

「おまえを信じるよ、ボウイ」グリアは疲れた手で首のまわりをさすりながら言った。「問題は、フェネラを殺した犯人は、秘密の通路からこの部屋にはいったはずだということだ」彼は手を落としてつづけた。「そしておれの知るかぎり、通路のことを知っているのは、おれとおれの従者、おれの妻、レディ・マクダネル、そしておまえだけだ」そのことばが浸透するのを待って尋ねる。「ほかに知っている者はいるか？」

ボウイはゆっくりと首を振った。「いいえ。おれの知るかぎりはいません」眉をひそめてそう言ったあと、気を取り直してつづけた。「でもおれじゃないし、あの小僧はこんなことができる状態じゃない」フェネラの遺体を示して言う。「そしてあなたがたふたりでもないなら、アレンの母親に目を向けるべきです。彼女はフェネラを憎んでいた」

サイはその意見に顔をしかめた。「アレンに死をもたらしたのはフェネラだと彼女が思っているのは知ってるけど――」

「そうじゃないんです。彼女はそのずっとまえからフェネラを憎んでいました」ボウイは告げた。「アレンの性癖を変えさせるほどの女性ではなく、子供を授かるために彼に働きかけもしない彼女を責めた。そのためにアレンのことも憎んだ。彼女がふたりとも殺したのだとしても驚きませんよ」

「うそよ」サイが抗議した。「ティルダおばさまは実の息子を傷つけたりしないわ。アレンのことを理解し、愛していたんだもの」

「そう、彼女がほしがっている孫を与え、特殊な性癖に走るのはやめると彼女に思わせていたあいだはね」ボウイは苦々しく言った。「でも、ふたりでいるところを彼女に見つかって――」口をぎゅっと閉じる。「あれほどの憎悪は見たことがなかった。あの場でふたりとも殺されると思った」

「ふたりでいるところを見つかった？」グリアが鋭くきき返した。

「はい。ちょうどこの部屋でした」ボウイは悲しげにあたりを見まわして言った。「アレンは結婚式のあとでここに移ったんです。フェネラをつづき部屋つきの主寝室に残して」サイに視線を戻してつづける。「あなたが言ったとおり、おれは夜になると通路を使って彼のところに行った。あの夜もそうでした。そこへ彼の母親が飛びこんできて、おれたちはふたりとも驚きました」

ボウイは首を振った。心の目でもう一度その対面の場面を見ているかのように、目を暗くする。「彼女が金切り声をあげはじめたので、アレンに逃げろと言われたおれは、衣服を集めて逃げました。服を着ようと廊下で足を止めたとき、彼が母親に〝地獄に堕ちろ〟とどなるのが聞こえました。あんたがうるさく言うから、あのちびアマのフェネラと結婚はしたが、夫婦の契りを結ぶつもりはまったくないし、あんたにしつこくせっつかれている、いまいまし い孫も作るつもりはない。もうあきらめるんだな、とアレンはどなった。そして、おれを放っておいてくれ、さもないと敷地のはずれにある小屋に追いやって、二度とあんたの愛する城に足を踏み入れさせないようにしてやるぞ、と」

そこまで言うと、ボウイはため息をついて額をこすり、すまなそうに言った。「あのときのアレンはたしかに普通じゃなかった。でも彼に限界を超えさせたのは母親だと思います」

サイは手を振って、言い訳の必要はないと伝えた。グリアといっしょのところにだれかが乱入してきたら、自分だって動揺していただろう。「彼女はなんて言ったの?」

「聞いていません」ボウイは悲しげに言った。「そのころにはもう服を着終えていたし、だれかが階段を上がってきたので、見られないように姿を消したんです。兵舎に戻ってひと晩じゅう行ったり来たりしながら、アレンに呼ばれるのを待っていましたが、彼からの呼び出しはなかった……そしてその翌朝、湖で死んでいる彼が見つかったんです」

サイとグリアはしばらく無言のまま、ボウイから聞いたことを反芻《はんすう》していた。やがてグリアがいらだちの声をあげた。サイは驚いて眉を上げ、彼の表情を見た。話のなかの何かが彼にはしっくり来なかったらしい。それがなんなのか彼女にはわかる気がした。はっきりとわかったのは、彼がこう尋ねたときだった。「なぜティルダおばは、翌朝アレンが遺体で発見されたあとも、おまえがマクダネルに残るのを許したんだ？　彼女がそれほど怒っていたなら、すぐにおまえを追い出しそうなものだが」

「相手がおれだとは知らなかったんです」彼は肩をすくめて言った。

サイは驚いて彼を見た。「どうしてそんなことが？」

「ドラモンドの一行が北のシンクレアに向かう途中、休憩のために立ち寄っていて、マクダネルの者たちも商談のために訪れていたので、アレンはそれを口実にして、その夜仮面舞踏会を開いたんです」ボウイは説明し、悲しげな笑みを浮かべてつづけた。「アレンは祭りや祝い事が大好きでした」

「わからないわ、どうしてそれで彼女が――」サイが困惑気味に口を開いた。

「おれたちは裸になってからも、仮面をつけたままだったんです」ボウイが少し頬を染めながら説明した。「彼はそういうことも好きだったので」

「ああ、なるほど」サイはつぶやいたが、視線はグリアに向けられており、彼もまた、仮面以外何も身につけていない彼女と愛を交わすところを想像しているような顔つきで、妻を見ていた。

「おれは髪にすすもつけました」ボウイはさらに言った。「おれのプラチナブロンドはとても特徴的なので、すすをもみこんで、目立たないようにしたんです」ふたりがぽかんとした顔を向けてきたので、彼は説明した。「なんといっても仮面舞踏会ですからね。でも、もし髪にすすをつけていなかったら、すぐにおれだとばれていたでしょう。アレンが仮面の男たちのなかからおれを見つけられるかというゲームだったんです」彼は力強く首を振った。

「レディ・マクダネルは、あの夜アレンといっしょにいたのがおれだとはわからなかったはずです。もしわかっていたら、おれはきっとここにいないでしょうから。あるいはアレンのように死んでいたかもしれません」

「彼女がアレンを殺したと思っているのか」グリアは言った。質問ではなかった。

ボウイはためらったが、やがて言った。「レディ・マクダネルはとても怒っていました。実際、あんな彼女は見たことがなかった。激怒のあまりたががはずれかけていた。彼女なら……」彼は最後まで言わずに黙りこんだ。

「おれが着いたとき、どうしてその疑惑について話してくれなかったんだ？」グリアがきびしく尋ねた。

ボウイは苦々しげに目をそらした。「ほんとうに彼女が殺したのかどうかわからなかったんです。今もまだ確証はありません。どうしてそんなことができたんでしょう？　だって、アレンは風呂の支度をさせていて、おれが部屋に行ったとき、浴槽にはなみなみと湯が張られていたんですよ。そこで溺れさせたならわかりますが、どうやって湖に連れていったんです？」彼は力なく問いかけた。

グリアが首を振るばかりなので、ボウイはつづけた。「浴槽でアレンを溺れさせなかったのだとすると、翌朝湖まで彼をつけていって、遺体が発見されるまえに殺したことになります。いったいどうやってそんなことを？　アレンは大柄で力もありました。体にけがや傷もありませんでしたし」彼はわけがわからないとばかりに肩をすくめた。「だからあやしいとは思いつつも、彼女がどうやってそれをやったのかがどうしてもわからなくて」ボウイはそこでことばを切ったあと、苦々しく付け加えた。「おれたちの関係を明かすことなく、彼女を疑う理由をだれかに話すことはできませんでしたし」

「人に知られたら、男色の罪で火あぶりになるか、体を切断されるか、縛り首になるかもしれないから」サイが静かに言った。

ボウイはみじめにうなずいた。「あなたがたにすべてを話した以上、どうせそうなると思いますが」

グリアが首を振ったので、サイはほっとした。

「いいや、ボウイ」彼はきっぱりと言った。「おまえがだれを愛するかはおまえの問題だ。司祭にも、ほかのだれにも告げ口したりしない」

ボウイはほっとしたようだったが、今度は不安そうにサイのほうを見た。

「わたしだって言わないわ、当然でしょ」彼女は請け合った。

ボウイはこわばった笑みを浮かべた。「ありがとうございます、領主さま、奥方さま」彼はためらったあと、背筋を伸ばして言った。「荷造りをして昼までには出ていきます……もうおれがアレンとフェネラの死に関わっているとは思っていませんよね？」彼は不安そうに言い添えた。

「どこに行くというんだ？」グリアは質問に答えず、驚いてきいた。だが、それが答えなのだとサイは思った。グリアはもうボウイを容疑者とは思っていないのだ。それは彼女も同じだった。

ボウイは肩をすくめた。「どこか見つけます。でも、あなたの領地からは出ていきますから、これ以上おれの姿を目にすることはありませんよ」

「ばかを言うな」グリアはきびしく言った。「おまえはおれの片腕で、仕事のできる男だ。それに、おまえはおれに忠誠を誓ったんだぞ、ボウイ。誓いを守って、これまで同様おれに仕えてくれなければ困る」

ボウイは少しのあいだ目を閉じた。ふたたび開けたとき、涙をこらえているかのように、その目にきらりと光るものがあった。咳払いをして、彼はうなずいた。「ありがとうございます、領主さま」

「感謝されるようなことではない」グリアは言った。「たっぷり休めるような楽な仕事を与えるつもりはないからな。おれは仕事にはきびしいんだ、おまえもよく知っているように」

ボウイの表情には葛藤がうかがえたが、やがて彼は首を振ると、唇を引きのばして小さく笑みを浮かべながら言った。「あの……領主さま、たしかにあなたは勤勉と服従を要求されますが、公平な人です。あなたがすばらしい領主だということはもうわかっています」

「うむ」グリアは照れくさそうに言った。「いやそれは、おまえがよく働くからだ。仕事を途中で投げ出さないから、罰したりしかったりする必要がない」

「そういうことなのでしょう、領主さま」ボウイはまじめくさって同意した。

グリアはうなずいた。「訓練場にいる兵士たちを監督しに行ってくれ。おれは妻と話がある」

「はい、領主さま。ありがとうございます、領主さま」ボウイは会釈すると、向きを変えて部屋をあとにした。

18

「彼がフェネラを殺していないのはまちがいないわ」ボウイの背後で寝室の扉が閉まった瞬間、サイは言った。

「おれもまったく同じことを言おうとしていた」グリアは疲れたようなため息をついて認め、こう指摘した。「そうなると、あとはティルダおばしかいない」

サイはその意見に顔をしかめた。ボウイがティルダのまったくちがう面を明らかにしたものの、彼女がサイに死んでもらいたがっているのかもしれないとは、にわかに信じかねた。サイはかの女性が好きだった。向こうも好いてくれていると思っていた。それに、知るかぎり、ティルダを怒らせるようなことはしていないはずだ。

「ティルダおばがきみを殺そうとするなんて信じられない」グリアが不意に言った。どうやらサイと同じことを考えていたらしい。「きみのことをとても気に入っているように見える」

「ええ」サイはほっとして言った。

「だが、ボウイがきみを傷つけたがるとも思えないし、フェネラでないことはもうわかっている」彼はつづけた。「そして今はアレンの死のことが気になってきた。あの夜おばがほんとうにそんなに怒っていたのだとしたら……」

「怒っていたからって、彼女がアレンを殺したことにはならないわ。アレンは実の息子なのよ」サイが指摘した。

「ではアレンが溺れたのは事故で、フェネラはねらわれたわけではなく、きみの身代わりになってたまたま殺されたということか」彼は不機嫌そうに言った。

「たぶんちがうと思う」サイは反論した。だれかが自分を殺したがっていると思うと心が痛んだ。「フェネラは気むずかしい人だった。ここにいるあいだに敵のひとりやふたり作っていた可能性はあるし、彼女の死はわたしとまちがえられたこととは関係ないのかもしれない」

「犯人は彼女をフェネラとわかっていて刺したと思うのか？　きみを殺すつもりだったのにまちがって彼女を殺してしまったわけではないと？」グリアは信じられないようだ。

サイは彼を見あげてにらんだ。「あら、そんなに意外そうに言わなくてもいいじゃない。まるでわたしがひどい女暴君で、みんなが殺したがっているみたいに」

グリアはその言い方にくすっと笑い、彼女を椅子から抱きあげた。そしてそのまま椅子に座って彼女を膝にのせ、額にキスをした。「そんなつもりで言ったんじゃないよ。でもサイ、胸壁のかなり大きな石が落ちてきて、きみはもう少しでその下敷きになるところだったし、胸に矢を受けたんだ。たしかにだれかがきみを殺そうとしている。それと同時にだれかがフェネラを殺そうと思い立ったなんて、ほんとうに思っているのか？」

サイはうなだれ、いらだちを消えるのを待ってから言った。「わからない。わたしがここに来たのは、フェネラが夫を殺しているのかもしれないと思ったからなの。でもそうじゃなかった。ティルダおばさまのことまで疑うのは気が進まないわ」

彼は驚いて体を離し、彼女を見た。「きみがここに来たのは、フェネラが夫を殺しているのかもしれないと思ったからなのか？」

「ええ」サイは認めた。罪悪感が体のなかをぐるぐるとめぐる。フェネラの最初の夫が死んだとき、自分が果たした役割のことはグリアに話していなかった。結婚に同意するまえに話しておくべきだったかもしれない。かつて殺人を隠蔽《いんぺい》し、犯罪の片棒をかついだ女を妻にするほど、彼はお人よしではなかったかもしれない。

グリアは目を細くして彼女の顔をじっと見た。「どうしてフェネラが夫を殺したかもしれないと思ったんだい？」

ほんとうは話したくなかったが、そうしなければならないと感じたので、ほんの一瞬ためらったあと、サイは認めて言った。「彼女がヘイミッシュを殺したのを知っているからよ」

「なんだって？」彼は驚いてささやいた。

サイは顔をしかめたあと、急いで彼にすべてを話した。フェネラの最初の結婚のこと、結婚式のこと、新婚初夜とその翌日のことを。フェネラを手伝って夫殺しを隠蔽したことや、その後のいとこの度重なる短い結婚について聞いて不安になったことまで、すべてを打ち明けた。

話し終えると、サイは不安そうにグリアを見た。彼が聞いたことをどのように取るかわからなかった。もしかしたら、いやそうに押しのけられるかもしれない。ヘイミッシュ殺害を隠蔽する手伝いをしたのだから。

「つまり、フェネラはヘイミッシュの虐待に耐えきれず、彼を刺したわけか」グリアがようやく言った。

「ええ」サイは悲しげにささやいた。

彼はまたしばらく口をつぐんでいたあとで指摘した。「王はマッキヴァーの死について調べさせ、殺人ではないと判断された」

「ええ」彼女は認めた。

「マッキヴァー父子も彼女が殺したと思うのか?」彼はきいた。

サイはためらった。「最初はそうじゃないかと思っていたの。フェネラと話してからは考えが変わったわ。でも……」

「でも?」彼女が口ごもり、眉をひそめて考えこんだので、グリアは先を促した。

「実は、わからないの」彼女はそう認めたあと、もどかしそうにつづけた。「フェネラと話をするたび、ヘイミッシュ以外はだれも殺していないと確信して彼女と別れた。でも、羽毛のことがちょっと気になっているの。老マッキヴァーも殺したのかもしれないということになるでしょ。でもフェネラは誓ってほかの夫たちの死に自分は関係していないとわたしに言ったのよ。それに……」彼女はことばを切り、怒りもあらわに両手を上げた。「もうどうでもいいことよね？　フェネラは死んだのよ。たとえ彼女が夫たちを殺していたんだとしても、もう殺すことはできないし、ヘイミッシュしか殺していなかったのだとしても……自分の命でその罪を償ったのよ」

「そうだな」グリアはまじめに同意した。「だが、その羽毛というのはなんのことだ？」

「ああ、それね」サイはいらいらと手を振った。「ティルダおばさまはフェネラと老マッキヴァーの結婚式のためにマッキヴァーに滞在していたの。それで、翌朝彼が遺体となって発見されたとき、ほかの女性たちといっしょに、葬儀に向けて遺体を整える手伝いをしたのよ。遺体を清めているとき、彼の口のなかに羽毛を見つけ、目が充血していたとも言っていたわ。それで、窒息させられたしるしかもしれないと彼女は思ったの。彼女の子供たちの目も充血していたから」

「なんだって？」グリアはぎょっとして尋ねた。「彼女の子供たち？」

サイは夫の顔つきに眉をひそめたが、彼が領主の座を引き継ぐためにやってくるまえの、おばの人生についてはよく知らないのかもしれないと思った。ティルダが失った子供たちのことも知らないのだろう。

「アレンが生まれるまえ、ティルダおばさまには三人の子供がいたの」彼女は説明した。

「三人ともまだおくるみのなかにいるころにベッドで乳母に窒息させられた。ティルダおばさまは乳母が三人目を殺している現場を見たのよ。おそらく乳母は縛り首にでもなったのでしょうね」と顔をしかめて付け加える。乳母がどうなったかきくことは思いつかなかったし、ティルダはそれについて何も言わなかったけれど。考えるのはあとにして、先をつづけた。

「でも、ティルダおばさまは、窒息死した赤ちゃんの目が充血していることに気づいていたんですって。窒息させられたときにそうなったにちがいないと思ったそうよ。それで、羽毛を見つけ、老マッキヴァーの目が充血しているのを見た彼女は、彼も窒息させられたんだと思ったの」そこで間を取ってからつづける。「でも、彼は高齢で目が充血したり涙目だったりすることも多かったから、フェネラが殺したわけではないのかもしれない、とも言っていたわ。羽毛は何か別の方法で口にはいってしまったのかもしれないと。わたしにはわからないけど――」

「サイ」

「なあに？」サイはフェネラがマッキヴァーの領主を殺したのかどうかについて考えるのをやめ、問いかけるように夫を見た。

「ティルダおばの子供はアレンだけだ」グリアはまじめくさって言った。「難産で、その後子供は産めなくなった」

彼女は目をまるくしたあと、困惑して目を細めた。「でも、アレンのまえに三人子供がいたと言ったのよ」

「それはない」彼はきっぱりと首を振ってからつづけた。「だが、おじの最初の妻には三人の子供がいて、赤ん坊のころに死んだ。三人目が死んだあと、母親は崖から身を投げて自殺した」とけわしい顔で言った。

サイは目をぱちくりさせた。「そのあとに結婚した相手がティルダおばさま?」

「そうだ。妻の死後、おじをなぐさめたのが彼女だった。子供ができて、おじは彼女と結婚した。そして」グリアはどんどんきびしくなる声でつづけた。「ティルダおばは最初の妻の妹で、赤ん坊のうちに死んだ子供全員の乳母を務めていた」

サイはぽかんと彼を見つめた。そして「ああ、なんてこと」とつぶやき、夫の膝の上からおりた。さっきまでの弱々しさはすっかり消えて、怒りの波に合わせて、血液が脈打ちながら体内をめぐりはじめる。大股で扉に向かいかけたが、立ち止まって振り返り、グリアを見た。彼は立ちあがっていた。「彼女がその子供たちを殺したのよ」

「おそらくそうだろう」彼は落ちついて同意した。そして、サイの怒りに拍車をかけるべくこう言った。「それに、おじの最初の妻の死を目撃したのはティルダおばだけだ。彼女は実の姉も——」

「殺したのね」サイがかみつくように言った。

　グリアはうなずいた。「実の息子を殺したと考えてもそれほどおかしくはない。彼が自分のほしいものを与えてくれないとわかってやったんだ」

「そうね」サイはつぶやき、当惑のあまり首を振った。「とても感じのいい老婦人に見えたのに」

「ああ」グリアは彼女に歩み寄りながら同意した。

「彼女が好きだった。ティルダおばさまと呼んでほしいと言ってくれた」サイは悲しげに言ったあと、憤りをつのらせてつづけた。「そうしながらずっとわたしを殺そうとしていたわけ？　わたしが彼女に何をしたというの？」

「わからないが、さぐり出すよ」グリアはそう誓い、彼女のまえで足を止めた。

「いいえ、わたしたちでさぐり出すのよ」彼女は扉のほうに向き直ると、暗い声で言った。

「だめだ」グリアはサイを抱きあげて、扉までの残りの距離を歩いた。「おれがさぐり出す。きみをあの女のそばに行かせたくない。それに、ローリーに傷を見てもらう必要があるぞ、包帯から血がにじんでいる」

　自分を見て彼の言うとおりだとわかると、サイは顔をしかめた。淡いブルーのドレスの胸に大きな赤いしみができていた。ふたりは扉に到着していたので、サイは彼に代わって開けようと首をめぐらせたが、その必要はなかった。彼が大きくひと蹴りして、すばやくうしろに下がると、廊下にいた人物がすぐに扉を開けたからだ。

「妻に必要なのは――」グリアは言いかけた。

「ドゥーガルが妹を連れていく」オーレイがさえぎった。「ローリーはもうきみの部屋で、必要なものをかばんから出している」にやりとしながら付け加える。「話は聞かせてもらった。ここの扉はずいぶん薄いんだな、グリア」

「それにサイは声がでかい」ドゥーガルがグリアからサイを受け取りながら低い声で言った。コンランが間延びした口調で言う。「どーんなときもな。今度こいつとやるときは考えたほうがいいぜー」

サイはドゥーガルの肩越しにコンランをにらんだ。彼に気づかれたからではない。彼とほかの兄弟たちが、頭を寄せて早口でしゃべりながら、ティルダの部屋に向かうグリアのあとを追っていたからだ。どうやってティルダおばさまに近づくのがいいか相談しているんだわ、と思って悲しくなり、落胆のため息をついた。ティルダのことがほんとうに好きだった。彼女が卑劣な殺人者になってしまったのが、残念でしかたがなかった。

「気の毒だったな、サイ」ドゥーガルがしかつめらしく言った。「おまえは彼女が好きだったんだろ」

「ええ」彼女は悲しげにつぶやいた。兄が主寝室のまえで立ち止まったので、代わりに扉を開けようと手を伸ばす。

ドゥーガルはすぐに室内に足を踏み入れたが、扉から一、二歩進んだところでうっと声をあげ、まえによろめいて、妹を抱いたまま床に倒れこんだ。あまりにも急な出来事だったので、サイは声をあげることもできなかった。兄の腕のなかにいたと思ったら、つぎの瞬間には軽い衝撃とともに床に衝突しており、上からドゥーガルが倒れてきたのだから。けがをしている肩とお尻が硬い床にたたきつけられたことと、ドゥーガルの体重に押しつぶされたこと、どちらがより痛いかわからなかった。だが、その両方となると、痛みで気を失いかけても不思議はなかった。

「まああなた、痛いでしょうね」

その声を聞いてサイがぱっと目を開けると、ティルダが寝室の扉を閉めているところだった。彼女が扉にかんぬきをかけたところで、サイは体に響きわたる痛みを無視して、なんとしてでもドゥーガルの下から這い出そうと、体を引きずりはじめた。同時に、助けてと叫ぼうと口を開けたが、そのときティルダが扉からこちらに向き直り、彼女がアルピンの体を盾にしているのを見て、サイは凍りついた。

少年は目覚めていたが、ティルダの腕が首にまわされているせいでかろうじて立っているのではないか、とサイは思った。今の彼女同様、朦朧としているようだ。

「今は叫ばないことね」ティルダおばは重々しく言うと、スカートのひだからナイフを取り出してアルピンの首に押し当てた。「この子を傷つけたくはないでしょう?」

サイは口を閉じて動きを止めた。

「だめだめ。起きあがるのよ」ティルダはすぐに言った。「男衆がいつここに駆けこんでくるかわからないんだから。わたしが部屋にいないことをあなたの兄たちに知らせるためにね。そのときまでわたしたちがここにいたら、わたしはアルピン坊やを殺さなければならなくなるわ。あなたへの罰として」

サイは婦人をにらみつけた。そして、ようやくドゥーガルの下から這い出して、ふらつきながらなんとか立ちあがった。それはたいへんな苦行で、立ちあがってからも体が揺れているのは自分でもわかっていた。

「通路に行くのよ」ティルダはそう命令すると、鋭く付け加えた。「急いで」

サイはアルピンを見やってから、しぶしぶ向きを変え、部屋の奥にある暖炉の横の壁に向かった。その途中、ベッドの反対側の床にローリーが倒れているのを見つけた。気づかないうちにティルダにやられたのだろう。おそらく秘密の通路から部屋にしのびこんだティルダが、殴って昏倒《こんとう》させたのだ。当然ながら、ブキャナン兄弟に見られずに廊下を通ることはできなかったはずだ。サイとグリアがボウイと話をしていたあいだ、兄弟たちは廊下で待っていたのだから。

「通路の入口を開けなさい」壁のまえで立ち止まったサイに、ティルダが言った。

「どこに行くの？」サイは尋ね、その午後アルピンがしたように石を押した。ああ、あれはほんの数時間まえのことなのだ、とサイは突然気づいた。まるで前世でのことのように思えた。

「なかにあるたいまつを取って、暖炉で火をつけるのよ」ティルダはサイの質問に答えずに、そう指示した。

サイは言われたとおりにした。体に走る痛みで動きがのろくなる。どこもかしこも痛むような気がしたが、肩と胸がいちばん痛かった。

「なかにはいって」サイがたいまつに火をつけて体を起こすと、ティルダが言った。そして、彼女をまえに押した。

よろめきながらせまい通路にはいったサイが振り向くと、ティルダがこちらに背を向けて通路の入口を閉めているところだった。手にしたナイフはしっかりとアルピンののどに押し当てられ、そこから一筋の血が流れていた。

「進んで」ティルダは冷たい声で言った。「急ぐのよ。あなたを急がせるために、ここでアルピン坊やを傷つけたくはないから。彼はとてもいい子だわ。ほんとうにお行儀がいいし、いつも礼儀正しいし」

サイは歯ぎしりをしたが、まえを向くと、たいまつをまえに掲げて先を照らしながら通路を進みはじめた。剣を身につけていればよかった。残念ながら、主寝室のアルピンの横で目覚めてから、あの剣は目にしていないし、それについて考えることすらなかった。剣を持っていて使い方を知っていても、携帯していなければなんの意味があるだろう？　心のなかで自分を叱責してひそかにため息をつき、もっと大事な疑問に注意を向けた。たとえば——

「どうして？」

「なにがどうしてなの？」

「どうして実の息子を殺したの？」サイは尋ねた。その答えがなんとしても知りたかった。

「なぜだと思う？　あの子にはずっとがっかりさせられてきたわ」ティルダは暗い声で言った。「あの子を産むために、あれだけのことをしたっていうのに」

「実の姉とその子供たちを殺したこと？」サイは冷ややかにきいた。

「そうよ」ティルダははっきりと言った。そして、サイの背中にナイフを突きつけて怖い声で言った。「急ぎなさい」

サイは突かれた痛みにひるみながらも、歩みを速めた。

「姉は役立たずだった」少ししてティルダは、自分のしたことを正当化するように言った。「娘しか産めなかったのよ。マクダネルの領主に跡継ぎである息子を産んでやったのはわたしだわ」

「そしてその跡継ぎである息子を殺した」サイが冷静に指摘する。

「だって、出産のとき、あの子はわたしを殺すところだったのよ」ティルダはそれで言い訳になるかのように言い返した。「おかげで、あの子を産んだあと、わたしはもう子供を産めなくなった」

「それを彼のせいにするの？」サイは信じられずにきいた。

「内側からわたしを引き裂いたのよ。出血多量で死にかけたわ」とティルダはどなり、やがてため息をついて言った。「それでも自分に言い聞かせたわ、わたしにはこの子がいる。血筋がつづいていくことを保証する大切な男子が」そこで辛辣な笑い声をあげた。「そのときは少しもわかっていなかった。姉はお墓のなかでその冗談に笑っていたにちがいないわ」

ティルダは歩きながらそれから一分ほど黙っていたが、突然わめきたてた。「女より男といるほうが好きな男って、どういうこと？　そんな調子でどうやって跡継ぎを作るのよ？　跡継ぎは望めない」彼女は自分で問いに答えた。「それをあの子は気に病んでもいなかった」

「それで彼を殺した」サイは静かに言った。最初の通路の突き当たりまで来たので歩調をゆるめ、まえにアルピンと来たときのように、無意識に左に曲がろうとした。

「ちがう、右に曲がって」ティルダが怒声をあげ、また背中をナイフで突いた。

サイは歯ぎしりした。振り向いて、たいまつで殴りかかりたくてたまらなかった。だが、そうすればアルピンを傷つけてしまうかもしれず、思いとどまった。もちろんこの女はそれを計算に入れているのだろう、と思いながら、向きを変えて右に曲がった。「どうやってアレンを殺したの？」

「あの子が、自分は領主だから、もうわたしの言いなりにはならないと言ったあとのこと？

妻と寝るつもりはないし、わたしに孫を抱かせるつもりもない、口を閉じて言われたとおりにしないと、敷地のはずれにある物置小屋に住むことになると?」彼女は皮肉っぽく尋ねたあと、こうつづけた。「そう言ったあとで、あの子はワインを運ばせ、側近を呼んでくるよう、わたしに命じたのよ」

「あなたは側近を呼びにいかなかった」サイは確信を持って言った。そのことはすでにボウイから聞いていた。彼はアレンに呼ばれるのをひと晩じゅう待っていたと。

「そうよ」ティルダは満足げに言った。「息子がその晩にもボウイに命じて、おどしにあったその物置小屋にわたしを追放するつもりなんじゃないかと思ったの。だからわたしは彼を呼びにいかず、自分でワインを持っていった。ヘレンの薬草を少し入れたワインを運び、召使いを呼びにやったから、ボウイはすぐにも来るはずだと伝えた」

「どんな薬草を?」前方にのぼりの階段が見えてきて、サイは歩みをゆるめながら、眉をひそめてきいた。

「立ち止まらないで」とティルダは命令し、サイが階段をのぼりはじめると、問いに答えて言った。「あの子が言うとおりになるよう調合した薬よ。すばらしい効き目だったわ」彼女は満足そうにつづけた。「なんの苦労もなく、通路のなかに誘いこみ、湖におびき寄せることができた。そして服を脱がせ、沖に向かって歩かせ、頭までもぐらせた。ほとんどもがきもしなかったわ。すぐにわたしは城に戻り、自分のベッドにもぐりこんだ」

そして赤子のように眠ったんでしょうね、とサイは暗い気分で思ったが、そこまでは言わなかった。代わりにこう尋ねた。「フェネラのときは？」

「あれはあなたのはずだったのよ」ティルダはいらだちを見せて言った。「代わりに彼女が死んでいるのを見たときは、驚きのあまり死にそうになったわ」

サイはひそかに顔をしかめた。ティルダが衝撃を受けたのは、自分が殺したのではないからだと考えてしまった。まちがって別の女性を殺してしまったせいだったのに。その可能性についても考えるべきだった、と暗い気分で認めた。

「フェネラには、あなたとアレンを殺した罪を押しつけるつもりだったのよ」ティルダはそう言って、サイの意識を考え事から引き戻した。「もちろん、もうそれはできないわね」

「どうしてわたしを殺すんです？　あなたには好かれていると思っていたのに」サイは言い、自分の声の悲しげな口調に顔をしかめた。でもほんとうに、ティルダのことが好きになっていたのだ。少なくとも、サイが思っていたような人だったとしたら。

「あなたのことは好きよ」ティルダは言い聞かせるように言った。「とてもおもしろい人だもの。兄弟たちを手玉に取る様子にはほんとうに感心したわ」

「それならなぜわたしを殺すんです？」サイは当惑気味に尋ねた。たいまつが六段ほど先にある石の壁を照らし出し、また歩調をゆるめる。

「そのまま進んで」ティルダは叫び、またナイフで背中を突いた。今度は強く。

血としか考えられないものの細い流れが背中を伝うのを感じ、サイは立ち止まってどなった。「あと一度でもそのナイフでわたしを突いてごらんなさい。振り向いてあなたののどもとにたいまつを突きつけるから」

「そんなことをしたらアルピンは死ぬわよ」ティルダは冷たく言った。

サイは歯ぎしりをして最後の数段をのぼった。相手にまた背中を突く言い訳を与えないために、今度はためらわず、命令を待たずに取っ手を引いた。そして、暗く冷たい夜気のなかに出た。

「ここはどこ?」まえに進みながら、きょろきょろとあたりを見まわして尋ねる。三人は小さな部屋のような場所にいた。少なくとも壁と天井はある。だが、壁には窓も鎧戸もなく、四方ともぽっかり開いていて、風雨にさらされるがままになっていた。

「鐘楼よ」ティルダがつぶやき、サイが振り向くと、彼女が石扉を閉じるところだった。作業を終えたティルダは、サイに向き直ると、腕で羽交い締めにしたアルピンを、また自分の体に押しつけた。扉を閉めるために使った、ナイフを持ったままの手を、彼ののどもとに戻す。

「鐘がないわ」サイは指摘した。

「ええ」ティルダが同意する。「もうないわ」

それ以上の説明がないので、サイはその話題をあきらめて、アルピンの顔をじっと見た。

さっきよりずっと警戒しているようだが、まだ力なくティルダにもたれている。だが、それがこちらの有利に働くかもしれないと思い、視線を上げてティルダを見ながら尋ねた。「それで？　どうしてわたしを殺したいの？」

「自分でもわかっているはずよ」ティルダは静かに言った。「あなたのことは好きだけど、あなたはレディじゃない。それどころか、湖でグリアのためにスカートを上げてさかりのついた動物みたいに交わっていた姿は、まるで尻軽女だわ。あなたが彼にさせたことといったら……」彼女は首を振った。「あなたは姉と同じよ。姉も甲高いよがり声を城じゅうに響かせていた」

サイは大声で笑った。「つまり、あなたは妻と寝ないという理由で息子を殺し、よろこんで夫と寝ているという理由でわたしを殺そうとしたわけ？」

ティルダの口もとが怒りでゆがんだ。「レディは夫の行為に耐えるもので、それを楽しんだり、安っぽい娼婦《しょうふ》のようによがり声をあげたりはしない。それに」彼女はけわしい顔でつづけた。「あなたはマクダネルの上に立つ者としてふさわしくない。領民にはきちんとしたレディが必要だわ。自分を男だと思っているみたいに悪態をついたり、大きな態度で歩く娘ではなくね。グリアの態度だってひどいものだけれど、あなたは女なんだからなお悪いわ。あなたのせいで彼の態度はますます粗野になっている。あなたがいなくなったら、きちんとした妻を見つけて、彼を矯正する手伝いをさせ——」

「彼を矯正する手伝い？」サイは信じられずにきいた。「あなたは今度のことで吊《つ》るし首になるのよ、矯正なんて言ってる場合じゃないでしょう。あなたがアレンとフェネラを殺したことはもう知られているわ。わたしを殺せばあなたが犯人だとすぐにわかる」

「わたしがフェネラを殺したと思われているのかもしれないけど、証拠はないし、ここにいるお利口なアルピンがわたしののどにナイフを突きつけて、言われたとおりにしないと傷つけるとおどした、と説明すれば——」

「アルピンが？」サイはあえぎに近い声でその名前を口にした。「ほんとうに信じてもらえると思ってるの？ 幼いアルピンがフェネラを刺して、大きくて強い兄たちふたりをぶちのめして、わたしを殺したなんてことを？」彼女はあきれて首を振った。「この子はまだ子供なのよ」

「だけどわたしはか弱い老女よ」ティルダはやさしく指摘した。「あなたに好意以外のものを示してこなかった老女。でもアルピンは力のある若者で、領主の馬に乗っているから細くても筋骨たくましいし、盾や何かも持っているし……あなたはレディじゃないと、だれかれかまわず文句も言っていたわ」彼女は悲しげにしかめ面をしてため息をついた。「あなたのような人に仕えなければならないのかと思って、ずっとしていたんじゃないかしら」

　サイはそのことばに動きを止めたが、やがてごくりとつばをのみこんで言った。「そんなことグリアは信じないわ。アルピンがアレンを殺す理由なんてないもの」

「アレンが溺れたのはただの事故じゃないと確信している人がだれかいて？　あれが事故ではないと信じていたのはわたしだけよ。彼を殺したのがわたしなら、どうしてそのことをわめきたてるの？　それまではだれも事故だということを疑っていなかったのに、殺されたのかもしれないと思わせるようなことをわざわざするかしら？」

サイは眉をひそめた。この女の論理は完全に常軌を逸しているわけではない。信じる人もいるかもしれない……だが、サイは背筋を伸ばして言い放った。「矢のことがあるわ。わたしが森のなかで矢を射られたとき、アルピンは寝こんでいた。彼にできたはずは――」

「秘密の通路を使ってこっそり湖のそばまで行き、横になってあなたを待ち伏せしてから城に戻り、グリアがあなたを見つけて連れ帰るまえに、通路を使ってベッドに戻ったとしたら？」

「あなたは通路を使ったのね」サイはつぶやいた。湖のそばのどのあたりに出られるのかは知らないが、馬たちが空き地を囲む木立のなかの何かに反応していたのを思い出した。とりあえずそのことを頭から追いやり、気を取り直して言った。「アルピンがローリーとドゥーガルを昏倒させたなんて、絶対信じてもらえないわ」

「そうかしら？　わたしはやったわよ。アルピンはわたしより力もあるし」ティルダは指摘した。「ドゥーガルを倒すには、扉のそばに腰掛けを置いて、その上に立つだけでいいんだから。わたしはそうしたわ」彼女はそう言ったあと、さらにつづけた。「それに、わたしが部屋にしのびこんだとき、ローリーはテーブルに置いたかばんの上にかがみこんでいた。彼の頭はアルピンから楽に届く位置にあったわ」

「でも、アルピンはろくに立つこともできなかったのよ」サイが指摘した。「ローリーが薬を飲ませたから——」

「飲むふりをしただけよ」ティルダは肩をすくめて言った。

サイは首を振った。「グリアは絶対信じないわ」

「そうかもしれないけど、そうではないと証明することもできない」彼女は自信たっぷりに言った。「そして、彼が証明に手こずっているあいだに、いつでも彼を殺して、つぎの領主になる人にすり寄ることができる」

サイは一瞬ティルダを見た。そして、彼女の背後の、扉のそばの暗闇のなかで動くものをとらえた。なんなのか見ようとたいまつを上げそうになったが、もし助けが来たのだとしたら、そうすべきではないかもしれないと気づき、ティルダに注意を戻した。首を振りながら言った。「アルピンは、あなたが胸壁から落とした石からわたしを助けようとしてけがをしたのよ」

「その石が当たるようにあなたを押したのかもしれないわよ？」とティルダ。

少年がサイを押しのけることと石を落とすことを同時にできたはずはないので、その訴えが通るとは思えなかったが、サイはうなずいてぽつりと言った。「あなたにはほんとうにがっかりしたわ」

「なんですって？」ティルダは憤慨して言った。

「言ったとおりよ」サイはきっぱりと言った。「わたしは心からあなたに敬服していたし、親切で心やさしい、本物のレディだと思っていた。それなのにあなたは、出会う人すべてを殺してしまう、卑怯《ひきょう》で非常識なただの毒婦だった。実の姉、その子供たち、実の息子、フェネラ……これまでの人生であなたが殺さなかった人なんているの？」

「夫だ。だが、彼女のせいでひどく不幸だった彼は、妻から逃れたくて敵の剣のまえに身を投げ出したと聞いている」グリアが暗い声で言いながら、ティルダの背後の陰から姿を現し、剣の先を彼女の首の脇に突きつけた。「ナイフを捨てて少年を放せ。さもないと、この場でのどをかき切ってやる」

ティルダは顔に怒りをよぎらせたまま凍りついた。形勢を逆転させるためのおどしやぺてんのような、何かをやろうとしているのかもしれないとサイは思ったが、オーレイとほかの兄弟たちがグリアの背後から現れて、小さな部屋にはいってくると、ティルダは注意を奪われ、一瞬目を閉じた。ふたたび目を開けたとき、その内面同様うつろな目をした彼女は、投げやりな様子で肩をすくめた。「さっさとのどをかき切るがいいわ。これからわたしに起ることに比べたら、そっちのほうがましよ」

一瞬、グリアがそうするのではないかとサイは思った。彼はまさにそれくらい激怒していたし、彼女とてそれは責められなかった。その一方で、アルピンにけがをさせたくはなかったので、にらみ合っているふたりに気づかれないように、サイはすばやくまえに進み出てティルダの手をつかみ、アルピンの首から引き離した。そしてもう一方の手で手首をにぎりしめ、彼女が痛さに悲鳴をあげてナイフを放すまで力をこめた。

「ありがとう、妻よ」ティルダの両腕を背中にまわさせて、アルピンを解放しながら、グリアはけわしい声で言った。

「どういたしまして」サイは冷ややかに言うと、よろよろとティルダから離れて自分のほうにやってきたアルピンに手を差し出して支えた。

「ああ、奥方さま」アルピンはつぶやき、サイに体を預けた。「あなたはほんとうに勇敢だったよ。それに、背中を刺されているあいだじゅう、一度も悲鳴をあげなかった」

「なんだと？」グリアが大声を出した。サイの兄弟たちのほうにティルダを押しやってサイに駆け寄り、背中を見ようと両肩をつかんでうしろを向かせる。

「ナイフで一、二度突かれただけよ」アルピンが床に倒れないように胸に抱きしめながら、サイはつぶやいた。

「ちがうよ。彼女は刺した」アルピンは心地よい胸から頭を上げてサイの顔を見た。「三回だったと思う。毎回三センチくらい刺さってたよ」

「なんですって？」今度はサイが大声を出し、体をひねって背中を見ようとした。見えなかったのでグリアのほうを見たが、その顔つきからますます不安になっただけだった。彼女は震える声で尋ねた。「ほんとに刺されてるわけじゃないわよね？　突かれているくらいにしか感じなかったもの」

「血がのぼっていたからだ」オーレイは静かにそう言うと、無抵抗なサイの手からアルピンを引き離して抱きあげた。「いずれ感じていただろう。そのころには大量に血を失って、身を守れないほど弱っていただろうが……おそらくそれで彼女はおまえをここに連れてきたあと、進んでおまえに話をさせていたんだ」

サイはぽかんと兄を見つめた。自分のほうがティルダに話をさせていると思っていたのに。そのとき背後で何かを引き裂く音がして、肩越しに見ると、グリアがひざまずいてドレスから細い布切れを引き裂いていた。

「何してるのよ？」サイは抗議した。

「ドレスはまた別のを買ってやる。いや、一ダースでも買ってやるよ」彼はどなった。そして体を起こし、サイの腰と背中にその布を巻こうとしたが、彼女は顔をしかめてよけた。

「ドレスの心配をしてるわけじゃないわよ、ばかな人ね。汚い通路を引きずられてきた布で傷を覆うのが心配なのよ。不潔な包帯は傷によくないってローリーなら言うわ」

「もちろんきみはドレスの心配なんかしないよな」グリアはつぶやき、細く切り裂いた布を落として彼女を抱きあげた。

「それってどういう意味？」通路の入口のほうに運ばれながら、サイは怪訝そうに尋ねた。

「それは——」そのときアリックが叫び声をあげ、グリアは不意に足を止めて振り返った。

末っ子の弟は、開口部から身を乗り出して、下をのぞきこんでいた。目を見開き、蒼い顔をしている。サイは眉をひそめて尋ねた。「どうしたの？」

「ティルダはどこだ？」グリアが同時にきき、サイはもうその女が鐘楼にいないことに気づいた。

アリックはゆっくりと体を起こして、顔をしかめながらこちらを向き、なすすべもなく言った。「飛びおりた」

「どういうことだ？」グリアが鋭く問いつめた。「彼女をつかまえていなかったのか？」

「その……」アリックは弱々しく片手を振った。「コンランがもう片方の腕をつかんでいると思ったんだ。一瞬手を離した隙に、開いている部分から身を投げた」

「すまない。おれはおまえが彼女をつかんでいると思っていたんだ」コンランがつぶやく。縁に近づいて下を見ていた彼は、低く口笛を吹いた。「ひどいありさまだ」

「年寄りコウモリは、鐘楼からなら飛べると思ったんだがな」ジョーディーがぼそっと言った（〝鐘楼のコウモリ〟は、常軌を逸した人を意味する）。

サイはその意見に唇をかみ、グリアの顔を見やった。彼は口を開けては閉じ、そのあと首を振って、サイを抱いたまま向きを変えて通路にはいった。

階段は暗かった。だから注意を引かずに通路の戸を開けることができたのだ。グリアが階段を移動するあいだ、サイは無言のままだった。彼の気をそらして、階段から転げ落ちることになってはいけないと思ったのだ。だが、階段をおりてしまうと、通路全体が数メートルごとに配されたたいまつで照らされていた。

「明るい面を見れば」グリアに抱かれて通路を引き返し、主寝室に向かいながら、サイはつぶやいた。「もう彼女と駆け引きをする必要はなくなったわ」

「そうだな」グリアがぼそっと言った。「それに、きみが矢を射られたり、刺されたりすることもなくなるかもしれない」

「何も好きこのんで矢に当たったり、刺されたりしたわけじゃないわ」サイがむっとしながら指摘した。「それに、彼女はあなたのおばさまなのよ」

「おば〝だった〟だ」彼は冷ややかに訂正した。

「そうね」彼女は同意し、開いた通路の扉を抜けて、主寝室へと運ばれていった。

19

「背中を診たいから、ベッドの上に運んでくれ」

主寝室にはいるとローリーからの指示が飛び、サイはグリアの肩越しに兄のほうを見た。ローリーと残りの兄弟たちが、ふたりのあとからつぎつぎに部屋にはいってこようとしていた。ほかの兄弟たちがついてきていたのは気づかなかったが、考えてみれば当然だった。グリアがベッドに向かうと、サイはまえに向き直って訴えた。「ベッドはやめて。わたしつきの新しい侍女のジョイスによると、矢を受けた翌日、シーツの血が落ちなくて侍女たちは文句を言っていたらしいの」

「それなら椅子にしよう」グリアはそう言って、そちらの方向に向かったが、ローリーの抗議にあって足を止めることになった。

「椅子だと背中がよく見えない」

グリアは小声で何かつぶやいたあと、暖炉のそばの椅子のあいだに置かれているテーブルに近づいて、そこにサイを座らせた。「さあ。これならふたりとも満足だろう?」

「ああ」かばんからいくつかのものを取り出していたローリーは、顔を上げて言った。

「ええ」サイもつぶやいた。そして、檻《おり》のなかのトラのように、部屋のなかを行ったり来たりしはじめたグリアを眺めた。

「気になることがあるらしい」ドゥーガルが妹のそばに来て、ひそひそ声で言った。

「そのようだな」オーレイが重々しく同意し、アルピンをニルスに預けて言った。「隣の部屋に連れていけ。サイの手当てが終わったら、ローリーが隣に行って診てくれる」

ニルスはためらったあと、こう指摘した。「フェネラがまだいる」

そのことを思い出して顔をしかめながら、サイは眠っているアルピンの顔を見つめて言った。「それならフェネラの部屋に運んで」

ニルスはうなずき、少年を運んでいった。

「ジョーディー」つぎにオーレイが言った。「フェネラの侍女をさがして、葬儀のためにフェネラの遺体を整える手伝いをしてくれる女性たちを選ぶよう、たのんでくれ」

「わたしはここの女主人だから、たぶん手伝うべきよね」サイがしぶしぶ言った。たしかにそれは楽しみなことではなかった。これまで実の母のときの一度しか経験はなかったが。

「その体では無理だ」オーレイはあっさり言って、ジョーディーに手を振って行けと伝えると、今度はコンランを見た。「アリックを連れて、レディ・マクダネルのことで何かできることはないか、見にいけ」

「彼女は死んでるんだぜ」

「できること？」コンランがけげんそうにきく。

「そうだな」オーレイは冷ややかに言った。「それなら、中庭から運び出すとか？」

「ああ、わかった」コンランはつぶやき、アリックを連れて部屋から出ていった。どちらも自分に与えられた役割をよろこんでいる様子はなかった。だが、不注意のせいでティルダが飛びおりるのを止められなかった責任があるので、ふたりがその後始末をするのは当然のことだろう。

ローリーが必要なものをかばんから出し終え、サイが座っているテーブルに歩み寄った。そして、彼女がそこに座ったままなのを見て顔をしかめた。

「どうしてまだドレスを着ているんだ？」彼はいらいらと尋ねた。

「たぶんおれたちがまだいるからだろう」オーレイが冷ややかに指摘した。

「じゃあ、出ていってくれ」ローリーがすぐに言った。「レディ・マクダネルに刺された背中の傷を洗浄して包帯を巻いたあと、矢で受けた傷をもう一度縫うことになるだろう。ドレスについた血の原因がそこにもあるとしたら」

「ああ、おれたちは出ていくよ」オーレイは弟に請け合った。「ただ、手当てを急ぐよう念を押したかったんだ。グリアには妻とふたりきりになる時間が必要だと思うから」

「時間は必要なだけかけるよ」ローリーは冷ややかに言った。「グリアと話せるように急いだせいで、妹を死なせるわけにはいかないからな」

「夫とわたしに何を話す必要があるの？」サイは不安そうにきいた。自分がティルダにつかまっているあいだに、何かあったのだろうか？

「さあ、行った」ローリーがきっぱりと言い、オーレイが返事をするまえに「手当てをしないと」と付け加えた。

サイはローリーをにらんでから、オーレイに向かって言った。「ここにいて。どうせ包帯を巻かれるんだから、服を着ているのと同じよ」

「サイ」ローリーがぴしゃりと言った。「ドレスを脱ぐんだ、さもないと切り裂くぞ」

「それなら切り裂いてよ」彼女もかみつくように返した。そのあとで「あんまり動くと痛いんだもの」とつぶやく。

「ああ。もちろんそうだよな」いくらか冷静になってローリーが言った。「悪かったよ。気づくべきだった」

ローリーがナイフを取り出して、ドレスの身ごろを切り取りはじめると、サイは肩をすくめ、問いかけるようにオーレイのほうを見た。「さっきは何を言おうとしてたの？」

「いやその……」オーレイはためらい、気恥ずかしげにしていたが、やがてため息をついて尋ねた。「グリアのことをどう思っている？」

サイはぽかんと彼を見つめてからきいた。「何よ？　どうして？　いったい何を――？」

「彼はおまえを愛しているよ」オーレイは妹をさえぎって言った。ますます気恥ずかしそうに見える。

「ええ」サイは言った。

オーレイは驚いて眉を上げた。「ええ？　それだけか？　ええ？」

「ほかにどう言えばいいの？」彼女は眉をひそめてきいた。「驚くことじゃないもの。もう彼にそう言われたし」

「そうか」オーレイは驚いた様子だったが、さらにきいた。「それで、おまえはなんと応えたんだ？」

「何も」彼女は正直に言った。

「あいつがおまえを愛していると言ったのに、おまえは何も言わなかったのか？」ドゥーガルがぎょっとした様子でどなった。

「だって、何か言えるような状況じゃなかったのよ」彼女はかみついた。「ボウイと話しているときだったし――」

「わかった、わかった。そう騒ぎたてるな」オーレイがグリアのほうを見やりながらなだめた。その視線を追ったサイは、夫が歩きまわるのをやめて、部屋の反対側からけげんそうにこちらを見ているのに気づいた。

「彼があれほど悩むのも無理ないな」グリアがまた行ったり来たりをはじめると、ドゥーガルがつぶやいた。「自分は気持ちを伝えたのに、返事をまだもらっていないんだから」

「彼を愛しているのか、サイ？」ローリーが作業しながら興味を示してきいた。彼はドレスの腰から上を切り裂いて脱がせていたが、あらわになった無傷の乳房のほうは多少の布地で覆ってくれていた。今は背中にまわって刺し傷の洗浄をしている。

「そうだよ、どうなんだ？」サイがすぐに答えないので、ドゥーガルもきいた。

サイは肩をすくめるしかなかった。「わからないわ。だれかを愛してるって、どうすればわかるの？」

オーレイはその質問について考えたあと、こう尋ねた。「彼との床入りは楽しいか？」

サイはかすかに微笑んだ。「彼にキスされるたびに、こぶしで殴りたくなるの」

「なんだと？」ローリーがどなった。体を起こしてまえにまわり、妹の顔を見る。

「だって、そんな感じがするんだもの」彼女はしかたなく言った。「もちろん、ほんとに殴りはしないわよ。ただ、彼にキスされると血が沸き立って、なんだか……」彼女は首を振った。「でも、彼を殴らないでいると、愛撫や挿入がはじまって、今度は頭が爆発して、もう彼を殴りたくなくなるの」

「そうか」ローリーは小声で言うと、また彼女の背中にまわって手当てを再開した。

オーレイのほうを見たサイは、彼が愉快そうな顔をしているので眉をひそめた。「何よ？」

「なんでもない」オーレイは急いで言うと、真顔に戻った。

「それで、サイはやつとやるのが好きなのか、どうなんだ？」よくわからないらしいドゥールがきいた。

「答えはイエスだ」オーレイがそっけなく言った。

「それならなぜ彼を殴りたくなるんだ?」ドゥーガルがきいた。

「それが好きなんだとする と、妙な反応だぞ。それに、頭が爆発するというのは健康的なことじゃない」

オーレイは信じられない様子で彼を見た。「おまえ、女と寝たことがないのか、ドゥーガル?」

「あるに決まってるだろ」彼はかみつくように言った。「だが、やってる最中に相手を殴りたくなったことなんてないし、頭が爆発することは絶対にない。少なくとも、この肩の上にある頭はな」にやりとして付け加える。

「サイはほんとうに彼を殴りたいとか、ほんとうに頭が爆発するという意味で言ったわけじゃないんだよ、ドゥーガル」サイの背後でローリーがいらいらしながら言った。

「それなら、どうしてそう言ったんだよ?」ドゥーガルが眉をひそめる。

「サイは……あとで説明してやるよ」オーレイは顔をしかめてそう言うと、サイに向き直った。「ほかに彼の好きなところはあるか?」

「ええ、あるわ。彼はすごくすてきな……お尻を持ってる」オーレイの傷跡に目がいって、兄がそれを気にしていることを思い出したサイは、とっさに顔《フェイス》ではなくお尻《アス》と言ったのだった。

「尻がすてきだとなんだっていうんだ?」ドゥーガルがむっとしたように尋ねると、ローリーが笑い声にも似た、咳とも言い張れるような音を発した。

サイは顔をしかめ、急いで言った。「それに、彼と話をするのも好きよ。とても頭がいいの。あの人の考え方が好き。わたしを大げさに心配するのも」

「そうなのか?」腰に包帯を巻いて、洗浄を終えた傷を覆いながらローリーが驚いてきいた。ずいぶん早くすんだように思えたし、それほど痛みもなかったが、意識がそれていたからだろう。

「おれたちが大げさに心配すると怒るじゃないか」ドゥーガルが文句を言った。

「ええ、でも彼はちがうのよ」彼女はあっさりと言った。「大切にされている気分にしてくれるの。弱いと思われているような気がするんじゃなくて」

「城が火事になったら、真っ先にだれを助ける?」オーレイが突然きいた。

「アルピン」サイはすぐに答えた。「いちばん弱いから」

「グリアじゃないのか?」彼は眉をひそめてきいた。

サイは鼻を鳴らした。「そのまえに彼のほうがわたしを助けようとしてるわよ」

オーレイはゆっくりと微笑んだ。

「何よ?」サイは気味が悪くなって尋ねた。

「彼を信頼できると思っているんだな」彼はそれだけ言うと、妹に背中を向け、ドゥーガルにもそうしろと合図して、妹にプライバシーを与えた。ローリーが胸の傷に巻いた包帯を切りはじめたからだ。

「もちろん彼を信頼しているわよ」サイは混乱して言った。

「サイ」オーレイは背を向けたまま、まじめな調子で言った。「これまで、強くて頭がよくてたよりになると思う男に会ったことはあるか？」

「わたしの夫以外で？」と彼女はきいた。そして、兄がうなずくと、即座に答えた。「お父さま。オーレイ。それに、ドゥーガル、ローリー、コンラン、ジョーディー、ニルス――」

「ブキャナンではない男では？」オーレイがさえぎった。

サイはもう一度考えた。「シンクレアかしら。彼はいい人みたい。でも、たいていの男はひ弱で、頭が悪くて――そうか」彼女は理解して言った。

オーレイはうなずいた。「おまえはあの男のことが好きで、尊敬し、信頼し、彼との床入りを楽しんでいる」

「あいつを愛してるってことだ」ドゥーガルが言った。サイは兄たちがにやにやしながら顔を見合わせているのを見た。

「そのとおり」包帯を切り終えて、胸の傷を調べながら、ローリーもにっこりして言った。

「それがわかってうれしいよ。おれもグリアのことが好きだし、尊敬もしている」オーレイが静かに言った。

「ああ」ドゥーガルが言った。「ブキャナンだったとしてもおかしくないくらいだ」

それが兄に言える最大の褒めことばだと知っているサイは微笑んだ。

「おまえはいい男を夫に選んだな、妹よ」ローリーがつぶやいた。

「ありがとう」サイはささやいて、切ってはずした包帯の代わりに、新しい麻布を傷口に当てはじめた兄を見おろした。「また縫う必要はないのね？」

「ああ。少しほころびてしまった縫い目もあるが、傷口は開いていないし治りかけてもいる。おまえは治りが速いな」妹の意外な能力を言祝《ことほ》ぐように付け加える。

サイは首を振っただけで、包帯を巻き終えるまで兄を見守った。それが終わるころには、腰から首までほぼ包帯でぐるぐる巻きにされていて、見えているのは両腕と一方の肩だけだった。無傷の乳房まで完全に隠されてしまった、と気づいて悲しくなった。

「すべてすんだぞ」ローリーが体を起こしながら宣言した。

「では、ふたりを残しておれたちは部屋を出よう」オーレイはそう言うと、かがんでサイの頬にキスしてからつづけた。「夫をみじめな気分から救って、愛していると言ってやれ」

「ええ」サイはうなずいた。そして、兄たちが出ていくのを確認してから、向きを変えてグリアを見つめた。彼は行ったり来たりするのをやめており、やはり兄弟が出ていくのを見ていたが、その表情は読めない。彼を愛しているとどうやって伝えるべきだろうと思いながら、サイは唇をかんだ。いきなり言ってしまうべきだろうか、それとも彼がもう一度言うまで待つべき？　そう考えて、彼はもう二度と言わないのではと心配になった。もしかしたら、そもそも言ったことを後悔しているのかもしれない。あるいは彼女が自分から言うのを待ってから、もう一度言うつもりなのか。

「きみと兄貴たちはここで何をこそこそ話していたんだ？」

サイがその静かな質問に頭を上げると、夫が目のまえに立っていた。彼の顔つきは……ことばをさがそうとして、彼女は眉をひそめた。頭に浮かんだのは〝禁欲的〟ということばだけだったが、それともちがう。殴られるために身がまえているような感じだ。

「こそこそ話してたわけじゃないわ」サイは反論したが、すぐに認めて言った。「兄たちはわたしを助けようとしてくれていたのよ。わたしがあなたを愛しているのかどうか、確認するために」

どうやら驚いたみたいね。グリアが胸に当たるほどあごを落としたのを見て、サイは顔をしかめながら思った。彼はすばやく口を閉じて片方の眉を上げ、こう尋ねた。「それで？　結論は？」

「わたしはあなたにキスされるたびにあなたを殴りたくなり、城が火事になったらあなたを助けないってこと」彼女は一気に言った。

彼は腹にこぶしを食らったような反応をし、蒼い顔でよろめきながら一歩あとずさりした。背筋を伸ばし、かすれた声で尋ねる。「彼らはいつきみを連れていくんだ？」

「わたしをどこに連れていくっていうの？」彼女は困惑してきいた。

「ブキャナンの城だ」彼は硬い口調で言った。「どうして兄たちがわたしをブキャナンに連れて帰るの？」

サイは当惑気味に首を振った。

「おれが夫とは名ばかりの情けないやつで、きみの身を守れなかったからに決まっているだろう」グリアはぶっきらぼうに言った。

サイはその訴えを聞いて鼻を鳴らし、こうきいた。「それであんなに怖い顔をして行ったり来たりしていたの？　わたしがけがをしたことで、自分を責めているの？」

「おれはきみの夫だ。きみの身の安全を守るべきだった」彼は暗い顔つきで言った。

「そうしてくれたじゃない。鐘楼でわたしとアルピンをティルダから救ってくれたわ」彼女は肩をすくめて指摘した。

「きみがあらたな傷を負うまえに助けられなかった」

「ティルダにさらわれたとき、わたしを警護していたのは兄たちよ」彼女は指摘した。「わたしとアルピンが部屋を抜け出して庭でけがをしたときも、兄たちがわたしを守っていることになっていた。だれかを責めたいなら、責められるべきなのは兄たちよ」

「おい！」扉の向こうからくぐもった叫び声がした。そして「聞こえてるぞ！　扉が薄いんでね」という声がつづいた。

「それなら扉に耳を押しつけるのはやめて、階下《した》に行きなさいよ。わたしはここで夫と話をしようとしているんだから！」サイがどなると、兄たちがすり足で扉から遠ざかっていく音が聞こえた。ほんとうに、何から何まで牡牛の群れみたい、と思いながらグリアに向き直り、サイはまじめくさって言った。「もうここがわたしの家よ。兄たちはわたしがあなたを愛しているのを知っている。だからわたしをどこにも連れていかないわ」

グリアは彼女のことばを正しく聞き取れたのかどうか不安なのか、あるいはその意味がわからないのか、目をぱちくりさせた。「きみがおれを愛している？」

「そうよ。兄たちに手伝ってもらって、それをたしかめたって言わなかった？」彼女はじれったそうにきいた。

「いいや。きみは、おれにキスされるたびにおれを殴りたくなり、城が火事になってもおれを助けないと言ったんだ」彼はぴしゃりと言った。

「そのとおり」サイは満足げに言った。「それぐらいあなたを愛してるってこと」

「なんだって？」彼はわけがわからない様子できき返した。「おれにキスをするのでなく殴り、燃える城のなかにいるおれを見殺しにすることが、きみがおれを愛していることになるというのか？」

「そういう意味で言ったんじゃないわ」サイはわめきたて、小さく舌打ちした。「あなたは賢いって、兄たちに言ったのに」

「妻よ」グリアは食いしばった歯のあいだから言った。

サイはため息をつき、首を振った。「燃える城のなかであなたを見殺しにするわけないでしょ」むっとしながらそう言って、説明する。「城が火事になったらだれを助けるかとオーレイにきかれたのよ。わたしはアルピンと答えた。あの子がいちばん弱いから。なぜあなたじゃないのかときかれて、あなたはもうわたしを城から助け出そうと奔走しているだろうからと言ったわ」彼女は眉を上げた。「わかったでしょ？ それはわたしがあなたを信頼して、たよりにしているしるしだとオーレイは言ってる。実際そうだもの。父や兄たち同様、あなたは勇敢でたくましくて、頭のいい男性よ。わたしはあなたがいつもそばにいて、守ってくれると信じてる。あなたはたよりになる人だもの」

「そうか」グリアは少し緊張を解いてささやいた。ゆがんだ笑みを浮かべて彼女の両手を取る。「きみのそういうところも好きだよ、サイ。きみの力強さと頑固さを愛している。体のあらゆる場所から湧き出ているような野性味も」彼は賞賛をこめて言うと、身をかがめてキスをした。最初は軽く唇を重ねてゆっくり動かしているだけだったが、彼がキスをするといつもそうなるように、たちまちもっと動物的で熱を帯びたものになった。

サイはうめき、グリアの腰に両腕をまわした。彼女のなかで沸き立ちはじめ、限界まで高まった欲望と渇望が、やみくもにはけ口を求めた。何か攻撃的で肉体的なことを。彼女は口を離し、横を向いてあえいだ。「たとえばこぶしで殴るとか」

「思い出した」耳もとで彼の低い声がした。

「えっ？」彼女はわけがわからずに尋ねた。「何を思い出したの？」

「厩でのことだよ」彼がそう言って、片手をスカートの下に入れ、太腿を上にたどっていくと、サイはその日のことを思い出して微笑んだ。あのときサイは、こんなことをされたらあなたを殴りたくなると言い、グリアは彼女がほんとうに望んでいることをしてくれた。今となってはずっと昔のことのような気がする。一生ぶんも昔みたい、とサイは思った。そこでグリアの手が止まったので、体を離して彼を見つめた。

「どうしたの？」彼女は心配そうに尋ねた。包帯だらけでひどく見栄えが悪いので、触れるのが耐えられないのだろうか、と思いながら。考えていることを口に出せないほど内気というわけではないサイはきいた。「死体みたいに麻布でぐるぐる巻きになっているから？」顔をしかめて言い添える。「とても魅力的とは言えないわよね」

「サイ」グリアは両手で彼女の顔を包んで真剣に言った。「おれはいつだってきみを美しいと思うよ」そして、彼女が望んだキスをせずにつづけた。「ただ、今は傷だらけだから、痛い思いをさせないかと心配なんだ」

「それなら、手は腰から下、唇は首から上でお願いね」彼女は現実的に指導した。「だれかをこぶしで殴りたい気分なの」

唇から短い笑いをもらしたあと、グリアはささやいた。「奥方さまのご要望とあらば」そして、脚を開かせてそのあいだにはいった。そこで動きを止め、ふたたび両手で彼女の顔を包んで言った。「愛しているよ、サイ」

「わたしも愛しているわ、グリア」サイがそう言って安心させると、彼の唇がおりてきて、ふたりの唇が重なった。

訳者あとがき

『約束のキスを花嫁に』、『愛のささやきで眠らせて』（いずれも二見文庫）につづく、〈新ハイランド〉シリーズ第三弾の『口づけは情事のあとで』は、衝撃的なシーンからはじまります。

森のなかに響く悲鳴。血まみれで横たわる男性。血のついたナイフを手にして泣きじゃくりながら、「わたし、彼を殺してしまった」と告白する女性……なんといきなり殺人現場からのスタートです。結婚式の翌日、夫へイミッシュを殺してしまった新妻フェネラ。この場面を目にしてしまった十六歳のサイ・ブキャナンは、いとこであるフェネラをかばうため、山賊に襲われたことにしようと隠蔽工作に手を貸します。

そして四年後。前作『愛のささやきで眠らせて』で出会い、親しくなったサイ・ブキャナン、ミュアライン・カーマイケル、エディス・ドラモンド、ジョーン・シンクレアの四人は、シンクレア城で再会を果たします。ジョーンの出産を祝うため、三人が親友のもとに駆けつけたのです。そこでサイは、遅れて合流したエディスから、エディスのいとこにあたるマクダネルの領主アレンが、若くして亡くなったことを知ります。未亡人となったのはサイのいとこのフェネラでした。聞けばアレンはフェネラの四番目の夫で、二番目の夫も三番目の夫も結婚後間もなく死亡しているとか。フェネラが最初の夫を殺害していることを知っているサイは、いとこがつぎつぎに夫を殺しているのではと疑い、真相をたしかめようとマクダネルに向かいます。しかしフェネラはサイに会っても泣いてばかりで、なかなか真相を聞き出せません。そのうえアレンの母ティルダは、フェネラが息子を殺したのではと疑っているようでした。

一方、マクダネルの新領主、アレンのいとこのグリアは、夢のなかの女性にそっくりなサイをひと目見て気に入り、レディと知りつつ深い関係になりたくてウズウズ。サイのほうも、男らしくてたくましい彼を拒めません。互いに強く惹かれ合い、急接近したふたりはあれよあれよという間にスピード結婚。しかし結婚後、なぜかサイは何者かに命をねらわれるように……。マクダネルに来たばかりだというのに、いったいだれの怒りを買ったのでしょうか？

男ばかり七人もいる兄弟のなかで育ったサイは、長兄オーレイがあつらえてくれた剣を腰に帯び、スカートの下にイングランドの男性用ズボンであるブレーをはいて馬にまたがり、船乗りも顔を赤らめるほどの悪態をつく、男勝りなレディ。マクダネルに乗りこんできた兄弟たちを指笛で静かにさせたり、取っ組み合いのけんかで負かしたりして、兄弟たちからも一目置かれています。心やさしく、正義感にあふれ、高潔なサイには〝男前〟ということばがぴったり。でも恋愛にはとんとうとくて、グリアがそばに来るたびに「体が熱くなって、混乱のあまり彼をこぶしで殴りたくなって」しまうなど、ワイルドな愛情表現がなんともサイらしくて笑えます。サイもグリアも互いへの思いをストレートに表現しているのに、微妙にすれちがってしまい、そのすれちがいぶりがシリアスにではなくこっけいに表現されているところがサンズ作品のおもしろさです。

おもしろさでは、オーレイ、ドゥーガル、ニルス、コンラン、ジョーディー、ローリー、アリックのブキャナン七兄弟も負けていません。わらわらと出てくるだけで笑える、出落ち的おもしろさがあります。陰のあるオーレイ、お調子者のドゥーガル、治療師のローリー、聞き上手のアリックなど、キャラクターが立っているのも魅力。全員が紅一点のサイを心から愛し、彼女のためなら命も捨てる覚悟でいるのもたまりません。兄弟がグリアとすぐに心を通じ合わせるのも当然ですね。

本国アメリカで来年刊行予定のシリーズ第四弾のヒロインは、本作にも登場しているミュアラインのようです。前作ではすぐに気を失ってしまうひ弱な女の子だったミュアラインですが、本作では悲しみのなかで気丈さを見せるなど、大きく成長しています。今後の生活は、サイに心配されているように、難問山積みのようですが。そんなミュアラインがどんな恋愛をするのか、どんなすてきなハイランダーが彼女のハートを射止めるのか、どんな胸キュンセリフが飛び出すのか、興味は尽きません。本作で大活躍したブキャナン兄弟もまた登場するようですよ。それも重要な役で……！

本作の原題は直訳すると「ハイランダー、嫁を取る」。ちょっぴり古風で笑いを誘うタイトルが、無骨で心やさしいグリアとこの物語にぴったりだと思いませんか？　しかも、その嫁は〝男前（！）〟。シリーズ三作目ですが、本書だけを読んでいただいてもまったく問題はありません。コミカルでハッピーでホットなヒストリカルロマンスを、どうぞお楽しみください。

二〇一六年四月

ザ・ミステリ・コレクション

口《くち》づけは情事《じようじ》のあとで

著者　リンゼイ・サンズ

訳者　上條《かみじょう》ひろみ

発行所　株式会社 二見書房
東京都千代田区三崎町2-18-11
電話 03(3515)2311 [営業]
03(3515)2313 [編集]
振替 00170-4-2639

印刷　株式会社 堀内印刷所
製本　株式会社 村上製本所

落丁・乱丁本はお取り替えいたします。
定価は、カバーに表示してあります。

ISBN978-4-576-16044-3
http://www.futami.co.jp/